T.R. Ragan
Im Netz des Spinnenmanns

AF202244

Das Buch

Lizzy Gardner war erst siebzehn, als sich die Nacht, die so vielversprechend begonnen hatte, in ihren schlimmsten Albtraum verwandelte. Nach einem romantischen Abend mit ihrem Freund Jared wurde Lizzy – nur einen Steinwurf vom Haus ihrer Eltern entfernt – entführt und befand sich fortan in der Gewalt eines wahnsinnigen Serienmörders. Nach Monaten der Gefangenschaft und Folter, in der Gewalt des Irren, der sich der Spinnenmann nannte, gelang Lizzy als einzigem Opfer die Flucht. Aber auch der Spinnenmann konnte entkommen. Er trickste die Polizei aus und verdammte Lizzy dazu, sich ihr Leben lang wie eine Verfolgte zu fühlen.

Vierzehn Jahre später arbeitet Lizzy als Privatermittlerin und hält in ihrer Freizeit Selbstverteidigungskurse für junge Mädchen ab. Sie tut, was sie kann, um anderen beizubringen, wie man sich wehrt, und die furchtbaren Erinnerungen an ihr Martyrium zu verdrängen. Trotzdem bleibt die Angst, dass ihr stets der Ruf anhaften wird, die »einzige Überlebende« zu sein. Plötzlich bekommt sie einen Anruf von Jared, der inzwischen beim FBI arbeitet. Er hat eine schlimme Nachricht: Der Mörder ist wieder aufgetaucht und hat ein konkretes Ziel – Lizzy. Seine Botschaft ist deutlich: Dieses Mal wird sie ihm nicht entkommen. Damit beginnt ein beängstigendes Katz-und-Maus-Spiel, eine furchterregende, dramatische Verfolgungsjagd, die nur einer überleben wird.

Die Autorin

Theresa Ragan ist Mitglied der »Romance Writers of America« und des dazugehörigen Ortsverbands in Sacramento. Ihr Werk wurde im Rahmen des angesehenen Golden-Heart-Wettbewerbs der RWA sechsmal für den Golden-Heart-Preis nominiert. Sie lebt mit ihrem Mann Joe und dem jüngsten ihrer vier Kinder in Sacramento im US-Staat Kalifornien.

T.R. RAGAN

IM NETZ DES SPINNENMANNS

Thriller

Übersetzt von Peter Zmyj

Die Originalausgabe erschien 2012 unter dem Titel
»Abducted« bei Thomas & Mercer, Las Vegas.

Deutsche Erstveröffentlichung bei AmazonCrossing,
Luxembourg, December 2012
Copyright © der Originalausgabe 2011
by Theresa Ragan
All rights reserved.

Copyright © der deutschsprachigen Ausgabe 2012
by Peter Zmyj

Umschlaggestaltung: bürosüd⁰ München, www.buerosued.de
Umschlagmotiv: Getty Images, 129848669, © Paul D. Van Hoy II
Lektorat: Daphne Großmann, Marion Bergmann
Satz: Monika Daimer, www.buch-macher.de
Printed in Germany
by Amazon Distribution GmbH, Leipzig

ISBN 978-1-611-09921-8

www.amazon.com/crossing

Für Ruth Cole Cunningham:
Meine geliebte, einzigartige Mutter.

Kapitel 1

Der hohe und dichte Oleanderbusch bot ihm Schutz im Schatten der Nacht, als er den Eingang zum Haus der Andersons beobachtete. Hinter ihm befand sich eine Wiese mit hohem, trockenem Gras, die ihm von Nutzen sein würde, wenn er später wieder zu seinem Wagen auf der anderen Seite des Hauses zurückkehrte. Bei dem trockenen Gras bestand akute Feuergefahr. In seinem Wohnviertel hätte sich längst jemand darum gekümmert. Er beobachtete die Gegend jetzt schon seit zwei Monaten und hatte in dieser Zeit festgestellt, dass die Leute, die hier wohnten, vollkommen sorglos waren. Es gab keine Schilder, die auf einen Nachbarschaftswachdienst hinwiesen, keine regelmäßigen Anwohnerversammlungen, keine Kommunikation.

Idioten.

Wussten diese Trottel denn nicht, dass es keine bessere Kriminalitätsvorbeugung als eine informierte Öffentlichkeit gab? Leute, ihr müsst aufpassen, was in eurem Viertel passiert. Haltet die Augen offen und achtet vor allem auf Fremde oder unbekannte Autos. Bei so viel Naivität konnte er nur den Kopf schütteln.

Die sogenannten »Experten«, die in den Medien zu Wort kamen, beharrten darauf, dass es bei den jüngsten Morden dem Täter darum ging, Kontrolle auszuüben und Gott zu spielen. Aber da lagen sie völlig daneben. Es ging um Geduld. Er hatte nicht nur die Geduld eines Heiligen, nein, er war einer. Er war nicht durchgedreht oder verrückt, er war nichts von alledem, was die Reporter über ihn schrieben. Wäre er wirklich ein »durchgeknallter Irrer«, würde er sich jeden dieser sogenannten »Experten« einzeln vornehmen und danach Feierabend machen.

Gregory O'Guinn, ein pensionierter FBI-Agent, der jetzt Bücher schrieb, bezeichnete ihn als Versager und behauptete, er wäre ein Außenseiter ... eine gescheiterte Existenz, jemand, dem es Spaß machte, unschuldige Opfer zu quälen. Gregory O'Guinn war ein schlechtes Aushängeschild für die Harvard-Universität.

Aber was kümmerte es ihn, was O'Guinn dachte? Er wusste, was wirklich Sache war, wusste genau, was er tat, und warum. Er konnte durchaus zwischen Recht und Unrecht unterscheiden. Wenn dieser Autor sich die Mühe gemacht hätte, diese Mädchen gründlicher zu durchleuchten, hätte er gesehen, dass sie alles andere als unschuldig waren. Sie waren unanständige Mädchen, respektlose Teenager, die ihn dazu gezwungen hatten, einzuschreiten, weil es sonst niemand tat. Wenn O'Guinn wüsste, was wirklich Sache war, würde er ihn einen heroischen Rächer nennen, einen Mann, der sich nicht um formale Gesetze scherte, sondern auf eigene Faust für Gerechtigkeit sorgte.

Er behielt den Eingang zum Haus der Andersons im Auge und warf zwischendurch einen Blick auf seine Armbanduhr, eine Rolex Oyster Perpetual Sea-Dweller. Den Ärger, der ihn innerlich auffraß, schluckte er hinunter. Trotz seiner Abneigung gegen alle Arten von Wasser – sowohl Salz- als auch Süßwasser – hatte er sich schon immer eine Rolex Sea-Dweller gewünscht. Sein Vater hatte genau dasselbe Modell getragen. Die Uhr hatte ein 31-Juwelen-Automatikwerk und eine Tauchtiefe von 1220 Metern. Sie war solide, aber nicht so schwer wie diese klobigen Omegas, die aus dem sündhaft teuren Edelstahl 904L gefertigt wurden. Das Zifferblatt konnte man selbst im Dunkeln gut sehen. Die Uhr war ein Geschenk an sich selbst gewesen, dafür, dass er seine Sache besonders gut gemacht hatte – drei Mädchen innerhalb von drei Monaten – alle eine Bedrohung für die Gesellschaft.

Er kniff die Augen zusammen. *Wo blieb Jennifer nur?*

In den letzten acht Wochen waren Jennifer Andersons Eltern jeden Samstagabend mit einer Regelmäßigkeit, die an die Präzision eines Uhrwerks grenzte, zum Abendessen und anschließend ins Kino gegangen. Ihre sechzehnjährige Tochter hatten sie jedes Mal allein zu Hause gelassen. Sie hatten nicht die leiseste Ahnung, dass ihre Tochter sich bereits nach fünf Minuten aus dem Haus schlich und zu einem nahe gelegenen Park ging, wo sie sich mit ihrem Freund traf. Dafür sollte sie sich schämen.

Da er nicht daran zweifelte, dass sie irgendwann das Haus verlassen würde, beschloss er, noch eine Weile zu warten. Dabei musste er an die anderen Mädchen denken, die er in letzter Zeit bestraft hatte. Die Experten mutmaßten, dass es ihm einen Kick verschaffte, wenn er die Mädchen folterte. Das war einfach nur lächerlich. Die morbide Neugier der Öffentlichkeit bereitete ihm ein weitaus größeres Vergnügen als die Tatsache, dass er die Mädchen zu sich nach Hause verschleppte und schlimme Dinge mit ihnen anstellte. Dinge, die er tun musste, wenn er ihnen eine Lektion erteilen wollte.

War er der Einzige, der es sich nicht gefallen ließ, dass freche und verzogene Görcn so taten, als gehöre die ganze Welt ihnen?

Samstag, 17. August 1996, 19 Uhr

Lizzy Gardner ging auf Zehenspitzen die Treppe hinunter und hoffte, dass es ihr gelingen würde, unbemerkt das Haus zu verlassen. Aber als sie unten im Flur ankam, fiel der Lippenstift ihrer Schwester aus ihrer Gesäßtasche und kullerte über den Fliesenboden.

»Wohin gehst du denn jetzt schon wieder, Elizabeth?«, rief ihr Vater aus der Küche.

Mom stand hinter Dad und machte eine wegwerfende Handbewegung, mit der sie Lizzy wissen ließ, dass es in Ordnung war. Dad musste mal wieder Dampf ablassen. Das tat er immer, wenn sie mit ihren Freundinnen weggehen wollte.

»Heute ist die letzte Nacht, wo ich meine Freundinnen sehen kann«, log Lizzy. »Emily und Brooke fahren morgen nach San Diego.«

»Das ist auch gut so«, sagte er. »Du solltest langsam mal daran denken, mit Leuten in deinem Alter zu verkehren. Wer fährt Auto?« Er machte die Haustür auf und sah auf die Straße hinaus.

Emily winkte aus ihrem VW-Käfer Cabrio. »Hallo, Mr. Gardner!«

Dad schloss brummend die Tür. »Du solltest heute Nacht wirklich nicht weggehen. Da läuft immer noch ein Mörder frei herum.«

Nicht schon wieder diese Leier. Der berüchtigte Teenager-Killer hatte seit Monaten nicht mehr zugeschlagen. Aber nachdem der Irre innerhalb von drei Monaten ein fünfzehn- und zwei sechzehnjährige Mädchen umgebracht hatte, machten sich selbst völlig normale Eltern bei dem geringsten Anlass in die Hose.

»Dad. Bitte.«

»Du kommst mir spätestens um zehn nach Hause.«

»Tom«, mischte sich ihre Mutter ein. »Ich habe Lizzy versprochen, dass sie bis halb zwölf weggehen darf. Das ist ihre letzte Nacht mit den Mädels. Nach dem Bowling gehen sie alle zu Brooke nach Hause. Du kennst Brookes Eltern ja schon. Da ist sie gut aufgehoben.«

»Mir gefällt das ganz und gar nicht«, sagte Dad kopfschüttelnd.

»Du kannst gehen«, sagte Mom mit einer lässigen Handbewegung. »Bis später dann.«

Lizzy ließ sich das nicht zweimal sagen. Sie vergaß den Lippenstift, der ihr aus der Tasche gefallen war, und rannte ohne sich umzusehen aus dem Haus.

Lizzy wünschte sich, die Nacht würde nie vorbeigehen. Als Jared sie heimbrachte und sich dem Haus ihrer Eltern näherte, blickte sie durch die Windschutzscheibe. Draußen war es stockdunkel – eine wunderbare, perfekte Nacht.

Jared bog nach rechts in die Emerald Street ab.

»Würdest du bitte da vorne anhalten«, sagte sie und deutete auf den Bordstein am Ende des Blocks. »Ich geh den Rest zu Fuß. Wenn mein Dad sieht, dass du mich heimgefahren hast, bringt er mich um.«

Jared fuhr mit dem Ford Explorer seines Vaters rechts ran und stellte den Motor ab. Lizzy löste den Sicherheitsgurt, beugte sich zu ihm und drückte ihre Lippen auf seinen Mund. Als sie ihren Kopf wieder zurückzog, bekam sie feuchte Augen.

»Stimmt irgendwas nicht?«

»Ich weiß nicht«, sagte sie. »Ich hasse einfach dieses Gefühl … als ob ich dich nie wiedersehen werde.«

Jared zog sie an sich heran und küsste ihre Nasenspitze, ihre Wange, ihr Kinn und schließlich ihren Mund. Jeder Kuss fühlte sich wie der erste an. Und jetzt zog er weg, um aufs College zu gehen. Das Leben war wirklich nicht fair. »Ich wünschte, diese Nacht würde nie zu Ende gehen«, sagte sie.

»Mir geht es genauso«, sagte er, bevor er sie erneut küsste, dieses Mal intensiver.

Sie mochte einfach alles an Jared Michael Shayne: Sein Aussehen, die Wirkung, die er auf sie hatte, seinen Geruch und den Klang seiner Stimme.

»Jared?«

»Hmm?«

»Du wirst mich doch hoffentlich nicht vergessen, oder?«

»Ausgeschlossen.«

Nach einer langen Pause lachte er und sagte: »Schau uns nur mal an. Wir tun ja gerade so, als würden wir uns nie wiedersehen. Ich ziehe nach Los Angeles und nicht auf den Mars. Mit dem Auto sind das höchstens fünf oder sechs Stunden. Du brauchst mich nur anzurufen, und schon bin ich da.«

»Ehrenwort?«

»Ehrenwort.« Er küsste sie noch einmal.

Die Digitaluhr auf dem Armaturenbrett zeigte 23:25 an, bevor Jared anhielt. Dad bekam wahrscheinlich schon einen Tobsuchtsanfall. »Ich gehe jetzt lieber.« Sie wandte sich ab und öffnete die Wagentür.

Seine Hand griff nach ihr. »Ich liebe dich, Lizzy. Das ist nicht das Ende, sondern der Anfang.«

Sie brachte ein Lächeln zustande. »Du hast recht. Ich liebe dich auch. Ruf mich morgen an, bevor du losfährst, okay?«

»Mach ich.« Er blickte auf die Straße, die sich vor ihnen erstreckte. »Ich fahr dich näher an euer Haus ran. Es ist schon verdammt spät und da solltest du nicht allein herumlaufen.«

Es gefiel ihr zwar, dass er sich Sorgen um sie machte, aber er neigte manchmal dazu, sie wie ein kleines Mädchen zu behandeln. Sie hatte bereits genug Sonntagabende beim Essen mit Jared und seiner Familie verbracht, um zu wissen, dass sein Vater eine herrschsüchtige und kontrollierende Ader besaß. Sie mochte es nicht, wenn Jared oder sonst jemand ihr vorschrieb, was sie zu tun hatte. Ganz abgesehen davon, dass sie von ihrem Vater einen Monat Hausarrest bekommen würde, wenn er sah, dass Jared sie nach Hause brachte. Schließlich glaubte er, sie wäre mit Emily und Brooke unterwegs. Lizzy gab ihrem Freund noch einen schnellen Kuss, bevor sie sich umdrehte und ausstieg. »Wird schon nichts passieren«, sagte sie. Dann schloss sie die Wagentür und warf ihm eine Kusshand zu.

Er erwiderte ihre Geste.

Als sie in Richtung ihres Elternhauses lief, fühlte sie sich gut, weil sie sich Jared gegenüber behauptet hatte. Bevor sie in die Canyon Road abbog, sah sie sich noch einmal nach ihm um, aber er hatte bereits gewendet und fuhr in die andere Richtung. Sie winkte ihm trotzdem nach.

Das Haus ihrer Eltern befand sich am Ende des Blocks. Sie konnte die Umrisse der Weide erkennen, die ihr Vater im Vorgarten gepflanzt hatte.

Das Klacken ihrer Schuhe auf dem Asphalt war laut genug, um Tote aufzuwecken. Sie blieb stehen und streifte die Schuhe ab. Das einzige Geräusch, das man jetzt noch hörte, war das Quaken von Abertausend Fröschen, die irgendwo in einem weit entfernten Bach nach einem Partner suchten.

Zapp!

Eine Straßenlaterne war kaputtgegangen. Lizzy blickte im Vorbeigehen zu ihr empor. Sie hatte nicht damit gerechnet, dass es noch dunkler werden konnte, aber da hatte sie sich getäuscht. Nicht einmal die Sterne ließen sich blicken. Lieber Gott, sie hatte völlig vergessen, wie sehr sie die Dunkelheit hasste. Besonders, wenn sie im Dunkeln *allein* war.

Jared hatte recht gehabt. Sie hätte sich von ihm näher zu ihrem Elternhaus fahren lassen sollen. Oder vielleicht hätte er sie auch gleich nach Hause bringen und zur Tür begleiten können, wie er es sonst auch immer tat. Ihrem Vater hätte sie doch erzählen können, dass Jared sie bei Brooke abgeholt hatte. Das hätte er ihr geglaubt. Er glaubte ihr immer. Jetzt hatte sie es ihrer Sturheit zu verdanken, dass sie hier draußen in der pechschwarzen Finsternis herumtappte … noch dazu allein.

Plötzlich raschelte es nicht weit entfernt im Seiteneingang eines der Nachbarhäuser. Lizzy bekam an ihren Armen eine Gänsehaut. Sie blieb stehen und horchte. Dabei hoffte sie, dass Fudge auftauchen würde, der schokoladenbraune Labrador, der die Leute am liebsten zu Tode leckte. Ein paar Meter weiter hörte sie es wieder: das Stampfen von Schritten.

»Jared? Bist du das? Das ist überhaupt nicht lustig.«

Sie fuhr herum. Die Straße hinter ihr war menschenleer. Bei den Nachbarn brannte kein einziges Licht und soweit sie erkennen konnte, schaute niemand aus dem Fenster. Hunde bellten auch keine.

Das war eigentlich ein gutes Zeichen, oder nicht?

Du machst dir völlig grundlos in die Hose.

Vorsichtig ging sie weiter, einen Fuß vor den anderen setzend. Und dennoch wurde sie dieses seltsame Gefühl nicht los, dass jemand sie beobachtete. Sie konnte es förmlich spüren.

Ihr Vater hatte immer gesagt: »Vertrau deinem Bauchgefühl, Elizabeth. Wenn sich etwas komisch anfühlt, gibt es wahrscheinlich einen guten Grund dafür.«

Andererseits hatte man ihr auch bescheinigt, dass ihre Fantasie manchmal mit ihr durchging.

Ein kühler Luftzug strich über ihre Arme. Aber es war doch heute Nacht völlig windstill, oder nicht?

Sie sollte lieber schneller laufen. Genau genommen hätte sie das schon in dem Augenblick tun sollen, als sie zum ersten Mal das Gefühl hatte, dass jemand sie beobachtete.

Plötzlich hallten Schritte hinter ihr. Lizzy wirbelte so schnell herum, dass sie beinahe das Gleichgewicht verlor. Ein Mann kam schnurstracks auf sie zu. Ihr Hirn schrie: LAUF! Leider gehorchten ihre Beine nicht. Es war, als klebten ihre Füße am Asphalt fest.

Wumm! Wumm!

Etwas Hartes traf sie am Bein und kurz darauf links am Kopf. Ein glühender Schmerz schoss durch ihren Schädel. Ihre Knie knickten ein und alles, was sie zuletzt sah, war schwarz: eine schwarze Jacke, eine schwarze Maske und ein schwarzer Himmel.

Kapitel 2

Lizzy öffnete die Augen. Ein starker Schmerz schoss ihr durch den Schädel und ließ sie zusammenzucken. Sie lag auf dem Bauch, die Hände mit einem dicken, rauen Seil hinter dem Rücken gefesselt. Ihre Handgelenke fühlten sich wund an und sie konnte sich kaum bewegen. Das Arschloch hatte viel Sorgfalt darauf verwendet, das Seil mehrmals um ihren Oberkörper zu wickeln. Er hatte es so fest angezogen, dass sie kaum atmen, geschweige denn sich rühren konnte. An den Füßen war sie ebenfalls gefesselt.

Wo war sie nur?

Sie konnte nur mit Mühe klar sehen. Ihr Kopf war bis zu den Augenbrauen mit Mullbinden umwickelt. Der Mann hatte ihr mit einem harten Gegenstand auf die Beine und den Kopf geschlagen und letzteren dann verbunden. Geredet hatte er auch mit ihr, und zwar durch irgendein verrücktes Mikrofon, das seine Stimme wie die des Roboters der Familie Robinson in der Fernsehserie *Verschollen zwischen fremden Welten* klingen ließ. Die Stimme hatte sich unheimlich angehört, ein Effekt, der noch dadurch verstärkt wurde, dass sie aus dem Munde eines

Mannes kam, der eine Maske wie aus einem alten Batman-Film trug.

Wie lange befand sie sich nun schon hier? Ein paar Stunden, einen Tag oder gar zwei?

Als ihre Augen sich allmählich an den halbdunklen Raum gewöhnten, nahm der Schmerz eine andere Form an. Hatte es sich vorhin so angefühlt, als würde ihr Kopf von einem Vorschlaghammer zertrümmert, so war es jetzt eher wie ein ständiges Klopfen auf die Schädeldecke. Langsam konnte sie konkrete Formen erkennen. Der Raum war in etwa so groß wie ihr Schlafzimmer. Dunkle Jalousien verdeckten ein rechteckiges Fenster, aber durch die winzigen Ritzen zwischen den Lamellen drang Licht. Vom Fenster bis zur Decke zogen sich Spinnweben und ergaben eine Reihe von seidig glänzenden Mustern.

Lizzy lief es kalt über den Rücken.

Die Angst drohte völlig von ihr Besitz zu ergreifen, aber sie wusste, dass sie nur dann eine Chance hatte, von diesem Ort wegzukommen, wenn sie Ruhe bewahrte.

Zu ihrer Rechten stapelten sich Pappkartons. Sie versuchte, ihre Arme hin und her zu bewegen, aber das erwies sich als zwecklos. Sie wollte nicht sterben. Wie viele Mädchen waren als vermisst gemeldet? Zwei? Drei? Wichtiger noch, wie viele hatte man lebend gefunden?

Gar keine.

Etwas krabbelte an ihrem Bein hoch. Sie spürte, wie es sich bewegte, und hielt den Atem an. Das Ding auf ihrem Bein, was auch immer es war, hielt in seiner Bewegung inne.

Warum bewegt es sich nicht mehr? Will es mich beißen?

Ein Schauer lief ihr über den Rücken. Am liebsten hätte sie laut geschrien, aber damit würde sie nur diesen Verrückten auf sich aufmerksam machen. Und was dann?

Das Ding fing wieder an zu krabbeln. Es musste so etwas wie eine Spinne mit dem Körper einer Kakerlake sein, dachte sie sich, denn sie konnte spüren, wie sich der schwere Bauch des Insekts langsam und gleichmäßig auf ihrer Haut bewegte.

Sie kämpfte gegen ihre Fesseln an, versuchte krampfhaft, ihre Arme, Beine und Hüften zu bewegen. Es war zwecklos. Sie hatte ein Gefühl, als drehte sich ihr der Magen um.

Dir darf jetzt nicht schlecht werden, Lizzy. Bleib ruhig. Atme gleichmäßig ein und aus. Nur weil es den anderen Mädchen nicht gelungen ist, sich aus ihrer Lage zu befreien, heißt das noch lange nicht, dass du es nicht schaffst.

Denk nach.

Konzentrier dich.

Sie hatte sich erst vor Kurzem die Talkshow von Oprah Winfrey angesehen. Die Sendung hatte davon gehandelt, wie man sich in Extremsituationen verhalten musste, zum Beispiel, wenn man mit dem Auto im Wasser versinkt. Regel Nummer eins lautete: Ruhe bewahren.

Sie schloss die Augen und atmete langsam ein und aus. Der Anflug von Übelkeit verschwand. Als sie die Augen wieder öffnete, sah sie, wie eine Spinne etwa zwei bis drei Zentimeter von ihrem Gesicht entfernt über den Holzboden kroch. Und dann kam gleich noch eine … und noch eine.

Was zum Teufel war hier los? Woher kamen diese Viecher?

Lizzy drehte den Kopf, soweit es ging. Scheiße. Nur etwa einen Meter entfernt stand ein riesiges Glasgefäß voller Insekten. Und da waren keinesfalls nur Spinnen drin, sondern auch Skorpione und Tausendfüßler. Die Insekten krabbelten aufeinander herum und suchten einen Weg nach draußen. Sie saßen in der Falle, genau wie sie.

Was auch immer sich auf ihrem Bein befand, war inzwischen über ihr Knie hinweg gekrabbelt. *Es ist doch bloß ein Insekt … ein blödes Insekt. Reiß dich zusammen, Lizzy. Wenigstens ist es nicht dunkel.* Mehr als alles andere wünschte sie sich, dass der Irre nicht zurückkam. Sie wollte nicht sterben.

Sie musste an die anderen Mädchen denken. Sie zappelte wie eine Fliege, die in einem Spinnennetz gefangen war, und ignorierte den glühenden Schmerz, als sie herauszufinden versuchte, wo genau auf ihrem Rücken sich die Seile überschnitten.

Mit einem Mal überkam sie eine schon fast unheimliche Ruhe und Gelassenheit. Ihr Überlebenswille war größer und stärker als das Monster, das sie gefesselt hatte. Der Irre, dem sie jetzt und für immer den Namen »Spinnenmann« gab, wusste nicht, dass sie extrem gelenkig war. Dieses kranke Arschloch hatte zum Glück überhaupt keine Vorstellung davon, wie sehr sie ihre Gliedmaßen und Gelenke biegen konnte. Der Geruch ihres eigenen, einge-trockneten Blutes ließ erneut ihren Magen rebellieren. Sie konnte es sich jetzt auf keinen Fall leisten, in Ohnmacht zu fallen. Sie musste sich aus ihren Fesseln befreien und von hier verschwinden, bevor er wiederkam.

Vergiss den Spinnenmann.

Konzentriere dich.

Ein bisschen mehr Druck auf die linke Schulter und es müsste klappen. Sie hatte schon öfter ihr Schultergelenk ausgerenkt, um auf Partys ihren Freunden zu imponieren. Der Arzt nannte das eine atraumatische Schulterluxation. Wenn ihr das jetzt gelang … wenn sie ihren Arm nur ein bisschen weiter nach links bewegen konnte … *Konzentrier dich, Lizzy. Knack.*

Eine Träne lief ihr über die Wange. *Danke, lieber Gott.*

Der pochende Schmerz, den die ausgerenkte Schulter verur-sachte, war nichts im Vergleich zu den höllischen Schmerzen in ihrem Kopf und dem Brennen in ihrem Bein, wo er sie mit einem harten Gegenstand getroffen hatte. Sie wand sich auf dem Boden hin und her, um ihre Fesseln zu lockern, drückte dann ihr Kinn auf die Brust, nahm das Seil zwischen die Zähne und zog daran. Es funktionierte. Das Seil lockerte sich und sie bekam ihre rechte Hand frei. Ja! Der Rest war leicht.

Sie drehte sich auf den Rücken, setzte sich auf und löste mit ihrer rechten Hand die Fesseln um ihre Fußknöchel. Die Zeit drängte. Mit dem rechten Arm zog sie den linken an ihre Brust und renkte die Schulter wieder ein. Erleichterung durchflutete sie.

Sie rappelte sich auf. Der Adrenalinschub sorgte dafür, dass sie in Bewegung blieb und nicht in Ohnmacht fiel. Eine Spinne fiel ihr vom Kopf und landete vor ihr auf dem Fußboden. Das achtbeinige Untier war groß, haarig und braun. Mit dem Zeh ihres nackten Fußes schubste sie das Insekt zur Seite und fuhr sich mit hektischen Bewegungen durch ihr zerzaustes Haar, um die Insekten, die sich dort eingenistet hatten, loszuwerden. Die Viecher hatten sie mehrmals gebissen.

Es wimmelte nur so von Spinnen. Sie krabbelten über den Fußboden und um die Pappkartons herum. Lizzy hielt still und wartete, bis ihre Benommenheit verschwand.

Los, Lizzy. Hau bloß ab hier.

Beim ersten Schritt knickte ihr beinahe das Bein weg, aber sie konnte sich wieder fangen, indem sie sich an der Wand abstützte. An ihre Verletzungen und Schmerzen durfte sie jetzt nicht denken. Sie musste dringend von hier weg.

Lizzy spähte durch einen Spalt in den Jalousien. Das Fenster war außen vergittert. Sie humpelte zur Tür und stellte zu ihrer Verwunderung fest, dass sie nicht abgeschlossen war.

Sie lauschte. Jemand redete. Stimmen. Irgendwo lief ein Fernseher. Leise trat sie in den Flur. Auf dem Fußboden lag ein dicker Teppich. Das Haus wirkte wie neu: frischer Anstrich, neuer Teppich, keine Bilder, Fotos oder sonstige Dekorationen an den Wänden.

Nur nichts überstürzen. Leise. Langsam. Ihr Blick fiel auf die Eingangstür, eine ganz normale Tür mit Spion und Kette. Ihr Herz schlug dreimal so schnell.

Oh mein Gott. Oh mein Gott. Am liebsten wäre sie zur Tür gerannt, aber sie unterdrückte den Impuls, überstürzt zu handeln und damit unerwünschte Aufmerksamkeit auf sich zu ziehen. Die Kette an der Tür wirkte solide. Sie war an eine schwere Metallhalterung montiert. Lizzy schluckte und blickte sich im vorderen Zimmer um. Im Fernsehen lief eine Reklame für Hundefutter. Ihre Zunge fühlte sich dick und geschwollen an. Und dann sah sie ihn.

Ach du Scheiße.

Der Irre. Das Monster. Der Spinnenmann. Da war er.

Er lag auf der Couch ... und schlief.

Wenn sie jetzt versuchte, das Schloss aufzubekommen und zur Tür hinauszugehen, würde sie ihn wecken. Irgendwo im Haus musste es doch noch eine andere Tür geben. Es dauerte nicht lange, bis sie eine fand. Es war eine Glasschiebetür zwischen der Küche und einer kleinen Essnische. Jetzt würde ihr die Flucht gelingen und sie würde weiterleben.

Lizzy humpelte auf die Tür zu. Doch dann hörte sie plötzlich ein Kind schreien … ein lang gezogenes, erbärmliches Wimmern.

Ein Junge oder ein Mädchen? Sie hatte keine Ahnung. Auf jeden Fall war noch jemand im Haus. Sie kaute auf ihrer Unterlippe. Draußen ging die Sonne auf und ließ den Himmel hell werden. Von da, wo sie stand, konnte sie eine Zukunft sehen. Draußen, zum Greifen nah, dämmerte ein neuer Tag … aber da war es wieder.

»*Aaaahhhhhh.*«

Scheiße!

Lizzy hinkte dahin zurück, wo sie gerade hergekommen war. Sie warf noch mal einen Blick auf den Mann auf der Couch. Er hatte sich nicht bewegt und lag mit geschlossenen Augen auf der Seite. Sein sorgfältig gestutzter Bart konnte das jungenhafte Gesicht nicht verbergen. Die dunkelbraunen Haare, die keine einzige graue Stelle aufwiesen, waren so kurz geschnitten, dass sie ein großes, hässliches Ohr freigaben. Die Hälfte seines Gesichts, die Lizzy sehen konnte, war braun gebrannt, mit hohem Wangenknochen. Jetzt hörte sie es wieder, den Schrei eines Kindes, diesmal jedoch nicht so laut. Warum schaffte sie es nicht, ihren Blick von diesem Monster abzuwenden? Eigentlich sah er gar nicht wie ein Verrückter aus, sondern eher wie ein Geschäftsmann, jemand, den sie auf der Straße treffen und mit einem freundlichen »Hallo« begrüßen könnte. Er wirkte völlig normal.

Sie gab sich einen Ruck und verließ das Zimmer. Während sie den mit Teppich ausgelegten Flur entlanghumpelte, ignorierte sie wieder den unerträglichen Schmerz in ihrem Bein und das Pochen in ihrem Schädel. Aber vor allem ignorierte sie, wie idiotisch es war, noch einmal umzukehren. Verdammte Scheiße. Ihr war zum Kotzen zumute.

Sie kam an drei Türen vorbei. Hinter einer befand sich das Zimmer mit den Spinnen. Die anderen beiden Türen waren zu. Sie fasste an den Knauf zu ihrer Rechten, drehte ihn langsam, peinlich genau darauf bedacht, keinen Lärm zu verursachen, und spähte hinein. Es war ein ganz normales Gästezimmer mit einem Bett, auf dem eine Tagesdecke lag. Daneben stand ein Nachttisch mit einer Lampe, deren handgemachter Schirm mit Rüschen besetzt war – von der Art, wie Lizzys Großmutter sie gehäkelt hatte. Nichts in diesem Haus ergab einen Sinn. Ein Haus des Grauens mit frisch gestrichenen Wänden und handgefertigten Tagesdecken. Sie ging auf die nächste Tür zu. Als sie sie öffnete, schlug ihr ein muffiger, schimmeliger Geruch entgegen.

Bei dem grauenhaften Anblick, der sich ihr bot, hielt sie sich unwillkürlich die Hand vor den Mund. Es stank bestialisch nach faulen Eiern und toten Mäusen oder Ratten. Ein Bett füllte das kleine Zimmer fast gänzlich aus. Auf zweien der vier Bettpfosten steckten Totenschädel, aber nicht solche, wie sie sie in Arztpraxen gesehen hatte. An diesen Schädeln hing noch etwas. *Haut? Haare? Oh Gott.* Sie musste würgen.

Plötzlich merkte Lizzy, dass sich etwas bewegte – die Quelle des Lärms. Auf dem Boden lag ein Kind von vielleicht dreizehn oder vierzehn Jahren. Seine Arme und Beine waren nur noch Haut und Knochen und sie waren an einen Bettpfosten gefesselt. Man konnte nur schwer erkennen, ob das Kind ein Junge oder ein Mädchen war, aber als Lizzy das silberne Kettchen sah, das dem Kind um den Hals hing, tippte sie auf ein Mädchen. Ihr kurzes hellbraunes Haar sah aus, als hätte jemand mit einem stumpfen Messer daran herumgesäbelt. Sie war erschreckend dünn und ihre großen, runden braunen Augen traten aus den Höhlen. Zerrissene und blutbefleckte Kleider hingen ihr vom Leib.

Bevor Lizzy überhaupt begriff, dass sie an das Kind herangetreten war, befreite sie es mit Händen und Zähnen von seinen Fesseln. Dabei liefen ihr Tränen über das Gesicht. Da das Mädchen nicht aus eigener Kraft aufrecht stehen konnte, hob Lizzy es auf, rannte aus dem Zimmer und dann den Flur entlang.

Sie biss die Zähne zusammen, um nicht vor Verzweiflung zu schreien.

Lizzy musste so schnell wie möglich verschwinden, also verzichtete sie darauf, stehenzubleiben und nachzusehen, ob der Mann immer noch auf der Couch lag. Sie lief auf die Glasschiebetür zu, wo ihr nichts anderes übrig blieb, als das Mädchen abzusetzen. Schließlich brauchte sie zwei freie Hände, um die Tür zu entriegeln und zu öffnen. Als sie die Kleine wieder aufhob und ins Freie trat, blendete sie das grelle Sonnenlicht. Die Äste einer mächtigen Eiche streckten sich nach ihr aus. Außer den Ästen des Baumes konnte sie nichts sehen.

Zumindest nicht sofort. Es dauerte einen Moment, bevor Lizzy ihn erblickte.

Er stand am Zaun und wartete.

Das kleine Mädchen in ihren Armen musste ihn ebenfalls gesehen haben, denn aus ihrem Mund drangen die seltsamsten Laute.

Kapitel 3

Lizzy stand in vorderster Reihe in der Mehrzweckhalle der Ridge-view-Grundschule und zeigte mit dem Finger auf das junge Mädchen, das ganz vorne saß. »Heather, was solltest du als Erstes tun, wenn du das Gefühl hast, dass dich jemand entführen will?«

»Andere Leute auf mich aufmerksam machen.«

»Gut. Und wie macht man so was am besten, Vicki?«

»Indem man schreit und um sich tritt.«

»Genau.« Acht Kinder hatten sich zu Lizzys Vortrag am heutigen Abend angemeldet, alles Mädchen unter achtzehn Jahren. Aber nur sechs davon waren tatsächlich erschienen. Trotzdem nicht schlecht für einen Freitagabend. Lizzy brachte Kindern und Jugendlichen seit zehn Jahren bei, wie man sich vor Gefahren schützte, und hatte schon schlechtere Anwesenheitszahlen erlebt, einschließlich eines Termins, zu dem überhaupt niemand kam. Es war unschwer zu erkennen, wer innerhalb der letzten Stunde aufgepasst hatte und wer nicht. »Na, wie wär's mit dir, Nicole? Komm doch bitte mal nach vorne und zeig uns, was du tun würdest, wenn jemand versucht, dich gegen deinen Willen mitzunehmen.«

Alle warteten ruhig, bis Nicole vorne stand.

Lizzy deutete mit dem Kinn auf Bob Stuckey, den lokalen Sheriff, dessen Tochter an diesem Abend ebenfalls anwesend war. Er hatte das Klassenzimmer zehn Minuten zuvor betreten. Zusammen mit ein paar anderen Eltern wartete er geduldig darauf, dass der Kurs zu Ende ging und sie mit ihren Kindern nach Hause gehen konnten.

»Mr. Stuckey, würde es Ihnen etwas ausmachen, mir einen Augenblick zu helfen?«

Er zögerte zunächst, doch dann zuckte er mit den Schultern und begab sich in die Mitte des Raums, wo Nicole mit steifen Armen stand.

Lizzy gab Bob Stuckey mit einer Geste zu verstehen, er solle mit der Demonstration anfangen, indem er seinen massiven Arm um Nicole schlang. Obwohl dem Sheriff sichtlich und verständlicherweise unwohl dabei war, seinen Arm um den Hals des Mädchens zu legen, befolgte er ihre Anweisung.

»Okay, Nicole. Was würdest du tun, wenn dich jemand packt, so wie es Sheriff Stuckey gerade macht, und dir sagt, du sollst in sein Auto einsteigen?«

Nicole schluckte. »Ich weiß nicht.« Sie unternahm einen halbherzigen Versuch, sich aus der Umklammerung zu befreien, mit der der Sheriff sie festhielt, aber es gelang ihr nicht. »Ich pack' das nicht«, sagte Nicole. »Ich will nicht mal dran denken. Ich hab keine Ahnung, was ich machen soll.« Tränen traten ihr in die Augen. »Lassen Sie mich bitte los.«

Lizzy sah Bob an und zog eine Augenbraue hoch – eine Geste, mit der sie dem Sheriff zu verstehen gab, dass die Übung beendet war.

Er ließ Nicole sofort los.

Das Mädchen hatte offensichtlich noch ein paar Übungsstunden nötig, bevor man sie noch einmal als Versuchskaninchen benutzen konnte. Lizzy deutete auf die hinterste Reihe im Raum, wo ein Mädchen so weit wie nur möglich von den anderen entfernt saß. Sie war höchstens sechzehn oder siebzehn, aber ihre fünf Piercings – je eins an den Ohren und den Augenbrauen, und eins an der Nase – ließen sie älter und abgebrühter wirken. Das schwarze Haar hatte sie sich zu einer Igelfrisur schneiden lassen und trotz der frostigen Februarkälte trug sie ein dunkelblaues Top mit Spaghettiträgern, einen Minirock und ausgelatschte Turnschuhe ohne Schnürsenkel. Eine Engelstätowierung auf ihrem Schlüsselbein stach auf ihrer hellen Haut hervor. *Autsch.*

»Was meinst du dazu?«, fragte Lizzy das Mädchen. »Was würdest du tun, wenn dich jemand packt?«

Das Mädchen kaute auf ihrem Kaugummi herum, formte daraus eine riesige Blase und brachte es fertig, diese wieder in ihrem Mund verschwinden zu lassen, ohne dass das klebrige Zeug im Gesicht hängen blieb. *Beeindruckend.*

Lizzy vermutete, dass der kalte und berechnende Blick ihrer braunen Augen, ihre extreme Einsamkeit maskieren sollte.

»Wie heißt du?«, fragte Lizzy.

»Hayley Hansen. Sie nahm den Kaugummi aus dem Mund und klebte ihn an die Unterseite der Tischplatte. Dann erhob sie sich und ging auf Sheriff Stuckey zu. Dieser blickte mehr als nur ein wenig besorgt drein, als sich das Mädchen ihm näherte.

»Dann mal los«, sagte Lizzy zu dem Sheriff, als Hayley vor ihm stehen blieb und sich der Klasse zuwandte.

Sheriff Stuckey legte seinen Arm um den Hals des Mädchens und hielt es fest, indem er die Finger seiner anderen Hand um seinen Vorderarm schloss.

»Okay«, sagte Lizzy zu Hayley. »Du bist im Park und dieser Mann hat sich dir von hinten genähert und dich in den Würgegriff genommen.«

Hayley blickte äußerst gelangweilt drein.

»Was würdest du tun?«

»Ich würde dem Arschloch ein Stück Fleisch aus dem Arm beißen.« Gleich darauf demonstrierte sie ihren Vorschlag.

»Au! Scheiße!« Bob Stuckey zog hastig den Arm weg und machte einen Satz nach hinten. »Verdammt noch mal.« Sein Hemdsärmel war zerrissen und durch den Baumwollstoff sickerte Blut.

Lizzy eilte an das andere Ende des Raums, holte den Verbandskasten und reichte ihn dem Sheriff. Dann führte sie Stuckey ins Bad.

Einige Eltern tuschelten besorgt miteinander.

Als Lizzy wieder vor die Klasse trat, brachen einige der Mädchen in Gekicher aus. Jane Stuckey, die fünfzehnjährige Tochter des Sheriffs, wandte sich ihnen zu. »Das ist nicht witzig.«

»Nein«, gab Lizzy ihr recht, »es ist niemals witzig, wenn jemand verletzt wird.« Dann sah sie Hayley an, die wieder an ihren Platz in der hintersten Reihe zurückgekehrt war. »Hayley, ich werde jetzt mal Fünfe gerade sein lassen und davon ausgehen, dass du den Sheriff nicht mit Absicht verletzt hast. Aber gleichzeitig möchte ich euch alle daran erinnern«, sagte Lizzy und sah jedem Mädchen im Raum in die Augen, »dass dies eine ernste Angelegenheit ist. Und deshalb werde ich das, was Hayley gerade mit Sheriff Stuckey gemacht hat, als Beispiel dafür nehmen, was ihr in einer solchen Situation tun solltet. Wie viele von euch sind der Meinung, dass Hayley davongekommen wäre, wenn jemand sie angegriffen hätte?«

Alle hoben die Hände.

Lizzy nickte zustimmend.

Die Mutter eines der Teenager, die während des gesamten Vortrags am anderen Ende des Klassenzimmers gesessen hatte, sprang plötzlich auf und sagte: »Ich finde nicht, dass das Beißen eines Polizisten als Beispiel für richtiges Verhalten dienen sollte.«

Lizzy seufzte. »Das kommt daher, weil Sie, Mrs. Goodmanson, noch nie gegen Ihren Willen festgehalten wurden. Ist es nicht so?«

Mrs. Goodmanson wollte zu einer Erwiderung ansetzen, aber Lizzy gab ihr dazu keine Chance. »Wurden Sie jemals dazu gezwungen, etwas zu tun, was Sie nicht wollten, oder von dem Sie wussten, dass es nicht richtig war? Hat man Sie jemals unsittlich berührt? Hat Ihnen jemand schon mal ein Messer an die Kehle oder eine Pistole an den Kopf gehalten, Mrs. Goodmanson?«

Die Frau schüttelte den Kopf und ließ sich wieder auf ihren Stuhl fallen.

Lizzy wandte sich wieder den Kindern zu, die sie jetzt mit großen, runden und neugierigen Augen anstarrten. Zum ersten Mal, seit sie das Klassenzimmer betreten hatte, hatte Lizzy ihre volle Aufmerksamkeit.

»Schimpft, flucht, beißt, tretet«, sagte sie mit lauter und streng klingender Stimme. Dabei ging sie vor der Klasse auf und ab. »Tut, was immer ihr tun müsst, um loszukommen. Schreit aus vollem Hals: HILFE, ICH KENNE DIESEN MENSCHEN NICHT! Falls ihr auf einem Fahrrad sitzt, steigt auf gar keinen Fall ab oder lasst das Rad los. Wenn ihr ohne Fahrrad unterwegs seid, lauft gegen den Verkehr und schreit, so laut ihr könnt.«

Lizzy klemmte sich ein paar lose Haarsträhnen hinter das Ohr und lief weiter im Zimmer auf und ab. Zwischendurch unterstrich sie das Gesagte immer wieder mit heftigen Handbewegungen. »Wenn ihr nicht davonrennen könnt und der Entführer es irgendwie schafft, euch in sein Auto zu zerren, kurbelt das Fenster runter und schreit. Ruft die schlimmsten Wörter, die euch einfallen … alles, womit ihr Passanten auf euch aufmerksam macht. Wenn ihr an ein Stoppschild oder eine rote Ampel kommt, springt aus dem Auto und lauft davon! Wenn das Auto fährt und ihr euch auf dem Beifahrersitz befindet, zieht den Schlüssel aus dem Zündschloss und werft ihn aus dem Fenster oder nach hinten. Während er ihn sucht, steigt aus und rennt.«

Lizzy ließ ihren Blick langsam durch den Raum schweifen und fragte dann: »Habt ihr mich verstanden?«

Das Kichern war schon vor einer geraumen Weile verstummt. Betretenes Schweigen hing im Raum.

Alle anwesenden Kinder nickten, außer Hayley. Sie blickte drein, als wüsste sie bereits alles, was man über böse Menschen wissen musste. Böse Menschen, die schlimme Dinge mit Unschuldigen anstellten, und das aus dem einzigen Grund, weil sie den Drang hatten, jemanden zu jagen und zum Opfer zu machen. Danach lebten sie ihre kranken Fantasien weiter in Gedanken aus, bis sie das nächste Opfer fanden.

Lizzy zwängte Old Yeller, ihren Toyota Corolla Baujahr 1977, dessen Lack bereits verblasst war, in eine Parklücke auf der J Street, stieg aus und ging den Gehsteig entlang zu ihrem Büro. Obwohl es bereits nach neun Uhr vormittags war, hingen immer noch dichte Nebelschwaden unter den kahlen Bäumen, die die Straße säumten.

Die Kälte drang durch ihren ganzen Körper. Lizzy rieb sich die Arme und vergrub die Hände tief in den Taschen ihrer Jacke. Sie fror. Sie fror immer. Ihre Schwester Cathy behauptete, das käme daher, weil sie zu dünn war und nur aus Haut und Knochen bestand. Das mochte ja sein, aber eines Tages würde sie nach Arizona oder Mexiko ziehen, oder vielleicht nach Palm Springs. Irgendwohin jedenfalls, wo es heiß war und wo sie weder Handschuhe noch zwei Paar Socken tragen musste. Ihre Hände fingen gerade an, warm zu werden, als sie sie aus den Taschen zog, um die Tür zu ihrem Büro zu öffnen.

Mit Wohlwollen und einem Hauch von Stolz betrachtete sie das neu gravierte Schild an der Tür: »Elizabeth Ann Gardner – Privatdetektei.« Ein Geschenk von ihrer Schwester, über das sie sich sehr gefreut hatte.

Sie hob den Arm und versuchte, mit dem Ellenbogen einen Schmierfleck von der Glastür zu wischen, als sie auf einmal völlig unerwartet aufging. Sie erwartete keine Kunden. Sie war nicht verheiratet, hatte keinen Ex-Mann, keinen Freund, keine Kinder. Sie beschäftigte eine Praktikantin, aber die machte zurzeit Urlaub. Weder ihre Schwester noch ihre vierzehnjährige Nichte besaßen einen Schlüssel zu ihrem Büro, was nur bedeuten konnte, dass jemand eingebrochen war.

Sie steckte ihren Kopf durch die Tür und vernahm aus dem Hinterzimmer ein gedämpftes Geräusch, das sich wie das Rascheln von Papier anhörte. Ihre anfängliche Einschätzung bedurfte einer Korrektur. Es war nicht jemand eingebrochen, sondern der Einbruch war gerade im Gange.

Sie fuhr mit der Hand unter ihre Jacke und stellte zu ihrer Erleichterung fest, dass ihre Glock .40 fest im Halfter saß. Sie zog die Waffe und hielt sie seitlich am Körper. Obwohl Lizzy noch nie in eine Situation gekommen war, in der sie die Pistole benutzen musste, trug sie sie seit nunmehr zehn Jahren immer bei sich. Sie war wie ein Freund; mit ihr fühlte sie sich sicher.

Am Türrahmen konnte sie keine Einbruchspuren erkennen. Sie öffnete die Tür weit genug, um sich lautlos hindurchzwängen zu können. Trotz der Versuche ihrer Nichte, sie während ihres Besuchs mit Rice Krispies zu mästen, hatte Lizzy noch einmal drei Pfund verloren. Das lag aber nicht daran, dass sie versuchte, abzunehmen. Nein, sie hatte einfach keinen Hunger. Essen übte auf sie keinen Reiz aus. Manchmal fragte sie sich, ob es überhaupt etwas gab, das sie reizte, außer dass sie eine Schwäche für Erdnuss-M&Ms besaß.

Sie warf einen Blick auf ihren Schreibtisch. Der Computer war ausgeschaltet. Papiere lagen verstreut herum – ein totales Chaos. Angenagte Bleistifte steckten in einem komisch aussehenden Gefäß, das ihre Nichte für sie gebastelt hatte. Alles war so, wie sie es hinterlassen hatte. Wie es aussah, versuchte nicht mal ein Einbrecher, in dieser Unordnung etwas zu finden, was ihn interessieren könnte.

Lizzy dachte sofort an ihr Tagebuch. Zum Glück konnte der Einbrecher nicht wissen, dass ihre Schwester sie dazu überredet hatte, eins zu führen, einzig und allein zum Zweck der Läuterung. Cathy bildete sich ein, dass Lizzy sich wie neugeboren fühlen würde, wenn sie sämtliche aufgestauten Emotionen auskotzte und zu Papier brachte. Ihre Schwester betrachtete das Schreiben eines Tagebuchs als eine Art emotionale Entschlackungskur. Und dieser ganze elektrisierende Erleuchtungskram war direkt hier auf ihrem Computer gespeichert, in einem Ordner mit dem Namen »Allerlei«. Der Einbrecher hingegen schien zu vermuten, dass sich die Wertsachen hinten im Safe befanden.

Auf leisen Sohlen schlich sie auf das hintere Bürozimmer zu, das in Wirklichkeit nur ein verkappter großer Wandschrank war.

Das Rascheln wurde lauter. Da war eindeutig jemand mit Eifer am Werk.

Lizzy spürte, wie ihr Adrenalinpegel im Blut rasant anstieg. Ein bisschen Abenteuer, ein bisschen Aufregung – genau das, wovor der Arzt sie gewarnt hatte. Ihre Schwester Cathy hatte gar nicht mal so sehr danebengelegen, als sie Lizzy während eines Streits vor ein paar Tagen an den Kopf geworfen hatte, sie wäre »echt abartig«. Aber Cathy war ja auch nicht das Mädchen aus ihrem Ort, das die traurige Berühmtheit erlangt hatte, dem Tod gerade noch von der Schippe gesprungen zu sein. Cathy hatte nicht zwei Monate ihres Lebens mit einem durchgeknallten Psychopathen verbringen müssen, der eine Schwäche für Spinnen hatte.

Lizzy inspizierte den Fußboden und entdeckte keine nassen oder schlammigen Fußabdrücke, sondern nur einen hässlichen beigen Teppich, der eine gründliche Reinigung vertragen konnte. Aber in ihrem Leben gab es Prioritäten und eine Teppichreinigung stand ganz unten auf ihrer Liste – gleich hinter anderen unliebsamen Beschäftigungen wie zum Beispiel die Kacheln in der Dusche schrubben, Lebensmittel einkaufen oder das Auto zu einer längst fälligen Inspektion in die Werkstatt bringen. Wenn überhaupt jemand eine Inspektion brauchte, dann war sie das, und nicht so ein altes, eigenwilliges Auto mit kaputtem Auspuff.

Eine Schublade ging mit lautem Knall zu und jagte ihr einen Schrecken ein. Die Tür zum hinteren Büro-Wandschrank stand einen Spalt offen und Lizzy konnte ein Paar Stiefel ausmachen. Jemand beugte sich über die unterste Schublade ihres Aktenschranks.

»Hände hoch oder ich schieße!«

Zwei Hände flogen in die Höhe. Papier wirbelte durcheinander. »Ich bin's, Jessica. Bitte nicht schießen.«

Lizzy stieß die Tür ganz auf.

In Jessicas Gesicht machte sich Erleichterung darüber breit, dass es nur Lizzy war. Aber sie konnte es nicht lassen, weiter auf die Pistole zu starren und die Hände in die Höhe zu strecken.

Lizzy runzelte die Stirn und senkte die Waffe. »Was zum Teufel machen Sie denn hier? Wollten Sie nicht nach New Jersey fliegen?«

Jessica Pleiss studierte Psychologie an der California State University in Sacramento und arbeitete als neue Praktikantin in Lizzys Büro. Obwohl Lizzy eigentlich keine brauchte oder wollte, hatte sie Jessica »eingestellt«, weil sie ein Talent dafür besaß, andere Leute zu Dingen zu überreden, die sie weder brauchten noch wollten. Jessica senkte ihre Arme und sagte: »Daraus wurde nichts und da hab ich mir gedacht, ich verbringe meine freie Woche damit, ein bisschen Ordnung in diese Akten zu bringen. Sagen Sie bloß, ich hab schon wieder die Tür offen gelassen.«

Lizzy nickte stumm. Sie war müde und fror und hatte keine Lust, dem Mädchen eine Standpauke zu halten.

Jessica bückte sich und hob die Papiere auf, die sie über den Fußboden verstreut hatte. Sie arbeitete erst seit sechs Wochen bei Lizzy – und auch nur dann, wenn ihr voller Stundenplan es zuließ, was nicht oft der Fall war. Meistens tat Jessica nichts weiter, als beim nächsten Starbucks Kaffee Latte und Mokka zu holen.

Jetzt wo Lizzy es sich überlegte, musste sie sich eingestehen, dass das Mädchen sie mehr kostete, als sie wert war … oder als Lizzy sich leisten konnte.

Jessica richtete sich wieder auf. »Diese Pistole ist doch hoffentlich nicht echt, oder?«

Lizzy hatte die Waffe längst wieder eingesteckt. Sie nickte. »Sie ist echt.«

»Cool. Wahrscheinlich ist es gut, dass Sie eine tragen. Ich meine, bei all diesen Verrückten, für die Sie arbeiten.«

Lizzy wusste nicht, welche Kunden Jessica damit meinte, und es war ihr auch egal. Eigentlich sollte sie das Mädchen fragen, warum es mit der Reise nach New Jersey nicht geklappt hatte – Probleme mit dem Freund, oder vielleicht Geldmangel? Aber sie wollte nicht, dass diese »Beziehung« sich in eine Art schwatzhafte Geselligkeit unter Frauen verwandelte. Obwohl Jessica mit ihrem Studium voll ausgelastet war und eine Familie hatte, war sie eindeutig eine einsame junge Frau, die sich nach Liebe und Zuwendung sehnte.

Das musste gerade sie sagen!

Lizzy wollte nicht, dass jemand zu ihr aufsah, sich auf sie verließ, ihr das Herz ausschüttete. Früher oder später würde eine solche Person sie wirklich brauchen und was zum Teufel würde sie dann machen? Nichts. Aber sie hätte ein schlechtes Gewissen, so viel stand fest. Und ein schlechtes Gewissen zu haben, war genauso, wie wenn man ständig fror oder Angst hatte. Es war beschissen.

Lizzy ging wieder in das vordere Zimmer. »Hat irgendwer angerufen?«

»Zwei Leute. Mrs. Kirkpatrick von der Granite Bay High School wollte wissen, ob Sie einen Vortrag vor dreihundert Schülern halten könnten. Und dann war da noch ein Typ namens Victor – einen Nachnamen hat er nicht genannt. Er hat mir einen Haufen Fragen gestellt und gesagt, er sucht jemanden, der seine Frau beschattet. Ich hab ihm gesagt, dass wir so was nicht machen. Aber er ist anscheinend einer von der Sorte, die das Wort *Nein* nicht verstehen.«

Wir? Dieses Mädchen hatte gerade mal zwanzig Stunden in ihrem Büro auf dem Buckel, und da benutzte sie schon Sätze mit wir. »Hat er eine Telefonnummer hinterlassen?«

»Nein. Er hat gesagt, er ruft später noch mal an.«

Fünf Stunden später war Jessica weg und Lizzy tippte ihren Eintrag für den heutigen Tag in ihr Tagebuch. Eigentlich hatte sie keine Lust, ihre Gefühle niederzuschreiben, aber ihre Schwester hatte sie gebeten, oder vielmehr *angebettelt*, es wenigstens zu versuchen. Schreib einfach, was du willst, hatte Cathy gesagt. Irgendetwas, egal was. Lass es einfach raus. *Okay*, dachte Lizzy, *dann mal los.*

Fünfter Tag: Ich hasse es, in dieses Tagebuch zu schreiben. Heute ist es kalt und neblig. Kein diesiger Nebel, sondern einer von der dichten Sorte, bei dem man nicht einmal die Hand vor Augen sehen kann. Ersterer ist mir lieber.

Verdammt noch mal, das war kein Tagebuchtext, sondern ein Wetterbericht.

Das Schild an der Tür, das meine Schwester von einem Profi anfertigen ließ, gefällt mir sehr gut. Es sieht wirklich schön aus.

Lizzy kaute an ihrem Bleistift und überlegte, was sie als Nächstes schreiben sollte. Dann tippte sie wieder auf die Tastatur ein.

Da ist dieses Mädchen, das meinen Selbstverteidigungskurs besucht. Sie heißt Hayley Hansen und ist ziemlich zäh. Ich mag sie. Sie ist mir sehr ähnlich. Jemanden wie sie muss ich einfach mögen.

Sie starrte auf den Bildschirm und trommelte mit den Fingern auf der Tischplatte. Sie war wirklich gut darin, mit ihren Fingerspitzen ein regelrechtes Trommelfeuer zu entfachen. Sie seufzte und überwand sich, weiterzutippen.

Diese Tagebuchschreiberei ist wirklich ätzend. Wie soll ich jemals wieder ein ausgeglichener Mensch werden, wenn ich jeden Tag immer wieder »das ist Scheiße« tippe? War ich überhaupt jemals im Leben ausgeglichen? Wer weiß. Bis demnächst, Liz.

Lizzy drückte auf *Speichern*, fuhr den Computer herunter und stieß einen Seufzer der Erleichterung aus. Auf ihrer Liste der Dinge, die sie verabscheute, kam das Tagebuchschreiben gleich nach dem Alleinsein im Dunkeln.

Der Bildschirm wurde schwarz.

Cathy hatte recht. Lizzy fühlte sich jetzt besser. Nicht, weil sie in ihr Tagebuch geschrieben hatte, sondern weil sie für heute mit dem Schreiben fertig war.

Lizzy schnaubte und warf den Bleistift in das Gefäß. Plötzlich klingelte das Telefon. Sie nahm ab und hörte, wie ein Mann sagte, er wolle sie sprechen, und dabei ausdrücklich ihren Namen nannte. »Ja, ich bin am Apparat. Wie kann ich Ihnen helfen?«

Hmmm. Es war Victor, der Anrufer, den Jessica vorhin erwähnt hatte. Lizzy legte die Füße auf den Schreibtisch. »Ja«, erwiderte sie, »Jessica hat mir ausgerichtet, dass Sie angerufen haben. Ich fürchte allerdings, dass ich Ihnen nicht helfen kann … dreihundert Dollar pro Tag?« Sie nahm die Füße vom Tisch und ließ sie auf den Boden fallen, während sie Victor zuhörte, der von seiner Frau und seiner Tochter erzählte. Lizzy nahm normalerweise keine Aufträge an, die mit Familienangelegenheiten zu tun hatten – hauptsächlich deswegen, weil sie bei ihr unangenehme Gefühle hervorriefen. Sie war auf Ermittlungen im Zusammenhang mit Autounfällen und

Produkthaftung spezialisiert. Am liebsten waren ihr sogenannte »Ausrutscher«, Fälle, in denen sie Firmen half, Klagen von Leuten abzuwehren, die kreuz und quer durchs Land fuhren, Öl auf den Boden gossen, absichtlich darauf ausrutschten und hinfielen, damit sie große Firmen auf noch größeren Schadensersatz verklagen konnten.

Aber sie musste ja von irgendetwas leben. Also wäre es dumm, dreihundert Dollar pro Tag abzulehnen, für die sie nichts weiter tun sollte, als den ganzen Tag im Auto zu sitzen und eine Frau dabei zu beobachten, wie sie ihren Ehemann betrog. Lizzy schnappte sich einen halb angenagten Bleistift aus dem Gefäß und machte sich Notizen, während er redete. Als er am Ende angelangt war, sagte sie: »Warum geben Sie mir nicht eine Handynummer, unter der ich Sie erreichen kann? Ich muss die Sache erst noch überschlafen. Ich melde mich dann morgen früh bei Ihnen.«

»Ich rufe Sie in ein paar Tagen wieder an«, sagte Victor. Daraufhin ertönte ein *Klick*, gefolgt von einem Freizeichen.

»Okay, dann lassen wir es eben bleiben, Victor. Ich brauche Ihre Nummer nicht. Und vielleicht werde ich die Sache auch nicht überschlafen.« Sie legte auf und überflog ihre Notizen. Victor war angeblich Anwalt. Er hatte auch wie einer geklungen – hektisch und total von sich selbst eingenommen.

Lizzy zuckte mit den Schultern. Ihr Bauchgefühl sagte ihr, dass sie nicht mehr von ihm hören würde. Sie knüllte die Notiz zusammen und warf sie in den Papierkorb unter dem Schreibtisch. Dann lehnte sie sich in ihrem Stuhl zurück. Dabei blieb ihr Blick an ihrer Schublade hängen – die Schublade, in der sie ihre persönlichen Akten mit all ihren Geheimnissen aufbewahrte.

Wieder klingelte das Telefon. Sie ließ es eine Weile läuten und nahm dann nach dem fünften Klingelton ab. »Hören Sie, Victor, ich mag es nicht, wenn man einfach auflegt.«

»Du hast mir gefehlt, Lizzy.«

Das war eindeutig nicht Victor. »Wer ist da?«

»Du hast mir versprochen, dass du immer bei mir bleibst.«

Ein kalter Schauer durchfuhr sie. »Wer ist da?«, wiederholte sie.

»Du bist schuld, dass jetzt niemand vor mir sicher ist, Lizzy.«

Sie hielt den Hörer weiterhin ans Ohr gepresst, sagte jedoch nichts. Instinktiv griff sie nach ihrer Glock und sah zum Fenster hinaus. Sie ließ ihren Blick über das graue Gebäude auf der anderen Straßenseite und schließlich über die Autos schweifen, die entlang des Randsteins parkten – alle leer. Einen Häuserblock weiter kam eine Frau gerade aus einem Friseursalon, fischte einen Schlüsselbund aus ihrer Handtasche, stieg in ihren BMW und fuhr davon. Der Anrufer war noch am Apparat. Sie konnte sein leises Atmen hören.

Sie hielt das Telefon weg und atmete tief durch. Jetzt hatte sie sich wieder unter Kontrolle. »Sind Sie das, Spinnenmann?«

Ein kurzes, bissiges Lachen erklang am anderen Ende der Leitung. Dann sagte er: »Du hättest damals nicht abhauen sollen, Lizzy, und du hättest nie etwas nehmen dürfen, das dir nicht gehört. Schade, dass deine Mutter dir keine Manieren beigebracht hat, bevor sie so weit weg gezogen ist. Wenn ich gewusst hätte, was für eine Lügnerin und Diebin du bist, hätte ich mich schon längst um dich gekümmert.«

Die Leitung war tot.

»Scheiße.«

Sie riss die unterste Schublade auf und nahm eine Akte heraus. Sie schlug sie auf und überflog seitenweise Notizen. Warum konnte sie sich nicht an Einzelheiten aus der Zeit ihrer Gefangenschaft bei diesem Irren erinnern? Wie sah er überhaupt aus? Sie musste nur die Augen schließen, um die Ereignisse von damals in ihr Gedächtnis zurückzurufen. Sie war in einem Raum aufgewacht, in dem sich ein Terrarium voller Spinnen befand. Dann hatte sie das arme kleine Mädchen entdeckt … und war beinahe entkommen. Aber auch nur beinahe. Knapp daneben ist auch vorbei. Warum hatte sie nicht einen Blick auf die Couch geworfen, bevor sie mit dem Mädchen durch die Glasschiebetür nach draußen flüchtete? Wenn sie bemerkt hätte, dass ihr Entführer nicht mehr schlief, hätte sie einen Stuhl durch die Fensterscheibe werfen können. Oder sie hätte nach einem Telefon suchen und von dort aus die Polizei anrufen können.

Sie presste die Augenlider fest zusammen. Sie hätte den Kerl aus seinem eigenen Haus aussperren können. Aber sie hatte nichts davon getan. Und jetzt konnte sie sich nur noch unscharf an all jene Tage während der zwei Monate nach ihrem Fluchtversuch erinnern, die sie in seiner Gewalt verbracht hatte. Es war, als hätte sich ein Schleier auf ihr Gedächtnis gesenkt, so undurchdringlich wie der Nebel draußen vor ihrem Fenster. Diese zwei Monate waren die reine Hölle gewesen und dennoch erschienen ihr die schrecklichen Bilder von damals nur noch nachts im Traum.

Kapitel 4

Zu Hause angekommen, öffnete Lizzy die Wohnungstür und blickte ins Innere. Einen Augenblick lang verharrte sie mit schussbereiter Waffe und horchte.

Die einzigen Geräusche waren die gedämpften Schritte ihrer Katze Maggie.

»Miau.«

Ihrer Schwester Cathy gefiel es nicht, dass Lizzy allein lebte. Also hatte sie ihr vor zwei Jahren eine Katze zum Geburtstag geschenkt. Lizzy, die damals keine Katze wollte, hatte alles in ihrer Macht Stehende getan, um Maggie auf Distanz zu halten. In den ersten sechs Monaten hatte sie dem Tier jeglichen Zugang zu ihrem Schlafzimmer verwehrt. Aber Maggie war eine hartnäckige Katze und gab nicht auf. Irgendwann hatte sie dauerhaft einen breiten Polstersessel in Beschlag genommen, der in Lizzys Schlafzimmer in der Ecke stand. Der Sessel gehörte jetzt Maggie. Außerdem war die Katze Lizzys Wecker. Jeden Morgen weckte sie ihr Frauchen mehr oder weniger pünktlich um sechs Uhr auf.

Lizzy gestand sich nur widerwillig ein, dass Cathy recht gehabt hatte. Wieder einmal. Denn wenn Lizzy ehrlich war, musste sie zugeben, dass sie nicht wusste, was sie ohne Maggie tun würde. Maggie war für sie Freundin, Familie und Lebensinhalt zugleich … ein weiterer Grund, warum sie immer noch eine Therapie nötig hatte.

Maggie schlich um ihre Füße herum, schlang ihren Schwanz um eins von Lizzys Beinen und miaute. Sie hatte Hunger.

»War heute jemand hier, Maggie?«

»Miau.«

Lizzy trat ein und knipste das Licht an. »Okay, wenn du meinst.« Sie verschloss die Tür, hängte die Kette ein und schob den Riegel vor.

Das Telefon klingelte.

Ruckartig fuhr sie herum und richtete die Pistole auf die Küchentheke, wo das Telefon stand. Sie schluckte den Kloß in ihrem Hals hinunter und ging langsam auf das Telefon zu. Einen Augenblick lang starrte sie nur darauf und ließ es klingeln. Schließlich entschied sie sich dafür, das hartnäckige Läuten einfach nicht zu beachten und stattdessen Maggie zu füttern.

Lizzy legte die Pistole auf die Theke und öffnete die Kühlschranktür. Sie wollte keinen Gedanken daran verschwenden, wer der Anrufer sein könnte. Lass es einfach klingeln, sagte sie zu sich selbst. Sie hatte Angst davor, was passieren würde, wenn sie die Möglichkeit in Betracht zog, dass der Spinnenmann wieder dran war.

Sie nahm eine offene Dose Katzenfutter vom zweiten Regal und schaufelte das, was noch übrig war, mit einer Gabel auf einen Glasteller. Dabei brachte sie es sogar fertig, eine kleine Melodie zu summen. Endlich hörte das Telefon auf zu klingeln.

Gott sei Dank.

»Hier, das ist für dich, Süße.« Sie streichelte Maggies weiches Fell.

Plötzlich klingelte das Telefon wieder.

Verdammt noch mal.

»Also gut, Spinnenmann«, sagte sie laut. »Bringen wir es ein für alle Mal hinter uns.« Sie nahm den Hörer ab. »Was wollen Sie von mir!«

»Lizzy, bist du das? Hier ist Jared.«

Lizzy konnte auf einmal nicht klar denken. Sie war nur noch ein Nervenbündel. »Jared Shayne?«

»Genau der. Lizzy, wie geht's dir?«

Eine Woge von Gefühlen schwappte über sie hinweg. Sie hatte Jared schon eine Ewigkeit nicht mehr gesehen. Vielleicht ein Dutzend Mal, seit der Spinnenmann sie vor vierzehn Jahren niedergeschlagen und in sein Versteck verschleppt hatte. Und dann war sie ihm entkommen. Nach zwei Monaten in der Hölle gelang ihr die Flucht, indem sie ihr Hirn einsetzte. Sie hatte überwiegend Worte benutzt, viele Worte. Alles Blödsinn. Sie hatte den Mörder eingelullt; er hatte tatsächlich geglaubt, dass sie Gefühle für ihn empfand. Ein uralter Trick. Und dann war sie ihm entwischt.

Ausgerechnet jetzt, nur wenige Wochen nachdem ihr Therapeut ihr bescheinigt hatte, dass sie Fortschritte machte, rief der Spinnenmann an. Und auf einmal meldete sich Jared ebenfalls bei ihr. *Ein bloßer Zufall? Oder einfach nur schlechtes Timing?* Wenn sie es schaffte, nachts mehr als zwei Stunden zu schlafen, würde sie vielleicht wie ein normaler Mensch funktionieren.

Sie rieb sich die Schläfen. Nacht für Nacht hörte sie nichts als dieses endlose Stöhnen, Weinen, Sägen und Bohren. Damals hatte sie nichts dagegen tun können, und jetzt auch nicht.

»Lizzy, bist du noch da?«

Jeden einzelnen Tag stellte sie sich dieselbe blöde Frage: Was müsste geschehen, damit sie wieder ein normales Leben führen konnte? Und jeden Tag hatte sie darauf dieselbe Antwort parat: Sie würde erst dann wieder ruhig schlafen können, wenn sie hundertprozentig sicher sein konnte, dass der Spinnenmann tot war.

»Lizzy?«

»Tut mir leid, Jared. Bist du das wirklich?«

»Ja, ich bin's, Lizzy. Entschuldige bitte, dass ich mich nicht schon früher gemeldet habe. Wie geht's dir?«

Nachdem sie aus dem Schlund der Hölle zurückgekehrt war, hatte sie Jared gebeten, sie in Ruhe zu lassen. Die ersten sechs Monate ignorierte er ihren Wunsch und wich Tag und Nacht nicht von ihrer Seite. Aber irgendwann hatte er dann doch aufgegeben und ihrer Bitte entsprochen. »Mir geht's blendend«, log sie.

Nach einer kurzen Pause sagte er: »Das freut mich. Es ist schön, deine Stimme zu hören. Leider rufe ich an, weil hier bei uns in Auburn etwas passiert ist. Ein Mädchen wird vermisst. Wäre es möglich, dass du bei uns vorbeischaust?«

Sie musste insgeheim lachen. Es ließ sich nicht vermeiden. Von ihrer Schwester wusste sie, dass Jared an der University of Southern California Psychologie studiert hatte. Aber anstatt der beste Psychologe im ganzen Land zu werden, hatte er sich zur allgemeinen Verwunderung bei der FBI-Akademie beworben und war dort genommen worden. Nichts hätte Lizzy mehr schockieren können. Obwohl Jared an Wahrheit, Gerechtigkeit und sämtliche andere Wertvorstellungen seines Vaters glaubte, hatte er ihr gegenüber stets betont, dass er niemals in dessen Fußstapfen treten würde. Sein Vater war zuerst Polizist, dann FBI-Agent und schließlich Richter gewesen. Wer hätte je gedacht, dass Jared denselben Weg einschlagen würde?

»Bist du noch dran?«, fragte er.

»Ja, ich bin noch da. Ich hasse es, wenn ich schlechte Nachrichten überbringen muss, aber ich habe vor zwei Jahren meine Mitgliedschaft im Aufsichtsrat der Gesellschaft für vermisste und misshandelte Kinder an den Nagel gehängt. Irgendwann wurde mir klar, dass ich völlig durchdrehe, wenn ich noch einmal von einer Kindesentführung höre und mit ansehen muss, wie eine Familie daran zerbricht.«

Sie hörte durchs Telefon, wie er kräftig ausatmete. Offenbar tat Jared sich schwer, ohne Umschweife zur Sache zu kommen. Das war überhaupt nicht seine Art. Oder zumindest war es das früher nicht gewesen. Warum dann jetzt auf einmal? Es ergab keinen Sinn. »Tut mir leid«, sagte sie ein zweites Mal, weil sie nicht wusste, was sie sonst sagen sollte. »Warum sagst du mir nicht, was los ist?«

Und dann werde ich mich noch mal entschuldigen und ablehnen.

»Wir haben ein fünfzehnjähriges Mädchen, das vermisst wird. Sie heißt Sophie Madison. Der Täter ist durch ihr Schlafzimmerfenster eingedrungen, hat sie verschleppt und eine Notiz hinterlassen.«

»Das klingt ja vielversprechend. Normalerweise hinterlassen Kindesentführer keine Notizen. Vielleicht ist das ein gutes Zeichen und er meldet sich mit einer Lösegeldforderung.«

»Ich wollte, es wäre so einfach. Aber die Notiz ist an dich adressiert, Lizzy.«

Montag, 15. Februar 2010, 16:15 Uhr

Cathy Warner stieg aus ihrem Auto und begriff sofort, was der lokale Wetterbericht gemeint hatte. Die Luft fühlte sich frostig an, eine Kälte von der Art, die einem bis in die Knochen ging. Der Wetterbericht hatte vor einem Windchill-Effekt im Raum Sacramento gewarnt, einer Mischung aus kalter Luft und starkem Wind. Bei so einem Wetter bestand für Menschen, die sich zu lange im Freien aufhielten, Unterkühlungsgefahr.

Cathy folgte den anderen Eltern in das Hallenbad, vorbei am Eingangstresen und durch die Doppeltür, die zum Schwimmbeckenbereich führte. Über dem Wasser stand Dampf und es roch penetrant nach Chlor. Die meisten Mädchen aus der Schwimm-Mannschaft standen in Handtücher gewickelt am Beckenrand. Ein paar andere hielten sich noch im Wasser auf.

Cathys Tochter, Brittany, stand am hintersten Ende der Gruppe. Sie hatte sich ihr Handtuch eng um die eingefallenen Schultern geschlungen, starrte auf den Boden und kaute auf einem Handtuchzipfel herum. Cathy fragte sich, ob ihre Tochter wegen irgendeiner Sache nervös war.

Der Trainer, ein Mann namens Sullivan, überragte die Mädchen um fast einen halben Meter. Er war kräftig gebaut und gut in Form für einen Mann Mitte fünfzig.

Obwohl Brittany das Schwimmen als Wettkampfsport betrieb, seit sie fünf Jahre alt war, hatte sie diesen Trainer noch nicht lange. Nachdem er mit seiner Ansprache fertig war, wechselte Sullivan noch ein paar Worte mit jedem Mädchen, bevor er sie nach Hause schickte. Als Cathy bei ihrer Tochter ankam, sprach der Trainer gerade mit ihr.

Cathy hörte zu, wie Sullivan ihrer Tochter erklärte, woran sie in den nächsten Monaten arbeiten musste. Sie kannte den Trainer erst seit zwei Monaten. Er machte einen umgänglichen und netten Eindruck und verstand sich großartig mit den Kindern. Brittany war eher schüchtern und introvertiert und es fiel ihr nicht leicht, in der Schule Freunde zu finden. In letzter Zeit saß sie zu viel vor dem Computer. Die Kameradschaft, die ein Mannschaftssport mit sich brachte, würde ihrer Tochter guttun.

»Brittany ist den anderen Mädchen weit voraus«, sprach Sullivan Cathy direkt an und riss sie aus ihren Gedanken. »Heute hat sie den Rekord im 50-Meter-Freistil und im 50-Meter-Rückenschwimmen gebrochen.«

»Wow«, sagte Cathy. Das Desinteresse, das Brittany offen zur Schau stellte, war ihr peinlich.

Der Trainer lächelte. »Und nun zu der schlechten Nachricht. Wie ich den anderen Eltern bereits mitgeteilt habe, muss ich leider für jeden Schwimmer einen Zusatzbeitrag von hundert Dollar erheben, weil das Hallenbad die Miete erhöht hat.«

Cathy wandte sich ihrer Tochter zu. »Darüber wird Dad sich nicht gerade freuen.«

Brittany zuckte mit den Schultern. »Dad freut sich doch nie.«

Trotz der kalten Temperaturen spürte Cathy, wie ihr Gesicht heiß wurde. »Kein Problem«, versicherte sie dem Trainer. »Beim nächsten Training bringe ich Ihnen das Geld.«

Sobald sie außer Hörweite waren, warf Cathy ihrer Tochter einen strengen Blick zu. »Was ist nur mit dir los?«

»Ich bin müde und diese Zahnspange bringt mich noch um.«

Cathy seufzte. Sie hatte die Spange völlig vergessen. Natürlich tat sie Brittany weh. Während sie draußen vor der Umkleidekabine wartete, bis Brittany sich umgezogen hatte, dachte sie über die Bemerkung ihrer Tochter nach, dass Dad sich nie freute. Dieses Problem rührte zum Teil daher, dass Richard einen langen Arbeitstag hatte. Und der wirtschaftliche Abschwung machte die Dinge auch nicht gerade besser. In letzter Zeit hatte sie oft mit Richard gestritten – meistens ging es dabei um ihre Schwester Lizzy. Richard mochte es nicht, wenn Lizzy Zeit mit Brittany verbrachte. Er hielt ihre Schwester für verrückt, was nicht fair war. Arme Lizzy. Sie hatte Schlimmes durchmachen müssen.

Brittany lag richtig. Dad war nicht glücklich mit seinem Leben. Lizzy war auch nicht glücklich. Nicht mal sie selbst wusste, ob sie glücklich war. Und das Schlimmste daran war, dass sie keinen blassen Schimmer hatte, was sie dagegen tun konnte.

Montag, 15. Februar 2010, 21:00 Uhr

Brittany Warner loggte sich auf ihrem Computer ein und stellte fest, dass i2Hotti ebenfalls online war. Augenblicklich bekam sie Schmetterlinge im Bauch. Sie schickte eine Sofortnachricht an den Jungen, der sich i2Hotti nannte, und fragte ihn geradewegs, wo er die letzten zwei Tage gewesen war.

> **i2Hotti:** wieso? hast du mich vermisst?
> **Brit35:** nein
> **i2Hotti:** gibs zu … du hast mich vermisst
> **Brit35:** ok ich hab dich vermisst
> **i2Hotti:** Hast du dir schon eine webcam besorgt?
> **Brit35:** mom hat gesagt, sie muss es sich erst überlegen
> **i2Hotti:** hast du kein eigenes geld?
> **Brit35:** ich habe bald geburtstag
> **i2Hotti:** ich weiß
> **Brit35:** wwdd?
> **i2Hotti:** wwdd?
> **Brit35:** LOL abkürzung für »woher weißt du das«
> **i2Hotti:** ich weiß eine ganze menge über dich
> **Brit35:** facebook?
> **i2Hotti:** ja

Brit35: ROTFL

i2Hotti: schwimmtraining heute?

Brit35: ja langweilig

i2Hotti: wieso?

Brit35: neuer trainer ist ein arschloch

i2Hotti: was macht er?

Brit35: er starrt mich an

i2Hotti: weil du so hübsch bist

Pause

i2Hotti: bist du noch da?

Brit35: ja

i2Hotti: du solltest dir eine webcam besorgen

Brit35: wieso?

i2Hotti: weil ich dich sehen will wenn wir chatten

i2Hotti: dann kann ich von dir träumen

Pause

i2Hotti: noch da?

Brit35: ich bin da

i2Hotti: stimmt was nicht?

Brit35: ich hab jetzt meine zahnspange an

Brit35: ich seh total bescheuert aus

Brit35: ich will nicht dass du mich siehst

i2Hotti: ich mag mädchen mit spange

Brit35: lüg doch nicht so

Brit35: augenblick

Brit35: ich muss die tür zumachen

Brit35: bgwd

i2Hotti: bgwd?

Brit35: LOL

Brit35: »bin gleich wieder da"

Brit35: siehst du, schon wieder da

i2Hotti: das ging ja schnell. streiten die eltern schon wieder?

Brit35: ja

i2Hotti: worüber?

Brit35: lizzy

i2Hotti: lizzy?
Brit35: meine tante
i2Hotti: warum?
Brit35: dad meint sie ist durchgeknallt
i2Hotti: was meint deine mutter?
Brit35: mom will ihr helfen
i2Hotti: und was meinst du?
Brit35: ich mag sie
Brit35: es ist lustig, mit ihr zusammen zu sein
i2Hotti: ich will mit dir zusammen sein
Brit35: meinen eltern würde das nicht gefallen
i2Hotti: sie brauchen es ja nicht zu wissen
    Pause
i2Hotti: überlegst du es dir?
Brit35: ich mach jetzt lieber schluss
i2Hotti: morgen abend um die gleiche zeit?
Brit35: ich werde hier sein
i2Hotti: träum süß

Brittany loggte sich aus und trat ans Fenster. Eigentlich hatte sie ihre Unterhaltung mit i2Hotti nicht beenden wollen, aber sie konnte ihre Mutter oben herumlaufen hören. Mom schaute manchmal aus heiterem Himmel bei ihr vorbei, um zu sehen, was ihre Tochter so trieb. Sie hatte Brittany verboten, die Tür zu ihrem Zimmer abzusperren. Wenn sie wüsste, dass Brittany mit einem älteren Jungen chattete, würde sie ausrasten.

Brittany hatte i2Hotti vor ungefähr einem Monat im Internet kennengelernt. Sie war ihm zwar noch nie persönlich begegnet, aber er hatte ihr ein Bild geschickt, nachdem sie von ihm eine Freundschaftsanfrage auf Facebook erhalten hatte. Sollte sie jemals wegen ihres Kontakts zu ihm Ärger bekommen, wäre es das wert. Er war scharf mit einem großen S.

Dabei wusste sie überhaupt nicht, warum er sie mochte. Sie war nicht besonders hübsch und gehörte schon gar nicht zu der Sorte Mädchen, die in einem vollbesetzten Raum ins Auge stachen. Ihre

Mutter behauptete zwar, sie besäße eine natürliche Schönheit und könnte ohne weiteres ein Model sein – aber das sagten alle Mütter von ihren Töchtern.

Draußen wehte der Wind so stürmisch, dass Brittany Angst bekam, die Eiche im Vorgarten würde umfallen und jeden Moment auf das Haus krachen. Sie spähte hinaus in die Dunkelheit und ließ ihren Blick über die Straße wandern, um zu sehen, ob der Geländewagen heute Nacht wieder da war. Während der letzten drei Nächte hatte sie wiederholt einen Mann beobachtet, der in einem blauen Geländewagen auf der gegenüberliegenden Straßenseite saß. Sie rieb sich die Arme und war froh, dass er nicht da war. Sie wurde den Gedanken nicht los, dass es womöglich Sullivan, der Schwimmtrainer, sein könnte. Wenn sie das Auto noch einmal sah, würde sie es sich genau anschauen, damit sie es mit Sullivans Auto vergleichen konnte. Was für ein Arschloch!

Montag, 15. Februar 2010, 21:32 Uhr

Er sah auf seine Armbanduhr. Es war Zeit, wieder zu Sophie zu gehen. Nur noch ein letzter Blick, bevor er diesen Ort verließ. Das Licht war an. Er wusste, dass sie in ihrem Zimmer war. *Komm schon, zeig dich endlich.* Schade, dass ihr Zimmer im ersten Stock lag. Das würde ihn vor eine ziemliche Herausforderung stellen, wenn es so weit war, sie mitzunehmen. Aber er konnte eine Herausforderung gebrauchen. Sophie zu entführen, war zu einfach gewesen. Sie würde bald aufwachen und er wollte bei ihr sein, wenn sie die Augen öffnete.

Die Aufregung schoss durch seinen Körper, als er sich an den Augenblick erinnerte, in dem er das erste Mal begriff, dass er etwas bewirken konnte. Das war vor einundzwanzig Jahren gewesen. Von einem Augenblick auf den anderen war ihm alles so klar geworden und er hatte seine Lebensaufgabe entdeckt. Damals ging er noch in die Oberstufe der Highschool – ein junger Mann, der krampfhaft versuchte, die Vergangenheit hinter sich zu lassen. Doch dann trat das Schicksal in Erscheinung und sorgte dafür, dass er dabei zusehen durfte, wie Shannon starb. An jenem Tag ging ihm ein Licht auf.

Shannon Winters besuchte die zweite Klasse der Highschool. Er hatte damals für sie geschwärmt und ständig an sie gedacht. Um sie zu beeindrucken, hatte er sich die Mühe gemacht, verschiedene Dinge über sie herauszufinden: ihr Lieblingsessen, welche Musik sie hörte, was sie in ihrer Freizeit machte und so weiter. Sobald er genug über sie in Erfahrung gebracht hatte, wartete er nach Schulschluss auf sie. Sie nahm immer die Abkürzung hinter dem Schulgebäude, ging über das Baseballfeld und dann durch eine Seitengasse nach Hause. Er wartete in der Gasse auf sie und wollte sie mit Blumen und ihren Lieblingssüßigkeiten überraschen. Als sie ihn sah, legte sie die Stirn in Falten, und das verwirrte ihn. Sobald sie wieder normal dreinblickte, forderte sie ihn unwirsch auf, er solle die Blumen gefälligst behalten, weil sie keine Lust hatte, sie mit nach Hause zu nehmen. Dann nahm sie ihm den Jawbreaker aus der Hand, ihre Lieblingssüßigkeit, und steckte ihn in den Mund.

Er sagte ihr, er wolle sie etwas Wichtiges fragen, aber sie ging einfach weiter und ließ ihn stehen. Sie war auf dem Heimweg und nichts konnte sie bremsen. Er blieb ihr dicht auf den Fersen. Er war nervös, seine Handflächen schwitzten. Aber er hatte sich viel zu lange auf diesen Augenblick vorbereitet, um jetzt aufzugeben. Also ließ er die Katze aus dem Sack und erzählte ihr, was er für sie empfand. Dann fragte er sie, ob sie Lust hätte, mit ihm ins Kino zu gehen.

Das brachte das Fass endgültig zum Überlaufen. Sie blieb stehen, machte auf dem Absatz kehrt und starrte ihn entgeistert an, als wolle sie ihm sagen: Das ist doch wohl nicht dein Ernst. Es dauerte nicht lange, bis ihr nervendes Kichern sich in schallendes Gelächter verwandelte.

Sie machte sich über ihn lustig. Sie lachte so sehr, dass sie sich an dem Jawbreaker verschluckte. Er konnte es nicht fassen. Da hatte er ihr diesen Jawbreaker gekauft, weil er sie liebte, und jetzt erstickte sie an dem Ding. Zuerst dachte er, der Jawbreaker würde aus ihrem Mund fallen – ihr Mund, den er in seiner Fantasie schon so oft geküsst und dabei seine Zunge hineingesteckt hatte. Er sah zu, wie ihr Gesicht rot anlief, glaubte aber immer noch, dass sie die Süßigkeit irgendwann ausspucken würde. Er ahnte, dass sie ihn dann womöglich anschreien würde, weil er nichts unternommen hatte, um ihr zu helfen. *Was soll's*, dachte er.

Anstatt wütend zu werden oder Angst zu bekommen, fand er diese verrückte Situation faszinierend. Dabei gefiel ihm besonders, wie ihre großen braunen Augen aus den Höhlen traten, als sie in Panik geriet. Er konnte es nicht glauben, als sie verzweifelt auf ihre Kehle deutete. Die Schlampe verlangte doch tatsächlich von ihm, dass er etwas gegen ihr Problem unternahm. Sie wollte wirklich, dass er ihr half, wo sie sich doch gerade erst über ihn lustig gemacht und ihn gedemütigt hatte. In diesem Augenblick spürte er beim Anblick dieses irren Schauspiels ein Kribbeln in seinem Körper, vor allem zwischen seinen Beinen. Er bekam schnell eine Erektion. Je röter ihr Gesicht anlief, desto härter wurde sein Schwanz, bis er es kaum noch aushielt. Plötzlich wurde sie blau im Gesicht, dann wechselte die Farbe zu Lila in verschiedenen Schattierungen. Sie stieß ein paar verrückte, entstellte Laute aus, worauf er Lust bekam, ihr die Süßigkeit aus dem Mund zu reißen und stattdessen etwas anderes hineinzustecken. Er war total geil. Noch nie hatte ihn etwas derart erregt. Nicht einmal die Pornos im Internet, auch nicht die *Playboy*-Hefte seines Vaters, nichts. Als sich ihre Finger schließlich in sein Hemd krallten und die Augen ihr fast aus den Höhlen sprangen, war sein Schwanz hart wie Granit. Sie starb direkt vor seinen Augen.

Er hatte Shannon nie vergessen.

Kapitel 5

Lizzy beugte sich über das Lenkrad und versuchte, den Mittelstrich der kurvenreichen Straße im Auge zu behalten. Wegen des leichten Regens war die Fahrbahn rutschig. Der Nebel und der sternenlose schwarze Himmel machten das Ganze nicht besser. Sie hielt am Straßenrand, schaltete die Innenbeleuchtung ein und warf noch einmal einen Blick auf die Karte.

Selbst bei geschlossenen Fenstern konnte Lizzy den ununterbrochenen Verkehr auf dem vierspurigen Freeway in der Ferne hören. Sie sah mit zusammengekniffenen Augen zum Fenster hinaus und versuchte, den Straßennamen auf dem Schild vor ihr zu entziffern. Vermont Street.

Die Kälte drang durch sämtliche Ritzen ihres Wagens. *Bis bald, Elizabeth.* Seine Stimme schlich sich immer wieder in ihr Unterbewusstsein. Sie verfluchte ihn. Sie wollte nicht an den Anruf denken, den sie vorhin bekommen hatte. Sie wollte überhaupt nicht an *ihn* denken. Der Spinnenmann war nicht zurückgekehrt. Das konnte er gar nicht. Er war entweder tot oder saß hinter Gittern.

»Louie, Louie« ertönte es aus dem Rucksack, der ihr als Handtasche diente. Als sie den neuen Klingelton hörte, schüttelte sie den Kopf. Ihre Nichte Brittany spielte ihr gerne kleine Streiche, zum Beispiel, indem sie die Weckfunktion ihres Handys auf eine willkürliche Zeit einstellte oder Klingeltöne mit dämlichen Liedern installierte. Sie wühlte im Rucksack herum und fand schließlich ganz unten das Handy. Es war ihre Schwester. »Hi Cathy. Was gibt's?«

»Wo steckst du?«

Verdammt. Cathy war ihr auf die Schliche gekommen. Sie wusste, dass ihre Schwester sich jetzt Sorgen machen würde, aber sie konnte sie nicht anlügen. »Hab mich in Auburn verfahren.«

»Ich hab die Meldung über das vermisste Kind in den Nachrichten gesehen. Deshalb bist du doch dort, oder?«

»Sie haben es in den Nachrichten gebracht?«, fragte Lizzy. »Verdammt. Ich hatte gehofft, dort zu sein, bevor die Meute eintrifft.«

»Ich verbiete dir, den Tatort aufzusuchen, Lizzy.«

Lizzy schnaubte. »Du klingst ja wie Dad.«

»Warum tust du das?«

»Weil Jared Shayne den Fall bearbeitet. Er hat mich angerufen und mir mitgeteilt, dass der Entführer eine persönliche Nachricht an mich hinterlassen hat. Entweder ist der Spinnenmann wieder im Geschäft oder ich erfreue mich einfach nur großer Beliebtheit bei Serienmördern.«

Schweigen.

»Ich bin erwachsen, Schwesterherz.« Und dann fügte sie sarkastisch hinzu: »Ich habe regelmäßig in mein Tagebuch geschrieben. Ich kann damit umgehen.«

»Mach dich bloß nicht über mich lustig.«

Sie hatte ein Déjà-vu. Es kam ihr so vor, als befände Dad sich im Körper ihrer Schwester. »Okay, du hast ja recht«, lenkte Lizzy ein. »Es tut mir leid. Aber wenn der Spinnenmann wirklich wieder da ist und mir persönliche Mitteilungen hinterlässt, kann ich diese Leute doch unmöglich im Stich lassen, oder?«

»Das kleine Mädchen tut mir wirklich leid. Ein tragischer Fall. Aber du kannst dir und uns das nicht antun. Du hast in den letzten zehn Jahren gewaltige Fortschritte gemacht, Lizzy. Nur weil du damals entkommen konntest, heißt das noch lange nicht, dass du der Gesellschaft und den Opfern auf Dauer etwas schuldest. Du hast deine Schuldigkeit getan, Lizzy. Du hast getan, was du konntest. Es ist vorbei.«

Aber ich habe es nicht geschafft, das stumme Mädchen zu retten. Verdammt, dachte Lizzy, sie brauchte nur ein ungewohntes Geräusch zu hören, und schon tauchte das Gesicht des Mädchens vor ihrem geistigen Auge auf: die großen braunen Augen und dieser schreckliche, entstellte Schrei. Sie drückte die Augen fest zu und verdrängte die Bilder. »Cathy, hör zu. Ich kann damit umgehen. Es wird schon gut gehen.« Aber in Wirklichkeit glaubte Lizzy selbst nicht daran.

Wieder Schweigen, dieses Mal lang und ausgedehnt. Schließlich sagte Cathy: »Was ist mit Freitag?«

»Was soll damit sein?«

»Brittany freut sich darauf, dich zu sehen.«

»Ich würde es mir doch auf gar keinen Fall entgehen lassen, meine Lieblingsnichte von der Schule abzuholen und mit ihr den Abend zu verbringen.«

»Sie ist deine *einzige* Nichte.«

»Und meine liebste.« Lizzy warf einen Blick auf die Karte in ihrem Schoß und stellte fest, dass sie ihrem Ziel näher war, als sie gedacht hatte. Sie fuhr weiter und bog bei der nächsten Gelegenheit nach links ab. Sie sah das Haus am Ende einer Sackgasse. Bei all den blinkenden Blaulichtern konnte man es nicht verfehlen. Mehrere Streifenwagen standen in einer Reihe und riegelten die Zufahrt zum Haus ab. Außerdem parkten drei Zivilfahrzeuge der Polizei auf dem Gehsteig und nahmen einen Großteil seiner Fläche ein. Lizzy hielt am Straßenrand und stellte den Motor ab. »Ich muss jetzt Schluss machen, Cathy. Ich melde mich wieder bei dir.«

Sie klappte das Mobiltelefon zu und steckte es in den Rucksack. Draußen hing dichter Nebel über dem Gehsteig. Nachbarn zogen die Vorhänge beiseite und beobachteten sie, als sie vorbeiging. Sie hielt auf das Haus der Madisons zu und ertappte sich bei der Vorstellung, dass der Kidnapper denselben Weg gegangen war.

Die Äste der Bäume raschelten im Wind und Lizzys Nacken-haare sträubten sich.

Hier und da gab es vereinzelte Büsche, aber weder einen Zaun um das Grundstück noch hohe Hecken, die ihm als Versteck die-nen konnten. Warum hatte er sich dann für diese Gegend entschie-den? Auf einem Hügel und mit nur einer Fluchtroute? Hatte er ein Auto? Einen Gehilfen? Sie hatte genügend Fälle von Anfang bis Ende verfolgt, um zu wissen, dass der Kidnapper wahrscheinlich zwischen Anfang zwanzig und Anfang dreißig war, es sei denn, es war der Spinnenmann. Der würde mittlerweile auf die vierzig zugehen.

Falls es sich bei dem Entführer des Mädchens wirklich um einen Serienmörder handelte, so müsste er laut Statistik unverheiratet sein. Die meisten Serienmörder waren der Gesellschaft entfremdet, sie lebten einsam und zurückgezogen. Aber es gab natürlich immer die berühmten Ausnahmen von der Regel. Eins war jedoch sicher: Wenn der Täter ein Haus auf einem Hügel ausgewählt hatte, wo es kaum Bäume gab, hinter denen er sich verstecken konnte, dann musste er das Haus und das Wohnviertel über einen längeren Zeit-raum hinweg beobachtet haben. Wahrscheinlich hatte er so viel Zeit hier verbracht, dass er sich ziemlich sicher fühlte und davon überzeugt war, alles unter Kontrolle zu haben, als er schließlich in das Zimmer des Mädchens eindrang.

Die Häuser zu beiden Seiten der Sackgasse sahen alle gleich aus. Zu jedem gehörte ein rechteckiger Rasen und ein identischer schmaler Fußweg, der zum Eingang führte. Lizzy gelangte bis zur Veranda, ohne dass jemand sie fragte, was sie hier wollte. Doch vor dem Eingang stand ein junger Polizist – etwa einen Meter siebzig groß, kräftig und untersetzt, kantiges Gesicht – und verwehrte ihr jeglichen Blick in das Innere des Hauses.

Sie zeigte ihm ihre Privatermittler-Lizenz, was ihn nicht im Geringsten beeindruckte – bis Jared hinter der Tür erschien.

Als Lizzy ihn sah, stockte ihr fast der Atem. Jared sah gut aus in seinem Standard-FBI-Outfit – dunkler Anzug, frisches weißes Hemd, dunkle Krawatte. Eigentlich hätte er gut zu seinen Kollegen passen müssen, die das Haus und das dazugehörige Grundstück durchkämmten, aber das tat er nicht. Er stach heraus wie Gerard Butler in einer Schwulenkneipe, ach, nicht nur dort, in jeder beliebigen Bar.

»Ich habe Ms. Gardner um ihre Anwesenheit gebeten«, sagte Jared zu dem Polizisten. »Lassen Sie sie durch.«

Sie trat erhobenen Hauptes ein. Als sie an dem Officer vorbeiging, konnte sie sich einen spöttischen Blick nicht verkneifen.

Von außen sah das Haus aus, als könnte es einen neuen Anstrich vertragen, aber innen machte es einen überaus gepflegten und sauberen Eindruck, als wäre es erst vor Kurzem renoviert worden. Die Dielen waren aus schwarzem Nussbaumholz und die gepolsterten Sitzmöbel sahen aus, als wären sie eben erst einem Crate & Barrel-Katalog entsprungen. Links befand sich das Wohnzimmer. Dort saß eine Frau – vermutlich die Mutter des entführten Kindes – auf einer viel zu großen Couch mit einem weiß-blau gestreiften Bezug. Lizzy hatte das Gefühl, sie schon einmal irgendwo gesehen zu haben, wusste jedoch nicht genau, wo sie das Gesicht einordnen sollte.

Ein FBI-Agent oder vielleicht auch ein Detective der Polizei – Lizzy war sich nicht sicher – hatte es sich der Frau gegenüber auf einer zu der Couch passenden Ottomane bequem gemacht. In seinen Händen hielt er Stift und Schreibblock und machte sich Notizen. Zu Lizzys Rechten befand sich die Küche, wo gerade ein paar Kriminaltechniker nach Fingerabdrücken suchten.

Jared forderte Lizzy mit einer Handbewegung auf, weiterzugehen. Dann schloss er die Tür und blieb einen Augenblick stehen. Er musterte sie von Kopf bis Fuß, bevor er schließlich sagte: »Danke, dass du gekommen bist.«

Was sollte sie darauf erwidern? »Danke für die Einladung« war keine den Umständen angemessene Antwort, also nickte sie und sagte: »Keine Ursache.« Ihr Blick fiel auf seinen Dienstausweis, den er sich an die Brusttasche gesteckt hatte. »Special Agent. Das wusste ich ja noch gar nicht.«

»Verständlich, wenn man bedenkt, dass wir eine ganze Weile keinen Kontakt mehr hatten.«

Sie glaubte, einen Hauch Gekränktheit aus seiner Stimme herauszuhören. Das überraschte sie, aber eigentlich war es nicht verwunderlich. Sie hatte ihn bereits zweimal enttäuscht. Nachdem sie verschwunden war, hatte er den Beginn seines Studiums verschoben, weil er bei der Suche nach ihr helfen wollte. Lizzy hatte später von ihren Eltern erfahren, dass Jared während der zwei Monate, in denen sie vermisst wurde, jeden Tag im Büro der freiwilligen Helfer verbracht und dort Anrufe entgegengenommen, Flugblätter verteilt und ständig bei Presse, Fernsehen und Rundfunk angerufen hatte, damit die Öffentlichkeit sie ja nicht vergaß. Und dann war sie wider Erwarten heimgekommen und hatte ihn aus ihrem Leben verbannt, als hätte er eine ansteckende Krankheit. Die Rückblenden, die furchtbaren Angstschreie, die Folter, die Verstümmelung, das Blut – Bilder, die immer wiederkehrten – drohten sie damals zu überwältigen. Aus Angst, sie könnte vollkommen durchdrehen, bat sie Jared, aufs College zu gehen, sein eigenes Leben zu leben und sie in Ruhe zu lassen.

Genau das tat er dann auch – nachdem sie ihn monatelang schlecht behandelt hatte.

Die nächsten zehn Jahre taumelte sie am Rande des Wahnsinns. Aber was zum Teufel machte sie sich eigentlich vor? Schließlich taumelte sie immer noch, mit dem einzigen Unterschied, dass die Erlebnisse von damals nur noch verschwommen vor ihrem geistigen Auge erschienen … außer im Schlaf. Dann erwachten die Geister zum Leben, gerade lange genug, um zu verhindern, dass sie die ganze Nacht durchschlafen und die Vergangenheit hinter sich lassen konnte. Als sie jetzt Jared sah, wünschte sie sich, dass zwischen ihnen alles anders verlaufen wäre. Aber so war das Leben. Manchmal liefen die Dinge aus dem Ruder.

Jared ging weiter und hielt auf den hinteren Teil des Hauses zu. Lizzy folgte ihm. Er hatte immer noch einen knackigen Hintern und sie konnte sich noch daran erinnern, wie sich dieser Hintern unter ihren Fingerspitzen angefühlt hatte, als sie vor all diesen Jahren das letzte Mal miteinander geschlafen hatten. Die paar Male, die sie seitdem Sex gehabt hatte, konnte sie an den Fingern einer

Hand abzählen. Bevor sie eine ernsthafte Beziehung eingehen konnte, musste sie erst einmal mit ihren Problemen klarkommen – eine Tatsache, die die wenigen Männer, mit denen sie ausgegangen war, schnell begriffen hatten. Jetzt, wo sie Jared wiedersah, dachte sie daran, dass ihm kein anderer Mann jemals das Wasser reichen konnte. Anscheinend war er der Typ, der mit zunehmendem Alter immer attraktiver wurde. Lizzy spürte eine tiefe Traurigkeit. »Kann ich die Notiz sehen?«

»Da lang«, sagte er nur. Er drehte sich nicht um und sah sie nicht an, sondern ging einfach weiter. Eins war klar: Er hatte sie nicht hierherkommen lassen, um belanglosen Small Talk zu machen. Das hier war kein Wiedersehenstreffen alter Freunde. Es war rein dienstlich. Wahrscheinlich hatte er eine Frau, zwei Kinder und ein Haus mit weißem Lattenzaun. Es ging sie zwar nichts an, aber sie konnte es nicht vermeiden, dass ihr dieser Gedanke Bauchschmerzen bereitete.

Aufrecht und mit straffen Schultern folgte sie ihm durch den Gang und dann in das Schlafzimmer am Ende des Flurs. Ein anderer FBI-Agent befand sich bereits dort und telefonierte auf seinem Handy. Er war einige Zentimeter größer als Jared und mindestens zwanzig Jahre älter. Anstelle eines Grußes nickte er nur mit dem Kinn. Anscheinend hatte er gewusst, dass Lizzy kommen würde, denn er reichte Jared eine Notiz, die in einem Plastikbeutel versiegelt war. Dann widmete er sich wieder seinem Telefongespräch.

Jared gab den Plastikbeutel an Lizzy weiter. »Das ist Jimmy Martin. Wenn du nichts dagegen hast, möchte er dir gerne ein paar Fragen stellen.«

Lizzy blickte auf den Beutel und versuchte krampfhaft, das Zittern ihrer Hände zu stoppen. Bis zu diesem Moment hatte sie es vermieden, an diese Notiz zu denken. Wenn sie etwas aus ihrer Entführung und den damit verbundenen extremen Grausamkeiten gelernt hatte, war es die Fähigkeit, all diese schlimmen Dinge zu verdrängen und zu hoffen, dass sie nicht wieder an die Oberfläche traten.

Sie zögerte das Lesen der Notiz noch eine Weile hinaus, indem sie sich im Schlafzimmer umsah. Die Wände hatten einen lavendelblauen Anstrich, von dem sich das Hellgrün des Fensterbereichs abhob. Die Fensterkante war strahlend weiß. Zusammen verliehen diese Farben dem Zimmer eine fröhliche, energiegeladene Ausstrahlung. Ihrer Nichte Brittany würde es hier gefallen. Es gab einen weißen Einbau-Kosmetikschrank mit viel Platz für Make-up und andere Utensilien. In der Ecke befand sich ein Einbauschreibtisch mit großer Arbeitsfläche und drei extratiefen Schubladen. Die beiden Deckenleuchten mit ihren Halogenbirnen tauchten das Zimmer in ein helles, weißes Licht, das einen starken Kontrast zu den Geschehnissen der letzten vierundzwanzig Stunden schuf. Die Tagesdecke aus einem Stoff mit waffelartigem Gewebe war auf einer Seite zerwühlt. Den Boden bedeckten blaue, hellgrüne und weiße Wurfkissen. Zeitschriften für Teenager und eine offene Tüte Kartoffelchips lagen verstreut auf dem Nachttisch. An einer Magnettafel hingen unzählige Bänder und Auszeichnungen für die Teilnahme an diversen Schulveranstaltungen. Die Fensterdekoration bestand aus modernen Jalousien und bogenförmigen Schabracken, deren Karomuster sämtliche Farben des Zimmers enthielt.

Das Fliegengitter war mit einer Rasierklinge durchtrennt worden. Lizzy sah auf die Notiz. Sie konnte es nicht ewig aufschieben. Deswegen war sie schließlich gekommen, nicht wahr?

Ich habe dich vermisst, Lizzy. Du hast mir doch versprochen, dass du mich nie verlässt.
Wer einmal lügt, dem glaubt man nicht, und wenn er auch die Wahrheit spricht. Jetzt ist niemand mehr vor mir sicher und du bist schuld daran.
Ich wusste, dass du kommen würdest. Ich kenne dich besser, als du dich selbst kennst.

Das Gesicht eines Mannes blitzte vor ihrem geistigen Auge auf. Das Bild verschwand so schnell, wie es aufgetaucht war, wie ein Blitz, der für ein paar Sekunden den schwarzen Nachthimmel erhellt.

Der Mann schaute durch eine Maske, die die obere Gesichtshälfte bis zum Rücken seiner langen, geraden Nase verbarg. Die Augen, die unter einer breiten Stirn saßen, leuchteten vor Erregung. Er hatte einen schmallippigen Mund und weiche, glatte Haut. Keinen Bart, keine Falten.

Jimmy Martin verabschiedete sich kurz, klappte das Handy zu und steckte es in die Gürteltasche.

Obwohl Lizzy sich alle Mühe gab, ruhig zu bleiben, waren ihre Hände feucht und hörten nicht auf zu zittern. Die Nachricht an sie bewies, was sie die ganze Zeit befürchtet hatte.

Er lebte noch.

Sie spürte die Gegenwart des Mörders, als befände er sich in diesem Augenblick hier bei ihr in diesem Zimmer. Nach all diesen Jahren tauchte der Spinnenmann wieder auf.

Oder war er schon immer da gewesen und hatte sie auf Schritt und Tritt beobachtet?

Bevor ein Mann namens Frank Lyle hinter Gittern landete, hatten die Ermittler darüber spekuliert, dass der Spinnenmann höchstwahrscheinlich wegen eines anderen Verbrechens ins Gefängnis gekommen war oder nicht mehr lebte. Serienmörder hörten nicht einfach auf, Verbrechen zu begehen, und sie verschwanden auch nicht so ohne Weiteres. Entweder landeten sie wegen eines anderen Verbrechens im Knast oder starben oder stifteten weiterhin Unheil.

Jared stellte Lizzy kurz seinem Kollegen vor.

Laut seinem Dienstausweis war Jimmy Martin ein *Special Agent in Charge* – ein leitender Spezialagent. Obwohl er nicht den Eindruck machte, als sei er besonders erfreut darüber, Lizzys Bekanntschaft zu machen, gab er ihr die Hand und sagte: »Danke, dass Sie gekommen sind.«

»Keine Ursache.« Sie händigte ihm die Plastiktüte mit der Notiz aus. »Ich weiß nicht, wie ich Ihnen helfen kann.«

»Wenn das derselbe Mann ist, der Sie damals entführt hat«, sagte Jimmy, »dann haben Sie einige Zeit mit ihm verbracht. Haben Sie jemals seine Handschrift gesehen?«

»Ich dachte, der Spinnenmann befände sich längst hinter Schloss und Riegel«, sagte sie, um ihn zu testen. Sie hatte nämlich mehr als einmal öffentlich behauptet, dass es sich bei Frank Lyle eindeutig nicht um den Spinnenmann handelte.

»Das wäre natürlich schön. Aber solange uns keine eindeutigen Beweise vorliegen, bleibt es reine Spekulation.«

Sie schüttelte den Kopf. »Ich hab seine Handschrift nie gesehen. Er hat mich immer gefesselt und mir die Augen verbunden. Außerdem trug er eine Maske.«

»In Ihrer Akte steht aber, dass Sie ihn gesehen haben.«

»Ja, ein einziges Mal. Er hat auf der Couch geschlafen.« *Das war der Augenblick gewesen, als ihr beinahe der erste Fluchtversuch gelang. Als sie beinahe das kleine Mädchen ohne Zunge rettete.* »Ich konnte sein Gesicht nur von der Seite sehen. Aber wenn Sie meine Akte gelesen haben, dann kennen Sie ja den Rest.« Sie überlegte, ob sie Special Agent Martin von dem Gesicht erzählen sollte, das vorhin vor ihrem geistigen Auge erschienen war, aber da es nicht den Anschein hatte, als ob er ihr Glauben schenkte, behielt sie es für sich.

»In dieser Nachricht steht, *du bist schuld daran.* Warum?«

»Wie er schon in der Nachricht gesagt hat, er kennt mich.« Sie rieb sich die Arme, aber das Frösteln hielt an. »Er kennt mich gut genug, um zu wissen, dass ich mir für alles, was er tut, die Schuld gebe.«

»Warum?« Jimmy sah sie durchdringend mit seinen dunklen Augen an. »Warum sollten Sie sich die Schuld geben?«

»Weil ich ihm entfliehen konnte.«

»Weil er Sie absichtlich entwischen ließ?«

Warum wollte dieser Mann ihr das Gefühl geben, sie hätte dem Irren auf irgendeine Weise mit Absicht geholfen?

Jared trat einen Schritt vor, aber sie hob die Hand und stoppte ihn. »Er hat mich nicht gehen lassen. Ich bin ihm ganz alleine entkommen.«

»Warum hat er Sie nicht getötet?«, fragte Martin.

»Keine Ahnung. Es gab Tage, da wünschte ich mir, er hätte es getan.« Ein junges Mädchen namens Sophie befand sich irgendwo da draußen in der Gewalt eines Irren und Lizzy konnte nichts für sie tun. Sie spürte einen Druck auf ihrer Brust. *Durchatmen. Einfach nur durchatmen.*

Jimmy legte seine Hand auf den Bettpfosten hinter ihr. Sie konnte die Hitze spüren, die von seinem Körper ausging, als er versuchte, sie dazu zu bewegen, die Informationen, hinter denen er her war, preiszugeben, indem er sie einschüchterte. »Wenn Ihr Mann von damals wirklich der ist, der hinter Sophies Entführung steckt, dann hat er mindestens vier junge Frauen auf dem Gewissen. Aber Ihren hübschen kleinen Kopf hat er verschont. Und da wollen Sie mir weismachen, Sie hätten keine Ahnung, warum, obwohl Sie zwei Monate lang mit ihm zusammen waren?«

»Jetzt reicht's aber«, sagte Jared, nahm sie beim Arm und entzog sie den bohrenden Fragen seines Kollegen. »Wie sie bereits gesagt hat, es steht alles in den Akten. Ich habe sie nicht hierhergebeten, damit Sie sie durch den Fleischwolf drehen.«

Jimmy ging nicht darauf ein. »Wussten Sie, dass Frank Lyle, der Mann, der vor sechs Monaten für den Mord an Jennifer Campbell verurteilt wurde, sich auch zu den vier Morden bekannt hat, die auf das Konto des Spinnenmanns gingen?«

Lizzy zuckte mit den Schultern. »Wenn die Notiz, die Sie mir heute Abend gezeigt haben, wirklich vom Spinnenmann stammt, dann lügt Frank Lyle. Höchstwahrscheinlich hat er ein pathologisches Bedürfnis danach, im Rampenlicht zu stehen. Ich glaube, Lyle leidet unter einer wahnhaften Störung. Er hat genug über den Fall gelesen und gehört, um sich die wichtigsten Details einzuprägen.«

»Immerhin hat er den Lügendetektor-Test bestanden.«

»Wenn er wirklich daran glaubt, die Morde begangen zu haben, dann wissen Sie so gut wie ich, dass er so einen Test locker bestehen kann. Ich habe den zuständigen Behörden schon vor ein paar Monaten gesagt, dass sie den falschen Mann haben.«

»Wie können Sie sich da so sicher sein?«

»Ich war bei der Vernehmung von Frank Lyle dabei und habe alles durch einen Einwegspiegel verfolgt. Nichts an Lyle kam mir bekannt vor. Rein gar nichts. Der Spinnenmann hatte ein markantes Kinn und eine breite Stirn. Lyle hat keins von beidem. Und abgesehen von den körperlichen Merkmalen hat Lyle sich aggressiv und feindselig verhalten. Ich hab auch die Berichte gelesen. Lyles Therapeuten beschreiben ihn als einen Menschen, der sich kaum oder gar nicht unter Kontrolle hat. Der Spinnenmann ist das genaue Gegenteil. Er hat Geduld und Disziplin und handelt nach Plan. Lyle ist nichts weiter als ein Möchtegern-Serienmörder. Er ist ausgerastet, nachdem er seinen Job verloren hat und seine Frau durchgebrannt ist.«

»Sie sind also überzeugt davon, dass der Spinnenmann wieder da ist?«

»So kann man es sagen.« Lizzy hob das Kinn. »Er hat mich heute angerufen.«

Jared blickte verwundert drein. Offenbar fragte er sich, warum sie ihm das nicht schon früher gesagt hatte.

Jimmys Miene wurde noch düsterer. »Was hat er gesagt?«

»Er hat gesagt, ich sei eine Lügnerin und eine Diebin. Und dann hat er noch gesagt, dass andere wegen mir bezahlen müssen.« Lizzys Blick fiel auf Sophie Madisons Schreibtisch. An der Wand dahinter hing ein Spiegel, an dem viele Bilder mit Klebeband befestigt waren. Auf einem hellgelben Schild stand: *Du bist ein Star!* Das Bild darunter zeigte Sophie Madison. »Ich kenne dieses Mädchen.«

Jimmy folgte ihrem Blick und zog die Augenbrauen zusammen. »Sie kennen Sophie Madison?«

»Ich hab sie in meinem Selbstverteidigungskurs gesehen.«

»Aber ihr Name fällt Ihnen erst jetzt ein?«

»Dutzende Schüler melden sich jeden Monat zu meinem Kurs an. Die Teilnahme kostet nichts. Aber ich kann mich gut an Gesichter erinnern.«

»Wann hat sie deinen Kurs besucht?«, fragte Jared.

»Vor ein paar Wochen.« Kein Wunder, dass sie die Frau in dem Zimmer im vorderen Teil des Hauses erkannt hatte. »Um Gottes willen.« Ihr Mut sank. »Er ist wieder da. Und er ist stinksauer.« *Wer einmal lügt, dem glaubt man nicht, und wenn er auch die Wahrheit spricht.*

»Warum?«, wollte Jimmy wissen. »Was wollen Sie damit sagen?«

»Er weiß, dass ich ihn angelogen habe. Er fühlt sich hintergangen.« Lizzy bekam auf einmal Platzangst. In dem stickigen Zimmer fiel ihr das Atmen schwer. Sie sah Jared an. »Ich muss weg.«

Er begleitete sie aus dem Zimmer. »Komm, wir gehen einen Kaffee trinken.«

Kapitel 6

Jared fuhr mit seinem GMC Yukon Denali an den Straßenrand und parkte vor einem alten viktorianischen Haus. Lizzy stellte ihren Wagen hinter seinem ab und stieg aus. »Das sieht aber nicht nach einem Café aus«, sagte sie zu ihm, als er neben ihr stand.

»Das beste Café in der Gegend.« Sie gingen auf das Haus zu. »Ich mahle meine Kaffeebohnen selbst.«

»Beeindruckend«, sagte sie und klang dabei nicht besonders überzeugend. Zu viel war zu schnell passiert und sie hatte das Gefühl, als würde sich jeden Moment ein Loch im Boden auftun und sie verschlucken. Der Gedanke, dass der Spinnenmann Sophie ihretwegen entführt hatte, lastete schwer auf ihrem Gewissen.

Jared öffnete die Tür und bedeutete ihr mit einer Handbewegung einzutreten. Es war dunkel. Zu dunkel. Sie blieb stehen.

Ohne ihr Verhalten infrage zu stellen, ging Jared an ihr vorbei und knipste auf dem Weg ins Wohnzimmer sämtliche Lichter an. Er legte seine Jacke auf der Lehne eines Polstersessels ab und verschwand im hinteren Teil des Hauses. Als er zurückkam, sagte er: »Alles klar.«

Sie trat ein.

Jared nahm ihr die Jacke ab und hängte sie in die Garderobe in der Diele. »Du siehst gut aus, Lizzy.«

Sie fasste sich impulsiv in ihre Haare, die in alle Richtungen standen. Aber dann sah sie ein, dass sie eine ganze Armee Kosmetikerinnen bräuchte, um einigermaßen vorzeigbar auszusehen, und ließ die Arme fallen. »Danke. Du selbst siehst auch nicht gerade schlecht aus.«

Sein Lächeln, dachte Lizzy, konnte die Sorgenfalten in seinem Gesicht nicht verbergen. Er wollte seinen Job ordentlich machen, aber gleichzeitig wollte er sie nicht beunruhigen. »So«, begann sie. Sie fühlte sich irgendwie fehl am Platz. »Warum hast du mich heute Abend herbestellt? Du hättest mir die Notiz genauso gut am Telefon vorlesen können. Sie war kurz und bündig.«

»Wir haben gehofft, du würdest vielleicht die Handschrift erkennen. Außerdem wollte ich dich persönlich sehen – um mich zu vergewissern, dass dir keine Gefahr droht.«

Jared hatte immer noch dieselben dichten, dunklen Haare wie früher. Er war dreiunddreißig, schlank und athletisch gebaut. Abgesehen von ein paar dünnen Lachfalten um seine Augen hatte er sich kaum verändert. Sie folgte ihm in die Küche und sah sich um, während er Filter, Kaffeebohnen und Kaffeetassen hervorholte.

»Glaubst du, dass der Spinnenmann wieder da ist?«, fragte sie ihn.

»Sieht ganz so aus.«

»Jimmy Martin hat mir anscheinend kein Wort geglaubt.«

»Mach dir über den keine Gedanken. Er macht den Job schon viel zu lange. Zu sagen, er sei mürrisch, wäre untertrieben. Er ist regelrecht verbittert.«

Sie musste lächeln.

»Jimmy hat bestimmt gehofft, er könne nächstes Jahr in Rente gehen – vorausgesetzt, der Spinnenmann sitzt hinter Schloss und Riegel«, fügte er hinzu.

Lizzy beschloss, nicht weiter auf das Thema einzugehen. Sie war nicht zu Jared nach Hause gekommen, um über Jimmy Martin zu schimpfen. Eigentlich wusste sie nicht, warum sie überhaupt hier war. »Nur um eines klarzustellen, du brauchst dir keine Sorgen um mich zu machen«, sagte sie. »Ich habe mehrere Riegel an der Tür zu meiner Wohnung und ich habe viel Geld in sichere Fenster und Türen investiert. Außerdem habe ich eine Pistole.«

Er gab eine Handvoll Bohnen in die Kaffeemaschine und drückte auf den Einschaltknopf. Als er damit fertig war, sagte er: »Wie geht's deiner Schwester?«

Das Aroma gemahlener Gourmet-Kaffeebohnen zog zu ihr herüber. »Cathy geht es gut.« Sie sah Jared lange an. Er hatte weder einen Bierbauch noch Haarausfall. Manche Männer hatten eben immer Glück. »Sie hat eine Tochter, Brittany. Ich mag sie sehr gern.«

»Und wie geht's deinen Eltern?«

»Mom lebt jetzt auf Hawaii. Ich hab sie schon eine ganze Weile nicht mehr gesehen, aber wir telefonieren alle paar Wochen. Mit Dad rede ich allerdings nicht oft.«

»Das tut mir leid.«

Nachdem die fein gemahlenen Bohnen im Filter waren, füllte Jared die Kanne mit Wasser und drückte auf einen anderen Knopf. Lizzy fiel ein Zinnrahmen auf dem Küchentresen ins Auge. Das Bild darin zeigte Jared mit einem kleinen Mädchen, dessen Alter sie auf etwa sechs Jahre schätzte. Sie nahm den Rahmen in die Hand. »Ist das deine Tochter?«

Er schüttelte den Kopf. »Ich war nie verheiratet. Kinder hab ich auch keine. Das hier ist Ciara Gelhaus. Mein erster Entführungsfall. Wir fanden sie innerhalb von vierundzwanzig Stunden.«

»Wo war sie?«

»In der Wohnung der Nachbarin. Die Frau konnte keine eigenen Kinder bekommen. Fünf Minuten, bevor sie mit Ciara die Stadt verlassen wollte, haben wir auf einen Verdacht hin zugeschlagen, und es war ein Treffer.«

»Sie ist sehr hübsch.«

»Ich habe das Bild behalten, als Andenken daran, dass es manchmal auch ein Happy End gibt.«

Lizzy legte den Kopf zur Seite. »Du warst nie verheiratet?«

»Wundert dich das?«

»Du hast doch immer davon gesprochen, dass du mal viele Kinder haben möchtest.«

»Ich war einmal verlobt. Es hat nicht funktioniert.«

»Das tut mir leid.«

Er nahm ihr Kinn in die Hand und hob ihren Kopf an, sodass sie gezwungen war, ihm in die Augen zu sehen. »Ich bin derjenige, dem es leid tut, Lizzy. Ich hätte dich damals nicht allein nach Hause gehen lassen sollen.«

Sie wich einen Schritt zurück.

Er ließ die Hand fallen.

»Reden wir nicht darüber«, sagte sie. »Wir können jetzt ewig auf der Sache herumreiten, aber das bringt doch nichts. Es ist eben passiert.«

»Du musst dir keine Vorwürfe machen«, sagte Jared.

»Das stimmt nicht. Ich hab meine Eltern angelogen. Nachdem mir die Flucht aus diesem Horror-Haus gelungen war, habe ich dir gesagt, du sollst mich in Ruhe lassen. Ich war fix und fertig. Ich konnte dich nicht mehr treffen, selbst dann nicht, als ich anfing, die Dinge etwas klarer zu sehen. Ich musste ständig an dich denken, habe aber nie zum Hörer gegriffen und dich angerufen. Das alles tut mir leid.« Und das stimmte auch. Damals hatte sie sich nichts so sehr gewünscht, als ihn anzurufen … besonders in den Augenblicken ihrer schlimmsten Verzweiflung. Denn letztendlich verdankte sie es nur den Bildern von Jared in ihrem Kopf, dass sie die tiefsten Abgründe ihres Albtraums überstanden hatte.

Jared sah Lizzy nach, als sie ins Wohnzimmer ging. Mit einem solchen Gefühlssturm hatte er nicht gerechnet. Tatsache war jedoch, dass er von dem Moment an, als er sie heute Abend das erste Mal gesehen hatte, ein schlechtes Gewissen gehabt hatte – weil er in all den Jahren nicht für sie da gewesen war. Darüber hinaus überraschte es ihn, wie sehr sie seit ihrem letzten Treffen abgenommen hatte. Sie sah dünn aus, fast schon ausgemergelt. Ihre grünen Augen zogen ihn zwar immer noch in ihren Bann, aber das Funkeln war aus ihnen gewichen. Nachdem sie ihn vor vielen Jahren verstoßen hatte, war er zunächst wütend und schließlich verletzt gewesen, bis diese Gefühle allmählich in Vergessenheit gerieten. Er war sich nicht sicher gewesen, was er empfinden würde, falls er sie jemals wiedersehen sollte, aber jetzt wusste er es. Er wollte seine Arme um sie schlingen und sie nie mehr loslassen. Er hatte Lizzy unzählige Male anrufen wollen. Aber letztendlich sagte er sich dann jedes Mal, dass es wohl am besten wäre, wenn er auf Distanz blieb. Er hatte Angst, seine Nähe könnte bei ihr schlimme Erinnerungen wecken. Aber jetzt, wo sie hier war, erkannte er, dass er damit falsch gelegen hatte.

Er verspürte ein starkes Bedürfnis, sie zu beschützen. Gleichzeitig musste er sie dazu bringen, etwas zu tun, wozu sie vielleicht noch nicht bereit war. Sie musste sich erinnern und in Gedanken zu genau jenem Punkt in ihrer Vergangenheit zurückkehren, vor dem sie schon viel zu lange davonrannte. Er musste sie darum bitten, in die tiefsten und dunkelsten Winkel ihres Gedächtnisses einzutauchen und all jene scheinbar unbedeutenden Details auszugraben, die sie bisher übersehen hatte.

Er schenkte heißen Kaffee in eine Tasse ein. »Zucker und Sahne?«

Sie kehrte in die Küche zurück. »Ohne alles, bitte.«

Mit den Kaffeetassen in den Händen entschieden sie sich für die grüne, klassische Couch im Wohnzimmer. Sie ließ sich darauf nieder, während er das Thermostat einstellte. »Es wird gleich warm.«

Er setzte sich neben sie und sie sah ihn über den Rand ihrer Tasse hinweg an. »Sophie Madison braucht mich.«

Jared sah ihr in die Augen und erkannte, dass er sie ebenfalls brauchte. Er hatte Jahre darum gekämpft, die Vergangenheit hinter sich zu lassen und normal weiterzumachen. Und dann hatte er Peggy Chalmers kennengelernt, eine Anwältin, und sie aus allen möglichen falschen Gründen gefragt, ob sie ihn heiraten wolle. Jedes Mal, wenn sie ihn dazu drängte, sich auf einen Hochzeitstermin festzulegen, kamen ihm Zweifel. Peggy war jedoch eine kluge Frau. Sie wusste, dass er nie aufhören würde, an Lizzy zu denken. Genauso ging es seinen Eltern und seiner Schwester. Sie alle wussten – lange bevor er sich darüber klar wurde –, dass er die Sache mit Lizzy Gardner erst noch aufarbeiten musste.

»Ja«, sagte er schließlich. »Sophie braucht dich. Ich brauche dich auch. Ich möchte, dass du mir alles, was du weißt, über den Mann erzählst, der dich damals entführt hat. Was für ein Mensch war er? Hatte er irgendwelche Hobbys? Hat er jemals das Haus verlassen?«

»Ich habe dem FBI bereits alles gesagt, was ich weiß.«

»Aber *mir* hast du das nie.«

Sie nippte an ihrem Kaffee und wich seinem Blick aus. Für einen Moment breitete sich Schweigen zwischen ihnen aus. Dann sagte sie: »Der Spinnenmann hatte eine unendliche Geduld.«

Jared betrachtete sie, wie sie ihren Kaffee schlürfte, und wartete darauf, dass sie fortfuhr. Sie enttäuschte ihn nicht, auch wenn es eine Weile dauerte.

»Wie du ja weißt«, sagte Lizzy, »hatte er eine Vorliebe für Spinnen. Seine Lieblingsart waren Taranteln, aber er hat auch oft darüber geredet, welche Spinnen seiner Meinung nach die gefährlichsten auf der Welt sind. Es hat ihm Vergnügen bereitet, Spinnen auf die Körper seiner Opfer zu setzen. Er hat genau dabei zugesehen, wie die Tiere über ihre weiche, makellose Haut gekrabbelt sind. Manchmal vergingen Stunden, bis er die Spinnen dazu aufgestachelt hat, ins Fleisch der Mädchen zu beißen. Zum Beispiel, indem er sie gezwickt hat.«

»Sophie hat noch eine ältere Schwester, die zum Zeitpunkt der Entführung oben schlief«, sagte Jared zu ihr. »Glaubst du, dass der Spinnenmann genau wusste, auf welche der beiden er es abgesehen hatte? Glaubst du, er hat sein Opfer beschattet, bevor er zugeschlagen hat?«

»Ja, natürlich. Vorausgesetzt, wir haben es hier mit dem Spinnenmann zu tun. Er wusste immer, wer als Nächstes dran war. Wenn er sich schließlich sein Opfer schnappte, kannte er es besser, als es sich selbst kannte.« Nach einer längeren Pause fügte sie hinzu: »Außer bei mir. Meine Entführung war ein Versehen.«

»Was meinst du damit?«

Sie lächelte ihn schief an. »Na, du weißt schon – zur falschen Zeit am falschen Ort und im falschen Programm.«

»Ja, ich glaube, ich weiß, was du meinst. Er hatte es in jener Nacht nicht auf dich abgesehen, nicht wahr?«

Sie erwiderte seinen Blick, ohne mit der Wimper zu zucken. Ihre Augen sahen jetzt weniger matt aus. »Nein, das hatte er nicht. Das weißt du doch. Er wollte das Mädchen der Andersons. Das hat er mir selbst gesagt und ich hab's dem FBI erzählt.« Sie seufzte und fragte dann: »Kann es sein, dass Sophie Madison von einem Familienmitglied entführt wurde, und derjenige die Nachricht an mich geschrieben hat, um euch auf eine falsche Fährte zu locken?«

»Völlig abwegig ist das nicht, aber nach allem, was wir bisher herausgefunden haben, ist das nicht der Fall. Mrs. Madison ist vollkommen außer sich und ihr Mann wurde eine Stunde vor deinem Eintreffen ins Krankenhaus gebracht … wegen Herzbeschwerden. Onkel und Tanten gibt es keine und die Großeltern haben wir überprüft.«

»Montag ist wirklich ein Scheißtag«, sagte sie emotionslos.

Er erwiderte nichts darauf.

»Du und deine FBI-Kollegen, durchkämmt ihr das Viertel auch gründlich von Haus zu Haus?«, fragte sie.

Lizzy hatte vor dem FBI nicht sonderlich viel Respekt und Jared konnte es ihr nicht verübeln. Seit über einem Jahrzehnt behandelte die Behörde sie mehr wie eine Verbrecherin als wie ein Opfer. »Sollten wir das?«

Lizzys Augen verengten sich zu schmalen Schlitzen. »Ist das nicht die übliche Vorgehensweise?«

Anderen konnte er vielleicht etwas vormachen, aber nicht Lizzy. »Das weißt du genauso gut wie ich«, sagte er. »Ich wundere mich nur, dass du mich fragst.«

Sie zuckte mit den Schultern. »Wenn ich die Mutter des entführten Mädchens wäre, würde ich mich bestimmt besser fühlen, wenn ich wüsste, dass keiner von meinen Nachbarn mein Kind bei sich im Kleiderschrank versteckt hält.« Sie strich frustriert ein paar

Strähnen zur Seite, die ihr ins Gesicht hingen. »Wenn du die Akten gelesen hast, dann weißt du, dass der Spinnenmann äußersten Wert auf Verkleidungen legt.«

Sie blickte über ihre Schulter, als hätte sie ein Geräusch gehört. Jared folgte ihrem Blick von der Eingangstür bis zum Fenster im vorderen Teil des Hauses. Er wollte sie gerade fragen, was sie da machte, als sie sich ihm wieder zuwandte. »Wenn jemand behauptet, er hätte eine verdächtige Person in der Gegend gesehen, würde ich nicht viel auf seine Beschreibung geben, das ist alles.«

»In der Akte zu deinem Fall habe ich nichts zum Thema Verkleidungen gefunden, außer dem Hinweis auf einen Bart.«

»Das wundert mich nicht. Warum sollte sich jemand Notizen gemacht haben? Die Behörden haben doch von Anfang an das meiste von dem, was ich gesagt habe, nicht ernst genommen.«

»Das liegt daran, dass du ihnen bei jeder Vernehmung etwas anderes erzählt hast, Lizzy.«

Sie kniff die Augen zusammen. »Was meinst du damit?«

Jared erhob sich und verschwand im Flur. Ein paar Augenblicke später kam er mit einer dicken Aktenmappe zurück und reichte sie ihr.

Lizzy blätterte darin herum. Die meisten Seiten hatten Eselsohren. Sie überflog das gesamte Material. Es begann mit dem Tag, an dem man sie gefunden hatte, und endete mit ein paar Artikeln jüngeren Datums, inklusive einem Interview mit ihrem Vater. Ihr Körper versteifte sich. »Ich wusste gar nicht, dass Dad im Fernsehen war.«

»Wann hast du ihn das letzte Mal gesehen?«

»Schon ewig nicht mehr. Er will nichts mit mir zu tun haben. Er gibt mir die Schuld an allem, was in seinem Leben schiefgelaufen ist.«

Jared schwieg, bis sie den Artikel zu Ende gelesen hatte. »Nachdem du geflohen bist und am Straßenrand gefunden wurdest, hast du ein paar Dinge gesagt, die sich später als falsch erwiesen. Du hast Betsy Raeburn, der Frau, die dich gefunden und zum Polizeirevier gebracht hat, erzählt, du wärest sexuell missbraucht worden.« Jared machte eine Pause. »Die Körperflüssigkeiten auf deiner Unterwäsche stimmten lediglich mit meiner DNS überein.«

Lizzys Wangen liefen rot an. Sie las weiter in der Akte.

»Während der Vernehmung durch das FBI hast du behauptet, der Mörder hätte dich gezwungen, Gift zu schlucken. Außerdem soll er dich täglich mit Zigaretten und mit einem glühenden Schürhaken verbrannt haben. Und angeblich hat er dich gezwungen ...«

Sie warf die Akte auf die Couch und sprang so schnell auf, dass ihr Knie gegen den Kaffeetisch stieß. Kaffee schwappte über den Tassenrand und auf den Tisch. »Scheiß auf dich und deine Kollegen beim FBI. Es ist alles so passiert, wie ich gesagt habe.« Sie zeigte mit dem Finger auf ihn. »Mir ist es egal, ob du oder sonst jemand mir glaubt. Und damit stellt sich die Frage, warum du mich überhaupt hierher bestellt hast, wenn ihr mir sowieso kein Wort glaubt. Warum fragst du mich Dinge, über die ich schon hundert Mal geredet habe? Und vor allem, warum tust ausgerechnet *du* mir das an, Jared?«

Jared stand ebenfalls auf. Er legte eine Hand auf ihren Arm, aber sie stieß sie weg.

»Ich glaube dir, Lizzy. Wenn du sagst, dass es so war, dann glaube ich dir das.«

»Blödsinn.«

»Okay, lass es mich ein wenig umformulieren. Ich glaube, dass *du* glaubst, dass diese Dinge passiert sind. Aber das kann gar nicht sein, Lizzy. Klapperschlangenbisse hinterlassen Narben. Man hat dein Blut auf Gift untersucht, aber nichts gefunden. Und dann gibt es da noch Bilder, Lizzy. Bilder, auf denen deine Arme, Hände, Beine und dein Bauch zu sehen sind. Sie sind alle in der Akte und sie wurden ein paar Tage, wenn nicht sogar Stunden nach deiner Rückkehr aufgenommen. Auf ihnen sieht man weder Bissspuren noch Insektenstiche. Warum wohl?«

»Keine Ahnung.«

Für einen Moment herrschte Schweigen und eine angespannte Atmosphäre.

Lizzy hob die Hände und verschränkte sie hinter dem Genick. Man sah ihr an, wie frustriert sie war, als sie die Arme fallen ließ und im Zimmer auf und ab ging. »Hör zu, ich möchte dir ja helfen, Sophie zu finden. Aber ich lasse nicht zu, dass du mich wie eine Kriminelle behandelst ... oder wie eine Lügnerin.«

Jared setzte sich wieder. Er hasste es, sie aufzuregen. Er wusste, dass sie fest davon überzeugt war, dass sie diese Dinge wirklich erlebt hatte, obwohl das nicht der Fall gewesen war. Aber das schloss natürlich nicht aus, dass sie zwei Monate lang verbal und psychisch gequält worden war. Sie war zwei Monate lang vermisst worden, so viel stand fest. Und als sie wieder auftauchte, war sie unterernährt und dehydriert gewesen. Das war ebenfalls eine Tatsache.

Bevor er zum FBI gegangen war, hatte Jared Psychologie mit den Schwerpunkten Kriminologie und Viktimologie studiert. Er hatte eine Theorie darüber, was mit Lizzy geschehen war, und er sah ein, dass er die Sache völlig falsch angegangen war. »Lizzy«, sagte er mit ruhiger Stimme, »vielleicht hast du eine Form von Gegenübertragung durchgemacht. Manche nennen es auch Überlebenden-Syndrom.«

Sie stand mit verschränkten Armen mitten im Zimmer und sagte kein Wort.

Er spürte einen Druck auf seiner Brust. »Du hast gesagt, du möchtest Sophie helfen. Ich habe die Akten gelesen, aber ich muss das Ganze aus deinem Mund hören. Ich muss sichergehen, dass wir nichts Wichtiges übersehen.« Er atmete aus. »Du hast erwähnt, dass der Spinnenmann eine Maske getragen hat.«

»Richtig, das hat er.« Lizzy trat an das vordere Fenster. Die Jalousien waren vollkommen geschlossen. Sie öffnete sie leicht, sodass das Mondlicht zwischen den Lamellen hindurchscheinen konnte. Dann wandte sie sich ihm wieder zu und sagte: »Abgesehen von der Maske hat er nie gleich ausgesehen. An einem Tag trug er einen Bart und am nächsten einen Schnurrbart. Mit seinen Haaren machte er es genauso. Mal lang, mal kurz, mal blond, dunkelbraun oder schwarz. Aber nie dieselbe Farbe.«

Lizzy trat wieder an die Couch, auf der Jared saß, und legte eine Hand auf die Rückenlehne. »Nur damit das klar ist, ich glaube, er ist manchmal aus dem Haus gegangen. Manchmal gab es nämlich

Tage, an denen ich ihn weder gesehen noch gehört habe. Am Anfang hatte ich ständig Angst. Aber irgendwann war mein Hunger größer als meine Angst. Und am Schluss hatte ich Hunger und mir war kalt und außerdem war ich stinksauer.«

Ihr Kinn zuckte. Sie krallte ihre Finger in die Couchlehne und sah ihn an. »Wusstest du, dass mein Vater meiner Mutter Vorwürfe gemacht hat, weil sie mir in jener Nacht erlaubt hat, auszugehen?«

Er nickte.

»Dann weißt du bestimmt auch, dass sie sich binnen eines Jahres nach meiner Entführung scheiden ließen.«

Er legte seine Hand auf ihre.

Sie zuckte zusammen, zog aber die Hand nicht weg. Ihre Haut war weich. Sie zitterte. Der bohrende Schmerz in seiner Magengegend gefiel ihm nicht. Obwohl sie sich stark gab, war sie psychisch labil.

»Wenn ich auf meinen Vater gehört hätte«, sagte sie, »wäre das alles nicht passiert.«

»Dann hätte der Spinnenmann ein anderes Opfer gefunden.«

»Vielleicht.« Sie sah ihn lange und hart an. »So, wie geht's jetzt weiter?«, fragte sie. Ihr Blick war scharf, aber ihre Stimme klang nicht mehr so aufgeregt. »Das FBI geht davon aus, dass er es auf mich abgesehen hat, nicht wahr?«

»Wenn der Typ, der dich heute angerufen hat, wirklich der Spinnenmann war, dann ist das mehr als nur eine Möglichkeit.«

Sie hob trotzig ihr Kinn. »Nur damit du es weißt, ich habe keine Angst.«

»Aber ich habe Angst um dich.«

»Das brauchst du nicht.« Ihre Augen blitzten entschlossen auf. »Heute Abend habe ich auf dem Weg hierher einen Entschluss gefasst.«

»Einen Entschluss?«

»Ich werde den Spinnenmann finden«, sagte sie. »Ich kann mich nicht für den Rest meines Lebens verstecken und bei jedem Geräusch zusammenzucken. Ich werde dieses kranke Arschloch finden, bevor er wieder zuschlägt.«

»Und wie willst du das tun?«

»Ich werde die Medien kontaktieren und ihm eine persönliche Nachricht zukommen lassen.«

Kapitel 7

Er überlegte sich, ob er noch eine Beruhigungstablette schlucken sollte. Seine Hände zitterten. Das hatten sie früher nie getan. Er wandte sich von dem Mädchen namens Sophie ab und ging zur Tür. Plötzlich fuhr er auf dem Absatz herum und sagte: »Buh!«

Sie riss die Augen weit auf. Er hörte sie unter dem Klebeband stöhnen.

Er seufzte. War das alles, was in ihr steckte? »Du hättest deine Mutter nicht beschimpfen sollen«, sagte er mit erhobenem Zeigefinger. »Vor allem nicht vor anderen Leuten.« Er schüttelte den Kopf. »Nur verdorbene Mädchen ziehen sich wie Nutten an und fluchen wie Kutscher. Weißt du, warum ich mir ausgerechnet dich geschnappt habe, Sophie?«

Sie schüttelte den Kopf. Tränen liefen ihr die Wangen hinunter.

»Weil du keinerlei Respekt vor älteren Menschen hast. Weißt du, was meine Eltern mit mir gemacht hätten, wenn ich bei ihnen eine freche Lippe riskiert hätte?«

Sie schüttelte den Kopf und zitterte am ganzen Körper. Wie diese blöden Chihuahuas, wenn sie sich schüttelten. Dieser Teenie-

Göre mangelte es nicht nur an Respekt vor ihren Eltern, sondern auch an Rückgrat.

»Mein Vater hätte mich mit einer Rasierklinge geschnitten«, sagte er mit Nachdruck.

Jetzt traten ihr fast die Augen aus den Höhlen.

Schon besser.

Er ging zur Kommode und öffnete die oberste Schublade, um seine Sammlung an Skalpellen und Rasierklingen zu begutachten. Er hielt eine besonders scharfe, gekrümmte Klinge hoch, damit Sophie sie sehen konnte. Ein Instrument für Präzisionsschnitte, hergestellt in England.

»Sollten wir mit dem hier anfangen, Sophie?«

Sie schloss die Augen. Ihre Lippen zitterten. Vermutlich betete sie zu irgendeinem unsichtbaren Gott, der sie nicht hören konnte.

Er hielt inne und starrte sie an.

Warum spürte er nichts?

Er zählte bis zehn. Nichts. Sein Atem ging ruhig und gleichmäßig. In seinen Lenden spürte er nicht das geringste Kribbeln. Das Mädchen langweilte ihn. In diesem Augenblick öffnete sie die Lider und sah ihm mit ihren großen braunen Hundewelpen-Augen direkt ins Gesicht. Diese Augen erinnerten ihn daran, warum sie hier war, warum er die Dinge, die er tat, tun musste. Sein Pulsschlag rauschte in seinen Ohren und traf seine Sinne mit der Wucht einer zehn Meter hohen Welle, die gegen zerklüftete Klippen kracht.

Er ging auf sie zu, die Hände zu Fäusten geballt. In seinem Inneren rumorte es. Die Schläfen pochten, der Puls ging unregelmäßig und das Blut schoss wie elektrischer Strom durch seine Adern. Er hatte wirklich und wahrhaftig die Absicht, ihr die Augäpfel aus den Höhlen zu schneiden.

Sie wimmerte und presste die Augenlider zusammen.

Verdammt. Mach die Augen auf. »Hast du etwa Angst, Sophie?«

So, wie sie zitterte, ließ sich nur schwer feststellen, ob sie nickte oder nicht. Das Mädchen brauchte eine gute Portion Rückgrat. Mann, o Mann. Sie musste noch viel lernen, bevor er sie umbrachte. Was war nur aus dem frechen, vorlauten Mädchen geworden? Er ließ die Schultern hängen und musterte sie noch einen Augenblick, bevor er sich schließlich wieder der Kommode zuwandte. Er legte das Messer weg und schloss die Schublade mit einem lauten Knall.

Als er in Richtung Ausgang ging, waren ihre Augen noch immer fest geschlossen. »Ich möchte, dass du darüber nachdenkst, welche Strafe du verdient hast. Ich werde mich ein bisschen hinlegen, während du deine grauen Zellen anstrengst.«

Er ließ die Tür hinter sich ins Schloss fallen und begab sich ins vordere Zimmer. Eigentlich hätte Sophie schlafen sollen. Schließlich hatte er ihr eine Dosis Schlaftabletten verabreicht, deren Wirkung locker zwei oder drei Stunden länger hätte anhalten müssen. Sie war schon ein komischer Vogel: erst hatte sie gezittert, jetzt war sie still.

Und diese Augen … wirklich beunruhigend.

Jeder Muskel in seinem Körper schmerzte. Er war noch nicht mal vierzig, aber heute fühlte er sich wie ein Siebzigjähriger. Er plumpste auf die Couch und ließ seinen Kopf in die Kissen fallen.

Wenn er gestern Nacht eine Lektion gelernt hatte, dann die, dass sämtliche Experten in einer Sache recht hatten … er konnte einfach nicht aufhören.

Dienstag, 16. Februar 2010, 10:12 Uhr

Cathy war erst vor einer halben Stunde bei Lizzy aufgetaucht und schon stritten sie miteinander.

»Du brauchst einen Leibwächter«, sagte Cathy zu Lizzy.

»Red doch nicht so einen Unsinn«, sagte Lizzy. »Die letzten vierzehn Jahre hab ich alles getan, was du von mir verlangt hast. Ich gehe alle zwei Wochen zum Therapeuten, wobei ich hinzufügen möchte, dass ich ihn mir eigentlich nicht leisten kann. Und dann schreibe ich jeden Tag in dieses scheiß Tagebuch. Ich hasse das.«

Cathy verdrehte die Augen. »Wenn du deine Gedanken zu Papier bringst, ist das wie eine Therapie. Es ist ein Heilungsprozess, ein Weg zu einem besseren Verständnis deines Ichs.«

»Diese Tagebuchschreiberei ist Blödsinn. Ich habe Riegel und Schlösser an jeder Tür und alle meine Fenster sind vergittert«, sagte Lizzy. Cathys Überheblichkeit schürte ihre Wut. Ihre Schwester hatte ja überhaupt keine Ahnung, wie es sich anfühlte, wenn man seit Jahren rund um die Uhr eine Heidenangst hatte. »Ich trage eine Pistole. Ich setze keinen Fuß vor die Tür, ohne hinter jedem Busch und jedem Baum nachzusehen. Jedes Mal, wenn irgendwo ein Vogel zwitschert, Laub raschelt oder ein Auto hupt, mache ich mir fast in die Hose.«

Ihre Schwester blieb stumm.

Lizzy rieb sich die Schläfen, um ihre innere Spannung abzubauen. »Ich habe schon viel zu lange vor meinem eigenen Schatten Angst. Ich halte das nicht mehr aus. Und jetzt habe ich davon die Schnauze voll. Ich werde herausfinden, wie der Spinnenmann tickt, warum er tut, was er tut, warum er …«

»Was glaubst du wohl, was sämtliche FBI-Profiler und Kriminalpolizisten die letzten zehn Jahre getan haben?«

»Anscheinend nicht genug. Schließlich haben sie diesen Irren ja nicht geschnappt, oder?«

»Wahrscheinlich hat Frank Lyle draußen ein paar Freunde, die nichts Besseres zu tun haben, als Scherzanrufe zu machen«, sagte Cathy und seufzte. »Also gut, du findest über den Spinnenmann so viel raus, wie du kannst, basierend auf dem Wenigen, an das du dich noch erinnern kannst. Und dann?«

»Dann finde ich heraus, was er als Nächstes vorhat. Und ich werde es wissen, bevor er es selbst weiß.«

»Und dann?«

»… stelle ich ihm eine Falle und warte.« Lizzy blickte auf die Eingangstür zu ihrer Wohnung, hob die Arme und zielte mit einer imaginären Pistole in die Richtung. »Und wenn er dann durch diese Tür kommt, kriegt er eine Kugel in die Stirn.«

»Mir gefällt das nicht.«

»Das habe ich auch nicht erwartet.«

»Was glaubst du wohl, warum er das wieder tut … nach all den Jahren?«

»Das ist eine von vielen offenen Fragen, auf die ich eine Antwort finden möchte«, sagte Lizzy.

»Wenn du das unbedingt durchziehen willst und deine Nase in den Fall Sophie Madison steckst, kann ich nicht zulassen, dass du Zeit mit Brittany verbringst. Ich kann nicht riskieren, dass sie in Lebensgefahr gerät.«

»Das kann ich verstehen.«

Cathy schnaubte. »Bedeutet dir deine Nichte so wenig, dass du so mir nichts, dir nichts auf die Zeit mit ihr verzichtest?«

Lizzy legte eine Hand aufs Herz. »Sie bedeutet mir so viel, dass ich nie riskieren würde, dass ihr auch nur ein einziges Haar ihrer perfekten Frisur gekrümmt wird.«

Cathy ließ den Kopf hängen.

Verdammt. Lizzy legte ihrer Schwester eine Hand auf die Schulter. »Es ist nicht meine Absicht, dich zu verletzen oder dir unnötigen Stress zu machen. Aber das Wiedersehen mit Jared und dieser Anruf waren für mich eine Offenbarung. Ich kann nicht mehr so leben wie bisher. Ich kann nicht auch nur eine Minute länger vor meinem eigenen Schatten davonlaufen. Das bringt mich um.«

Cathy wischte sich mit dem Ärmel die Tränen aus den Augen. »Ich kann auch nicht mehr. Ich hab es satt, mir ständig Sorgen um dich zu machen. Du hast immer genau das getan, was du wolltest, ohne auf uns Rücksicht zu nehmen. Du hast immer meine Sachen genommen, ohne mich zu fragen, und du hast Mom und Dad angelogen. Deine Entscheidungen haben unser Leben zerstört. Und jetzt bist du bereit, die Beziehung zu deiner Nichte aufs Spiel zu setzen, nur weil du hinter einem wahnsinnigen, blutrünstigen Mörder her bist.« Sie hob die Arme und ließ sie wieder sinken. »Ich gebe auf. Für mich ist die Sache erledigt.« Sie griff nach ihrer Handtasche auf dem Tisch und sah sich suchend nach ihrem Pullover um.

Es klingelte an der Tür.

Lizzy schaute durch den Spion. Es war Jared. Sie nahm die Kette aus der Halterung und entriegelte die Sicherheitsschlösser. Dann machte sie auf und bat ihn herein. In seinem blauen Buttondown-Hemd und seiner Jeans sah er genauso gut aus wie zuvor mit Anzug und Krawatte. Die Hemdsärmel waren bis zu den Ellbogen hochgekrempelt und gaben den Blick auf braun gebrannte, leicht behaarte Unterarme frei. Und sie hatte schon gedacht, ihr Interesse am anderen Geschlecht verloren zu haben.

»Jared«, sagte Lizzy und deutete auf ihre Schwester. »Du erinnerst dich doch bestimmt noch an Cathy.«

Cathy hatte inzwischen ihren Pullover gefunden und ging in Richtung Tür.

Jared sagte Hallo und streckte ihr die Hand entgegen.

Cathy ignorierte seine freundliche Geste und blieb direkt vor ihm mit wutverzerrtem Gesicht stehen. »Warum mussten Sie Lizzy anrufen und in die Sache hineinziehen? Haben Sie überhaupt eine Vorstellung davon, wie hart sie arbeiten musste, um dorthin zu kommen, wo sie jetzt ist?«

»Ich werde nicht zulassen, dass ihr etwas passiert.«

Cathy schnaubte. »Damals vor vierzehn Jahren wussten Sie, dass draußen ein Mörder frei herumlief, aber das hat Sie nicht davon abgehalten, Lizzy in stockdunkler Nacht mitten auf der Straße abzusetzen, oder?«

»Hör auf damit«, sagte Lizzy und legte Cathy eine Hand auf die Schulter. Dann schob sie ihre Schwester von Jared weg und brachte sie hinaus.

Draußen begleitete Lizzy ihre Schwester die Treppe hinunter zu Cathys silbernem BMW, der auf der Straße parkte. »Was ist nur mit dir los?«, fragte sie. »Ich kann nicht fassen, dass du mir das antust.«

Cathys Augen blitzten auf. »Ich tue *dir* das an?«

»Ja. Warum begreifst du nicht, dass ich keine Lust habe, mich den Rest meines Lebens vor meinem eigenen Schatten zu verstecken?«

Cathy glitt hinter das Steuer ihres Wagens, drehte den Schlüssel im Zündschloss und sagte: »Weil ich glaube, dass es besser ist, wenn du dich vor deinem eigenen Schatten versteckst. Besser jedenfalls als die Alternative.« Sie machte eine Handbewegung in Richtung Wohnung. »Ich hoffe, du hast nicht vor, mit diesem Mann wieder etwas anzufangen.«

»Was kümmert dich das?«

»Ich hab ein paar Dinge über ihn gehört, das ist alles. Er ist ein Herzensbrecher … ein Kerl, der die Frauen schnell wieder verlässt. Warum glaubst du wohl, ist er noch Single?«

Lizzy zuckte mit den Schultern. »Zwischen uns läuft nichts.«

»Dann ist's ja gut.« Cathy knallte die Wagentür zu, als wäre die Sache für sie ein für alle Mal erledigt, und fuhr los.

Lizzy sah dem BMW ihrer Schwester nach, bis er um die Kurve verschwand. Dabei fiel ihr ein grüner Jeep Grand Cherokee ins Auge, der auf der anderen Straßenseite parkte. Der Wagen wäre ihr nicht aufgefallen, wenn sein Fahrer sich nicht in dem Augenblick, als ihre Schwester davonfuhr, geduckt hätte.

Lizzy ging zu ihrer Wohnung zurück und hielt dabei den Blick auf die Treppenstufen gerichtet. Sie wollte bei der Person, die sie aus dem Jeep beobachtete, nicht den Eindruck erwecken, dass sie etwas gemerkt hatte.

Sie betrat ihre Wohnung und schloss die Tür hinter sich. Jared sagte etwas, aber sie beachtete ihn nicht. Stattdessen ging sie in die Küche und spähte durch die Jalousien. Ihr Herz raste, als sie sah, wie der Fahrer sich wieder aufrichtete. Es war eine Frau. Eine Baseballkappe verdeckte den Großteil ihres Gesichts. Hinten schaute ein Pferdeschwanz heraus. Dichtes, glattes Haar. Brünett.

Lizzy rannte zu dem Pembroke-Tisch, der in der Nähe der Wohnungstür stand. Sie öffnete die Schublade und griff nach ihrer Pistole. Dann riss sie die Tür auf, nahm auf dem Weg nach unten zwei Treppenstufen auf einmal und sprintete über den Asphalt.

Das Quietschen der Reifen übertönte Jareds Fluchen und Schimpfen in ihrem Rücken. Lizzy spurtete dem Auto mit gezogener Pistole hinterher. Der Jeep raste mit quietschenden Reifen um die Ecke und verschwand. Wenn sie jetzt zurückging, um ihre

Autoschlüssel zu holen, würde es für die Verfolgung der Frau zu spät sein. »Scheiße.«

Jared folgte ihr dicht auf den Fersen. »Was zum Teufel machst du da?«

»Komm mir bloß nicht zu nahe«, warnte sie ihn mit ausgestrecktem Zeigefinger. Dann ging sie denselben Weg zurück, den sie gekommen war. Frustriert erklomm sie die Treppenstufen zu ihrer Wohnung und sah Maggie die Straße hinuntertrotten – in die entgegengesetzte Richtung, in die der Jeep verschwunden war. »Maggie, komm sofort zurück!«

»Ich kümmere mich um die Katze«, sagte Jared. »Du gehst am besten schon mal rein und verschließt die Tür hinter dir.«

»Zu Befehl, Sir.«

Bevor er Maggie hinterherlief, schüttelte er den Kopf. Anscheinend dachte er, sie sei jetzt völlig durchgeknallt. Lizzy legte ihre Pistole wieder in die Schublade. Dann nahm sie das Notizbuch und den Stift neben dem Telefon und notierte sich das Kennzeichen, von dem sie einen Teil gesehen hatte, zusammen mit einer Beschreibung der Fahrerin: zierlich, dunkelhaarig, kleine Nase. Waldgrüner Jeep, dessen Kennzeichen mit den Ziffern 1 und 8 und dem Buchstaben N begann. Als sie damit fertig war, legte sie den Stift weg. *Wer war diese Frau und was wollte sie?*

Ein Klopfen an der Tür erschreckte sie. Sie hatte Jared und Maggie bereits vergessen. Sie eilte zum Eingang und machte auf.

Maggie hielt sich mit den Krallen an Jareds Hals und Brust fest. Er stöhnte und warf die Katze in Richtung Wohnzimmer. Dann ließ er die Tür hinter sich ins Schloss fallen.

»Du blutest ja.«

»Was du nicht sagst.«

Sie führte Jared in die Küche und unterdrückte ein Grinsen, als sie seinen irritierten Gesichtsausdruck sah. Sie fand einen sauberen Lappen und hielt einen Zipfel unter das kalte Leitungswasser. Als sie damit den Kratzer an seinem Kinn betupfte, unterdrückte sie den Impuls, mit der Hand sanft über sein hübsches Gesicht zu streichen. Es überraschte sie, dass Jared nach all den Jahren immer noch diese Wirkung auf sie hatte.

»Ich hoffe, das Viech ist geimpft.«

»Das Viech heißt Maggie.« Sie lächelte und als sie ihm erneut mit dem Lappen das Kinn betupfte, lächelte er zurück. »Es ist schön, dich lächeln zu sehen«, sagte er.

»Bei mir ist es so, dass ich entweder lache oder weine.«

Er ließ einen Moment verstreichen, bevor er sagte: »Ich glaube, deine Schwester hat mir immer noch nicht verziehen.«

»Cathy ist nicht der Typ, der leicht verzeiht. Sie ist unserem Vater sehr ähnlich.«

»Na ja, du hast es jedenfalls nicht verdient, dass man dich so behandelt.«

»Irgendwann im Leben muss jeder lernen, mit den Karten zu spielen, die das Schicksal ihm zuteilt.« Sie trat von ihm weg und fütterte Maggie.

»Dieser Jeep«, sagte er. »Hast du den Typen gesehen?«

Sie kniete sich hin und gab eine Portion Katzenfutter in Maggies Napf. »Es war eine Frau.«

»Jemand, den du kennst?«

Sie schüttelte den Kopf.

»Du kannst nicht jedem verdächtigen Auto nachjagen, das vor deiner Wohnung parkt.«

Sie richtete sich auf. »Ich weiß deine Anteilnahme zu schätzen, wirklich. Aber bitte fang nicht damit an, mir zu sagen, was ich zu tun habe.«

»Immer noch so stur nach all den Jahren?«

»Ich tue, was ich kann.« Während sie in der Küche fertig sauber machte, überprüfte Jared die Fenster im vorderen Zimmer.

»Cathy hat bereits die Schlösser kontrolliert«, sagte sie ihm, aber sie wusste, dass sie damit nur Zeit verschwendete.

»Jimmy möchte ein paar von seinen Leuten vorbeischicken, damit sie eine Überwachungskamera und ein Abhörgerät installieren.«

»Tatsächlich?«

»Dasselbe gilt für dein Büro in der Stadt.«

»Toll.« Nicht wirklich.

»Jimmy hat mich auch gebeten, dir zu sagen, du sollst dem Spinnenmann keine Botschaften über die Medien zukommen lassen.«

»Warum?«

»Das FBI will nicht, dass Sophie in noch größerer Gefahr schwebt, als sie es ohnehin schon tut.«

Lizzy folgte ihm den Flur entlang. Der Gedanke daran, was Sophie durchmachen musste, war ihr unerträglich. »Ich glaube, das FBI macht einen Fehler. Wenn ich dem Spinnenmann eine Botschaft sende, lenkt ihn das ab. Und wenn wir es schaffen, ihn abzulenken, tut er vielleicht dem Mädchen nicht weh. Er foltert seine Opfer nicht einfach aus einer plötzlichen Laune heraus. Alles, was er tut, ist sorgfältig geplant und berechnet, mit dem Ziel, dass er dabei das größtmögliche Vergnügen empfindet. Er plant seinen nächsten Schritt genauso, wie es ein erfahrener Schachspieler tun würde. Wenn ich ihm eine Botschaft sende, bringt ihn das aus dem Konzept und er konzentriert sich auf mich, anstatt auf das Mädchen …«

»Oder es macht ihn wütend und er reagiert seinen Frust an Sophie ab.«

Sie kaute auf ihrer Unterlippe und dachte über ihre Optionen nach.

»Ich werde mit Jimmy reden«, sagte er und verschwand weiter hinten im Flur.

»Wenn du mit den Fenstern fertig bist, komm zu mir ins Schlafzimmer«, sagte sie. »Ich möchte dir etwas zeigen.«

Wenige Minuten später betrat Jared Lizzys Schlafzimmer. Ein sorgfältig gemachtes Bett nahm den Großteil des Zimmers ein. Die Jalousien waren heruntergelassen, die Vorhänge vorgezogen. Die Wände waren beige und der einzige feminine Touch zeigte sich in einem abgenutzten Stofftier, das auf dem Bett zwischen den Kissen lag. Es handelte sich um einen Fuchs oder eine Katze – schwer zu sagen bei dem verfilzten Fell, dem abgerissenen Schwanz und dem einen Auge, das lose an einem Faden hing.

Lizzy saß an einem Schreibtisch in der Ecke des Zimmers, die am weitesten von der Tür entfernt lag. An der Wand über dem Schreibtisch hing eine weiße Tafel. Sie maß etwa einen Meter zwanzig im Quadrat und war total vollgekritzelt. Links und rechts davon waren die Wände vom Fußboden bis zur Decke mit angehefteten oder angeklebten Listen und Notizen übersät, die ein heilloses Durcheinander bildeten. Auf dem Boden stapelten sich Papiere und Notizblöcke um ihre Füße. »Du warst anscheinend sehr beschäftigt«, sagte er.

»Nachdem ich gestern Nacht nach Hause gekommen bin, musste ich ständig an Sophie denken. Du hattest recht, als du gesagt hast, ich müsse mich so gut ich kann an alles erinnern, um Sophie zu helfen. Aber das ist nicht einfach. Einzelne Episoden aus meiner Zeit in den Händen des Spinnenmannes schießen mir manchmal, wenn ich am wenigstens damit rechne, wie Filmausschnitte durch den Kopf. Manche dieser Ausschnitte sind verschwommen und abgehackt, andere dagegen erstaunlich klar.«

Jared sagte nichts, sondern ließ sie einfach reden.

Sie deutete auf die Zettel an der Wand. »Ich habe Listen mit sämtlichen Opfern des Spinnenmannes angefertigt. Wusstest du schon, dass alle Mädchen außer einem braune Haare und braune Augen hatten?«

Er schüttelte den Kopf.

»Ich glaube, das ist mehr als nur ein Zufall.«

»Wenn auch nur ein einziges Mädchen mit grünen oder blauen Augen dabei ist«, sagte er, »dann hat das rein gar nichts zu bedeuten.«

Für einen Augenblick war es still. Sie runzelte die Stirn. »Mir will einfach ihr Name nicht einfallen. In den letzten vierzehn Jahren ist kaum ein Tag vergangen, an dem ich ihr Gesicht nicht vor mir gesehen habe. Und trotzdem kann ich mich nicht an ihren Namen erinnern.«

»Wessen Name?«

»Wir waren so nahe dran«, sagte Lizzy. Sie starrte auf den Boden. Ihre Stimme klang wie ein Flüstern.

»Meinst du das Mädchen, das du retten wolltest? Von dem du erzählt hast, als du wieder aufgetaucht bist?«

Sie nickte.

Nachdem Lizzy wieder daheim war, hatte sie von einem kleinen, unterernährten Mädchen geredet, dem die Zunge fehlte. Die Beschreibung traf jedoch auf keine der gefundenen Leichen zu. Die ursprünglichen drei Mädchen, deren Entführung und Ermordung dem Spinnenmann zugeschrieben werden konnten, waren alle auf entsetzliche Weise gefoltert worden. Sie hatten Spinnenbisse an Armen und Beinen. Außerdem hatte der Täter alle drei Opfer in der Nähe von Wasser platziert: an einem öffentlichen Schwimmbad, einem See und einem Stausee.

In der Zeit, in der Lizzy vermisst wurde, war an dem See, an dem das zweite Opfer gefunden wurde, eine weitere Leiche aufgetaucht. Auch bei ihr fand man Spuren von Folter … Sie hatte Brandwunden, Spinnenbisse, aber ihr fehlte nicht die Zunge. Seit Lizzys Rückkehr hatte man keine weiteren Opfer entdeckt – ein weiterer Grund, warum es beim FBI Leute gab, die sich schwer damit taten, Lizzys Geschichte Glauben zu schenken. Jimmy gehörte zu denen, die vermuteten, dass Lizzy überhaupt nicht von diesem Irren entführt worden war. Stattdessen nahmen sie an, Lizzy hätte sich monatelang versteckt, bis ihr das Spiel schließlich zu dumm wurde. Schnell verbreiteten sich Gerüchte, sie hätte die Geschichte mit der Entführung frei erfunden – einzig und allein, um Aufsehen zu erregen.

Jared kannte sie jedoch gut genug, um zu wissen, dass das nicht stimmte. »Was ist mit dem Mädchen passiert«, fragte er und musterte sie aufmerksam.

Sie hob den Blick und sah ihn an. »All diese furchtbaren Dinge, von denen ich erzählt habe …«

»Du meinst das Gift, den glühenden Schürhaken, die Verbrennungen?«

»Ja, das alles.« Sie erhob sich. »Das alles ist diesem armen kleinen Mädchen zugestoßen. Oh, mein Gott.« Sie legte eine Hand auf den Mund. »Und den anderen Mädchen. Diese abscheulichen

Dinge sind nicht mir passiert, oder?« Ihr Gesicht wurde bleich. »Du hattest recht. All diese furchtbaren, entsetzlichen Dinge sind den anderen Mädchen widerfahren, aber nicht mir.«

Er konnte es keinen Moment länger ertragen. Der düstere, gehetzte Blick in ihrem Gesicht verriet ihm, dass sie seit ihrer Entführung keine ruhige Minute gehabt hatte. Jared zog sie an sich heran. Er spürte, wie sie in seinen Armen zitterte, als würden ihr jeden Augenblick die Beine wegknicken. Lizzy hatte die Scham und die Schuldgefühle, die eigentlich der Mörder empfinden müsste, auf sich übertragen. Gleichzeitig hatte sie die Abscheu und das Entsetzen darüber, was mit seinen Opfern geschehen war, verinnerlicht. Aller Wahrscheinlichkeit nach hatte ein Strudel der Emotionen Lizzy verschlungen, bis sie es nicht mehr aushalten konnte. In ihrer Unfähigkeit, die Folter und die Schläge als das zu betrachten, was sie wirklich waren – unmenschliche Handlungen, die von einem Menschen an anderen begangen wurden –, war Lizzy gezwungen gewesen, den Horror auf die einzige Art und Weise zu bewältigen, die sie kannte. Nur so konnte sie mit ihrem Leben weitermachen.

Ihre Stirn ruhte auf seiner Brust und sie zitterte am ganzen Körper. Er massierte ihr den Rücken. »Warum hat er dich am Leben gelassen, Lizzy?«

Sie schwieg eine Weile, bevor sie fortfuhr. »Weil er dachte, dass ich ein anständiges Mädchen bin. Er wollte mich für immer bei sich behalten. Er wollte, dass ich ihm zusah und von ihm lernte, was mit bösen Mädchen geschieht.«

Sie war angespannt und ihre Stimme klang rau.

Jared schob sie ein wenig von sich, um ihr ein paar lose Strähnen aus dem Gesicht zu streichen. »Bei was solltest du ihm zusehen?«

»Er wollte, dass ich ihm dabei zusehe, wie er unvorstellbare Dinge mit den Mädchen anstellte, damit ich nicht dieselben Fehler wie sie begehen würde.«

»Wie viele Mädchen?«

»Drei. Nach dem stummen Mädchen … noch drei weitere. Von denen ich wusste.«

Jared hatte sämtliche Akten und Aufzeichnungen zu dem Fall gelesen und Lizzy hatte diesen Teil ihrer Geschichte nie geändert. Sie hatte stets behauptet, dass es nach ihrem beinahe gelungenen ersten Fluchtversuch drei weitere Opfer gegeben hatte. Das würde bedeuten, dass es insgesamt acht Opfer waren. Vier davon hatte man noch nicht gefunden, das Mädchen ohne Zunge eingeschlossen. »Wie hat er dich gezwungen, zuzusehen?«

»Er hat mir Handschellen angelegt.«

Jared holte tief Luft. Lizzy war einer der einfühlsamsten und mitfühlendsten Menschen gewesen, die er kannte. Damals in der Highschool hatte sie sich stets besonders bemüht, neuen Schülern das Gefühl zu geben, dass sie in der Klassengemeinschaft willkommen waren. Sie hatte etwa einem halben Dutzend Vereinen angehört, die sich gegen Tierquälerei und Mobbing engagierten und die Welt verbessern wollten. Man hätte ihr nichts Schlimmeres antun können, als sie zu zwingen, dabei zuzusehen, wie einem anderen Menschen Gewalt angetan wurde.

»Am Anfang sahen die Mädchen alle gleich aus«, berichtete sie, ohne dass Jared sie dazu ermuntern musste. »Sie hatten Angst, haben gezittert und waren kreidebleich im Gesicht.«

Lizzy sprach, als befände sie sich in Trance, ihr Blick war glasig und starr. »Er hat seine Opfer gefesselt, in der Regel an einen Bettpfosten oder einen Stuhl, und dann hat er mit einer stumpfen Klinge, zum Beispiel einem Steakmesser, ihre Haare total verunstaltet. Dann hat er sie gefragt, ob sie nach Hause wollten.«

Als sie mit ihrer Schilderung fortfuhr, wurde ihre Stimme deutlicher und verständlicher. »Sobald der Spinnenmann Hoffnung in ihren Augen sah«, sagte sie, »teilte er ihnen mit, dass sie ein paar Tests bestehen müssten, wenn sie nach Hause wollten.« Sie blickte zu ihm auf. »Natürlich hat es nie jemand geschafft, die Tests zu bestehen.«

Jared spürte, wie sie zitterte. »Tage oder manchmal auch Wochen später, wenn jegliche Hoffnung aus ihren Augen gewichen war, holte er ein Einweckglas, das mit einer klaren Flüssigkeit gefüllt war. Es war immer dasselbe. Er hat einen Gegenstand in das Glas getaucht.

Und jedes Mal, wenn ich dachte, sein Opfer sei völlig am Ende, hat er ihm Säure in die Augen geträufelt, und dann ging das Geschrei erst richtig los.« Ihre Stirn fiel sanft auf seine Brust.

Er drückte sie fest an sich. Es dauerte eine Weile, bis sich ihr Atem wieder beruhigte.

»Und was ist dann passiert?«

»Dann hat er mich wieder in das Zimmer mit den Spinnen gebracht. Wir waren alle im selben Boot. Wir saßen in der Falle und es gab keinen Ausweg.«

»Du und die Spinnen?«

Er spürte, wie sie nickte.

»Die meisten Nächte«, fuhr sie fort, »wollte ich einfach nur einschlafen und nie mehr aufwachen. Aber ich konnte nicht schlafen, weil ich ständig an die anderen Mädchen denken musste – an die Angst in ihren Augen und an die Grausamkeiten, die sie über sich ergehen lassen mussten. Ich konnte sie schreien hören ... und manchmal habe ich ein Bohrgeräusch gehört.«

»Was für ein Bohrgeräusch?«

»Es klang wie ein schrilles Kreischen ... und es hat nicht aufgehört.«

»Eine Elektrosäge?«, fragte er. »Klang es wie Sägen oder Bohren?«

»Das weiß ich nicht.«

Außer den FBI-Agenten, die an dem Fall gearbeitet hatten, wusste niemand, dass von den drei ursprünglichen Opfern zwei mit Säure geblendet worden waren. Dem dritten Opfer hatte man Nadeln in die Netzhäute gestochen. Aber das mit den Bohrgeräuschen ergab keinen Sinn, weil es mit rein gar nichts, was man an den Leichen gefunden hatte, in Verbindung gebracht werden konnte.

»Komm schon«, sagte er, und hasste es, sie so geknickt zu sehen. »Ich werde Jimmy sagen, dass du nicht bereit bist, in den Fall verwickelt zu werden.«

»Das lasse ich nicht zu«, sagte sie und holte tief Atem, um sich wieder zu fangen. »Ich muss es tun ... sowohl für mich als auch für Sophie.«

Er brachte sie in die Küche, füllte ein Glas mit Wasser und hielt es ihr an die Lippen. Sie trank ein paar Schlucke, bevor er das Glas wieder auf den Küchentisch stellte. Dann nahm er ihr Gesicht in die Hände. Es war bleich und hatte die Form eines Herzens, mit großen Augen und vollen Lippen. Sie war immer noch die schönste Frau, die er jemals gesehen hatte. Er vermisste alles an ihr – die langen Gespräche, die sie über das Leben geführt hatten, ihr unbeschwertes Lachen. »Ich hätte mich nie von dir zurückweisen lassen sollen.«

»Du denkst hoffentlich nicht daran, mich zu küssen. Es ist bei mir schon so lange her, dass ich nicht mal mehr weiß, wie man es macht. Ich glaube nicht …«

Er neigte den Kopf und presste seine Lippen auf ihre, bevor sie ein weiteres Wort herausbrachte. Ihre Lippen waren weich. Eigentlich sollte er sie nicht küssen, vor allem nicht jetzt, wo sie schwach und verletzlich war. Vielleicht sollte er es nie tun. Aber er konnte nicht anders. Er hatte diesen Augenblick lange herbeigesehnt. Es ging nicht darum, dass er sie küssen wollte – er musste es einfach tun, musste sie fest an sich drücken und ihr irgendwie zu verstehen geben, dass er es nie zulassen würde, dass ihr jemals wieder jemand wehtäte.

Sein Handy klingelte. Als er den Kopf hob, sah er, wie sie langsam die Augen öffnete.

»Du hast recht«, sagte sie.

Als das Handy ein zweites Mal klingelte, griff er danach. »Womit?«

»Du hättest dich nie von mir zurückweisen lassen sollen.«

Er lächelte und klappte das Handy auf. »Ja, ich bin gerade bei ihr. Sie ist damit einverstanden, dass wir sie abhören.«

Er sah sie an und sie zuckte unverbindlich die Schultern.

»Okay«, sagte er, »bis gleich.«

Kapitel 8

Dienstag, 16. Februar 2010, 11:00 Uhr

Sein Herz hämmerte heftig gegen seine Rippen. Er war eingenickt. Er richtete sich auf und sah auf die Uhr. Bis er wieder ins Büro zurückmusste, blieben ihm noch ein paar Stunden. »Cynthia«, sagte er laut. Der Traum war immer noch in seinem Bewusstsein lebendig. Er sehnte sich danach, sie wiederzusehen, bei ihr zu sein. Erst jetzt wurde ihm so richtig bewusst, wie sehr er Cynthia vermisste.

Um ihretwillen hatte er es geschafft, mit dem Töten aufzuhören. Er hatte sogar geglaubt, dass er diese Sucht für immer überwunden hätte. Fast vierzehn Jahre lang hatte sie ihm genügt. Die Erinnerung daran, wie sie ihn angesehen hatte, als er ihr das erste Mal die Wahrheit gestand, schmerzte ihn. Aber er konnte daran nichts mehr ändern. Er hatte bereits den Punkt erreicht, an dem es kein Zurück mehr gab.

»Einmal ein Mörder, immer ein Mörder.«

Er sagte sich, dass er keine Zeit hatte, Trübsal zu blasen. Er sah sich im Wohnzimmer um. Es gab viel zu tun. Das Haus war schon seit Jahren unbewohnt. Die Wände brauchten einen neuen Anstrich und ein paar neue Vorhänge wären auch nicht schlecht. Cynthia hatte helle Farben gemocht ... rote und blaue Töne. Er selbst bevorzugte eher gedämpfte Farben, wie zum Beispiel maulwurfsgrau. Orangegelb würde sich vielleicht gut dafür eignen, die Dinge etwas aufzuhellen.

In dem 35-Liter-Terrarium, das vor ihm auf dem Tisch stand, bewegte sich etwas und erregte seine Aufmerksamkeit. Drinnen befanden sich zwei australische Trichternetzspinnen, die er im Internet gekauft hatte. Sie waren schwarzbraun, höchst giftig und zählten zu seinen Lieblingsspinnen.

Cynthia hatte für Spinnen oder Schlangen nie etwas übrig gehabt. Seine Liebe zu ihr war sehr groß gewesen, das wusste er. Genaugenommen war sie das immer noch. Mit ihrer Hilfe hatte er so viel bewältigt.

Er klopfte an die Scheibe und lächelte, als die größere der beiden Spinnen die Vorderbeine hob und die Beißwerkzeuge ausfuhr. »Braver Junge«, sagte er. »Keine Angst, du wirst bald etwas zu fressen bekommen.«

Dienstag, 16. Februar 2010, 11:55 Uhr

Lizzy konnte sich nicht mehr daran erinnern, wann zuletzt so viele Menschen auf einmal in ihrer Wohnung gewesen waren. Zwei Männer vom FBI machten sich an ihrem Telefon zu schaffen, verdrahteten es neu und schlossen es an einen schwarzen Kasten an, der einem kleinen DVD-Player ähnelte.

Jimmy Martin stand mitten in ihrem Wohnzimmer und telefonierte schon wieder. Er wies die lokalen Polizeibehörden an, nach einer Frau zu fahnden, die eine Baseballkappe trug und einen grünen Jeep Grand Cherokee fuhr. Außerdem gab er das Kennzeichen durch, das Lizzy notiert hatte.

Lizzy wusste nicht so recht, was sie von Jimmy halten sollte. Er hatte einen strengen Gesichtsausdruck und seine Bewegungen wirkten steif. Ein Lächeln ging ihm nur schwer über die Lippen, wenn überhaupt. In der Küche machte Jared gerade eine weitere Schublade auf und suchte nach einer Kaffeetasse und Teebeuteln.

Den Kaffee, den er mochte, hatte sie nicht, also musste er stattdessen mit Tee vorliebnehmen. Anscheinend war er ein Koffein-Junkie und wählerisch noch dazu.

»Hast du schwarzen Tee aus Indien?«, fragte er.

Sie ging zu ihm in die Küche, öffnete die Schublade neben dem Kühlschrank und deutete auf eine Packung. »Grüner Tee, Hausmarke vom lokalen Supermarkt. Was anderes kann ich dir leider nicht bieten.«

Er nahm einen Beutel aus der Packung, sah allerdings nicht besonders glücklich aus. Wenn sie nicht so müde wäre, hätte sie vielleicht über den Missmut gelacht, der ihm ins Gesicht geschrieben stand, weil er mit ihrem Teesortiment unzufrieden war. Wählerisch hin oder her, sie ertappte sich dabei, dass sie sich bereits in seiner Gesellschaft wohlfühlte. Der Kuss hatte ihre Fantasie angeregt und sie wie durch ein Wunder für ein paar schöne Augenblicke von allen anderen Dingen abgelenkt.

»Haben Sie während Ihrer zweimonatigen Gefangenschaft jemals das Haus des Spinnenmanns verlassen?«, fragte Jimmy aus dem anderen Zimmer.

»Nein«, sagte Lizzy und schüttelte den Kopf. Sie fragte sich, warum die FBI-Leute immer wieder dieselben Fragen stellten. Sie überließ Jared in der Küche sich selbst und ging zurück ins Wohnzimmer. Jimmy hatte inzwischen seinen Sitzplatz vom Stuhl auf die Couch verlegt, wo er sich über den gläsernen Kaffeetisch beugte, auf dem Notizen, Bilder von Sophie und ein Stadtplan von Sacramento verstreut lagen.

Als sie einen Blick auf die Karte warf, schoss ihr ein Bild des Hauses, aus dem sie geflohen war, durch den Kopf. Bei ihrem zweiten – und erfolgreichen – Fluchtversuch war Lizzy durch das Badezimmerfenster geschlüpft – das einzige Fenster im Haus, das nicht vergittert war. Am Anfang hatte der Spinnenmann ihr zur Verrichtung ihrer Notdurft nur einen Eimer zur Verfügung gestellt. Nach drei Wochen in seiner Gewalt erlaubte er ihr schließlich, alleine ins Bad zu gehen und dort die Toilette zu benutzen. Lizzy stellte fest, dass sie gewaltig abnehmen musste, wenn sie es schaffen wollte, sich durch das winzige Fenster über der Badewanne zu zwängen. Sie wusste auch, dass sie lange genug am Leben bleiben musste, um überhaupt einen Versuch wagen zu können.

Lizzy schaute noch einen Augenblick auf die Karte und deutete dann auf eine ganz bestimmte Straße. »Das ist die Stelle, an der Betsy Raeburn mich gefunden hat, die Frau, die an diesem Tag die Wäsche aus der Schnellreinigung gebracht hat.«

Jimmy markierte mit dem Bleistift einen Punkt auf der Karte, der etwa vier Straßenblocks von der Stelle entfernt lag, auf die Lizzy gedeutet hatte. »Das ist der Ort, an dem Raeburn Sie laut ihrer eigenen Aussage gefunden hat.«

Lizzy sah Jared genervt an. »Kann mich jemand an diesen Ort hier bringen«, sie stieß mit dem Finger auf die Karte, »wo Betsy mich angeblich gefunden hat?«

Jared reagierte mit offensichtlicher Verwunderung auf ihre Bitte. »Aus deiner Akte geht hervor, dass du schon einmal dort warst. Ich glaube, das ist nicht nötig.«

»Das ist schon über zehn Jahre her«, sagte sie. »Jetzt ist alles anders. Ich habe vor meinem geistigen Auge Bilder von dem Haus und der Straße gesehen. Ich muss dorthin, und zwar jetzt gleich.«

»Bist du dir sicher, dass du dazu in der Lage bist?«, fragte Jared.

»Herrgott noch mal«, sagte Jimmy. »Ich bringe sie selbst hin.«

Lizzy würgte den Kloß in ihrer Kehle hinunter. Nein, sie war sich nicht sicher. Tatsache war, dass sie das Gefühl hatte, als ob sie über einem Abgrund schwebte und jeden Augenblick ins Bodenlose stürzen konnte. Das war nichts Neues für sie. Aber sie hatte sich bereits entschieden und würde jetzt keinen Rückzieher machen. Sie warf einen Blick auf Sophies Bild und nickte Jared zu. »Ich bin bereit, wenn du es bist.«

»Bevor Sie verschwinden«, sagte Jimmy, »habe ich noch ein paar Fragen an Sie.«

Sie verschränkte die Arme vor der Brust. »Was möchten Sie wissen?«

»Zum einen – warum ausgerechnet jetzt?«

Jared kam zu ihnen ins Wohnzimmer und sah Jimmy an. »Was meinst du damit?«

Jimmy ließ Lizzy keine Sekunde aus den Augen. »Ich würde gerne wissen, warum sie plötzlich glaubt, sie könne den genauen Ort bestimmen, an dem sie gefunden wurde. Und das, obwohl sie in den letzten zehn Jahren nicht in der Lage war, sich auf eine Straße im Umkreis von einer Meile von der Stelle festzulegen, die uns Ms. Raeburn genannt hat.«

Lizzy ließ sich nicht einschüchtern und starrte Martin mit derselben Entschlossenheit ins Gesicht, die sie in seinen Zügen entdeckte.

»Ich glaube, sie litt bisher unter dem Überlebenden-Syndrom«, warf Jared dazwischen, bevor sie etwas erwidern konnte. »Ihre Schuldgefühle haben dazu geführt, dass sie schmerzhafte Erinnerungen unterdrückt hat. Erinnerungen, die durch beliebige Dinge ausgelöst werden können … zum Beispiel durch einen bestimmten Geruch, ein Lied, ein Geräusch … was auch immer. In diesem Fall, glaube ich, hat der Anruf oder möglicherweise die Notiz, die sie vom Spinnenmann erhalten hat, einige Erinnerungen wieder wachgerufen.«

»Ich weiß, dass Sie mir damals nicht geglaubt haben«, sagte Lizzy zu Martin, »und wahrscheinlich glauben Sie mir auch jetzt nicht. Aber mir ist es egal, was Sie denken. Das Einzige, was mich interessiert, ist, dass ich Sophie finde, bevor es zu spät ist.«

Jimmy steckte die Hände in die Hosentaschen. »Ich bin ganz Ohr.«

»Ihr beide könnt Spekulationen anstellen, so viel ihr wollt«, fuhr Lizzy fort, »aber ich sage euch, der Spinnenmann ist wieder da. Und er weiß bereits alles über Sophie, einschließlich der Dinge, vor denen sie Angst hat. Wenn sie Angst vor der Dunkelheit hat, dann befindet sie sich jetzt in einem Keller oder einem Zimmer ohne Fenster.«

»Und wie war das damals bei Ihnen?«, fragte Jimmy. »Hat er Sie auch im Dunkeln eingesperrt?«

»Er kannte mich nicht. Ich war nicht Teil seines Plans. Er hat versucht, mir mit Insekten Angst einzujagen.«

»Schlangen und Spinnen haben dir nie etwas ausgemacht«, fügte Jared hinzu.

»Nein, das haben sie auch nicht«, sagte sie. »Spinnen und Schlangen haben mich fasziniert, aber das wusste der Spinnenmann nicht. Er war spürbar erregt, wenn ich Furcht gezeigt habe. Ich wusste, dass es das war, was er wollte. Wenn er so getan hat, als wollte er eine Spinne auf mich setzen, habe ich geschrien und ihn angefleht, er solle aufhören. Ich ließ ihn in dem Glauben, dass er meine Achillesferse gefunden hatte. Er geilt sich an der Angst seiner Opfer auf.«

»Sie haben ihn an der Nase herumgeführt.« Jimmy klimperte mit dem Kleingeld in seiner Hosentasche. »Scheint so, als wäre der Kerl doch nicht so clever, wie er denkt.«

Sie hob das Kinn. »Clever genug, um dem FBI vierzehn Jahre lang durch die Lappen zu gehen.«

Jimmy tat so, als hätte er ihre Bemerkung überhört, aber das Zucken seines Kinns verriet ihr, dass sie einen wunden Punkt berührt hatte. Pech für ihn. »Der Spinnenmann hat auch Dinge benutzt, die die Mädchen mochten, um sie damit ruhigzustellen.«

Jimmy zog eine Augenbraue hoch. »Zum Beispiel?«

»Heiße Schokolade, Lakritze, Stofftiere, alles Mögliche. Er wusste, was sie mochten, und hat das auf dieselbe Art und Weise gegen sie verwendet, wie er ihre schlimmsten Ängste benutzt hat, um sie einzuschüchtern.« Sie nahm Sophies Bild an sich. »Wir müssen so viel wie möglich über Sophie herausfinden. Ist sie zu Fuß von der Schule nach Hause gegangen oder hat sie den Bus genommen? Wie hat sie sich gegenüber Freunden und Familienangehörigen verhalten? Hatte sie irgendwelche schlechten Angewohnheiten?«

»Warum ist das wichtig?«, wollte Jimmy wissen.

»Der Spinnenmann sieht sich selbst als heroische Figur«, erwiderte Jared. »Seiner Ansicht nach sorgt er für Recht und Ordnung, indem er Mädchen eliminiert, von denen er glaubt, sie seien respektlos oder *böse*.«

»Respektlos wem gegenüber?«

»Gegenüber allen«, sagte Lizzy. »Erwachsene … Eltern, Freunde. Er hat mir immer erzählt, seine Opfer seien eine Gefahr für die Gesellschaft. Er verabscheute Mädchen, die sich heimlich aus dem Haus schlichen, wenn ihre Eltern weg waren, die die Schule schwänzten, ein freches Mundwerk hatten oder in der Schulpause geraucht haben.«

»Gehen wir einfach mal davon aus«, sagte Jimmy, »dass wir bereits alles über Sophie wissen. Inwieweit würden uns diese Informationen dabei helfen, sie zu finden?«

»Sie sucht nach einem Anhaltspunkt«, sagte Jared, »nach einer irgendwie gearteten Verbindung zwischen Sophie und den anderen Opfern. Darin könnte die Lösung liegen, die uns zu dem Mörder führt.«

Jimmy schnaufte. »Tun wir das nicht alle? Was glauben Sie eigentlich, was wir die letzten vierzehn Jahre getan haben? In der Nase gebohrt?«

Lizzy zuckte mit den Schultern, als würde sie diese Möglichkeit in Erwägung ziehen.

»In diesem Augenblick«, sagte Jimmy, »spricht einer von meinen Leuten mit dem Direktor von Sophies Schule. Ihre Klavierlehrerin wird nächste Woche achtzig, also können wir sie als Verdächtige ausschließen. Sophie hat sich nicht für Sport interessiert und sie war immer eine Musterschülerin. Abgesehen davon, dass sie ein Teenager ist, gibt es keine Verbindung zu den anderen Opfern.«

Lizzy unterdrückte mit Mühe ein Knurren. Jimmy hatte es von vornherein aufgegeben, nach neuen Hinweisen zu suchen. Bevor sie ihm ihre Meinung sagen konnte, klingelte sein Handy. Jimmy entschuldigte sich und ging nach draußen, um ungestört telefonieren zu können.

»Lass dich von ihm nicht aus dem Konzept bringen«, sagte Jared. »Er ist ein Sturkopf.«

»Er ist ein Arschloch.« Lizzy hob die Hände in einer Geste der Kapitulation. »Ich weiß nicht, warum ich meine Zeit damit verschwende, mit ihm zu reden. Er interessiert sich nicht im Geringsten für das, was ich zu sagen habe. Siehst du nicht, dass er diesen Fall bereits in eine Schablone gepresst und aufgegeben hat?«

»Fahren wir ein wenig spazieren.«

»Was ist mit deinem Tee?«

»Der kann warten.«

Kapitel 9

Dienstag, 16. Februar 2010, 12:04 Uhr

Karen Crowley war angenehm überrascht, als sie sah, dass ihr Bruder eine schöne und ruhige Stadt als Wohnort gewählt hatte. Östlich davon erhob sich die Bergwildnis der Sierra Nevada, während man im Westen eine grüne Hügellandschaft sehen konnte.

Es grenzte schon fast an ein Wunder, dass ihre Mutter schließlich doch noch eine Adresse herausgerückt hatte. Karens Mutter lebte in Arkansas und hatte ihren einzigen Sohn schon eine Ewigkeit nicht mehr gesehen – sein letzter Besuch bei ihr lag vierzehn Jahre zurück. Mom zufolge war das das Jahr gewesen, in dem Karens jüngerer Bruder Cynthia, seine zukünftige Ehefrau, kennengelernt hatte. Mom hatte auch erwähnt, dass Cynthia ihr jedes Jahr eine Karte zu Weihnachten schickte. Auf diese Weise war es Karen gelungen, die aktuelle Adresse ihres Bruders zu ermitteln. Sie hasste es, ihm und seiner Frau einen unangemeldeten Besuch abzustatten, aber seine Rufnummer stand nicht im Telefonbuch und Mom hatte sie auch nicht.

Es war wirklich schade, dass ihre Eltern geheiratet und zwei Kinder bekommen hatten, nur um dann keinerlei Kontakt mehr zu ihnen zu haben. Ihr Vater war vor fünf Jahren gestorben und niemand hatte sich die Mühe gemacht, ihr Bescheid zu sagen. Von dem Augenblick an hatte Karen jeglichen Kontakt zu ihrer Mutter abgebrochen. Irgendwann hatte sie einfach genug gehabt. Ihre Mutter rief nie an und interessierte sich nur für sich selbst. Bis vor einem Monat hätte Karen nie gedacht, dass sie sich jemals dazu aufraffen würde, mit ihrem Bruder oder ihrer Mutter Verbindung aufzunehmen. Aber in letzter Zeit erkannte sie jedes Mal, wenn sie in die Augen ihres Sohnes sah, ihren Bruder darin wieder. Von da an wusste Karen, dass es Zeit war, ihn zu finden und sich mit ihm zu versöhnen, ihm zu sagen, wie leid ihr alles tat. Sie hatte sogar versucht, zwei von den drei Mädchen zu finden, die zum Teil daran schuld gewesen waren, dass ihr Bruder während der Highschool einen Nervenzusammenbruch erlitten hatte.

Aber bis jetzt hatte sie kein Glück gehabt.

Karens Handy klingelte. Es war ihr Ehemann. Sie hielt sich das Telefon ans Ohr. »Ist alles in Ordnung?«

»Es ist Zeit, dass du nach Hause kommst«, sagte er zu ihr. »Die Kinder vermissen dich, und ich dich auch.«

»Das geht nicht. Zumindest nicht jetzt.«

»Du hast ihn immer noch nicht gefunden?«

»Ich habe gerade mit Mom gesprochen und konnte mit ihrer Hilfe die Adresse in Erfahrung bringen. Ich müsste in wenigen Minuten dort sein.«

»Ich hätte mit dir kommen sollen.«

Karen lebte mit ihrem Mann und ihren zwei Kindern in Italien, oberhalb von Cantiano, etwa zwei Stunden von Verona entfernt. Sie hätte ihren Mann gerne in die Staaten mitgenommen, aber einer musste ja zu Hause bei den Kindern bleiben. »Es wird schon alles gut gehen.«

»Woher willst du das wissen? So, wie du mir die Dinge geschildert hast, muss dein Bruder ziemlich durchgeknallt sein.«

»Mom hat gesagt, dass sie ihn noch nie so glücklich gesehen hat, wie seitdem er mit Cynthia zusammen ist. Sie hat gesagt, dass es keine Anzeichen seines früheren irrationalen Verhaltens mehr gibt.«

»Mir gefällt das Ganze trotzdem nicht. Was ist, wenn er dir noch immer nicht verziehen hat?«

»Ich bezweifle, dass er sich überhaupt noch daran erinnert, was damals passiert ist.« Das war natürlich gelogen, aber sie brachte es einfach nicht fertig, ihrem Mann all die schmutzigen Details zu erzählen.

»Du kannst das erst mit Bestimmtheit sagen, wenn du ihn siehst. Wie wär's, wenn ich am Apparat bleibe, bis du dort bist?«

»Das geht nicht. Ohne Freisprechanlage darf ich beim Fahren nicht mit dem Handy telefonieren. Eigentlich dürfte ich jetzt gar nicht mit dir reden. Ich melde mich bei dir, sobald ich das Haus gefunden habe, okay?«

»Pass auf dich auf.«

»Mach dir keine Sorgen. Ich habe alles unter Kontrolle.« Sie drückte auf die rote Taste. Die nächste Straße war Wellington Drive. Danach musste sie noch ein paar Mal abbiegen, und schon würde sie bei ihrem Bruder ankommen.

5416 Wise Road. Da war es bereits.

Das Haus, ein schönes einstöckiges Gebäude, befand sich in einer ruhigen Straße oben auf einem Hügel. Es machte einen friedlichen Eindruck. Der Rasen war gepflegt, der Gartenzaun frisch gestrichen.

Sie bog in die Einfahrt, schaltete den Motor ab und stieg aus. Der Fußweg war sauber gefegt. Abgesehen von den Zeitungen der letzten Woche, die sich neben der Mülltonne stapelten, sah alles völlig normal aus. Das erste Mal seit vielen Jahren hüpfte ihr das Herz vor Freude bei dem Gedanken, ihren Bruder zu sehen. Sonst hatte sie bei der Vorstellung, mit ihm zu sprechen, geschweige denn ihn zu sehen, stets Beklommenheit und Angst verspürt. Aber nicht heute. Trotz der kühlen, nach Kiefern duftenden Luft breitete sich eine wohlige Wärme in ihrem Körper aus.

Bestärkt durch ihr Selbstvertrauen und die Wärme in ihrem Herzen, klopfte sie an die Tür, dann läutete sie. Als niemand aufmachte, drückte sie die Klinke herunter. Zu ihrer Verwunderung ließ die Tür sich öffnen. »Hallo.«

Keine Antwort.

»Ist hier jemand?«

Das Haus war gut in Schuss. Nirgendwo lag überflüssiges Gerümpel herum. Sie trat ein. Die Einrichtung bestand aus teuren Möbeln und Perserteppichen. Sie hätte nie gedacht, dass ihr Bruder in solchem Luxus lebte. Warum es sie überraschte, konnte sie nicht mit Sicherheit sagen. Von ihrer Mutter hatte sie erfahren, dass er das College mit guten Noten abgeschlossen hatte. Er war hochintelligent. Woher kam es dann, dass sie ihm so wenig zugetraut hatte? Was war es, das sie an ihm fürchtete? Fühlte sie so etwas wie Schuld? Schuld für das, was sie und ihre Freundinnen ihm angetan hatten? Sie konnte dem, was damals geschehen war, selbst kaum ins Auge sehen. Wie sollte sie es dann anderen erzählen?

Als sie an jene Zeit in ihrem Leben dachte, fiel ihr das Atmen schwer. Doch das war nicht der einzige Grund. Der üble Geruch, der aus allen Ritzen und Fugen drang, als sie auf die Küche zusteuerte, tat sein Übriges. *Wo kam dieser entsetzliche Gestank nur her?*

Kapitel 10

Lizzy saß auf dem Beifahrersitz von Jareds Yukon Denali und ignorierte die aufsteigende Übelkeit in ihrem Magen.

Jared verließ den Freeway und fuhr in Richtung Fluss. Je näher sie der Gegend kamen, wo Betsy Raeburn sie damals gefunden hatte, desto schlimmer wurde die Beklommenheit in ihrer Brust.

Am Primrose Way bog er nach links ab. Laut Stadtplan hatten sie fast ihr Ziel erreicht. Sämtliche Muskeln in Lizzys Körper waren bis zum Zerreißen gespannt. Ihre Fingernägel krallten sich in den Ledersitz.

Jared fuhr rechts ran und sah sie an. »Alles in Ordnung?«

Nein, das war es nicht. Die nervliche Anspannung drohte sie zu überwältigen. Sie ließ das Fenster herunter und sog gierig die frische, kalte Luft ein. Als sie wieder normal atmen konnte, lehnte sie sich gegen die Kopfstütze und versuchte, ihre Fassung zurückzugewinnen. »Ist schon gut. Ich brauche nur einen Augenblick.«

Kurz darauf fuhren sie durch das Wohnviertel. Die Häuser sahen ganz und gar nicht wie die aus, die ihr jede Nacht in ihren Träumen erschienen. Das hier waren kleinere und ältere Einfamilienhäuser, die meisten davon einstöckig und mit dazugehörigen

Grundstücken von weniger als tausend Quadratmetern. Schatten spendende Bäume gab es nur wenige und in den meisten Vorgärten hatte der Rasen eine Bewässerung bitter nötig. »Mir kommt hier nichts bekannt vor.«

Jared kroch im Schneckentempo die Straße entlang und bog in eine ruhige Sackgasse ein. »Das ist die Stelle, wo Betsy Raeburn dich laut ihrer Aussage gefunden hat.«

Er wendete am Ende der Sackgasse, fuhr an einem Postauto vorbei, bog nach links ab und fuhr weiter die Straße entlang. Mit einem gemächlichen Tempo von fünfundzwanzig Stundenkilometern glitten sie an Häusern vorbei, die genauso aussahen wie die, die sie bereits hinter sich gelassen hatten. Ein verrosteter Ford Pinto älteren Baujahrs und ein paar verbeulte Pick-ups parkten entlang der Straße. Die meisten Einfahrten hatten Risse und Ölflecken. Zwei Kinder im schulpflichtigen Alter kickten sich auf der Straße einen Ball zu. Etwas weiter spielte sich offenbar ein Ehestreit ab. Eine Frau rannte einem Mann zu seinem Auto nach und fuchtelte wild mit den Händen herum.

In diesem Viertel gab es nichts, das einem ins Auge sprang. »Wie sollen wir ihn nur finden? Wie sollen wir Sophie helfen?«

Jared antwortete nicht.

»Sophie kann überall sein«, sagte sie. »Jeder von diesen Männern dort hinten könnte der Spinnenmann gewesen sein – der Mann, der in seiner Garage gearbeitet hat, der Mann, der mit seiner Frau gestritten hat, der Postbote. Das hier ist nur eine Straße von vielen und mir kommt es jetzt schon so vor, als ob ich an einem langen Sandstrand nach einem verlorenen Schmuckstück suche.« Sie schüttelte frustriert den Kopf. »Was zum Teufel habe ich mir nur gedacht? Cathy hatte recht. Ich kann dir nicht helfen, Jared. Ich kann mir ja selbst kaum helfen.« Sie deutete auf die Häuserreihe. »Jedes davon könnte das Haus des Spinnenmanns sein. Sie sehen alle gleich aus.«

»Fällt dir vielleicht sonst noch etwas zu dem Haus ein?«

Sie schüttelte den Kopf. »Nach meiner Flucht rannte ich, so schnell ich konnte. Ich erinnere mich, dass ich über meine Schulter nach hinten geschaut habe, in der Hoffnung, ich könnte das Haus sehen, aber die aufgehende Sonne hat mich geblendet. Ich hatte ja monatelang kein Tageslicht gesehen.«

Jared bog erneut ab und fuhr weiter.

Sie blickte aus dem Fenster und ärgerte sich wieder einmal über sich selbst, weil sie geglaubt hatte, etwas erreichen zu können. Manche Häuser waren blau, manche braun, andere grün. Hatte sie wirklich gedacht, sie würde das Haus wie durch ein Wunder wiedererkennen? Sie hatten alle ein Fenster zur Straßenseite und ein – »Bleib stehen!«

Jared stieg etwas zu fest auf die Bremse.

Sie wurden beide ruckartig nach vorne geschleudert.

Lizzy stieß die Tür auf und stieg aus.

Jared parkte den Wagen am Straßenrand und holte sie ein. »Was ist los?«

»Der Baum dort hinten im Garten von diesem Haus – er ist riesig. Und schau dir mal die Äste an – sie sehen wie gigantische Arme aus, die bis in den Himmel reichen. Dieser Baum war das Erste, was ich gesehen habe, als ich nach draußen kam und mir mein erster Fluchtversuch beinahe gelang.« Sie marschierte entschlossen auf das Haus zu und drückte auf die Klingel.

Jared blieb ihr dicht auf den Fersen. »Was hast du vor?«

»Wir müssen mit den Leuten reden, die hier wohnen. Wir müssen ins Haus hinein.«

»Ich fordere Verstärkung an. Wir können nicht einfach so mir nichts, dir nichts in ein wildfremdes Haus eindringen, das dir vage bekannt vorkommt.«

Sie drückte ein zweites Mal auf die Klingel. Während sie wartete, verstrichen die Sekunden so langsam wie Minuten. *Was, wenn das hier das Haus war? Was, wenn er immer noch hier wohnte? Würde sie ihn wiedererkennen? Große Ohren, markantes Kinn, breite Stirn.*

Die Tür ging auf. Hinter der Schwelle stand ein Mädchen im Teenageralter. Lange, strähnige Locken fielen ihr ins Gesicht. »Kann ich Ihnen helfen?«

Lizzy merkte erst jetzt, dass sie den Atem angehalten hatte. Sie atmete aus und versuchte, über die Schulter des Mädchens hinweg ins Innere des Hauses zu spähen. »Sind deine Eltern zu Hause?«

Das Mädchen hob den Kopf und verschränkte die Arme auf der Brust. »Wir kaufen nichts an der Haustür.« Bevor sie die Tür zuschlagen konnte, schob Lizzy ihren stiefelbewehrten Fuß hinein.

Jared berührte sie am Ellbogen.

»Das ist das Haus«, sagte sie zu ihm. »Ich will wissen, ob Sophie hier ist. Eher gehe ich hier nicht weg.« Lizzy ignorierte die Einwände des Mädchens und die von Jared und stürmte in das Haus.

»Mom!«, schrie das Mädchen.

»Es tut mir leid«, sagte Jared zu dem verängstigten Mädchen. »Sie sucht nach dem Haus, in dem sie aufgewachsen ist, und da ist sie leider etwas emotional.«

Die Mutter kam angerannt und stellte sich neben ihre Tochter. Sie sah, wie Lizzy ohne ihre Erlaubnis das Wohnzimmer betrat. »Was zum Teufel ist hier los?«

Ohne die Frau zu beachten, ging Lizzy an ihr vorbei und betrat den mit Teppichboden ausgelegten Flur.

Die Frau schrie ihr nach, sie solle gefälligst ihr Haus verlassen. Aber nichts konnte Lizzy davon abhalten, den Rest des Hauses zu durchsuchen. Sie musste Sophie finden, bevor der Spinnenmann sie mit seinen Psychospielchen folterte und … Ein stechender Schmerz schoss durch Lizzys Kopf. Sie blieb stehen, streckte die Hand aus und stützte sich an der Wand ab. Bilder spulten sich vor ihrem inneren Auge ab wie ein alter 8-mm-Film. Sie waren so klar, dass sie das Gefühl hatte, sie brauche nur die Hand auszustrecken, um die Dinge zu berühren, die sie vor sich sah: ein Tablett aus Stahl … und Gegenstände, die wie die Instrumente eines Chirurgen aussahen … Scheren … Skalpelle?

War der Spinnenmann etwa ein Arzt?

Ihre Kopfschmerzen wurden schlimmer. Sie widerstand dem Impuls, die Augen zu schließen. Sie musste sehen, was sie eigentlich nicht sehen wollte. Funken und Blitze zuckten und explodierten in ihrem Gehirn. Und dann leuchtete sein Gesicht in lebendigen Farben vor ihr auf. Sie musste sich mit beiden Händen an der Wand abstützen, um nicht das Gleichgewicht zu verlieren. Er war es – er trug einen Mundschutz und Gummihandschuhe und streckte seine Hand nach …

»Was zum Teufel machen Sie hier?«

Die Frau packte Lizzy am Arm und riss sie aus ihrer Trance. »Verschwinden Sie auf der Stelle oder ich rufe die Polizei!«

Lizzy riss sich los und lief zu den Schlafzimmern. Sie nahm sich eins nach dem anderen vor, schaute in die Schränke und unter die Betten. »Sophie, bist du hier? Sophie!« Ein paar Minuten später kam sie frustriert und niedergeschlagen zurück.

Jared empfing sie am Ende des Flurs und versuchte, sie in Richtung Tür zu bugsieren, aber sie rührte sich nicht vom Fleck. »Ich glaube, er war Arzt«, sagte sie. »Und das hier war sein Haus.« Sie deutete auf die Glasschiebetür in der Küche. »Durch diese Tür bin ich bei meinem ersten Fluchtversuch nach draußen entkommen.«

Lizzy hörte, wie die Frau von der Küche aus die Polizei anrief. Ihr Blick fiel auf die Stelle im Wohnzimmer, wo die Couch gestanden hatte – der Ort, wo sie den Spinnenmann schlafend vorgefunden hatte. Kalte Schauer liefen ihr den Rücken hinunter, als sie sich an jenen Tag erinnerte – und daran, wie friedlich er ausgesehen hatte. So völlig normal.

Jetzt befand sich dort eine andere Couch – ein in der Mitte durchgesessenes Polstersofa mit olivgrünen, kronenförmigen Kissen.

Jared legte den Arm um sie und schob sie auf den Hauseingang zu. »Wir warten draußen, bis die Polizei kommt.«

Die Hausbesitzerin hielt den Telefonhörer ans Ohr und einen Arm schützend vor ihre Tochter, als Jared Lizzy zur Tür hinausschob.

Die Tür fiel hinter ihnen zu. Sie hörten, wie die Frau den Schlüssel im Schloss umdrehte und ihrer Tochter einschärfte, fremden Leuten nie die Tür zu öffnen.

Nach all den Jahren hatte sie endlich beschlossen, nach ihm zu suchen. Endlich war sie heimgekehrt.

Er ließ die Vorhänge wieder zufallen und eilte durch den Flur in das große Schlafzimmer. Da lag sie, auf dem Nachttisch: seine Nikon. Er hatte die Kamera in einem Anflug von Vorfreude auf die Dinge gekauft, die noch kommen sollten. Über die Jahre hinweg hatte er es bedauert, keine Andenken an sein Tun zu besitzen. Gestern Nacht war er lange aufgeblieben, um sich gründlich mit der Kamera, ihren technischen Details und dem Zubehör vertraut zu machen. Die Nikon besaß einen eingebauten Bildsensor, der unter Verwendung eines speziellen Filters Staubpartikel aus den Bildern entfernte. Außerdem hatte sie ein LDC-Display mit einer Auflösung von 920 000 Pixeln und einen schnellen und genauen Autofokus.

Mit der Kamera in der Hand eilte er zu dem Panoramafenster an der Vorderseite des Hauses zurück und schob die Vorhänge einen Spalt beiseite, gerade genug, um Platz für das Teleobjektiv zu haben. Er spielte mit ein paar Knöpfen herum und stellte die Kamera auf automatische Bildfolge ein – vier bis fünf Aufnahmen pro Sekunde. Er blickte durch den Sucher. Die Kamera war handlich und einfach zu bedienen. Zauberei. Er zoomte das Bild heran. Jetzt konnte er buchstäblich den Schweiß auf ihrer Stirn sehen.

Ein Kribbeln lief ihm den Rücken hinunter und schoss durch seinen Körper wie ein Feuerwerk. Das Bild war so klar und deutlich, dass er scheinbar nur die Hand auszustrecken brauchte, um sie zu berühren. Sein Atem ging schneller und er bekam eine Erektion. *Ja.*

Jedes Bild war messerscharf. Lizzy Gardner sah noch genauso aus wie damals. Immer noch so jung, so voller Energie, so lebendig. Sie hatte gerötete Wangen und leuchtende Augen. Aber nicht mehr lange.

Er hätte nie gedacht, dass sie den Mut aufbringen würde, nach ihm zu suchen. Er hatte sie angerufen, weil er ihre Stimme hören wollte. Und natürlich, um sie wissen zu lassen, dass er wieder da war. Der Gedanke daran, dass er sogar etwas für sie empfunden, ihr getraut und an sie geglaubt hatte, erfüllte ihn mit Trauer. Sie war ein braves Mädchen. Zumindest hatte er das geglaubt. Aber jetzt wusste er es besser. Damals hatte sie ihm versichert, sie würde ihn nie verlassen. Sie hatte auch behauptet, dass sie nie log. *Klick. Klick. Klick.*

Nach ihrer Flucht hatte er damit gerechnet, dass sie ihm das FBI ins Haus schicken würde. Da er davon ausging, dass das Spiel aus war, war er gezwungen gewesen, die Leichen der anderen Mädchen schnell und ohne Rücksicht auf künstlerische und ästhetische Gesichtspunkte zu entsorgen. Eigentlich schade, denn er hatte viel Mühe darauf verwendet, die Mädchen für den Zeitpunkt ihrer Entdeckung schön anzuziehen. Zusätzlich entrümpelte er den Dachboden und die Schlafzimmer und vergrub seine geliebten Insekten zusammen mit den Leichen im Garten. Ein paar Tage später hatte er – unter dem Vorwand, seine Mutter läge im Sterben – einen Kollegen gebeten, für ihn einzuspringen. Dann nahm er den nächsten Flieger nach Arkansas. Dort verdankte er es einer Fügung des Schicksals, dass er im Haus seiner Mutter deren Nachbarin Cynthia Rose kennenlernte.

Bei ihm und Cynthia war es Liebe auf den ersten Blick. Damals hatte er sogar überlegt, sein Geschäft dichtzumachen und in Arkansas zu bleiben, aber die Stimme in seinem Kopf ließ das nicht zu. Davon abgesehen, hatte ihn bisher niemand kontaktiert oder festgenommen, was bedeutete, dass Lizzy nicht zur Polizei gegangen war. Schließlich liebte sie ihn und wollte nicht, dass er ins Gefängnis kam.

Doch dann wurde plötzlich über Nacht alles anders als Frank Lyle, ein Nachahmungstäter, ein Mädchen namens Jennifer Campbell entführte und ganz nebenbei auf die Idee kam, ihre Leiche im Folsom Lake zu versenken. Die Polizei erwischte den Trottel zwei Tage, nachdem sie die Leiche entdeckt hatte.

Richtig sauer wurde er auf Frank Lyle, als dieser versuchte, seine harte Arbeit als die eigene auszugeben. Lyle behauptete gegenüber dem FBI, er hätte die vier Mädchen umgebracht, die vor vierzehn Jahren gefunden worden waren. Wie nicht anders zu erwarten, stürzten sich die Medien wie die Geier auf Lizzy Gardner.

Journalisten krochen aus ihren Löchern und warteten mit Informationshappen auf. Offenbar hatten die Medien Lizzy all die Jahre in Ruhe gelassen, weil ihr Therapeut behauptet hatte, sie wäre für Interviews nicht belastbar genug. Aber anscheinend ging es ihr jetzt besser, denn die Schonzeit, die ihr die Medien gewährt hatten, war vorbei. In den Nachrichten hatte er sogar Bilder gesehen, die Lizzy dabei zeigten, wie sie jungen Mädchen Selbstverteidigung beibrachte. Sie hatte sich kaum verändert.

Aber obwohl Lizzy noch genauso aussah wie früher, standen die Dinge jetzt anders. Zum einen kannte er inzwischen die Wahrheit. Lizzy war eine Lügnerin. Ihr Vater hatte der Fernsehjournalistin Barbara Walters in einem Interview erklärt, dass Lizzy in der Nacht, in der sie verschwand, ihre Eltern angelogen und heimlich mit ihrem Freund unterwegs gewesen war.

Was hatte die ach so unschuldige kleine Lizzy wohl gemacht, bevor er ihr eins übergebraten und sie zu sich nach Hause verschleppt hatte?

Lizzy war nicht nur eine Lügnerin, sondern auch eine Hure. Und dennoch war er auf sie hereingefallen.

Er knirschte mit den Zähnen. Frank Lyle und Lizzy Gardners unaufhörliche Lügengeschichten waren daran schuld, dass die Stimmen in seinem Kopf zurückgekehrt waren, und zwar in hochauflösendem Surround Sound. Diese kleine Schlampe hatte ihre Eltern angelogen und ihre Freundinnen hängen lassen, um mit ihrem Freund zu vögeln. Und dann hatte sie den größten Fehler ihres Lebens begannen … sie hatte ihn angelogen.

Tagelang, wochenlang, monatelang. Nichts als Lügen.

Das Herz hämmerte gegen seine Rippen, als er daran dachte, und er bekam schweißnasse Hände. Lizzy Gardner musste jetzt die Konsequenzen für ihr Tun tragen. Seine Brust hob und senkte sich mit jedem aufgeregten Atemzug. Lizzy wusste genau, was er mit ihr anstellen würde, wenn er sie zwischen die Finger bekam. Schließlich hatte sie alles schon gesehen und wusste, wozu er fähig war.

Aber zunächst würde er noch ein bisschen Spaß haben.

Klick. Klick. Klick.

Kapitel 11

Jimmy Martin stieg aus seinem Wagen und hörte sich die Nachricht von Dr. Lehman an. Dann klappte er das Handy zu. Wegen der Laborergebnisse würde er sich noch bis morgen gedulden müssen. Aber er wusste bereits, dass sie nichts Gutes verhießen. Wenn Ärzte gute Nachrichten für einen Patienten hatten, überließen sie den Anruf einer Sprechstundenhilfe. Ansonsten rief der Arzt persönlich an. Vor nicht allzu langer Zeit hatte Jimmy mit ansehen müssen, wie seine Mutter langsam und qualvoll an Krebs starb. Er wusste daher, was ihn erwartete. In ein paar Jahren würde er das Alter erreichen, in dem FBI-Beamte von Gesetz wegen in Rente gehen mussten. Aber langsam sah es so aus, als müsste er sich deswegen keine Sorgen mehr machen.

Jimmy hielt nichts davon, mit dem Leben zu hadern, obwohl er wahrhaft genug Gründe dafür zu haben schien. Vor fünfzehn Jahren hatte man ihn zum stellvertretenden Special Agent in Charge der FBI-Dienststelle in Sacramento befördert, zu einer Zeit, als noch niemand vom Spinnenmann gehört hatte. Als Frank Lyle, der berüchtigte Spinnenmann, schließlich vor sechs Monaten hinter Gittern landete, hatte Jimmy zum ersten Mal in seiner langen FBI-Laufbahn ein unbeschreibliches Erfolgserlebnis gehabt.

Und jetzt ging alles den Bach runter.

Frank Lyle war augenscheinlich nicht viel mehr als ein Möchtegern-Serienkiller. Der echte Spinnenmann war wieder da und er meinte es ernst.

Wenn er eine Bilanz seines Lebens zog, dann fand Jimmy, dass er in jeder Hinsicht gescheitert war. Seine Frau und er standen kurz vor der Scheidung. Er liebte sie zwar immer noch, aber sie hatte es satt, alleine zu ihren Veranstaltungen zu gehen. Sie wollte eine richtige Beziehung – mit jemandem, der für sie da war, jemand, der neben ihr lag, wenn sie nachts das Licht ausschaltete. Seine Töchter redeten kaum noch mit ihm. Obwohl er oft an seine Familie dachte, hatte die Arbeit bei ihm stets Vorrang gehabt. Und jetzt zahlte er den Preis dafür.

Sein Handy summte und er klappte es auf. Es war Marianne, seine Frau. »Ist alles in Ordnung?«

»Wo warst du? Die Mädchen sind gerade weg.«

Scheiße. Das durfte doch wohl nicht wahr sein. Er hatte doch glatt vergessen, dass er geplant hatte, mit der Familie zu Abend zu essen. »Es tut mir leid.«

»Was ist nur mit dir los, Jimmy? Wie konntest du etwas so Wichtiges vergessen? Du hast versprochen, wir würden es den Mädchen gemeinsam sagen.«

»Hast du es ihnen gesagt?«, fragte er und hoffte, dass sie es nicht getan hatte. Er wollte nämlich die Scheidung genauso wenig, wie er an Krebs erkranken wollte.

»Ich konnte es nicht. Donna hatte wichtige Neuigkeiten, die sie uns beiden mitteilen wollte. Sie hat stundenlang auf dich gewartet, bis sie mir schließlich erzählte, sie würde Jeff heiraten.«

»Tatsächlich?« Er schluckte den bitteren Geschmack in seinem Mund hinunter. »Das ist ja nett. Haben sie sich bereits für ein Datum entschieden?«

»Nett findest du das? Du kannst Jeff nicht ausstehen. Was ist los mit dir?«

»Nichts. Bei mir ist alles in Ordnung. Ich möchte einfach nur, dass meine Mädchen glücklich sind. Und du auch, Marianne. Ich will, dass du glücklich bist, weißt du.«

»Du klingst anders als sonst. Was ist los?«

»Es war ein langer Tag heute. Tut mir leid, dass ich nicht zum Essen gekommen bin. Ich bin bald zu Hause.«

Sie schnaubte.

Jimmy klappte das Handy zu und ließ seinen Blick hinüber zu Lizzy Gardners Wohnung schweifen. Als er heute mit einem Durchsuchungsbefehl beim Haus der Walkers aufgetaucht war, hatte er in Lizzys Augen etwas gesehen, das zuvor nicht da gewesen war. Angst.

Der Spinnenmann hatte dafür gesorgt, dass es zwischen Jimmy und Lizzy seit etwas mehr als einem Jahrzehnt eine unzertrennliche Verbindung gab. Und dennoch war er aus ihr nie so richtig schlau geworden. Jetzt begriff er allmählich, wie sehr das unvorstellbare Grauen sie geprägt hatte. Sie war eine Frau, die krampfhaft versuchte, Ordnung in ihre Verwirrung und ihr inneres Durcheinander zu bringen – etwas, was wahrscheinlich genauso unmöglich war wie eine Autopsie an einer Gummipuppe.

Jimmy hatte jede Menge Erfahrung im Umgang mit Leichen, aber nicht mit Opfern. Zum ersten Mal, seit er seinen Amtseid geleistet hatte, versuchte er, sich nicht in den Mörder, sondern in das Opfer zu versetzen. Er empfand ein überwältigendes Mitgefühl und fühlte sich verantwortlich. Aber vor allem war da ein Gefühl der Machtlosigkeit.

Jimmy starrte in den Sternenhimmel und verbrachte einen Augenblick damit, seine Gedanken zu ordnen. Dann konzentrierte er sich wieder auf seine unmittelbare Umgebung und fragte sich, ob der Spinnenmann ihn gerade beobachtete. Etwas weiter die Straße entlang, weniger als einen Häuserblock entfernt, erblickte er ein Zivilfahrzeug. John Perry hatte heute Wache. Er war ein junger, frischgebackener FBI-Agent und legte einen großen Lerneifer an den Tag. Außerdem war er erst seit Kurzem verheiratet. Jimmy mochte den jungen Mann. Ein Teil von ihm wollte den Neuling warnen und ihm sagen, er solle lieber einen anderen Job suchen, bevor er sich zu weit in die Dunkelheit vorwagte – aussteigen, solange er seiner Frau noch in die Augen sehen konnte und daran glaubte, dass das Gute auf der Welt gegenüber dem Bösen überwiegt.

Dienstag, 16. Februar 2010, 21:32 Uhr

Jared erhielt den Anruf von seiner Schwester um 21:14 Uhr. Ihre Worte klangen ihm noch in den Ohren: »Komm schnell! Mom und Dad streiten sich schon wieder. Diesmal glaube ich allerdings, dass Mom ihn wirklich verlassen will. Du musst dich beeilen. Dad hat Moms Autoschlüssel in den Teich geworfen und ich könnte schwören, dass er ins Haus ist, um seine Pistole zu holen.«

Jared starrte auf die Fahrbahn und musste an seinen ersten Mordfall denken. Tracey Baker, Ehefrau und Mutter von drei Kindern, hatte ihren Mann mit einer Pistole bedroht und ihm gesagt, er solle sich nur trauen, sie zu verlassen. Ihre Kinder im Alter von fünfzehn, zwölf und acht Jahren standen mit weit aufgerissenen Augen dabei und hofften inständig, dass ihr Vater seinen Koffer hinstellen, ins Haus gehen und alles in Ordnung bringen würde. Aber Brandon T. Baker nahm seine Frau beim Wort, was diese mit einer Kugel in seinen Kopf quittierte. Was in Jareds Gedächtnis haften blieb, waren nicht der ausdruckslose Blick in Brandons Gesicht, als er zu Boden fiel, oder die entsetzten Ausrufe der Zuschauer, sondern die Art und Weise, wie die Kinder auf den Vorfall reagierten. Wie sie alle drei die Polizisten angefleht hatten, ihnen nicht die Mutter wegzunehmen. Nur einen Monat zuvor hatten sie den einzigen noch lebenden Großelternteil verloren und nennenswerte Verwandtschaft gab es nicht. Trotzdem nahm die Polizei Tracey Baker mit. Um die Kinder kümmerte sich das Jugendamt. Als Jared sich das letzte Mal nach ihnen erkundigt hatte, waren die drei voneinander getrennt und in verschiedenen Heimen untergebracht worden.

Jared trug sich am Eingangstor in die Besucherliste ein und fuhr dann an einem ausgedehnten, künstlichen See vorbei, dessen

Oberfläche im Mondlicht glänzte und eine elegante Kulisse bildete, die sich nur die Reichen leisten konnten.

Gleich dahinter bog er rechts ab und gelangte an ein Rondell, das von sorgfältig gestutzten Hecken und gepflegten Bäume gesäumt war. Er stellte seinen Wagen auf einem der sechs markierten Parkplätze neben dem Jaguar seiner Schwester ab.

Auf dem Weg zum Hauseingang nahm er gleich zwei Treppenstufen auf einmal. Im Haus herrschte eine unheimliche Stille. Er trat ein und lief auf leisen Sohlen über weitläufige Marmorfliesen. Mit seinem großen Eingangsbereich und der Wendeltreppe mit dem maßgefertigten Eisengeländer glich das Gebäude eher einem Luxushotel als einem Einfamilienhaus.

Drinnen war es hell und roch nach Frühling, dank der frischen Blumen, die einen Sims aus Marmor unter einem massiven vergoldeten Spiegel schmückten.

Als Jared den Wohnraum betrat, fiel ihm zuerst seine Mutter ins Auge. Sie stand aufrecht da, hatte den Blick nach links gerichtet und die Hände in die Höhe gestreckt, wie ein Polizist, der den Verkehr regelt. Ihr dichtes, silbergraues Haar reichte bis zur Kinnpartie. Die silbernen Strähnen glänzten im Licht des Kristallkronleuchters. Sie trug eine schwarze Kaschmirjacke mit Reißverschluss und eine dazu passende Hose, deren Saum knapp über einem Paar hochhackiger Schuhe mit Silberschnallen endete. Seltsam, wie er zwanghaft jedes noch so kleine Detail registrierte. Dann sah er seine Schwester. In ihren Augen konnte er ablesen, dass ihr Vater ihn noch nicht gesehen hatte.

»Jared«, sagte die Mutter, bevor er die andere Richtung einschlagen und sich seinem Vater unbemerkt von hinten nähern konnte.

Jared machte ein paar Schritte vorwärts und trat auf einen weißen Plüschteppich. Er sah seinen Vater an. »Dad, was machst du da?«

»Geh heim, Junge, und nimm gleich deine Schwester mit. Das hier geht euch nichts an.«

Jared trat näher an seinen Vater heran und zwang ihn dadurch, die Pistole auf ihn zu richten. »Wirklich toll, Dad. Du würdest deinen eigenen Sohn erschießen? Wozu? Was zum Teufel ist nur in dich gefahren?«

»Warum fragst du nicht deine Mutter?« Sein Vater fuchtelte mit der Waffe herum. »Frag sie, wie es so weit kommen konnte.«

Jared fuhr sich mit der Hand durchs Haar, erleichtert darüber, dass sich ihm eine Gelegenheit geboten hatte, seinem Vater in die Augen zu sehen. Dad war frustriert, aber er würde es nie fertigbringen, auf jemanden aus seiner Familie zu schießen. Also spielte Jared das Spiel mit, für den Augenblick jedenfalls. »Mom«, sagte er, »was hast du getan, dass er sich so aufregt?«

Sie hob trotzig das Kinn. »Ich habe ihm gesagt, dass ich ihn verlasse. Dein Vater ist Richter. Anscheinend hat seine Frau nicht das Recht, mit ihm Schluss zu machen.«

Mit seiner gepflegten, patrizierhaften Erscheinung und seinem dunklen, an den Schläfen graumelierten Haar war sein Vater ein attraktiver Mann, dessen Ausstrahlung und Auftreten normalerweise Selbstvertrauen und Führungsstärke demonstrierten. Aber nicht heute. Im Augenblick war sein Vater rot im Gesicht und wirkte mitgenommen. Wie jemand, der eine Niederlage einstecken musste.

»Erklär doch mal deinem einzigen Sohn, warum du mich verlässt.«

»Ich liebe einen anderen«, sagte Mom mit trauriger und resignierter Stimme.

»Sag ihm, wen!« Er fuchtelte erneut mit der Pistole herum.

Jareds Mutter zitterten die Hände.

»Hör auf, Dad. Hör endlich auf damit«, schrie seine Schwester. »Er hat getrunken«, sagte sie zu Jared. »Er kann nicht vernünftig denken.«

»Eure Mutter hat mit ihrem scheiß Zahnarzt gevögelt!« Auf diese Bemerkung folgte bitteres Gelächter. Jareds Vater ließ den Kopf sinken und das Kinn auf die Brust fallen. Als Jared neben ihm stand und ihm die Waffe aus der Hand nahm, verwandelte das Gelächter sich in einen Schwall Tränen.

Kapitel 12

Lizzy schaltete den Motor ab, blieb aber im Auto sitzen. Sie hörte den Geräuschen zu, die der Wind machte, als er durch den Motorblock pfiff und durch unsichtbare Ritzen drang. Draußen schaukelten die langen, kahlen Äste der Ahornbäume auf beiden Seiten der Straße hin und her, als tanzten sie einen Wiener Walzer.

Es war Mittwoch. In den vergangenen Tagen war viel geschehen. Eigentlich hatte sie vorgehabt, an diesem Morgen auszuschlafen, aber wem machte sie etwas vor? Sie hatte schon seit Jahren nicht mehr gut geschlafen, geschweige denn ausgeschlafen.

Als sie gestern zusammen mit Jared auf dem Gehsteig vor dem Haus der Walkers – dem Horror-Haus – gesessen und auf die Polizei gewartet hatte, hatte Jared mit Jimmy Martin telefoniert und ihm geschildert, was geschehen war. Das FBI brauchte nicht lange, um einen Durchsuchungsbefehl für das Haus zu bekommen. Während Lizzy zusammen mit Jared wartete, hatte sie das Gefühl, als ob jemand sie beobachtete. Als sie dies Jared gegenüber erwähnte, deutete er nur auf das Haus gegenüber, wo eine ältere Frau durch das Küchenfenster zu ihnen hinübersah.

Lizzy hatte es dabei belassen, aber ihre Instinkte blieben in höchster Alarmbereitschaft. Er war in der Nähe und er hatte sie eindeutig beobachtet. Instinkte trügen einen nie – eine Lektion, die sie auf die harte Tour gelernt hatte.

Mrs. Walker und ihre Tochter waren nicht besonders erfreut gewesen, als sie erfuhren, dass ihr Haus womöglich einmal einem brutalen Psychopathen als Folterkammer gedient hatte. Als sie schließlich den Ort verließen, machte Lizzy sich vor allem über die Tatsache Gedanken, dass sie keinen Hinweis auf Sophie gefunden hatten. Die Walkers hatten das Haus sechs Jahre zuvor von einem Mann namens Carl Dane gekauft, der inzwischen verstorben war. Jimmy Martin wollte diese Angaben überprüfen und hatte versprochen, Lizzy auf dem Laufenden zu halten.

Lizzy stieg aus ihrem alten, verbeulten Toyota. Als sie die Tür zuschlug, quietschten die Scharniere, als würden sie protestieren. Seit Lizzy das Horror-Haus von innen gesehen hatte, schossen ihr immer mehr Bilder wie Popcorn durch den Kopf. Der Spinnenmann war Arzt, dessen war sie sich sicher … und dennoch gab es etwas, das nicht ganz ins Bild passte. *Was hatte sie übersehen?*

Die Straße vor ihrem Büro wirkte für einen Werktagmorgen seltsam verlassen. Wahrscheinlich blieben die meisten Leute heute wegen des kalten Wetters länger in ihren warmen Betten. Die Morgenluft war eisig, aber sie konnte die Kälte in ihren Knochen nicht nur auf das Wetter schieben. Sie langte über die Schulter und tastete nach dem Halfter, um sicherzugehen, dass ihre Pistole sich dort befand, wo sie hingehörte. Alte Gewohnheiten ändern sich nie.

Vielleicht hätte sie doch lieber auf Jared warten sollen. Er hatte gestern Nacht um elf vom Haus seiner Eltern aus angerufen und ihr angeboten, in ihrer Wohnung zu übernachten. Er machte sich Sorgen um sie. Aber sie lehnte ab. Sie hatte die schlechte Angewohnheit, andere Leute nicht an sich heranzulassen. Letztendlich bereute sie es jedes Mal – was sie jedoch nicht daran hinderte, denselben Fehler immer wieder aufs Neue zu begehen. Damit sie sich besser fühlte, hatte sie Jared heute Abend zu sich nach Hause zum Essen eingeladen, unter der Bedingung, dass er das Kochen übernahm. Jared hatte zugesagt und dabei geklungen, als wäre er Lichtjahre entfernt.

Lizzy kam sich vor wie ein Revolverheld im Wilden Westen – die Straße leer gefegt, die Waffe im Halfter, eine bedrohliche Stimmung in der Luft –, als sie mit festen Schritten auf ihr Büro zuging. Die Gummisohlen ihrer Winterstiefel klangen beim Laufen auf dem Asphalt gedämpft. Die Stiefel waren etwas über fünf Jahre alt, aber immer noch warm und bequem, mit griffiger Sohle. Eines der Privilegien, die man genoss, wenn man freiberuflich arbeitete – man konnte sich kleiden, wie man wollte. Als Privatermittlerin brauchte sie keine Schuhe mit hohen Absätzen, Nylonstrümpfe oder gebügelte Kleidung. Ein Paar Jeans, wasserfeste Stiefel, ein Baumwoll-T-Shirt mit V-Ausschnitt und ihre Lieblings-Thermojacke genügten ihr völlig, um durch den Winter zu kommen.

Jedes Mal, wenn sie ausatmete, stieß sie eine weiße Dampfwolke aus. Sie warf einen Blick auf ihre Armbanduhr. Der Blumenladen etwas weiter die Straße hinunter würde erst in einer Stunde aufmachen; das Gleiche galt für den Friseursalon gegenüber ihres Büros. Außer dem Pfeifen des Windes und dem Rauschen des Verkehrs, das von der ein paar Blocks entfernten Hauptstraße herüberdrang, war es still. Der Wetterbericht hatte heute Morgen eine Sturmwarnung ausgegeben. Bis Freitag erwartete man Windstöße bis zu einer Geschwindigkeit von hundertdreißig Stundenkilometern.

Als sie sich dem Eingang ihres Büros näherte, holte sie den Schlüssel aus der Jackentasche. Vorbeihuschende Schatten spiegelten sich in der Fensterscheibe wider. Sie blickte über ihre Schulter. Außer den Ästen der Bäume, die sich im Wind hin und her bewegten, war nichts zu sehen. Scheiße. Ihre Fantasie ging mal wieder mit ihr durch.

Ihre Hände zitterten. Sie hatte zu wenig geschlafen und war mit den Nerven fertig. Egal, wie sie den Schlüssel im Schloss drehte und wendete, er schien nicht zu passen. Verdammtes Schloss. Der Schlüssel fiel ihr aus der Hand. Murphys Gesetz, dachte sie, streifte einen Handschuh ab und bückte sich, um ihn aufzuheben.

Plötzlich packte sie eine Hand an der Schulter.

Sie griff nach hinten, bekam den Kerl am Bein zu fassen brachte ihn augenblicklich zu Fall.

Heißer Kaffee wurde in hohem Bogen verschüttet und traf sie seitlich im Gesicht und an der Jacke. Lizzy wirbelte auf dem Absatz herum und griff nach ihrer Pistole.

»Nicht schießen!« Jessica starrte sie mit vor Angst weit aufgerissenen Augen an. Ein Styroporbecher kullerte über die Straße und blieb in der Mitte liegen.

Lizzy ließ die Waffe los, die noch im Halfter steckte, und stieß mit einem Zischen Luft aus. Dann richtete sie sich auf.

Sie reichte Jessica eine Hand, um ihr aufzuhelfen. »Ich dachte, Sie hätten vor ein paar Tagen ihre Lektion gelernt.« Sie sah an dem Mädchen vorbei. »Wo ist Ihr Auto?«

»Mein Bruder hat mich auf dem Weg zur Arbeit hierhergebracht. Sie waren noch nicht da, also hab ich mir schnell einen Kaffee geholt. Als ich Sie dann gesehen habe, na ja, den Rest kennen Sie ja.«

»Habe ich Ihnen sehr wehgetan?«

»Es geht schon wieder.«

So, wie Jessica sich den Ellbogen rieb und die Wirbelsäule streckte, um den Schmerz zu vertreiben, sah es nicht danach aus.

Lizzy hob den Schlüssel vom Boden auf. Dieses Mal – so war es immer, wenn Murphys Gesetz in Erscheinung trat – passte er beim ersten Versuch. Sie stieß die Tür weit auf und ließ Jessica den Vortritt.

Jessica rümpfte die Nase. »Das mit Ihrer Jacke tut mir leid.«

»Machen Sie sich keine Gedanken deswegen.« Lizzy ging noch einmal auf die Straße und hob den Styroporbecher auf. Dabei sah sie denselben grünen verdammten Jeep wie neulich vor dem Café ein paar Häuser weiter parken. *Das gibt's doch nicht.*

Sie ließ den Becher liegen und ging auf den Jeep zu. Als sie merkte, dass die Fahrerin keine Augen dafür hatte, was um sie herum geschah, beschleunigte sie ihre Schritte.

Dieselbe Frau, dieselbe Baseballkappe, derselbe Pferdeschwanz.

Nur noch drei Wagenlängen, dann hatte sie es geschafft.

In diesem Augenblick schaute die Frau zum Fenster hinaus. Lizzy sprintete sofort los. Sie war inzwischen nahe genug herangekommen, um an den Lippenbewegungen der Frau zu erkennen, dass sie leise fluchte. Lizzy machte einen Satz auf den nächsten Türgriff zu und riss die Wagentür auf, aber die Fahrerin hatte bereits den Motor gestartet und trat das Gaspedal durch.

Der Jeep rammte in das davor parkende Auto und riss Lizzy mit. Sie prallte an der hinteren Stoßstange ab und fiel mit einem dumpfen Geräusch zu Boden.

Der Jeep setzte mit quietschenden Reifen zurück. Lizzy wälzte sich nach links und spürte, wie ein brennender Schmerz durch ihren Körper jagte. Der beißende Gestank von verbranntem Gummi nahm ihr fast den Atem.

Über sich sah sie nur grauen Himmel und im Wind schwankende Bäume. Dann wurde ihr schwarz vor Augen.

Mittwoch, 17. Februar 2010, 7:32 Uhr

Hayley Hansen starrte zu der Asbestdecke empor und fragte sich, wie viele der darin enthaltenen giftigen Stoffe man einatmen musste, damit man ernsthaft daran erkrankte oder, noch besser, starb. Sie lag komplett angezogen auf ihrem Bett, obwohl sie nicht wusste, warum sie sich überhaupt die Mühe gemacht hatte. Ob sie nun etwas anhatte oder nicht, würde den Drogenhändler, der ihre Mutter mit Stoff versorgte, nicht davon abhalten, seine Bezahlung einzufordern. Auch heute betete sie – wie sie das oft an den Tagen tat, an denen Brian vorbeikam – zu einem Gott, an den sie eigentlich längst nicht mehr glaubte. Aber es spielte keine Rolle, ob der Schöpfer und Lenker des Universums existierte oder nicht. Außer ihm hatte sie niemanden; an den sie sich wenden konnte.

Bitte, begann sie ihr Gebet aus tiefstem Herzen, *mach, dass heute der Tag ist, an dem Brian an einer Überdosis Heroin stirbt. Bitte, bitte, lieber Gott, lass Brian, die Ausgeburt der Hölle, heute aufwachen, nach draußen gehen und auf der Stelle einem Drive-by-Shooting zum Opfer fallen.*

Sie verlangte kein Wunder. In ihrem Viertel passierte es jede Woche, dass Schüsse aus einem vorbeifahrenden Auto fielen. Dass es Brian erwischen könnte, war also gar nicht so abwegig. Ihre Mutter hatte es geschafft, vom Alkohol loszukommen und über einen längeren Zeitraum hinweg nüchtern zu bleiben, bis Brian auf der Bildfläche erschien und dafür sorgte, dass sie auf Heroin umstieg.

Das Geräusch einer Wagentür, die geöffnet und wieder zugeschlagen wurde, machte ihr schmerzlich bewusst, dass ihre Gebete wieder einmal für die Katz gewesen waren. Schlüssel brauchte man für das Haus ihrer Mutter nicht. Die Eingangstür ging knarzend auf und kurz darauf hörte sie die vertrauten Schritte auf den alten Holzdielen.

Er war im Anmarsch.

Sie konnte davonrennen, hatte es auch schon versucht. Aber davon wurde alles nur noch schlimmer. Es brachte nichts, wenn man das Unvermeidliche aufschob. Wenn sie jemals den Mut aufbringen würde, von zu Hause wegzugehen und ihre Mutter sich selbst zu überlassen, könnte sie es schaffen, diesem Albtraum zu entfliehen. Aber könnte sie damit leben? Ihre Mutter konnte ja nichts dafür. Ihre Mutter hatte ihr Bestes gegeben. Ihre Großeltern dagegen waren ein ganz anderes Kaliber. Wie hieß es doch so schön: die Arschkarte ziehen. Verglichen mit der Kindheit ihrer Mutter war ihr eigenes Leben ein Wochenende in Disneyland.

Im Flur hallten weitere Schritte. Vermutlich ihre Mutter, die nachsehen wollte, ob es wirklich Brian war, der Drogenhändler und Vergewaltiger, und nicht irgendein Penner von der Straße, der in ihrem völlig versifften Haus Amok lief.

Hayley hörte, wie jemand ihre Schlafzimmertür hinter sich zuzog. Ja, das war eindeutig Brian. Sie wusste es, obwohl sie immer noch an die Decke starrte. Sie konnte ihn jedes Mal riechen, bevor sie ihn sah. Eine Kombination penetranter Gerüche, die verrieten, dass er wieder mal aus einer dieser üblen Spelunken kam: Zigaretten, abgestandenes Bier und eine Mischung aus Körpergeruch, Kotze und Pisse.

Es war doch immer dasselbe.

Sie würde ihn keines Blickes würdigen, wenn sie in der Sache ein Mitspracherecht hätte. Aber das hatte sie nicht. Wenn sie die Augen schloss oder versuchte, in Gedanken zu einem weit entfernten, nur in ihrer Fantasie existierenden Planeten zu fliegen, würde er seine brutalen Methoden anwenden, um sie aufzuwecken.

Nein, sie schloss niemals die Augen.

Verwirrt sog sie die Luft in ihre Nase und musste ihre ganze Willenskraft aufbieten, um nicht zu kotzen. Da war ein neuer Geruch. Öl? Verfaulte Kartoffeln? Ein totes Tier?

Oh Gott, bitte nicht.

»Na, dann mach mal«, sagte Brian zu seinem Freund. »Du darfst als Erster ran.«

Kapitel 13

»Ich bringe Sie ins Krankenhaus«, sagte Jessica, als sie Lizzy auf die Beine half und sie in ihr Büro brachte.

»Danke, es geht schon wieder.« Das Pochen in Lizzys Schädel und der Schmerz in den Rippen weckten jedoch Zweifel an dieser Behauptung.

Jessica hielt ihr die Bürotür auf und folgte Lizzy zu ihrem Schreibtisch, um sicherzugehen, dass sie sich setzte, bevor sie einen totalen Zusammenbruch erlitt. »Oh mein Gott«, seufzte Jessica. »Als ich die quietschenden Reifen hörte, habe ich sofort aus dem Fenster geschaut und gesehen, wie Sie über die Straße gerollt sind. Ich war mir sicher, dass das Auto Sie angefahren hat. Als Sie dann bewegungslos liegen blieben, dachte ich, Sie wären tot.«

Jessica war kreidebleich im Gesicht.

»Jessica, jetzt beruhigen Sie sich wieder.«

»Sie müssen zum Arzt«, sagte Jessica. »Die Beule an ihrer Stirn ist so groß wie ein Tennisball.«

»Hören Sie«, sagte Lizzy. »Ich möchte, dass Sie zu diesem Café gehen und nachfragen, ob jemand etwas gesehen hat.«

»Als ich bei Ihnen ankam, standen drei Leute um Sie herum«, sagte Jessica. Sie zog eine Visitenkarte aus der Gesäßtasche. »Dieser Mann hat mir seine Karte gegeben und gesagt, Sie sollen ihn anrufen, wenn Sie Hilfe brauchen.«

Lizzy nahm die Karte hoffnungsvoll entgegen. Sie runzelte die Stirn. Sie gehörte einem Anwalt. Wenn er das Kennzeichen oder die Fahrerin gesehen hätte, wäre er geblieben und ihnen ins Büro gefolgt. »Das ist ein guter Anfang«, sagte sie, »aber Sie sollten trotzdem in das Café gehen, bevor sämtliche potenziellen Zeugen weg sind.«

Jessica rümpfte die Nase. »Sie haben nicht erkennen können, wer die Person in dem Auto war?«

Lizzy verzog das Gesicht zu einer Grimasse, als ihr ein stechender Schmerz durch den Kopf schoss. »Nein.«

»Ich kann Sie jetzt unmöglich allein lassen. Sie sehen nicht gut aus. Sie waren bewusstlos.«

»Mir fehlt nichts.« Lizzy deutete mit dem Finger auf die Tür. »Fragen Sie im Café nach. Jetzt gleich. Bitte.«

Jessicas Blick wechselte zwischen der Tür und Lizzy hin und her.

»Lassen Sie's.« Lizzy versuchte, sich von ihrem Stuhl zu erheben. »Ich mach's selbst.«

Jessica stand in der Tür, bevor Lizzy sich auch nur einen Millimeter bewegen konnte. »Mensch, Sie sind vielleicht stur. Ich geh ja schon.«

Jessica lief nach draußen und hob den leeren Styroporbecher auf, der immer noch über den Asphalt kullerte. Dann ging sie weiter in Richtung des Cafés.

Lizzy stieß beim Aufstehen ein paar derbe Schimpfwörter aus und ging dann ins Bad, um ihre Blessuren zu begutachten. Die Beule an der Stirn war längst nicht so schlimm, wie Jessica behauptet hatte, aber von allen Verletzungen war sie dennoch die Schlimmste. Sie säuberte die Wunden und rieb Salbe auf ein halbes Dutzend Kratzer.

Als Jessica zurückkam, klingelte das Telefon. Lizzy humpelte aus dem Bad, aber Jessica war bereits rangegangen. Sie drückte den

Hörer an die Brust und formte ihre Lippen zu Worten, die Lizzy nicht verstand. Lizzy nahm ihr den Hörer ab, hielt ihn sich ans Ohr und setzte sich behutsam hin. »Hier ist Lizzy Gardner. Was kann ich für Sie tun?«

Sie warf einen Blick auf ihre Uhr. Ihr Tag war erst eine Stunde alt, aber ihr kam er bereits so lang wie eine ganze Woche vor. Es war Victor, der Mann, der kein Nein akzeptierte. »Was kann ich für Sie tun, Victor?«, fragte sie noch einmal, als er sich weiterhin in Schweigen hüllte.

Anscheinend wollte er, dass Lizzy seine Ehefrau, Valerie Hunt, die nächsten zwei Wochen jeden Tag zwischen zwölf und dreizehn Uhr observierte. Valerie arbeitete in einer Anwaltskanzlei in Carmichael, weniger als fünfundzwanzig Kilometer von Lizzys Büro entfernt.

»Okay, ich mach's«, sagte sie, nachdem er ihr dreitausend Dollar in bar angeboten und ihr versichert hatte, dass das Geld noch vor Ablauf des heutigen Tages in ihrem Büro sein würde. Zehn Stunden Arbeit für dreitausend Dollar. Da musste sie nicht lange überlegen.

»Ja«, sagte sie ins Telefon und hob vorsichtig den Arm, um zu sehen, ob noch alles funktionierte. Der Schmerz bewegte sich irgendwo auf der Skala zwischen erträglich und heftig. Sie zuckte zusammen. »Ich verstehe. Sie werden in regelmäßigen Abständen im Büro anrufen, damit ich Sie auf dem Laufenden halte. Ja«, wiederholte sie, wobei sie die Augen verdrehte und Jessica ein Schmunzeln entlockte. »Ich habe die Pflicht, Ihre Informationen vertraulich zu behandeln. Professionalität wird bei mir großgeschrieben. Außerdem haben Sie mir nicht viel erzählt und Sie bezahlen bar. Ich habe Sie noch nie persönlich zu Gesicht bekommen und Ihre Telefonnummer ist blockiert.« Die letzte Behauptung war gelogen. Schließlich hatte das FBI am Tag zuvor in ihrem Büro Abhörgeräte installiert und Lizzy war sich ziemlich sicher, dass zu dem schwarzen Kasten neben ihrem Telefon auch eine Fangschaltung gehörte. Das rote Licht blinkte bereits. Aber das durfte sie Victor nicht sagen, da ihr sonst die dreitausend Dollar durch die Lappen gingen. Sie schrieb noch immer keine schwarzen Zahlen. Und von ihrer Schwester wollte sie sich nicht noch mehr Geld leihen – abgesehen davon, dass Cathy ihr jetzt, wo sie nicht mehr miteinander redeten, ohnehin wohl nichts mehr geben würde.

Lizzy würde ihre Lieblingsstiefel darauf verwetten, dass Victor einen falschen Namen benutzte. Na wenn schon. Nachdem er sich endlich verabschiedet und aufgelegt hatte, legte sie den Hörer auf die Gabel und lehnte sich in ihrem Stuhl zurück.

»Dieser Typ nervt ziemlich, oder?«, sagte Jessica. »Ich hab ihm gesagt, Sie wären nicht da, aber dann hat er gesagt, er würde warten … als ob er wusste, dass Sie in der Nähe sind. Glauben Sie, dass dieser Victor uns heimlich beobachtet?«

Lizzy drehte sich so schnell Richtung Fenster, dass sich dabei ihr Genick verkrampfte und die geprellten Rippen schmerzten. Sie ließ den Blick über umliegende Gebäude, Dächer und schließlich Fenster gleiten und suchte nach Anzeichen, dass sich jemand bewegte oder hinter Jalousien und Vorhängen hervorspähte.

Jessica stellte sich neben sie und starrte ebenfalls zum Fenster hinaus. »Glauben Sie wirklich, dass er da draußen ist? Sie glauben, er könnte uns beobachten, nicht wahr?« Sie kaute auf ihrer Unterlippe und zog die Augenbrauen zusammen. »Wieso wollte die Frau in dem Jeep Sie überfahren?«

»Ich habe keine Ahnung, wer sie ist, aber ich glaube nicht, dass sie die Absicht hatte, mich umzubringen. Wenn sie das wirklich gewollt hätte, wäre es ihr nicht schwergefallen.«

»Sie hatte eine Baseballkappe auf, nicht wahr?«

»Ja«, sagte Lizzy. »Haben Sie sie gesehen?«

»Ja, hab ich. Ich hab sie im Café gesehen, gleich nachdem mein Bruder mich abgesetzt hat. Sie trug kein Make-up. Ich vermute, sie ist um die Vierzig.«

»Hat sonst noch jemand sie aus nächster Nähe gesehen?«

»Nur die Bedienung hinter dem Tresen. Sie sagte, die Frau mit der Baseballkappe hätte einen Kaffee Dulce de Leche mit Schokostreuseln bestellt. Sonst hat sie niemand gesehen.«

»Danke, Jessica.« Lizzy drehte ihren Stuhl wieder an den Schreibtisch und schaltete den Computer ein. »Dieselbe Frau hat gestern vor meiner Wohnung geparkt. Sie ist nicht besonders gut im Verkleiden. Es wäre schön, wenn Sie mir helfen könnten, nach ihr Ausschau zu halten, okay?«

»Wenn ich ihr Auto noch mal sehe, schreibe ich mir das Kennzeichen auf.«

»Perfekt.« Während der Computer hochfuhr, sah Lizzy Jessica an. »Wollten Sie heute den ganzen Tag bleiben?«

»Die ganze Woche, falls Sie mich brauchen.«

»Haben Sie keine Vorlesungen?«

»Nee. Ich muss erst wieder Mitte nächster Woche an die Uni.«

»Super.« Es waren zwar noch keine Frühjahrs-Semesterferien, aber da sie die Sache nichts anging, sagte Lizzy nichts weiter.

Jessica holte eine Küchenrolle von dem obersten Bücherregal an der Wand hinter Lizzys Schreibtisch. Sie gab Lizzy ein paar Papiertücher und deutete auf die Kaffeeflecken auf ihrer Jacke.

Lizzy wischte daran herum, aber der Kaffee war bereits in den Stoff eingedrungen. Sie warf die Papiertücher in den Abfalleimer und griff dann nach ihrem Rucksack auf dem Boden.

Während Jessica die Post vom Vortag durchsah, öffnete Lizzy die Vordertasche des Rucksacks und holte einen Zettel hervor. »Ich habe einen Job für Sie«, sagte sie zu Jessica. Sie legte den Zettel auf den Schreibtisch und strich ihn mit der Hand glatt. »Wir müssen alles über diese Mädchen herausfinden, was wir können.«

Jessica unterbrach ihre Arbeit, ging zu Lizzy hinüber und schaute ihr über die Schulter. Sie holte tief Luft.

»Was ist los?«, fragte Lizzy. Jessica wirkte etwas durcheinander und wurde bleich im Gesicht. Doch dann atmete sie tief durch und deutete auf den letzten Namen auf der Liste. »Ist das dieselbe Sophie Madison, die neulich als vermisst gemeldet wurde?«

Lizzy nickte.

»Das erklärt diesen Apparat hier«, sagte Jessica und deutete auf den schwarzen Kasten neben dem Telefon.

»Arbeiten Sie mit der Polizei zusammen?«

Lizzy wies auf einen Stuhl an der Wand. »Hol ihn dir, und dann können wir in Ruhe reden.«

Jessica zog den Stuhl heran, setzte sich und wartete.

»Vor vierzehn Jahren …«

»Wurden Sie entführt«, fiel Jessica ihr ins Wort.

Lizzy zog eine Augenbraue hoch.

»Ich war damals noch klein«, erklärte Jessica. »Ich hab immer mit den Nachbarskindern gespielt. Immer wenn ich aus dem Haus gegangen bin, hat meine Mutter mir gesagt, ich soll aufpassen. Dann hat sie mich an den Tag erinnert, an dem Sie und die anderen Mädchen entführt und nie wieder gesehen wurden – außer Ihnen natürlich.«

»Weiß Ihre Mutter, dass Sie für mich arbeiten?«

Jessica machte eine wegwerfende Handbewegung. »Mom hat ihre eigenen Probleme. Was ich tue, interessiert sie nicht mehr.« Sie zuckte mit den Schultern. »Sie kann es kaum erwarten, dass ich und mein älterer Bruder von zu Hause ausziehen und ihr etwas mehr Freiraum lassen.«

Lizzy nickte. »Falls Sie sich bei diesem Fall unwohl fühlen, kann ich das verstehen.«

»Das ist doch wohl nicht Ihr Ernst? Diese Art von Arbeit ist genau das, wofür ich mich interessiere. Deswegen will ich ja auch Psychologie studieren. Und deswegen habe ich bei Ihnen einen Job gesucht.«

»Also gut«, sagte Lizzy und sah sich nach einem Platz um, wo Jessica arbeiten konnte. Es gab keinen. »Warten Sie, ich mache Ihnen an meinem Schreibtisch Platz. Haben Sie Ihren Laptop dabei?«

»Er ist dort hinten.«

»Gut. Dann stellen wir ihn hier auf meinen Schreibtisch und suchen im Internet nach sämtlichen Informationen, die es über diese Mädchen gibt. Morgen, oder heute noch, falls wir Zeit haben, können wir in die Bibliothek gehen und alte Zeitungen durchforsten. Wir brauchen sämtliche Artikel, die je über die Opfer des Spinnenmanns erschienen sind.«

»Wonach suchen wir genau?«, fragte Jessica, während sie Lizzy dabei half, Stapel von Papieren und Akten vom Schreibtisch zu entfernen und hinter ihnen auf den Boden zu legen. »Wollen wir Details, zum Beispiel, welche Kleider oder Frisuren sie trugen? Oder sollten wir uns auf Interviews mit Freunden und Familienangehörigen konzentrieren, oder etwas in der Art?«

»Beides. Wir wollen über jedes dieser Mädchen herausfinden, soviel wir können: Gewicht, Größe, Persönlichkeit und so weiter. Vier von diesen Mädchen hat man als Opfer des Spinnenmanns identifiziert, aber die anderen gelten immer noch als vermisst, weil man nie ihre Leichen gefunden hat.«

Als sie sich noch einmal die Liste ansah, verstummte Jessica plötzlich. Ihre Augen schienen feucht zu werden.

»Stimmt etwas nicht?«

»Nein«, erwiderte Jessica ein bisschen zu schnell. »Alles in Ordnung.«

Lizzy wurde aus dem Mädchen nicht schlau. Mal quatschte Jessica ihr die Ohren voll, dann wieder war sie still und spielte die Geheimnisvolle. Lizzy ließ die Sache auf sich beruhen, wichtiger war jetzt, Sophie zu finden. »Falls eine von den Mädchen auf der Liste Tanzstunden genommen hat«, sagte sie zu Jessica, »will ich wissen, wo und wann. Ich will die Namen von jedem Lehrer, Trainer, Freund, Friseur und die Orte, an denen sie herumhingen. Und dann will ich noch eine Liste mit sämtlichen Ärzten, mit denen diese Mädchen jemals zu tun hatten.«

»Glauben Sie, dass die Eltern der Opfer mit uns reden werden?«

»Ein Versuch kann nicht schaden. Wenn nicht, dann fragen wir ihre Geschwister, oder ihre Onkel und Tanten. Wir dürfen uns nicht abwimmeln lassen. Irgendjemand wird schon reden; das tun sie eigentlich immer.«

»Wenn ich Sie richtig verstehe, dann suchen wir also etwas, was die Mädchen miteinander verbindet – irgendeine Gemeinsamkeit, wie zum Beispiel die Schule, auf die sie gingen, oder ein gemeinsamer Bekannter?«

»Richtig. Irgendeine Verbindung, egal welche.«

»Ich hab's kapiert.« Jessica stand auf und verschwand im Aktenzimmer, um ihre Sachen zu holen.

Lizzy riss noch ein Papiertuch von der Küchenrolle ab und wischte damit den Staub von der Stelle auf ihrem Schreibtisch, wo die Akten gelegen hatten. Dann öffnete sie die oberste Schublade und suchte darin nach einem Schmerzmittel. Plötzlich sträubten sich ihr die Nackenhaare. Sie hatte eindeutig das Gefühl, dass jemand sie beobachtete.

Sie trat ans Fenster und starrte auf die leer stehende Ladenzeile auf der anderen Straßenseite. *Er war hier. Sie konnte ihn buchstäblich spüren, obwohl sie ihn nicht sah.*

Sie bekam eine Gänsehaut.

Wo bist du, Spinnenmann? Komm aus deinem Versteck, wo immer du auch steckst.

Kapitel 14

Mittwoch, 17. Februar 2010, 11:30 Uhr

Jared zwängte seinen Yukon Denali in eine enge Parklücke gleich hinter Lizzys Toyota. Letzte Nacht lag eine gefühlte Ewigkeit zurück. Noch nie hatte er seinen Vater so außer sich erlebt. Sein Dad war immer ein Mann mit Gewissen gewesen. Seine Frau, mit der er seit vierzig Jahren verheiratet war, mit einer Pistole zu bedrohen, passte nicht zu ihm. Jareds Schwester hatte ihre Mutter mit zu sich nach Hause genommen, während Jared bei ihrem Vater blieb. Nachdem dieser wieder einigermaßen nüchtern war, hatte Jared mit ihm ein längeres Gespräch unter vier Augen geführt. Es war das erste Mal in seinem Leben, dass er seinen Vater weinen sah, und in diesem Augenblick begriff Jared, dass sein Vater ein Mensch wie jeder andere war.

Er richtete den Schlüssel auf den Denali und drückte auf den Sperrknopf. Der Wagen gab einen Pfeifton von sich.

Jared spürte die Kälte in der Luft, während er durch die Heckscheibe in Lizzys Toyota sah. Kaum zu glauben, dass Old Yeller noch fahrtauglich war. Lizzy hatte die Karre schon zu Highschool-Zeiten gefahren. Der Rücksitz mit dem rissigen Vinylbezug war ihm nur allzu vertraut. Auf ihm hatten er und Lizzy oft Sex miteinander gehabt. *Die gute alte Zeit.*

»Lizzy, Lizzy«, flüsterte er. Er liebte an dieser Frau einfach alles. Ihren Gang, ihre Ausdrucksweise, die Gefühle, die sie jedes Mal in ihm wachrief, wenn er in ihre ausdrucksvollen grünen Augen sah. Es war Liebe auf den ersten Blick gewesen.

Lizzy besaß ein von Natur aus gutherziges Wesen – genau das war der Grund, warum sie die meisten Wochenenden damit verbrachte, jungen Mädchen Selbstverteidigung beizubringen. Obwohl die Universität und die anschließende Ausbildung an der FBI-Akademie ihn mehrere Jahre auf Trab gehalten hatten, war kein Tag vergangen, an dem er nicht an Lizzy Gardner dachte. Seine Schuldgefühle, weil er sie in jener Nacht alleine hatte heimgehen lassen, hatten ihm viele schlaflose Nächte bereitet. Wenn er irgendetwas in seinem Leben bereute, dann das. Er hatte es besser gewusst, aber Lizzy hatte nicht auf ihn hören wollen. Sie war immer noch genauso stur wie eh und je. Doch damals hatte sie außerdem vor Leben gesprüht und eine vielversprechende Zukunft vor sich gehabt, bis dieser Irre sie auf offener Straße entführte und anschließend alles versuchte, um sie zu brechen. Aber Lizzy hatte es geschafft, lebend aus der Hölle zurückzukehren und davon zu berichten. Sie war eine Kämpfernatur. Und wenn sie ihn wieder in ihr Leben ließ, würde Jared sie nie wieder im Stich lassen.

Jared sah auf, als er ungleichmäßige Schritte hörte. Lizzy kam auf ihn zugehumpelt. In ihren Augen spiegelte sich ihre Erschöpfung wider, aber sobald sie ihn sah, lächelte sie.

»Hey, meine Hübsche«, sagte er.

Anstatt ihm zu antworten, nahm sie eine steife Mae-West-Haltung ein, die die Kaffeeflecken auf ihrer abgewetzten Jacke zeigte.

»Der Tag hat ja gut angefangen, oder?«

»Das kann man wohl sagen.«

»Was zum Teufel ist mit deinem Gesicht passiert?«

»Die Frau mit dem Jeep war heute Morgen wieder da. Ich hab mich an sie rangepirscht. Genau in dem Moment, als ich die hintere Tür aufgemacht habe, hat sie aufs Gas getreten und mich dabei beinahe überfahren.«

Er pfiff durch die Zähne. »Warst du beim Arzt? Die Beule auf deiner Stirn sieht nicht gut aus.«

»Es geht schon.«

Er stieß den Atem aus.

»Ich würde ja gerne mit dir plaudern, aber ich muss los«, sagte sie und drückte sich an ihm vorbei.

»Ich wollte dich eigentlich auf eine Kleinigkeit zu essen einladen.«

»Das geht leider nicht. Es ist was dazwischengekommen … eine Observierung.«

»Versicherungsbetrug?«

»Ein Seitensprung.« Sie sperrte ihren Wagen auf und sah ihn über ihre Schulter hinweg an. »Wenn dich die schäbigen Details interessieren, kannst du gerne mitkommen.«

»Dann mal los.«

Lizzy rutschte hinter das Steuer ihres uralten Toyota und startete den Motor. Das Auto erwachte stotternd zum Leben. Jared nahm auf dem Beifahrersitz Platz und warf einen Blick nach hinten. »Wenn ich in Old Yeller sitze, muss ich an andere Zeiten denken.«

Lizzy lief rot an, während sie in ihrem Rucksack herumwühlte. Sie gab ihm die Wegbeschreibung zu ihrem Zielort und kam gleich zur Sache, ehe sie losfuhr. »Hat Jimmy schon etwas über Carl Dane rausgefunden?«

»Ich hab vorhin mit Jimmy gesprochen. Dane ist der ursprüngliche Hauseigentümer. Er hat mit seiner Familie von 1980 bis 1991 dort gewohnt. Von 1991 bis Ende 2002 war das Haus vermietet. Die Walkers haben es dann im Januar 2003 gekauft.«

»Mr. Dane hat doch sicher noch Unterlagen mit dem Namen des damaligen Mieters.«

»Die hat seine Tochter nach seinem Tod vor ein paar Jahren weggeschmissen. Die Kollegen versuchen gerade, von den Stadtwerken eine Mieterliste für die Gegend zu bekommen.«

»Was ist mit der Spurensicherung? Hat man in den Schlafzimmern etwas gefunden?«

»Bis jetzt ist das Haus sauber.«

»Es müsste dort Blutspuren geben oder verputzte Löcher in den Wänden, wo die Handfesseln angebracht waren … irgendwas in der Art, meinst du nicht?«

»Wir müssen abwarten. Wenn das wirklich das Haus ist, werden wir schon etwas finden. Morgen früh wird als Erstes der Garten ausgebaggert.«

Lizzy hielt den Blick auf die Fahrbahn gerichtet, als sie sich der Auffahrt zum Freeway näherten. »Was ist mit Namensliste der Ärzte aus den Opferakten? Ist da was Brauchbares dabei?«

Jared zog ein Mini-Notizbuch aus seiner Hemdtasche. »Ich habe heute Morgen einen Großteil meiner Zeit damit verbracht, die Akten zu durchforsten. Hier sind die Namen der Ärzte, zu denen manche der Opfer des Spinnenmanns und ihre Familienangehörigen gegangen sind. Ich konnte keine Namensüberschneidungen finden. Hier hast du die Liste.« Er legte das Notizbuch auf die Mittelkonsole.

»Danke, das ist lieb von dir.«

»Bitte«, sagte Jared. »Wen sollen wir eigentlich heute Nachmittag beschatten?«

»Valerie Hunt.«

»Ihr Mann hat dich beauftragt?«

»Zumindest hat er behauptet, dass Valerie seine Frau ist, aber ich weiß nicht so recht, ob ich ihm glauben kann. Er nennt sich Victor.«

»Bist du ihm persönlich begegnet?«

Sie warf Jared einen Blick zu. »Meinst du, Victor hat was mit dem Spinnenmann zu tun?«

»Sag jetzt bloß nicht, du hättest nicht auch an diese Möglichkeit gedacht.«

»Das habe ich«, gab sie zu, »aber als Victor das zweite Mal bei mir anrief, dachte ich mir, ich müsste schön blöd sein, wenn ich auf das Geld verzichte, das er mir angeboten hat.«

»Wie hat seine Stimme geklungen … irgendeine Ähnlichkeit mit der vom Spinnenmann?«

»Victor hat eine tiefe, rauchige Stimme. Der Spinnenmann benutzt einen Sprachsynthesizer. Das lässt sich schwer vergleichen.«

»Und diese Valerie Hunt, hast du eine Ahnung, wer sie ist?«

»Ich hab mal schnell im Internet recherchiert. Sie hat 1995 ihr Studium an der McGeorge Law School abgeschlossen. Seit acht Jahren ist sie Anwältin in der Kanzlei Dutton und Graves. Keine Kinder. Jedenfalls hab ich keine Hinweise darauf gefunden, dass sie verheiratet ist oder Kinder hat.«

Für einen Augenblick breitete sich zwischen ihnen Schweigen aus. Dann fuhr Lizzy fort: »Wenn Victor der Spinnenmann ist, warum würde er mich damit beauftragen, Valerie zu observieren?«

»Vielleicht will er dich in eine Falle locken.«

»Na ja, ich würde Valerie oder jemand anderem nie in eine leere Lagerhalle oder eine dunkle Gasse folgen. Und wenn diese Frau wirklich etwas mit ihm zu tun hat, dann macht der Spinnenmann uns die Arbeit ein bisschen leichter.«

Jared beschlich ein ungutes Gefühl. Es hatte ihm von Anfang an nicht gefallen, Lizzy in diese Sache hineinzuziehen. Aber wenn er es nicht getan hätte, dann Jimmy. Die Nachricht, die Sophies Entführer hinterlassen hatte, hatte ihr Schicksal besiegelt. »Wie will Victor dich bezahlen?«

»Er lässt das Geld noch heute von einem Kurier überbringen. Ich habe Jessica gebeten, sich den Typen genau anzusehen … Name und Personenbeschreibung, Automarke und Wagentyp, Kennzeichen, und so weiter.«

Lizzy nahm die nächste Ausfahrt und blieb an einer roten Ampel stehen. »Du denkst doch nicht etwa, dass Jessica in Gefahr schwebt?«

Jared tippte bereits Nummern in sein Handy ein. »Ich schicke jemanden, der dein Büro im Auge behält, bis wir mehr über Victor wissen.«

Karen Crowley hielt das Lenkrad so fest umklammert, dass ihre Knöchel weiß hervortraten, und ließ ihren Blick ständig zwischen der Fahrbahn und dem Rückspiegel hin und her wandern. In der

Ferne ertönten Sirenen. Karen war total aufgewühlt vor Panik. Sie wollte unbedingt auf die rechte Spur wechseln und den Freeway bei der nächsten Ausfahrt verlassen, aber ein anderes Auto versperrte ihr den Weg. Sie wollte auf gar keinen Fall einen Unfall riskieren, bei dem Menschen zu Schaden kamen. Sie hatte Lizzy Gardner nicht mit Absicht verletzt, als sie von dem Café weggefahren war. Es war ein Unfall gewesen. Sie wollte nur die Frau im Auge behalten und sichergehen, dass ihr Bruder sich nicht in der Nähe aufhielt und Ärger machte.

Doch nichts war so gelaufen wie geplant. Aus ihrem einwöchigen Trip waren bereits zwei Wochen geworden. Ihr Mann und ihre Kinder brauchten sie, aber sie konnte jetzt nicht nach Hause zurückkehren. Noch nicht.

Sie war in die Staaten gekommen, um ihren Bruder zu finden und ihn um Verzeihung zu bitten. Sie hatte ihn seit über zwanzig Jahren nicht gesehen. Damals war sie nach Italien gegangen, um dort zu studieren. Knapp einen Monat später lernte sie Nicolas kennen. Die beiden verliebten sich und während der nächsten zwei Jahrzehnte zählte nichts anderes. Zusammen mit Nicolas kaufte sie sich ein Haus auf dem Land. Ihr erstes Kind war ein Mädchen, Amber. Später kam ein Junge dazu, den sie auf den Namen Adam tauften. Adam entwickelte sich zu einem Ebenbild von Sam, ihrem jüngeren Bruder.

Karen biss sich auf die Lippe, als ein Polizeiwagen mit blinkendem Blaulicht an ihr vorbeiraste.

Adam war vor sechs Monaten dreizehn geworden und jedes Mal, wenn sie ihn ansah, sah sie ihren Bruder: dieselbe hohe Stirn, dieselbe ausgeprägte Kinnpartie und dieselben ausdrucksvollen blauen Augen. Aber allzu oft nahm das Gesicht ihres Sohnes vor ihrem geistigen Auge verzerrte Züge an und dann sah sie darin denselben entsetzten Blick, den sie bei ihrem Bruder gesehen hatte, als sie ihn im Keller fand.

Sie spürte einen Stich in ihrer Brust.

Ihr Wagen scherte zum Straßenrand aus und Kies spritzte auf, als sie ihn mit quietschenden Reifen zum Stehen brachte. Sie ließ den Kopf auf das Lenkrad fallen und schnappte gierig nach Luft. »Oh mein Gott«, schluchzte sie. »Was habe ich nur getan?«

Begleitet vom Klacken ihrer hohen Absätze auf dem Fußboden, eilte Nancy Moreno durch die Doppeltür in das Nachrichtenstudio.

Caroline Fyffe, Visagistin und Hairstylistin beim Sender KBTV, kam ihr hastig entgegen. »Wo stecken Sie nur? Mr. Cunningham hat schon überall nach Ihnen gesucht und sich dabei die Haare gerauft.«

»Er hat eine Glatze«, gab Nancy zu bedenken, als sie Caroline in ein Zimmer zur Rechten folgte und auf einem Stuhl vor dem Wandspiegel Platz nahm. Ohne auch nur einen Augenblick zu verlieren, bürstete und toupierte Caroline Nancys Haare mit flinken und routinierten Bewegungen.

Irgendwo weiter weg rief jemand nach Nancy.

»Sie ist hier drinnen bei mir«, rief Caroline zurück.

Nur wenige Sekunden später füllte Mr. Cunninghams korpulente Gestalt – die Fäuste in die Hüften gestemmt – den Türrahmen aus.

Viel konnte er nicht sagen. *Schließlich war sie ja hier, oder nicht?* Jeder wusste, dass Cunningham sie niemals rausschmeißen würde. Nancy Moreno war das Beste, was der Sender zu bieten hatte. Seit 1995 hatte sie alle drei der äußerst beliebten und preisgekrönten Abendnachrichtenprogramme von News 10 moderiert. Jetzt hatte man ihr die Verantwortung für das Morgenprogramm übertragen, um die Einschaltquoten zu verbessern. Im Laufe der Jahre hatte Nancy zahlreiche professionelle Auszeichnungen erhalten, darunter zwei Emmys.

Das Klingeln ihres Handys riss sie aus ihren Gedanken. Sie drückte die grüne Taste und hielt das Gerät ans Ohr.

»Haben Sie die Informationen beschafft, um die ich Sie gebeten hatte?«

Das war *er*. Nancy presste das Handy fester ans Ohr. »Noch nicht, aber ich arbeite daran. So was braucht Zeit.« Sie warf

Cunningham einen flüchtigen Blick zu. »Ich kann jetzt nicht reden«, ließ sie den Anrufer wissen. »Ich muss gleich auf Sendung …«

»Das grüne Licht ging vor zwei Minuten an«, blaffte Cunningham. »Die Haare sind in Ordnung. Sie muss auf Sendung. Sofort!«

»Beschaffen Sie mir die gewünschten Informationen noch diese Woche«, sagte der Anrufer, »oder Gina Lockwell von Channel 3 bekommt meine Story.«

»Soll das eine Drohung sein? Wenn es nämlich eine ist …«

Ein Lachen aus tiefer Kehle schnitt ihr das Wort ab. Das Klicken am anderen Ende sprach eine deutliche Sprache: Das Gespräch war beendet.

Nancy zitterte. Aber der Gedanke, dass Gina Lockwell womöglich an die Story herankam, verdrängte jegliche Bedenken, bei dem Anrufer könnte es sich um einen Mörder und Psychopathen handeln.

»Sie schwitzen ja«, sagte Caroline und ignorierte dabei Cunningham, der wie wild mit den Händen herumfuchtelte und versuchte, sie zur Eile anzutreiben.

Nancy ließ sich davon nicht aus der Ruhe bringen. Sie glitt von ihrem Stuhl und ging zur Tür hinaus. Caroline blieb an ihrer Seite und puderte ihr das Gesicht, während sie Cunningham den Flur entlang folgten. Eigentlich sollte Nancy mit ihren Gedanken bei den Morgennachrichten sein, aber das war sie nicht. Der Anrufer hatte ihr immer noch nicht seinen Namen genannt. Ihr erstes Gespräch mit ihm lag zwei Tage zurück. Er hatte behauptet, er sei der echte Killer – der Mörder, den man den Spinnenmann nannte. Frank Lyle, der für den Mord an Jennifer Campbell verhaftet worden war, sei nichts weiter als ein Nachahmungstäter. Sie hatte ihm zunächst nicht geglaubt, war aber am Telefon geblieben.

Was, wenn er die Wahrheit sagte? Serienmörder waren dafür berüchtigt, dass sie mit ihren Taten im Rampenlicht stehen wollten. Sie waren auch bekannt dafür, dass sie bei den Medien anriefen und ihnen Informationen zuspielten, obwohl sie dabei riskierten, ihre Identität preiszugeben.

Der Anrufer versprach, ihr hieb- und stichfeste Beweise dafür zu liefern, dass er wirklich der Spinnenmann war, wenn sie ihm die psychiatrischen Unterlagen zum Fall Lizzy Gardner beschaffte. Der Mörder wollte, dass Nancy die Patientenakte von Lizzy stahl. Irgendwie musste er herausgefunden haben, dass Nancy und Lizzy bei derselben Psychiaterin, Linda Gates, in Behandlung waren. Bei dem Gedanken, dass er so viel über sie wusste, wurde ihr unwohl.

Patientenakten stehlen verstieß gegen ethische Prinzipien. Nancy hätte gleich nach dem ersten Anruf das FBI alarmieren sollen. Aber irgendetwas hatte sie davon abgehalten. Im Laufe der Jahre hatte sie jede Menge Kriminelle interviewt. Diese Leute neigten dazu, beim Lügen nervös zu werden. Natürlich gab es auch einige hartgesottene Verbrecher, die schon so viele Interviews hinter sich hatten, dass sie die Kunst des Tarnens und Täuschens perfekt beherrschten. Aber dieser Mann, das wusste sie am Ende ihres ersten Gesprächs, sagte die Wahrheit. Und deshalb hatte sie sich eingeredet, sie würde sogar dem FBI helfen, wenn sie ihre Gespräche mit dem Mörder geheim hielt. Zunächst einmal würde sie ganz einfach vorgehen: das Vertrauen des Mörders gewinnen und so viel wie möglich über den Mann in Erfahrung bringen. Natürlich war er mit hoher Wahrscheinlichkeit überaus intelligent und würde ihr nicht so ohne Weiteres auf die Nase binden, wo er wohnte. Aber wenn es ihr gelang, die einzelnen Puzzlesteine zusammenzufügen, bestand zumindest eine winzige Chance, dass sie den Polizeibehörden genügend Informationen zuspielen konnte, damit diese den Mann schnappten. In Gedanken sah sie bereits die Schlagzeilen: »Nancy Moreno führt FBI auf die Spur des Spinnenmannes.« Sie wusste bereits, wo sie ihren dritten Emmy hinstellen würde.

Ein Lächeln stahl sich auf ihre Lippen. Der Spinnenmann war kein Dummkopf. Er hatte sich an sie gewendet, weil sie die Beste ihres Fachs war. Als sie endlich im Studio ankam, standen die Adern in Cunninghams Hals und Gesicht so stark hervor, als drohten sie jeden Augenblick zu platzen. Das Chaos um sie herum gab ihr das Gefühl, als befände sie sich mitten in einem Tornado. Sie glitt auf ihren Stuhl.

»DREI, ZWEI, EINS.«

Cunningham, der ihr gegenübersaß, deutete mit dem Finger auf sie. Sie blickte in den Teleprompter und lächelte. »Guten Morgen, Sacramento. Hier ist Nancy Moreno mit den KBTV-Morgennachrichten.«

Kapitel 15

Jessica hatte nun schon dutzendmal die Liste mit den Namen durchgesehen. Die ersten drei Opfer des Spinnenmanns – Jordan, Laney und Mandy – hatten ein paar Dinge gemeinsam: Der Täter hatte die Leichen in der Nähe von Wasser abgelegt und sie alle wiesen an verschiedenen Körperstellen Spinnenbisse auf. Eines der Mädchen hatte zum Zeitpunkt ihres Verschwindens die zweite Klasse der Highschool besucht. Die anderen beiden gingen in die dritte Klasse. Alle drei besuchten verschiedene Highschools in Sacramento oder im umliegenden Placer County. Vier verschiedene Highschools, wenn man Rachel Foster, das vierte Opfer, mitzählte. Sie war das einzige Mädchen, das man während Lizzys Gefangenschaft gefunden hatte.

Rachel Fosters Leiche tauchte in der Nähe des Folsom Lake auf. Mit fünfzehn war sie das jüngste Opfer des Spinnenmanns. In einem kürzlich erschienenen Artikel von einem unbekannten Verfasser entdeckte Lizzy den Hinweis, dass in Rachels Augen Spritzen steckten, als man sie fand.

Jessica zuckte zusammen und zwang sich, tief durchzuatmen. Nur weil diese Mädchen gefoltert worden waren, hieß das noch lange nicht, dass Mary solche schlimmen Dinge über sich ergehen lassen musste. Sie biss sich auf die Unterlippe und beruhigte sich, indem sie gleichmäßig ein- und ausatmete. Jetzt war nicht der passende Augenblick, um die Fassung zu verlieren, zumindest nicht, wenn sie Lizzy helfen wollte, den Spinnenmann zu finden. Vielleicht lebte ihre Schwester noch. Mary war zwar älter als Jessica, aber dafür sehr klein. Alle dachten daher, sie wäre die Jüngste, obwohl sie in Wirklichkeit das älteste von drei Kindern war. Sie war obendrein intelligent. Mein Gott, wie sehr Jessica doch ihre langen Gespräche vermisste.

Jessica versuchte sich einzureden, dass jeden Tag Wunder geschahen. Wer auch immer Mary vor all den Jahren entführt hatte, hatte sie womöglich mit einer neuen Identität ausgestattet und war dann mit ihr in einen anderen Bundesstaat gezogen. Vielleicht wusste ihre Schwester nicht einmal mehr, wer sie war oder woher sie ursprünglich stammte.

Lizzy war die Flucht gelungen und dasselbe könnte auch Mary schaffen. Ihr Bauchgefühl sagte ihr, dass ihre Schwester noch lebte.

Jessica konzentrierte sich wieder auf ihre Notizen. Zum Zeitpunkt ihrer Entführung hatte Rachel einen festen Freund gehabt, der Ryan Arnold hieß. Mit einer Schnellsuche im Internet und einem halben Dutzend Anrufen fand sie ihn schließlich. Er war inzwischen neunundzwanzig, arbeitete als Anwalt und erwies sich als sehr gesprächig. Ohne dass Jessica ihn sehr dazu ermuntern musste, redete er frei von der Leber weg und erwähnte dabei auch, dass Rachels Entführung sein eigenes Leben verändert hatte. Er hörte damals auf, Drogen zu nehmen, und nahm stattdessen die Schule ernst. Ryan Arnold hatte nicht nur alles über den Spinnenmann-Fall gelesen, sondern hatte im Laufe der Jahre auch keine Mühen gescheut, wichtige Beziehungen zu knüpfen, um noch mehr herauszufinden. Er hatte die FBI-Akten eingesehen, einschließlich eines Briefs, den der Spinnenmann damals an einen lokalen Nachrichtensender geschrieben hatte. Mr. Arnold erklärte Jessica, dass der Spinnenmann sich als einen von den Guten betrachtete und es als seine Aufgabe ansah, die Welt von *bösen Mädchen* zu säubern. Ryan Arnold glaubte, dass Rachel entführt worden war, weil sie Drogen nahm – sehr viele sogar. Zum Zeitpunkt ihrer Entführung hatte sie bereits zwei Entziehungskuren hinter sich.

Aber das Auffällige an der Sache waren nicht die Drogen oder die Spritzen, sondern die Augen. Jessica ließ den Finger über die Namen gleiten und machte sich hastig Notizen. Ihr entging nicht, dass der Spinnenmann bei jedem seiner Opfer die Augen entstellt hatte.

Mittwoch, 17. Februar 2010, 15:02 Uhr

Cathy trommelte ungeduldig mit den Fingern auf dem Lenkrad herum, während sie in ihrem Wagen saß und auf ihre Tochter wartete. Ihr Blick wechselte von der Bärenstatue, dem Maskottchen der Schule, zu der Gruppe Teenager, die dicht gedrängt vor der Turnhalle herumstanden.

Wo blieb Brittany nur?

Sie kramte ihr Handy aus der Handtasche hervor. Keine Anrufe in Abwesenheit.

Im Radio lief gerade »We Can Work It Out« von den Beatles. Sie schaltete es aus. Das Lied stimmte sie traurig, weil es sie in eine Zeit zurückversetzte, als ihr Mann sie ständig anrief, nur um »Hallo« zu sagen und wie sehr er sie liebte.

Sie legte das Mobiltelefon in die Mittelkonsole und verfluchte sich im Stillen dafür, dass sie auch nur daran gedacht hatte, zu weinen. Als sie Richard kennengelernt hatte, hatte sie tatsächlich geglaubt, dass von jetzt an alles besser werden würde und dass das Leben eigentlich gar nicht so schlecht war. Aber dann war Brittany früher als erwartet auf die Welt gekommen. Cathy nahm über zwanzig Kilo zu und verlor ihren Job bei der Bank. Und vor zwei Jahren fing Richard damit an, während der Mittagspause nicht mehr zu Hause anzurufen.

Gelächter drang an ihr Ohr.

Als sie sah, wie ein Junge im Teenageralter die Hände ausstreckte und ein Mädchen in seiner Nähe packte, erhöhte sich Cathys Blutdruck. Der Junge zog das Mädchen dicht an sich heran und drückte ihr einen feuchten Kuss auf die Lippen. Das Mädchen rümpfte die Nase, sagte dann aber nichts, weil ihre Freundinnen das Ganze offenbar witzig fanden.

Cathy schüttelte den Kopf. Brittany kam in einem Jahr auf die Highschool und darüber machte sie sich Sorgen. Vor allem deshalb, weil ihre eigene High-School-Zeit der reinste Alptraum gewesen war. Sie ging gerade in die Oberstufe, als Lizzy entführt wurde. Lizzy war stets die Lieblingstochter ihrer Eltern gewesen, attraktiv, zierlich, intelligent. Und am Ende war Lizzy diejenige, die die Familie zerstört hatte.

Cathy hatte stets das Gefühl gehabt, neben ihrer Schwester nur die zweite Geige zu spielen. Vor der Entführung hatte sie gedacht, es könne nicht noch schlimmer kommen. Aber es kam schlimmer.

In der Zeit, als Lizzy verschollen war, fühlte Cathy sich wie tot. Ihre Eltern beachteten sie überhaupt nicht. Niemand fragte sie, was sie dachte oder wie sie mit dem Verschwinden ihrer Schwester zurechtkam. Niemand fragte sie nach den massiven Schuldgefühlen, an die sie sich wie an einen Rettungsanker klammerte. All das interessierte niemanden.

Die Erinnerung an diese schreckliche Zeit in ihrem Leben beschleunigte ihren Puls. Sie wollte gerade aussteigen und sich auf die Suche nach ihrer Tochter machen, doch dann sah sie, wie Brittany um die Ecke kam. Einer der Jungs rief ihr im Vorbeigehen etwas zu, aber sie beachtete ihn nicht.

»Hey«, sagte Brittany. Sie nahm auf dem Beifahrersitz Platz und warf ihren Rucksack auf die Rückbank. Als sie lächelte, glänzte ihre neue Zahnspange. Dann zeigte sie auf ihren oberen rechten Eckzahn. »Da ist heute ein Draht kaputtgegangen.«

Cathy beugte sich näher zu ihr, um besser sehen zu können. »Das gibt's doch nicht. Für das Geld, das wir dafür bezahlt haben, müssten diese Dinger eigentlich ein Leben lang halten.«

»Tut mir leid. Ich hätte diesen Apfel nicht essen sollen. Ich glaube, dabei ist es passiert.«

Cathy konnte ihrer Tochter schlecht davon abraten, Obst zu essen. »Mach dir deswegen keinen Kopf. Wenn du beim Schwimmen bist, rufe ich beim Zahnarzt an und lasse mir einen Termin geben.«

»Hast du den Mathe-Nachhilfelehrer angerufen?«

»Wieso? Was für eine Note hast du heute bei deinem Mathe-Test bekommen?«

Brittany rümpfte die Nase. »Ein C minus. Dieser Lehrer kann einfach den Stoff nicht richtig erklären. Hast du meinen Badeanzug dabei?«

Cathy fuhr los. Ihr war nicht entgangen, wie geschickt ihre Tochter schnell das Thema wechseln konnte. »Er ist im Kofferraum. Wer waren denn diese Kinder vor der Turnhalle?«

»Keine Ahnung«, sagte Brittany. »Ich hab nicht auf sie geachtet.«

Cathy spürte, wie ihre Tochter sie beobachtete.

»Hast du schon wieder geweint, Mom?«

»Nein.«

»Du hast ganz verquollene Augen und eine rote Nase.«

»Ach so, deswegen . Im Radio lief ein trauriges Lied, bevor du gekommen bist.«

»Klingt eher nach den Wechseljahren. Meine Bio- und Chemielehrerin redet ständig über ihre Hitzewallungen.«

»Ich hoffe, soweit ist es bei mir noch nicht«, sagte Cathy. »Mit dreiunddreißig bin ich dafür wohl noch ein bisschen zu jung.«

»Bleibst du heute im Club und schaust mir beim Schwimmen zu?«

Die Frage traf Cathy unvorbereitet. »Warum? Möchtest du das?«

»Ja, das wäre super. Du hast das schon länger nicht mehr gemacht.«

Brittany hatte sie noch nie zuvor gebeten, beim Schwimmtraining zuzusehen. Normalerweise wollte ihre Tochter sie immer loswerden. Ihr besorgter Tonfall beunruhigte sie. »Was ist los? Wirst du von jemandem in deiner Mannschaft gemobbt?«

»Nein.«

»Was ist es dann?«

»Nichts, Mom. Vergiss es. Du brauchst nicht zu bleiben.«

Cathy hielt ihren Blick auf die Fahrbahn gerichtet. Sie musste an den Trainer denken und fragte sich, ob er womöglich daran schuld war, dass Brittany sich so komisch benahm. Sie war dem Mann bisher zweimal begegnet. Er machte einen netten Eindruck. Die anderen Mütter mochten ihn alle. »Ich möchte dableiben«, sagte sie bestimmt. »Ich will zuschauen, wie du ein paar Rekorde brichst.«

Kapitel 16

Jared brachte seinen Geländewagen am Straßenrand zum Stehen. Einen Augenblick saß er still da, dann stieg er aus und sah sich um. Er schlug die Wagentür so laut zu, dass das Geräusch über die Wiese mit dem hohen Gras hallte. Hier war die Stelle, wo er Lizzy in jener Nacht, als sie entführt wurde, abgesetzt hatte.

Ein kalter Wind pfiff ihm um die Ohren. Er schlug den Kragen seiner Wolljacke hoch und nahm denselben Weg, den Lizzy damals gegangen war. Lizzy zufolge war es in jener Nacht ungewöhnlich dunkel gewesen. Keine Straßenbeleuchtung und kaum Mondlicht.

Als er von der Emerald Street abbog, sah er bereits die Weide am Ende des Blocks. Lizzys Haus – so nah, und doch so weit entfernt. Er hielt inne, lauschte und blickte sich um. *Wo hatte sich der Spinnenmann in jener Nacht versteckt?*

Das Pfeifen des Windes schien ihm etwas sagen zu wollen. Die Straße war ruhig und wurde von vielen schattenspendenden Bäumen gesäumt. Die Rasenflächen in den Gärten wirkten gepflegt. Er drehte sich so lange, bis er sich einer Hecke Oleanderbüsche gegenübersah. Die dunkelgrünen, ledrigen Blätter zitterten bei jedem Windstoß. Er trat an den hohen Strauch heran und schob die Zweige mit beiden Händen auseinander. Hier hatte sich der Mörder womöglich versteckt. Selbst bei Tageslicht hätte man ihn nur schwer sehen können. Welkes Laub und verfaulte Baumrinde bedeckten den Boden unter dem Oleander. An vereinzelten Stellen filterte das Gebüsch das Sonnenlicht und gab den Blick auf eine Wiese frei. Hatte der Spinnenmann sich Lizzy an dieser Stelle geschnappt und sie dann über die Wiese weggetragen?

Jared zwängte sich durch die Oleanderhecke und brach dabei Zweige ab. Unkraut und Gras wuchsen hier so dicht, dass er bei jedem Schritt die Beine anheben musste. Stellenweise reichte ihm das Unkraut bis zur Brust. Er stellte sich vor, wie der Mörder denselben Pfad genommen hatte, als er Lizzy mit sich schleppte. Der Gedanke bereitete ihm Schmerzen.

Ein Stück weiter vorn flog ein Schwarm Vögel davon. In der Mitte der Wiese blieb er stehen und sah sich um. Irgendwo in der Ferne erklang Hundegebell. Auf der anderen Seite der Wiese verlief eine Straße. Jared fragte sich, wohin sie führte. Zu seiner Linken lag ein Stadtpark. Kein Wunder also, dass in jener Nacht niemand etwas gesehen hatte. Die Stelle, wo er sich gerade befand, war nur von wenigen Häusern aus einzusehen, und auch nur dann, wenn man auf dem Dach stand. Und im Park hielten sich so kurz vor Mitternacht nicht viele Leute auf, wenn überhaupt.

Er stieß den Atem aus. Es war wirklich unverantwortlich von ihm gewesen, Lizzy damals einfach so abzusetzen. Er hätte es besser wissen müssen. Zumindest hätte er am Ende ihrer Straße parken und ihr nachsehen sollen, bis sie sicher zu Hause angekommen war. Was war damals nur in ihn gefahren? Er hatte zuvor mit ihr Sex gehabt und sie dann einfach mitten in der Nacht in einer dunklen Straße abgesetzt.

Sein Handy summte. Er sah auf das Display. Seine Mutter. Er hatte jetzt keine Lust, mit ihr zu reden. Verdammt, er wusste einfach nicht, was er davon halten sollte, dass seine eigene Mutter eine Affäre hatte. Sie hatte seinen Vater stets respektvoll behandelt und ihn verwöhnt, wo es nur ging. Jeden Abend, wenn er von der Arbeit heimkam, hatte sie ihn mit einem liebevollen Lächeln und einem warmen Essen begrüßt. Jared hatte zu seiner Mutter allerdings nie eine besonders innige Beziehung gehabt. In ihren Augen war keine Frau gut genug für ihren einzigen Sohn, Lizzy inbegriffen.

Im Gegensatz zu seiner Mutter hatte Lizzy ihn verstanden. Sie konnte gut zuhören und war herzlich im Umgang mit jedem, den sie kannte. Jared konnte nie begreifen, warum seine Eltern nicht mit ihr warm geworden waren, aber inzwischen war es ihm egal. Das Handy summte immer noch. Er ignorierte den Anruf seiner Mutter und ging weiter. Er hatte ihr nichts zu sagen.

Er ging weiter. Sein Gesicht war eiskalt. *War Jimmy damals, als die Ermittlungen auf Hochtouren liefen, ebenfalls hier entlanggegangen? Wenn ja, was hatte er übersehen? Was war den Blicken der Ermittler entgangen?* Als Jared sich einen Weg durch das hohe Unkraut bahnte, kam er sich vor, als ob er bis zu den Knien im Treibsand versank. Er wollte unbedingt wissen, wie die Straße auf der anderen …

Ein Schrei riss ihn aus seinen Gedanken. Jeder Muskel in seinem Körper verkrampfte sich und versetzte ihn in höchste Alarmbereitschaft. Noch ein ohrenbetäubender Schrei, gefolgt von Gelächter – es waren Kinder, die im Park spielten. Er atmete tief durch.

Hatte Lizzy um Hilfe geschrien? Hätte er damals nur auf seine innere Stimme gehört und sie nach Hause begleitet. Er vergrub die Hände tief in den Taschen seiner Jacke.

Er musste wieder daran denken, wie unwohl sich Lizzy gefühlt hatte, wenn sie bei ihm zu Hause war und mitbekam, wie sein Vater seine Mutter herumkommandierte. Seine Mutter schien das nie zu stören, aber dafür Lizzy. Und ob Lizzy es wusste oder nicht, genau das war der Grund gewesen, warum er sie nicht gedrängt hatte, als sie in jener Nacht unbedingt alleine nach Hause gehen wollte. Er wollte nicht wie sein Vater sein.

Und jetzt war er dabei, auch noch jeglichen Respekt vor seiner Mutter zu verlieren. In all diesen Jahren war sie bei seinem Vater geblieben, aber warum? Wenn sie mit Dads Herrschsucht nicht zurechtkam, hätte sie ihm Paroli bieten müssen. Jared schüttelte den Kopf. Er konnte das jetzt wirklich nicht brauchen. Wie stellte sein Vater sich das nur vor … Mom so mir nichts, dir nichts eine Pistole an den Kopf zu halten?

Jared ging weiter und nahm sich vor, sich auf Lizzy zu konzentrieren. Sie hatte gesagt, sie hätte ihm verziehen. Aber würde er sich selbst jemals verzeihen können?

Mittwoch, 17. Februar 2010, 18:38 Uhr

Haley Hansen blickte auf, als sie hörte, wie ein Auto am Straßenrand zum Stehen kam. Sie saß auf der untersten Stufe einer Treppe und hatte die Arme um ihre Knie geschlungen. Ihre Schuhe waren durchlöchert und da sie heute Morgen das Haus ohne Socken verlassen hatte, waren ihre Zehen eiskalt.

Lizzy Gardner stieg aus und schlug die Wagentür zu. »Hayley!«, rief sie, sobald sie sie erkannte.

Hayley konnte kaum glauben, dass Lizzy Gardner sich an ihren Namen erinnerte. Das tat sonst niemand. Plötzlich schämte sie sich dafür, dass sie gekommen war. Sie wollte auf gar keinen Fall anderen zur Last fallen. Aber nachdem Brian und sein Kumpel ihr einen Besuch abgestattet hatten, hatte sie die Schule geschwänzt und war ziellos durch die Straßen gelaufen. Sie konnte sich nicht für die Idee begeistern, nach Hause zurückzukehren. Sie hatte mehrere Stunden damit verbracht, in einem Park im Stadtzentrum Leute zu beobachten. Als es ihr zu kalt wurde, machte sie sich auf den Weg ins Einkaufszentrum. Auf dem Weg dorthin hatte sie dann aber Lizzys Flyer in ihrer Gesäßtasche gefunden. Ehe sie sich versah, saß sie vor Lizzy Gardners Haus. Und jetzt fragte sie sich, warum. Wenn nicht einmal Gott ihr helfen konnte, konnte es keiner.

»Hayley, was machst du bei dieser Kälte hier draußen? Komm rein und wärm dich auf.«

Da Hayley nicht einfach ohne eine Erklärung wieder gehen wollte, stand sie auf und ging mit Lizzy die Treppe hoch. Dann sah sie die Beule in Lizzys Gesicht. »Was ist mit Ihrer Stirn passiert?«

»Ach, das ist halb so schlimm«, sagte Lizzy unbekümmert und schloss die Tür zu ihrer Wohnung auf.

Hayley musste nicht Klassenbeste sein – obwohl sie das fast war –, um zu kapieren, dass diese Frau nur nach außen hin so tat, als mache ihr die Verletzung nichts aus. Schließlich war sie Lizzy Gardner, Schutzengel der Kleinen und Schwachen.

Als die Tür aufging, fiel Hayley auf, dass Lizzy einen Augenblick zögerte, bevor sie ihren Gast hereinbat. Nachdem Lizzy eingetreten war, verriegelte sie die Tür, als ob sie sich vor sämtlichen Bösewichtern der Welt schützen wollte. Hayley fragte sich, ob all diese Schlösser Brian und seine Freunde davon abhalten würden, zu ihr ins Zimmer zu kommen. Wahrscheinlich nicht.

»Miau.«

»Das ist Maggie«, sagte Lizzy und bückte sich, um ihre Katze zu streicheln. »Ich glaube, sie hat Hunger. Warum kommst du nicht mit in die Küche und dann mache ich dir 'ne warme Suppe. Wo ist deine Jacke?«

»Ich hätte eigentlich nicht hierherkommen sollen«, sagte Hayley. »Ich hab heute Ihr Bild im Fernsehen gesehen. Die Nachrichtensprecherin hat gesagt, dass das FBI Sie bewacht.« Hayley bekam große Augen. »Stimmt das? Ist der Spinnenmann wirklich hinter Ihnen her?«

»Das glaube ich nicht«, sagte Lizzy. Sie öffnete einen Wandschrank im Flur, nahm eine Jacke heraus und hängte sie Hayley um die Schultern.

Hayley fror zu sehr, um Nein zu sagen, und schlüpfte in die dick gefütterten Ärmel. So wie sich Lizzy plötzlich versteift hatte, als sie den Spinnenmann erwähnte, war an der Sache wohl etwas dran. »Ich finde, das FBI sollte einen Lockvogel benutzen, um den Mörder zu fangen.«

Lizzy legte beide Hände auf Hayleys Schultern. »Du solltest dir über so was keine Gedanken machen. Außerdem finde ich es nicht gut, dass du nachts auf der Straße rumläufst. Das ist gefährlich.«

Bei Licht sah Lizzys Gesicht noch viel schlimmer aus. »Was ist wirklich mit Ihrem Gesicht passiert?«

Lizzy stemmte die Hände in die Hüften. »Ich war so dumm und bin einem Auto nachgerannt.«

»Ich dachte, so was machen nur Hunde.«

Ihre Blicke trafen sich und sie mussten beide lachen. Hayley mochte Lizzy. Es kam sonst nie vor, dass jemand ihren Sinn für Humor teilte.

»Na ja«, sagte Lizzy, »ich hab auch nie behauptet, dass ich die Hellste bin.«

Hayley sah Lizzy dabei zu, wie sie im Zimmer hin und her lief und dabei dekorative Kissen an ihren Platz rückte und Heizung und Fernseher einschaltete. »Mach es dir bequem. Ich füttere solange Maggie und koche dir eine Suppe. Die wird dich aufwärmen und dann können wir uns in Ruhe unterhalten.«

Lizzy verschwand in der Küche, machte Schubladen auf und zu, fütterte die Katze und öffnete eine Suppendose. Die Frau bewegte sich wie ein Tasmanischer Teufel. Hayley dachte, dass sie Lizzy eigentlich bei der Arbeit helfen sollte. Der Wille war da, aber aus irgendeinem Grund versagten ihre Beine den Dienst.

Hayley wandte ihre Aufmerksamkeit der Tür zu und inspizierte die vielen Schlösser und Riegel. Wie würde sie hier nur wieder rauskommen? Dabei musste sie unwillkürlich an Brian denken. Schlösser dieser Art waren für ihn kein Hindernis. Warum sollten sie es dann für sie sein? Seit wann besaß sie kein Selbstvertrauen mehr? Früher hatte sie immer geglaubt, dass sie alles erreichen konnte, was sie sich vornahm. Im Vergleich zu ihren Mitschülern war sie überdurchschnittlich intelligent. Sie gehörte zu den obersten zehn Prozent ihrer Klasse, und das, ohne sich sonderlich anzustrengen.

Innere Stärke. Diese Fähigkeit hatte sie früher besessen. Genauso wie Mut, Durchhaltevermögen und Unverwüstlichkeit. Ja, sicher, alle diese Eigenschaften brachten es auf den Punkt. Sie konnte all das abrufen, wenn es darauf ankam, sich einem Mann hinzugeben, der sich in das Gewand des Unrechts kleidete. Aber irgendwann und irgendwie hatte sie unter dem Vorwand, ihre Mutter zu »retten«, ihr Rückgrat verloren. *Und wofür? Ging es Mom jetzt etwa besser als früher?* Bei der Antwort wurde ihr übel.

»Die Suppe ist gleich fertig«, sagte Lizzy. Sie deutete mit der Hand in Richtung Wohnzimmer. »Mach es dir bequem. Ich zieh mich nur mal schnell um und dann können wir essen, okay?«

Hayley nickte. Es entging ihr nicht, dass Lizzy sich ihretwegen Sorgen machte ... mehr, als sie nach außen zeigte. Die arme Frau sah aus, als hätte sie einen schlimmen Tag gehabt, den sie sich aus Höflichkeit nicht anmerken lassen wollte. Kaum war Lizzy verschwunden, wandte Hayley sich in Richtung Ausgang. Sie hätte nicht vorbeikommen sollen. Lizzy hatte selbst genug Probleme.

Mittwoch, 17. Februar 2010, 19:09 Uhr

»Ich will dir nicht wehtun, das weißt du doch.«

Sophie saß auf dem Boden. Sie war am Oberkörper mit einem Klebeband an den Bettpfosten gefesselt. Ihre Augen waren fest geschlossen. Dicke Seile schlangen sich um Knöchel und Handgelenke. Er führte sie an den Seilenden herum oder zog sie ins Bad, wenn er sie hin und wieder säubern wollte.

»Komm schon, Sophie, mach die Augen auf. Schau mal, was ich dir mitgebracht habe.«

Nichts. Sie gab ihm nichts. Diese verwöhnte, arrogante Prinzessin kleidete sich gewöhnlich wie eine Nutte und fluchte wie ein Kutscher, aber heute zitterte und stotterte sie wie eine Achtjährige.

»Hör zu«, sagte er und setzte sich im Schneidersitz vor sie hin. »Wenn du deine Augen für ein paar Minuten aufmachst und mit mir redest, verschone ich dich heute Nacht mit meinen Tierchen, okay?«

Ihre Lippen zuckten und Tränen rannen ihr übers Gesicht, aber sonst konnte er ihr keine Reaktion entlocken.

»Wenn du nicht sofort deine Augen aufmachst, Sophie, dann muss ich dir die Augenlider abschneiden, damit sich diese Diskussion nicht ständig wiederholt.«

Sie riss die Augen auf und stieß einen Schrei aus. Er fuhr erschrocken zusammen. »Okay. Das ist schon besser.« Er rückte seine

Maske zurecht, damit sie ihm nicht so fest auf die Nase drückte. Dann lächelte er. »Darauf war ich jetzt nicht gefasst.«

Sie blinzelte.

Er zeigte mit dem Finger auf sie. »Lass sie auf, Sophie.«

Ihre Beine zitterten so sehr, dass die Knie buchstäblich aneinanderschlugen.

»Weißt du überhaupt, warum du hier bist, Sophie?«

Sie schüttelte schluchzend den Kopf.

»Hältst du dich für einen guten Menschen?«

Sie brachte ein kaum wahrnehmbares Nicken zustande.

Unglaublich. Jeder hielt sich für Mutter Theresa. Diesen Teenager-Gören war es egal, mit wie vielen Jungs sie es im Umkleideraum trieben. Sie kümmerten sich einen Dreck darum, ob sie klauten, Schimpfwörter verwendeten oder Drogen nahmen. Alle hielten sie sich für gute, anständige, respektvolle Menschen. Sogar die Freundinnen seiner Schwester hatten gedacht, sie wären ja so cool. Schon bevor sie ihn in den Keller gesperrt hatten, hatte er den Blick gehasst, mit dem ihn manche dieser Mädchen aus großen Augen neugierig anstarrten. Wie einen seltenen Vogel in einem Käfig.

»Hast du jemals deine Eltern angelogen?«

Sophie schüttelte den Kopf. Er musste darüber lachen. »Andere Frage. Hast du schon mal einen Jungen geküsst?«

Wieder schüttelte sie den Kopf.

Aber diesmal lachte er nicht. Sie war eine Lügnerin, genau wie alle anderen. Er konnte Lügner nicht ausstehen. Er hatte bereits den Lötkolben erhitzt und griffbereit auf einen Metallständer gelegt. Er musste nicht aufstehen. Er beugte sich lediglich ein wenig nach rechts, nahm das heiße Gerät und berührte mit der Spitze ihren Arm, bevor sie etwas sagen konnte.

Sie stieß einen Schrei aus und riss den Arm zurück, als hätte er ihr ein Auge ausgestochen. Mit einem höhnischen Grinsen fuchtelte er mit dem Lötkolben vor ihrem Gesicht herum.

»B-bitte hören Sie auf.«

Er riss überrascht die Augen auf. »Ach, sie kann ja auf einmal reden.«

»Erzähl mir doch mal, wie du das letzte Mal mit einem Jungen geflirtet, ihn ganz heiß gemacht und ihn dann wie einen Idioten im Regen stehen lassen hast. Erzähl mir davon, Sophie. Ich will Details.«

Ihr Mund blieb geschlossen.

Grinsend hielt er ihr den Lötkolben ans Bein, unterhalb des Knies. Sie trat um sich und schrie, aber er beugte sich weiter über sie und berührte ihr Fleisch, wo er nur konnte, obwohl sie wie ein Fisch zappelte. Der Geruch verbrannten Fleischs füllte seine Lungen und er bekam eine Erektion. Nach nur ein paar Minuten hörte sie zu zappeln auf, was ihm den ganzen Spaß verdarb.

»Okay, Sophie, du hast gewonnen. Ich bin jetzt fertig. Leider wirst du jetzt nicht die Überraschung zu sehen bekommen, die ich für dich geplant hatte. Aber weil ich dich irgendwie mag, Sophie, darfst du mir eine Frage stellen, bevor wir ein wenig spazieren fahren und ich dich gehen lasse.«

Zum ersten Mal seit mehreren Tagen hörte sie mit dem Schluchzen auf. Ihre Augen verrieten, dass sie Hoffnung schöpfte.

Er legte den Lötkolben zur Seite und verschränkte die Arme. »Wir gehen erst los, wenn du dir eine Frage überlegt hast.«

»Warum tun Sie mir das an?«

Er stand enttäuscht auf und klopfte den Staub von den Kleidern. Die Maske fühlte sich unbequem auf seinem Gesicht an und in seinem Schädel pochte es. »Weil du vulgär bist und keinen Respekt vor anderen Leuten hast, Sophie. Ich kannte mal ein paar Mädchen, die waren genauso wie du. Sie haben etwas getan, was sie nie hätten tun sollen.« Er verschränkte die Hände hinter dem Kopf und sah zur Decke empor. Dann holte er tief Luft und versuchte, die Bilder vor seinem inneren Auge zu löschen, aber es gelang ihm nicht. Er würde nie vergessen, was sie mit ihm gemacht hatten … nie und nimmer.

»Ich weiß, wer Sie sind«, sagte Sophie.

Diese Bemerkung weckte seine volle Aufmerksamkeit. Anscheinend hatte sein feiges Opfer doch Rückgrat. Er neigte den Kopf zur Seite. »Die Hellste bist du ja nicht gerade, oder, Sophie?«

Er eilte zur Kommode, nahm eine Rolle Klebeband und kehrte damit an ihre Seite zurück. Er riss mit den Zähnen ein Stück Klebeband ab, wischte ihr mit der Hand über den Mund und befestigte das Band auf ihren Lippen. Dann griff er wieder zum Lötkolben und drückte ihren Kopf gegen den Bettpfosten.

Es wurde Zeit, dass er Lizzy eine weitere Nachricht hinterließ.

Kapitel 17

Als sie in den Spiegel sah, fielen ihr die Blutergüsse ins Auge. Die lilafarbenen und blauen Flecken gingen ineinander über und erstreckten sich von den Rippen bis zu den Oberschenkeln.Lizzy durchwühlte die Schublade nach einem sauberen Hemd und dachte dabei an Hayley. Sie hatte eigentlich vorgehabt, dem Mädchen eine Decke um die Schultern zu legen und sie auf die Couch zu setzen. Aber Hayley hatte verstört dreingeschaut und Lizzy wollte sie nicht noch mehr ängstigen. Sie würde die Sache langsam angehen und das Mädchen erst eine warme Suppe essen lassen, bevor sie Fragen stellte. Hayley sah heute Abend irgendwie anders aus – erschöpft und labil, ganz und gar nicht wie das entschlossene, zähe Mädchen, das regelmäßig den Selbstverteidigungskurs besuchte.

Maggie schlang ihren langen Schwanz um eins von Lizzys Beinen. Lizzy bückte sich und streichelte sie. »Was ist los, Mieze? Magst du das neue Seafood Delight nicht?«

»Miau.«

»Tut mir leid, was anderes habe ich im Moment nicht.« Lizzy ging wieder in die Küche und band ihr Haar mit einem Gummiband zu einem Zopf. Jared würde bald kommen. Er hatte versprochen, zu kochen, und sie nahm an, dass es ihm nichts ausmachte, wenn noch jemand dabei war. Bis dahin würde Hayley mit einer warmen Suppe vorlieb nehmen müssen. »Ich hoffe, du magst Hühnersuppe mit Nudeln«, rief sie aus der Küche. Sie rührte die Suppe auf dem Herd kurz um und ging dann wieder ins Wohnzimmer.

Es war leer. »Hayley?«

Lizzy stemmte die Hände in die Hüften und sah sich um. Die Sicherheitsbolzen an der Tür waren unverschlossen. Sie machte die Tür auf und sah nach draußen. »Hayley?« Sie war weg. Verdammt. Lizzy lief in die Küche zurück, schaltete den Herd aus und griff dann nach ihrer Jacke und den Schlüsseln. Kurz darauf fuhr sie kreuz und quer durch das Wohnviertel und suchte nach Hayley, aber das Mädchen war verschwunden.

Eine Stunde später stand Lizzy über den Herd gebeugt und fragte sich, ob sie die Suppe alleine essen und dann ins Bett gehen sollte. Hayley war nicht wieder aufgetaucht und Jared versetzte sie. Die alte Wanduhr in der Küche schien sich über sie lustig zu machen. *Ticktack. Ticktack.* Das Geräusch des hin und her schwingenden Pendels wirkte normalerweise beruhigend auf sie, aber heute Abend schien sie der rhythmische Klang zu verspotten. Die Uhr schien ihr entweder sagen zu wollen, dass ihr die Zeit davonlief oder dass sie einfach nur töricht war.

Eigentlich sollte es ihr nichts ausmachen, dass Jared sich anscheinend verspätete. Das hier war kein Date. Sie wollten sich nur zusammensetzen und den Fall besprechen. Aber Lizzy hatte der Gedanke, auf einen Mann warten zu müssen, noch nie behagt – wenn sie es tat, kam sie sich verletzlich und bedürftig vor.

Sie schaltete den Herd genau in dem Augenblick aus, als es an der Tür klingelte. Lizzy ging gemächlich zum Eingang und schaute durch den Spion. Draußen stand Jared und wartete. Sein dichtes, gewelltes Haar war vom Wind zerzaust, was verdammt sexy aussah, und mit dem Dreitagebart wirkte er nicht wie ein FBI-Agent, sondern wie ein ganz normaler Mann. Die eng sitzenden Jeans und das blaue Hemd, das ihm unter dem offenen, wollenen kurzen Mantel über die Hose hing, standen ihm gut. In der einen Hand hielt er eine Tüte mit Lebensmitteln, in der anderen einen Blumenstrauß. Es waren Taglilien, ihre Lieblingsblumen.

Schmetterlinge flatterten in ihrem Bauch herum. *Sei doch nicht kindisch, Mädchen.* Sie traf sich doch nur mit einem alten Freund zum Abendessen. *Wem machte sie etwas vor?* Die Mascara, die sie auf ihre Wimpern aufgetragen hatte, und die Blumen in seiner Hand vermittelten einen ganz anderen Eindruck. Sie sah, wie sich sein Gesicht dem Spion näherte.

»Lässt du mich heute noch rein, Lizzy?«

Sie schmunzelte innerlich, entriegelte die Sicherheitsbolzen und machte die Tür auf. Er beugte sich vor und küsste sie auf die Wange, bevor er ihr die Blumen überreichte. »Entschuldige bitte die Verspätung.«

Er roch nach Seife und Sandelholz. Besser als die Blumen. Am liebsten hätte sie ihm die Arme um den Hals geschlungen, um ihm zu zeigen, wie sehr sie sich über seinen Besuch freute. Stattdessen hielt sie sich die Blumen wie einen schützenden Panzer vor die Brust.

»Nachdem ich heute Nachmittag von hier weggegangen bin, habe ich mich mit Jimmy und dem Rest der Ermittlergruppe getroffen.« Er hielt die Lebensmittel hoch. »Und dann war ich einkaufen.«

Eine Weile stand sie nur da und verschlang ihn mit den Augen. Sie wollte gar nicht daran denken, warum er wirklich hier war, sondern nichts weiter als den Augenblick genießen.

»Willst du mich nicht reinlassen?«

»Oh, tut mir leid.« Sie zog die Tür weiter auf und ließ ihn eintreten. Nachdem sie sie wieder mit den Sicherheitsbolzen verriegelt hatte, folgte sie ihm in die Küche und sah ihm zu, wie er die Lebensmittel aus der braunen Papiertüte nahm.

»Ich hoffe, du magst Lachs«, sagte er.

»Ich liebe Lachs.«

Er holte eine Packung geschnittene Pilze und zwei Köpfe Broccoli hervor. »Was sagst du zu Pilzen und Broccoli?«

»Es gibt nur wenige Gemüsesorten, bei denen ich die Nase rümpfe.«

»Nicht einmal Erbsen?«

»Ich liebe Erbsen.«

Er schnitt eine Grimasse.

Sie lachte. Es fühlte sich gut an.

Zuletzt holte er eine Schürze aus der Einkaufstüte. Er zog die Jacke aus und Lizzy hing sie in den Wandschrank im Flur. Als sie wieder zurückkam, zog er sich gerade die Schürze über den Kopf und band sie sich um die Hüften.

»Wow, du legst ja richtig los«, sagte Lizzy, ging um die Arbeitsplatte herum und holte eine Bratpfanne aus dem Schrank. »Ist die richtig?«

»Perfekt.« Er blickte sich suchend um. »Ich brauche noch ein Holzbrett und ein Messer, und dann kann's losgehen.«

Lizzy holte die benötigten Utensilien und legte sie neben die Pfanne.

Jared deutete auf die Suppe, die noch immer auf dem Herd stand. »Sieht ganz so aus, als wolltest du ohne mich essen.«

»Ich bekam unerwartet Besuch. Hayley, ein Mädchen aus meinem Selbstverteidigungskurs, ist vorbeigekommen. Leider hat sie sich wieder verkrümelt, bevor sie etwas gegessen hat und sich aufwärmen konnte.«

»Alles in Ordnung mit ihr?«

»Ich weiß nicht. Es sah nicht so aus. Ich hab sie mit dem Auto gesucht, aber sie war längst weg.«

»Weißt du, wo sie wohnt? Wir könnten hinfahren und nachsehen.«

Lizzy sah Jared nachdenklich an. Er war schon immer jemand gewesen, der sich um andere Menschen kümmerte, und genau das hatte ihr früher an ihm gefallen. »Der Name Hansen steht nicht im Telefonbuch. Ich teile zu Kursbeginn immer Broschüren und Anmeldeformulare aus, aber da muss man nur den Namen eintragen.«

Er nahm sie bei der Hand und führte sie zu dem Stuhl auf der anderen Seite der Arbeitsplatte. »Wir sollten dich erst mal aufpäppeln. Du siehst aus, als könntest du was zu essen vertragen ... danach können wir uns immer noch überlegen, was wir mit Hayley machen.«

»Soll ich dir nicht beim Kochen helfen?«

»Ruh dich lieber aus.« Er küsste die Beule auf ihrer Stirn.

»Autsch.«

»Tut mir leid.« Er trat wieder an den Herd und holte eine Flasche Cabernet aus seiner Tüte. Als Lizzy auf den Schrank deutete, in dem sie die Weingläser aufbewahrte, fiel ihr ein verschmierter schwarzer Fleck auf ihrem Finger auf. Mascara. »Bin gleich wieder da.«

Sie ging ins Bad und erschrak, als sie sich im Spiegel sah. Jared sah heute Abend wie ein männliches GQ-Model aus, während ihr Spiegelbild sie an den Kiemenmenschen in dem Horrorfilm-Klassiker *Der Schrecken vom Amazonas* erinnerte. Mit einem feuchten Tuch wischte sie die Wimperntusche unter ihren Augen weg und ging dann zurück in die Küche. Sie nahm das Weinglas entgegen, das Jared ihr anbot, und sagte: »Danke, dass du mir gesagt hast, dass ich wie ein Waschbär aussehe.«

»Ich dachte, du siehst süß aus.«

»Süß.« Sie schüttelte den Kopf. »Das ist der Grund, warum ich kein Make-up trage. Man verschwendet viel Zeit damit und es hält sowieso nicht.«

»Aber du hast dir die Zeit genommen, um es für mich aufzulegen. Ich fühle mich geschmeichelt.«

»Das brauchst du nicht. Schließlich ist das kein Date.«

Seine Augen funkelten im Schein des Neonlichts. »Ich könnte schwören, Lippenstift bei dir gesehen zu haben, als du mich reingelassen hast.«

»Dir entgeht aber auch gar nichts, oder, Shayne?«

»Wie ich dir schon gesagt habe ... nicht, wenn es sich um dich handelt, Lizzy.« Er trat nahe genug an sie heran, dass sie seine Körperwärme spüren konnte. Dieses alte, vertraute Knistern zwischen ihnen. All diese Jahre hatten sie sich nicht gesehen, aber wenn man sie zusammen in einen Raum steckte, fühlte es sich an wie damals in der Highschool. Als sie heute zusammen im Auto gesessen und darauf gewartet hatten, dass Valerie Hunt zum Mittagessen ging, hatte sie gespürt, wie sehr die Chemie zwischen ihnen stimmte, und jetzt war dieses Gefühl wieder da. Verdammt, jedes Mal, wenn Jared Shayne sich ihr bis auf wenige Meter näherte, wurde ihr ganz heiß. Die Zeit war allerdings nicht reif dafür, um ihre Beziehung wieder aufflammen zu lassen. Sie waren beide überarbeitet und erschöpft; außerdem hatten sie im Moment nicht den Kopf für eine Romanze frei. Aber das hielt Jared nicht davon ab, sich zu ihr herunterzubeugen. Gleichzeitig fand sie nichts dabei, ihren Kopf nach hinten zu neigen, bis ihre Lippen sich berührten. Sein Kuss fühlte sich warm und berauschend an. Er schmeckte wie erlesener Wein und das Beste, was das Leben zu bieten hatte.

Er begann, sie noch leidenschaftlicher zu küssen.

Lizzy schmiegte sich eng an seinen Körper.

Er nahm ihr das Glas aus der Hand und stellte es auf die Anrichte. Um nicht von seinem Körpergewicht erdrückt zu werden, wich sie ein paar Schritte zurück, bis sie mit dem Rücken am Kühlschrank lehnte.

Er strich ihr mit der Hand über den Arm und die Schulter. Sie zitterte vor Erregung. Dann brachte er seinen Mund ganz nah an ihr Ohr und flüsterte: »Ich habe dich vermisst, Lizzy.«

Das heiße Kribbeln zwischen ihren Beinen teilte ihr mit, dass dieses Gefühl auf Gegenseitigkeit beruhte. Sie ließ ihre Hand unter seine Schürze und über sein Hemd gleiten. Der weiche Baumwollstoff unter ihren Fingerspitzen fühlte sich ganz anders an als die harten Muskeln darunter.

Er packte sie mit beiden Händen fester am Hintern und drückte sie eng an sich. Ein Stöhnen der Begierde entwich ihren Lippen – die Art von Geräusch, die letztendlich dazu führt, dass man sich die Klamotten vom Leib reißt und heißen Sex miteinander hat. Das erinnerte sie an ihr erstes Mal … kurz bevor die Dunkelheit sie verschlungen hatte. Sie machte einen Rückzieher und holte tief Luft.

»Was ist los, Lizzy?«

Sie sah ihm tief in die Augen. Es wäre so einfach, sich in ihnen zu verlieren, sich von seinem Duft betören zu lassen, sich seinen Küssen hinzugeben. »Warum erst jetzt?«, fragte sie. »Nach all den Jahren, warum erst jetzt?«

»Weil ich ein Idiot bin.«

Vielleicht hätte seine Ehrlichkeit ihr ein Lächeln entlockt, wenn in diesem Augenblick nicht das Telefon geklingelt hätte. Das Geräusch ließ sie zusammenzucken. Sie folgte Jared zu dem schwarzen Kasten, der die Nummer des Anrufers zeigte. Ein kalter Schauer lief ihr über den Rücken. Sie wollte nicht rangehen, hatte aber keine andere Wahl. Als sie den Hörer abnahm und an ihr Ohr hielt, kreisten ihre Gedanken um Sophie. »Hallo.«

»Du hättest mich nicht anlügen sollen, Lizzy.« Der Synthesizer verzerrte seine Stimme und ließ sie kalt und roboterhaft klingen. »Jetzt muss ich dir eine Lektion erteilen.«

»Ist Sophie Madison bei Ihnen?«, wollte sie wissen.

»Ich stelle hier die Fragen, Lizzy. Wenn du die Wahrheit sagst, erfährst du es vielleicht von mir.«

Jared stand dicht neben ihr, um mithören zu können.

»Ist dein Freund bei dir, Lizzy?«

»Ich habe keinen Freund.«

Am anderen Ende ertönte ein Lachen, das wie ein schwerfälliger Husten klang. »Lass mich die Frage ein wenig umformulieren. Ist der Junge, mit dem du damals vor vierzehn Jahren gevögelt hast, bevor ich dich gefunden habe, gerade bei dir im Zimmer?«

Sie spürte, wie sich Jareds Haltung versteifte.

»Habe ich mich deutlich genug ausgedrückt, Lizzy? Kanntest du eigentlich seine Verlobte? Die Frau, die er deinetwegen verlassen hat? Die mit den goldenen Haaren und den schönen rosa Lippen. Wirklich eine hübsche Frau, und trotzdem hat er sie sitzen lassen, Lizzy. Dasselbe wird er am Ende auch mit dir machen. Er ist genau wie seine Mutter, diese Schlampe. Erst musst du sie knallen, dann lässt du sie fallen, das ist das Motto von Jared Shayne. Er sollte sich dafür schämen. Aber jetzt beantworte meine Frage. Ist dein Liebhaber gerade bei dir?«

Jareds Gesichtszüge verhärteten sich. Sie griff nach seiner Hand und drückte sie. Sie musste dafür sorgen, dass der Spinnenmann in der Leitung blieb. »Ja«, sagte sie ruhig. »Er ist bei mir. Haben Sie das Mädchen?«

»So schnell läuft das nicht, Lizzy. Ich habe dir erst eine Frage gestellt.«

Tief durchatmen, Lizzy, tief durchatmen.

»Liebst du mich immer noch mehr als deinen eigenen Vater? Ich will die Wahrheit hören, nichts als die Wahrheit.«

Sie wartete so lange wie möglich und hoffte, dass das rote Licht gleich blinken würde. Dann hätten sie ihn. »Nein«, sagte sie. »Nein, das tue ich nicht.«

»Sehr gut, Lizzy. Weißt du noch, was ich dir gesagt habe? Was ich mit dir machen würde, wenn du mich jemals hintergehst?«

Ihre Wut konnte nicht verhindern, dass Ekel sie durchfuhr. »Ja.«

»Braves Mädchen. Dann schieß los und frag mich was, Lizzy.«

»Ist Sophie Madison gerade bei Ihnen?«

»Ja, aber nicht mehr lange. Sie war ein äußerst böses Mädchen.«

»Sagen Sie mir, wo Sie sind. Lassen Sie sie frei. Nehmen Sie stattdessen mich. Ich tue, was auch immer Sie …«

Klick. Er hatte aufgelegt.

Sie sah Jared an. Keiner von ihnen sagte ein Wort. Das war auch nicht nötig. Sie hatte es nicht geschafft, ihn lange genug in der Leitung zu halten.

Mittwoch, 17. Februar 2010, 22:13

Der Wind peitschte den Regen gegen die Hecken und Büsche vor dem Haus, das er beobachtete, brach Äste und Rinde von Bäumen ab und fegte sie über die Straße.

Der Sturm hatte sich früher zusammengebraut, als der Wetterbericht vorausgesagt hatte. Er fragte sich, warum er überhaupt noch die Nachrichten anschaute, wenn die Wetterfrösche sowieso meistens falsch lagen. Aber wem machte er etwas vor? Er sah sich die Nachrichten wegen Nancy Moreno an. Die Moderatorin hatte dieses gewisse Etwas, das ihn faszinierte ... und das war genau der Grund, warum er sie auserkoren hatte, ihm zu helfen.

Zu behaupten, dass Moreno Fehler hatte, wäre eine Untertreibung. Sie war total kaputt. Es fing schon damit an, dass sie als kleines Mädchen sowohl von ihrem Vater als auch von einem Onkel vergewaltigt worden war. Sie ließ sich davon jedoch nicht zerstören, sondern benutzte diese schlimmen Erfahrungen dazu, stärker zu werden. Ihr Hochschulstudium schloss sie mit Bestnote ab. So wie er sie einschätzte, war Nancy eine Frau, die stets die Beste sein wollte. Außerdem war sie ein Kontroll-Freak. Er hätte große Lust, mit ihr ins Bett zu gehen, aber davor würde er sie erst zu einem eleganten Abendessen ausführen müssen. Bis jetzt hatte er noch nicht entschieden, ob es die Mühe wert war.

Obwohl sie psychisch kaputt war, wirkte Moreno nach außen hin stets makellos. Ihre Frisur saß immer perfekt, bis auf heute Morgen. Mit ein paar Telefonanrufen hatte er mehr bewirkt als der jahrelange sexuelle Missbrauch durch ihren Vater. Nur er brachte es fertig, eine nach außen hin gefestigte Frau wie Moreno völlig aus der Fassung zu bringen.

Er strich sich mit den Fingern über den falschen Kinnbart. Am liebsten würde er nach Hause gehen und sich die Perücke vom Kopf reißen, und den Schnurrbart gleich mit. Es machte ihm keinen Spaß mehr, sich hinter falschen Haaren und unbequemen Masken zu verstecken. Aber da er keine Lust hatte, in einer kalten und feuchten Zelle zu sitzen, fügte er sich in das Unvermeidliche.

Sein Blick blieb am Haus gegenüber haften. Sophie lag tot im Kofferraum. Sie hatte sich als nutzlos erwiesen – wie ein toter Fisch.

Nichts war mehr wie früher.

Er sah auf seine nagelneue Rolex Perpetual Sea-Dweller. Es war Zeit zu gehen. Bei dem Sauwetter konnte er nicht viel sehen. Außerdem musste er die Leiche entsorgen. Er griff zum Beifahrersitz hinüber und nahm seine Nikon. Bevor er losfuhr, wollte er noch ein letztes Bild machen. Er blickte durch den Sucher des Tele-

Objektivs, bis er in Brittany Warners Schlafzimmer sehen konnte. Dort brannte noch Licht. Normalerweise machte sie es nie vor elf Uhr aus. Die Silhouette des jungen Mädchens ging am Fenster vorbei. Der Anblick brachte sein Blut in Wallung. Ein paar Sekunden später kam sie zurück. Diesmal blieb sie direkt vor dem Fenster stehen. *Braves Mädchen.*

Klick. Klick. Klick.

Die Vorstellung, dass Lizzy Gardners Nichte ihn vielleicht beobachtete, jagte ihm einen wohligen Schauer über den Rücken. *Ja.* Er schloss die Augen und genoss das Gefühl. Vielleicht standen die Dinge ja doch nicht so schlecht.

Donnerstag, 18. Februar 2010, 2:35 Uhr

»Aufhören!«

Jared fuhr hoch und starrte in die Dunkelheit. Formen und Schatten, die ihm fremd waren, zeichneten sich vor seinen Augen ab. *Hatte er etwas gehört?*

Das einzige Geräusch kam vom Wind, der um das Haus wehte. Er brauchte ein paar Sekunden, bis ihm einfiel, dass er auf Lizzys Couch schlief. Nach dem Anruf hatte Lizzy keinen großen Appetit mehr gehabt – weder auf Essen noch auf Sex. Er machte ihr deswegen keine Vorwürfe. Sie hatten danach ein paar Stunden damit verbracht, noch einmal gründlich die Akten durchzugehen und sich Notizen zu machen.

Lizzy wollte nicht, dass er mit dem Auto heimfuhr, nachdem er eine Flasche Wein getrunken hatte. Aber sie war auch nicht dazu bereit, ihn in ihr Bett zu lassen. Er hatte kein Problem damit. Er wollte nur bei ihr sein und auf sie aufpassen.

»Nein, bitte nicht!«

Das war auf keinen Fall der Wind. Er sprang auf, rannte durch den Flur und riss Lizzys Schlafzimmertür auf. Sie hatte einen Alptraum. Er trat an ihr Bett und strich ihr die Haare aus dem Gesicht.

»Ich werde Sie nie verlassen«, sagte Lizzy im Schlaf. »Das verspreche ich. Aber bitte tun Sie ihr nichts. Ich mache alles, was Sie von mir verlangen, wenn Sie sie nur in Ruhe lassen.«

Die Verzweiflung in ihrer Stimme tat ihm in der Seele weh. »Lizzy, ich bin's, Jared. Wach auf.«

Lizzy streckte die Hände nach ihm aus und krallte sich an seinem Unterarm fest. »Sie hat genug gelitten«, schrie sie. »Sie weint nicht mit Absicht. Sie kann nur nicht anders … bitte, ich flehe Sie an, hören Sie auf.«

Jared griff nach der Lampe auf dem Nachttisch und knipste das Licht an. »Lizzy, wach auf.«

Sie riss die Augen auf. Ihr Atem ging stoßweise. »Jared? Gott sei Dank, du bist's.« Sie zog ihn gierig an sich und schlang ihm die Arme um den Hals. »Du bist gekommen. Ich wusste, dass du kommen würdest. Ich habe nie die Hoffnung aufgegeben.«

Er hatte sich noch nie so ratlos gefühlt. Sie schlief noch, aber zumindest wusste sie, dass er für sie da war.

»Ich bin's«, sagte er und rutschte neben sie aufs Bett. »Ich bin hier.«

Sie schmiegte sich eng an ihn und legte den Kopf in seine Armbeuge. Nach ein paar Minuten konnte sie wieder ruhig atmen. Er ließ das Licht an und blieb regungslos neben ihr liegen. Er strich ihr mit den Fingern durchs Haar und starrte dabei an die Decke. Sie hatte nicht gewollt, dass er heimfuhr, aber gleichzeitig war es ihr nicht recht gewesen, dass er die Nacht bei ihr verbrachte. Er hatte gewusst, dass sie etwas verbarg, aber er hätte nicht im Traum geahnt, dass sie jedes Mal, wenn sie die Augen schloss und schlief, die Schrecken der Vergangenheit aufs Neue erlebte.

Kapitel 18

Als Lizzy ins Büro kam, stellte sie zu ihrer Überraschung fest, dass Jessica bereits mit Eifer an der Arbeit war. »Sie sind früh dran.«

»Ich konnte nicht schlafen«, sagte Jessica, ohne den Blick von ihrem Laptop abzuwenden. »Ich muss ständig an diese Mädchen denken … vor allem an Sophie.«

Lizzy zwängte sich an Jessicas Stuhl vorbei, setzte sich an den Schreibtisch und schaltete ihren Computer ein. Eine Tasse heißer Kaffee wartete bereits auf sie. »Danke für den Kaffee.« Sie nippte daran. »Sie waren ja ganz schön fleißig, wie es scheint.«

Jessica ließ einen Haufen Notizen und Papiere auf Lizzys Schreibtisch fallen. »Möchten Sie sehen, was ich bis jetzt gefunden habe?«

Lizzy nippte wieder an ihrer Kaffeetasse und nickte.

»Wir haben vier Leichen. Alle wurden in der Nähe von Wasser entdeckt. Auf jeder fand man Spinnenbisse, Brandwunden und ein besonderes Zeichen das Mörders, das auf das jeweilige Opfer zugeschnitten war. Nehmen wir zum Beispiel das erste Opfer, das gefunden wurde, Jordan Marriott. Sie hatte braune Augen, war eine Tänzerin und wurde in einem Schwimmbad gefunden. Ihre

Eltern wollten nicht mit mir reden, aber ich konnte zwei ihrer engsten Freunde ausfindig machen. Beide stimmten darin überein, dass Jordan ein nettes Mädchen war, aber eine große Klappe hatte.«

Lizzy wollte etwas sagen, aber bevor sie ein Wort herausbrachte, hob Jessica die Hand. »Sie haben gesagt, ich soll jedes noch so kleine Detail über diese Mädchen herausfinden, und genau das habe ich getan. Je mehr wir über sie in Erfahrung bringen, desto mehr lernen wir vielleicht auch über den Spinnenmann.«

Lizzy war beeindruckt. Sie ließ Jessica weiterreden.

»Jordan hatte offenbar die Angewohnheit, anderen Leuten zu sagen, was sie von ihnen hielt – ohne ein Blatt vor den Mund zu nehmen. Ihre Freunde meinten, dass sie damit manchmal zu weit ging. Sie war dafür berüchtigt, dass sie manchmal ihre Mutter in aller Öffentlichkeit bloßgestellt hat. Wie Sie vielleicht noch wissen, war Jordan das Mädchen, das man mit einem Stück Seife im Rachen gefunden hat. Außerdem wurden ihre Augen mit Säure verätzt.«

»Das nächste Opfer war Laney Monroe«, fuhr Jessica ohne Unterbrechung fort. »Die Einzige mit blauen Augen. Aber wissen Sie was? Sie trug Kontaktlinsen.«

»Echt?« Lizzy war verblüfft.

»Raten Sie mal, was ihre richtige Augenfarbe war?«

»Braun.«

»Ganz genau. Braun. Laney hat man am Ufer des American River gefunden, kurz bevor er in den Sacramento River mündet. Laneys Lehrer und ein paar Jungs, die mit ihr befreundet waren, haben mir erzählt, sie wäre unbekümmert und umgänglich gewesen. Selbst ihre Nachbarn erinnern sich noch an sie, und das nach vierzehn Jahren. Auch sie hatten über Laney nur Gutes zu berichten. Sie war äußerst beliebt gewesen. Aber ihr Mörder hat, aus welchen Gründen auch immer, ihre Genitalien auf grausamste Weise verstümmelt. Vergewaltigt hat er sie jedoch nicht.«

Lizzy war bis jetzt beeindruckt von dem, was Jessica herausgefunden hatte. »Was meinen Sie, was das zu bedeuten hat?«

»Ich bin mir nicht sicher, aber ein paar ihrer Freunde haben angedeutet, dass sie wegen ihrer extremen Beliebtheit manchmal über die Stränge geschlagen hat. Ich glaube, der Spinnenmann wusste, dass sie ein bisschen zu locker im Umgang mit Jungs war, und das hat ihm nicht gefallen.«

»Okay, das ist eine interessante Überlegung. Fahren Sie fort.«

»Das dritte Opfer war Mandy Rocha. Sechzehn Jahre alt, braune Augen. Sie war Präsidentin ihres Jahrgangs und hatte eine führende Position in der Schülermitverwaltung inne, sowie in einem Viertel der Clubs an ihrer Schule. So was ist äußerst selten. Mandys Leiche wurde in der Nähe des Folsom Lake entdeckt. Zwar hatten sämtliche Opfer Brandwunden, aber im Gegensatz zu den anderen waren bei Mandy die Arme und Beine mit Verletzungen übersät, die von Zigaretten herrührten. Raten Sie mal, was für ein Laster sie hatte?«

»Sie hat geraucht?«

»Genau. Zigaretten, und das nicht zu knapp. Sämtliche Leute aus ihrem Bekanntenkreis, mit denen ich gesprochen habe, versicherten mir, Mandy habe geraucht, solange sie zurückdenken konnten. Zum Zeitpunkt ihrer Entführung rauchte sie eine Schachtel am Tag. Außerdem hat sie sich an Wochenenden unerlaubt von zu Hause entfernt und sich mit Freunden getroffen, meistens Jungs.«

Lizzy betrachtete Jessica mit einer bisher nicht gekannten Faszination. Das Mädchen war clever und schien ein Talent für die Arbeit eines Ermittlers zu haben. Wer hätte das gedacht?

Jessica überflog ihre Notizen. »Das letzte uns bekannte Opfer war Rachel Foster. Ihre Leiche wurde ebenfalls in der Nähe des American River gefunden, ein paar Kilometer von Laney Monroes Fundort entfernt. In Rachels Augen steckten Spritzen. Ihre Eltern wohnen jetzt woanders, aber ich konnte Ryan Arnold ausfindig machen. Er ist Rechtsanwalt und war zum Zeitpunkt von Rachels Verschwinden ihr fester Freund. Er hat mir erzählt, Rachel hätte damals Drogen genommen. Heroin mochte sie besonders. Ryan hat eigene Nachforschungen in dem Fall angestellt und mir einen Artikel gefaxt, den Gregory O'Guinn, ein pensionierter FBI-Agent, geschrieben hat.«

Lizzy nickte nachdenklich und ließ Jessica zu Ende berichten.

Jessica hielt ein Blatt Papier hoch. »Ich habe hier eine Kopie dieses Artikels. Mr. O'Guinn hat zwanzig Jahre lang Täterprofile von Serienmördern erstellt. Er bezeichnet den Spinnenmann als einen Außenseiter, einer, der sich unzulänglich fühlt. Der Spinnenmann hatte das Bedürfnis, andere Menschen zu kontrollieren, um sein Selbstwertgefühl zu verbessern. Er hat junge Mädchen entführt, weil diese sich nicht so gut wehren konnten. Aber ich bin mir da nicht so sicher«, sagte Jessica und legte eine Pause ein. »Wenn man sich diese vier Mädchen anschaut, fällt einem ein Muster auf. Anscheinend glaubte der Spinnenmann, er hätte der Gesellschaft einen Gefallen getan, indem er sie beseitigte: Teenager, die keinen Respekt vor ihren Eltern hatten, die geraucht und Drogen genommen haben oder früh Sex hatten.«

»Das trifft auf die meisten Teenager zu.«

»Richtig, und genau das ist der Grund, warum ich gestern Nacht nicht schlafen konnte. Wenn ich der Mörder wäre, wüsste ich nur dann, welche Mädchen wirklich *verdorben* sind, wenn ich sie von irgendwoher kennen würde oder hin und wieder mit ihnen zu tun hätte. Das heißt …«

»Er kannte diese Mädchen«, fiel Lizzy ihr ins Wort. »Er ist Ihnen oft genug begegnet, um zu dem Schluss zu kommen, dass sie Problemkinder waren. Und wer käme für so etwas infrage?«

»Nachhilfelehrer, Lehrer, Trainer, Zahnärzte …«

»Und Ärzte«, vollendete Lizzy den Satz.

Jessica bekam große Augen. »Aber der Spinnenmann hat sich auch Mädchen mit braunen Augen ausgesucht.«

»Das macht die Sache für ihn persönlich«, sagte Lizzy.

»Ja, Teenager mit braunen Augen haben ihn anscheinend an jemanden erinnert.«

»Vielleicht hatte er mal eine Freundin, auf die diese Beschreibung passt, und sie hat mit ihm Schluss gemacht. Oder es ist dieses alte Hass-auf-die-eigene-Mutter-Thema und die Mutter des Mörders hatte braune Augen.«

Lizzy fiel wieder ein, was Jared gesagt hatte. »Wenn wir uns auf braunäugige Mädchen konzentrieren, hilft uns das noch lange nicht, Sophie zu finden.«

»Da haben Sie recht«, pflichtete Jessica ihr bei. »Aber ich frage mich trotzdem, ob der Mörder vielleicht ein Augenarzt ist.«

Lizzy zeigte mit dem Finger auf Jessica. »Da ist womöglich was dran. Zumindest ist es einen Versuch wert. Wir überprüfen jeden Augenarzt, bei dem die Mädchen schon mal waren, egal ob in der Schule oder außerhalb.« Lizzy machte sich eine Notiz auf einem Block neben ihrem Computer. »Und womit erklären Sie sich seine Faszination für Wasser? Warum lässte er alle seine Opfer in der Nähe von Wasser zurück?«

»Ich bin mir nicht sicher. Sein offensichtliches Interesse an Wasser bringt mich ein wenig aus dem Konzept. Wobei ich schon glaube, dass es einen Sinn ergibt, die Leichen in der Nähe von Wasser zu entsorgen. Zumindest wenn er möchte, dass seine Opfer schnell entdeckt werden, bevor die Natur ihren Lauf nimmt und ihm die Show stiehlt.«

»Nicht schlecht. Wenn es ihm darum gegangen wäre, Beweismaterial zu vernichten, hätte er die Leichen irgendwo im Wald oder in den Bergen vergraben.«

»Noch etwas«, sagte Jessica. »Jedes Mädchen, das der Spinnenmann sich zum Opfer auserkoren hat, war beliebt. Ich meine damit nicht nur, dass andere sie mochten. Ich meine populär mit großem P. Cheerleader, überdurchschnittliche Schülerinnen, und so weiter.«

»Er hat es also auf beliebte Mädchen mit braunen Augen abgesehen«, sagte Lizzy. »Und auf solche, die irgendeinem Laster frönen, ob es jetzt Sex, Drogen oder Zigaretten sind.«

Jessica nickte. »Ich frage mich, ob es in der Vergangenheit des Spinnenmanns etwas gab, das sein Verlangen zu töten ausgelöst hat. Es ist allgemein bekannt, dass einige Serienkiller bei einem bestimmten Opfertyp ausrasten. Ed Gein fühlte sich von Frauen mittleren Alters provoziert, die seiner Mutter ähnlich sahen. Ted

Bundy suchte sich Frauen mit ganz bestimmten körperlichen Merkmalen aus, nämlich junge Studentinnen mit langen braunen Haaren und Mittelscheitel. Wahrscheinlich gibt es einen auslösenden Faktor. Es muss etwas passiert sein, das den Spinnenmann ausrasten ließ. Wenn das der Fall ist, wo war der Typ die ganze Zeit, und was ist passiert, dass er von Neuem ausgerastet ist?«

»Sie haben sich wohl intensiv mit Serienmördern beschäftigt?«

Jessica nickte. »Ich habe daran gedacht, eines Tages Profilerin zu werden. Aber je mehr ich lerne, desto mehr wird mir klar, warum Sigmund Freud es aufgegeben hat, menschliches Handeln verstehen zu wollen.«

»Ich glaube, Sie würden eine tolle Profilerin abgeben.« Lizzy griff in ihre Jackentasche und zog das Notizbuch hervor, das Jared ihr am Tag zuvor gegeben hatte. »Ich finde, es wird Zeit, dass wir uns auf die Mädchen konzentrieren, die im gleichen Zeitraum verschwunden sind, und dabei darauf achten, ob wir noch weitere gemeinsame Merkmale finden: braune Augen, beliebt und so weiter. Wir müssen von vorne anfangen und so tun, als ob diese Verbrechen erst gestern geschehen sind. Fangen wir mit sämtlichen Ärzten an, die diese Mädchen jemals aufgesucht haben.«

Donnerstag, 18. Februar 2010, 10:33 Uhr

Zwanzig Minuten, nachdem Jimmy ihn angerufen hatte, parkte Jared an der Hazel Road vor dem Wagen seines Vorgesetzten und stellte den Motor ab. Die Stelle lag etwa achthundert Meter von der Auffahrt zum Freeway entfernt. Eine große Anzahl Streifenwagen mit rotierendem Blaulicht und drei Zivilfahrzeuge standen dort fein säuberlich in Reih und Glied am Straßenrand.

Jared stieg aus und folgte dem Absperrband, das vom Straßenrand einen schlammigen Abhang hinunter bis zum Flussufer verlief. Jimmy war bereits dort unten und gab lautstark Befehle von sich. Ihm ging es darum, beim Sichern des Tatorts keine Zeit zu verlieren. Jared arbeitete jetzt schon seit drei Jahren mit Jimmy zusammen. Obwohl sein Vorgesetzter die Persönlichkeit eines Steins hatte, empfand er eindeutig eine große Leidenschaft für seinen Job, was sich in seinen strahlenden Augen und seinem stolzen Gang zeigte.

Jimmy hatte bereits dafür gesorgt, dass ein Videofilmer am Tatort eingetroffen war. Ein Praktikant, ausgerüstet mit Kamera und einem Klemmbrett, folgte Jimmy wie ein Hund seinem Herrchen. Der junge Mann hatte sich die Videokamera um die Schulter gehängt und machte sich umfangreiche Notizen, angefangen bei den Wetterverhältnissen bis zu den Namen und Titeln von sämtlichen Anwesenden am Tatort.

Jared erkannte Joey Ritton, den Kriminaltechniker, der im Haus der Madisons die Schuhabdrücke genommen hatte. Rittons Assistent hielt ein Lineal neben einen Schuhabdruck im Schlamm und machte ein Foto. Als Nächstes platzierte Ritton einen Metallrahmen um den Abdruck und goss dann vorsichtig Hartgips hinein.

Jared setzte seinen Rundgang fort und ging, immer dem Absperrband folgend, einen Trampelpfad entlang, der zum American River Parkway führte. In den Wintermonaten standen hier mit Stulpenstiefeln und Westen bekleidete Angler Schulter an Schulter im Wasser und warteten darauf, dass Lachse anbissen.

»Der Regen letzte Nacht hat uns die Arbeit nicht gerade erleichtert«, sagte Jimmy zu Jared, als er ihn auf sich zukommen sah. »Ein bisschen Glück könnte uns jetzt nicht schaden.«

»Was ist mit Waffen?«, fragte Jared.

»Bis jetzt wurden keine gefunden. Die Schuhabdrücke sind momentan unser bestes Beweismittel. Allerdings hat der Mörder uns eine weitere Nachricht hinterlassen.«

Jared sah, wie zwei Kriminaltechniker ein paar Meter hinter Jimmy die Leiche mit UV-Lampen nach Fasern und Haaren absuchten, bevor sie sie ins Kriminallabor brachten, wo man sie einer weiteren gründlichen Untersuchung unterziehen würde.

Ein kalter Windstoß pfiff Jared um die Ohren, als er mit Jimmy zur Leiche ging. »Wo ist die Nachricht?«

»Das wirst du schon sehen.«

Als Jared näher kam und das tote Mädchen sah, holte er tief Luft. Es war Sophie. Er erkannte sie von den Fotos. Die Locken fielen ihr in die Stirn, aber der Rest ihrer Haare war unregelmäßig abgeschnitten worden, genau wie Lizzy es geschildert hatte. Von dort, wo er stand, fielen Jared Brand- und Stichwunden an Armen und Beinen auf. »Hat da jemand brennende Zigaretten auf ihr ausgedrückt?«

»Wir vermuten, dass diese Verletzungen von einem Lötkolben oder so was in der Art stammen«, sagte einer der Techniker. »Aber wir wollen uns nicht festlegen, bevor nicht der Rechtsmediziner die Leiche untersucht hat.«

»Jede Menge Schrammen und Schnittverletzungen«, fügte seine Kollegin hinzu. Sie war gerade damit beschäftigt, die Tote nach losen Fasern abzusuchen, bevor sie in den Leichensack kam.

»Wurde sie gewürgt?«, wollte Jimmy wissen.

Der Kriminaltechniker schüttelte den Kopf. »Wir konnten an ihrem Hals keine Würgemale erkennen. Unter uns gesagt, glaube ich nicht, dass das Opfer länger als vierundzwanzig Stunden tot ist. Die Augen sind klar und am Körper gibt es keine ausgeprägten Schwellungen. Aber wie gesagt, um den Todeszeitpunkt zu ermitteln, muss der Rechtsmediziner erst den Mageninhalt untersuchen.«

»Die Leiche sieht aus, als wurde sie bewusst an diesem Ort platziert«, sagte Jimmy zu Jared.

»Du willst also damit sagen, dass die Leiche nicht zufällig hier angeschwemmt wurde. Du meinst, der Mörder kam diesen Pfad entlang«, sagte Jared und deutete in Richtung der schlammigen Böschung, die er gerade heruntergekommen war, »und er hat die Leiche dort hingelegt, weil er wollte, dass wir sie finden?«

Jimmy rieb sich den Nacken. »Sieht ganz so aus. Die Beine hingen im Wasser, und der Oberkörper war zwischen den Felsblöcken eingeklemmt. Ja, ich glaube, unser Freund wusste genau, was er tat. Die Art und Weise, wie er die Leiche platziert hat, passt zur Vorgehensweise des Spinnenmanns.«

»Wie viele seiner Opfer hat der Spinnenmann erwürgt?«

»Dieses hier jedenfalls nicht«, sagte die Kriminaltechnikerin. »Allerdings will ich zum jetzigen Zeitpunkt noch nichts ausschließen. Anhand unserer bisherigen Untersuchungsergebnisse würde ich auf Tod durch Schock tippen.«

»Was ist mit ihren Sachen?«, fragte Jared. An der Kleidung eines Opfers fanden sich in der Regel die meisten Spuren.

Die Kriminaltechniker schüttelten den Kopf.

»Das Mädchen hatte keinen Fetzen am Leib«, antwortete Jimmy, bevor der Videofilmer nach ihm rief. »Zeigen Sie ihm die Nachricht«, sagte Jimmy im Weggehen zu der Kriminaltechnikerin.

Jared blickte auf Sophie hinab.

Die Frau strich dem toten Mädchen die Locken aus der Stirn.

»Ach du Scheiße.«

»Ja«, sagte sie, »genau das habe ich auch gedacht, als ich es zum ersten Mal gesehen habe.«

Auf Sophies Stirn hatte jemand in Großbuchstaben die Worte *LIZZYS SCHULD* eingebrannt.

Die Kriminaltechnikerin zog die Hand weg und die Locken fielen wieder in ihre Stirn. Ihr Kollege legte Sophie in den Leichensack und zog, beginnend an ihren Füßen, den Reißverschluss zu. Die Bisswunden an den Knöcheln des Mädchens sahen aus wie jene, die man an den anderen Opfern des Spinnenmanns gefunden hatte.

Jared bückte sich, um besser sehen zu können. Sophies Oberlippe war geschwollen. In der Mitte befanden sich zwei winzige Schnitte. »Was ist mit dem Mund?«

Der Techniker zog den Reißverschluss bis zu Sophies Hals hoch. Dann griff er in seine Tasche und holte aus einem Plastikbeutel einen Zungenspatel hervor. Er hob damit die Oberlippe gerade weit genug an, dass eine Reihe makelloser Zähne sichtbar wurde. »Keine Zahnverletzungen«, sagte er. »Und keine Blutungen. Schwer zu sagen.«

»Okay, danke«, sagte Jared und machte sich auf den Rückweg. Als er den Pfad entlangging, wurde ihm schlecht. Er hatte schon mit entsetzlicheren Fällen zu tun gehabt, aber mit keinem, bei denen das Opfer so jung wie Sophie war.

Kapitel 19

Gestern hatte Valerie Hunt einen Tweed-Bleistiftrock und eine dazu passende Jacke getragen. Ihr pechschwarzes Haar hatte sie auf dem Hinterkopf zu einem strengen Knoten zusammengebunden. Heute trug sie eine gut geschnittene, schwarz gestrickte Hose und eine doppelreihige Jacke mit Karomuster.

Lizzy kurbelte das Fenster herunter, stellte das Teleobjektiv an ihrer Kamera ein und machte schnell ein paar Fotos. Valeries langes, welliges Haar fiel ihr auf den Rücken herab und wehte im Wind, als sie über die Straße zu ihrem Wagen rannte.

Lizzy legte die Kamera auf den Beifahrersitz, ließ den Motor an und wartete. Einen Augenblick später fuhr sie Valeries schwarzem Toyota Camry auf der Sunrise Avenue hinterher.

Während der nächsten zehn Minuten blieb sie ein paar Wagenlängen hinter dem Camry. *Wer war diese Frau? Und was noch wichtiger war, wer war Victor?* Wenn Valerie wirklich seine Frau war, hatte er sie zur Rede gestellt, bevor er beschlossen hatte, einen Privatdetektiv zu beauftragen? Hatte er zuerst versucht, die Wogen zu glätten? Lizzy musste plötzlich an Jared denken, und daran, dass sie sich ihm gegenüber letzte Nacht abweisend verhalten hatte. Als sie sich für einen kurzen Augenblick küssten, hatte sie sich lebendig gefühlt. Aber leider hatte der Kuss die Erinnerung an jene Nacht geweckt, in der sich ihr Glück in puren Terror verwandelt hatte.

Ihre Hände verkrampften sich um das Lenkrad.

Reiß dich zusammen, Lizzy.

Noch bevor der Spinnenmann wieder in ihr Leben getreten war, hatte sie sich stets verhalten, als ob er sich in unmittelbarer Nähe befand und sie durchs Fenster beobachtete. Sie hatte zugelassen, dass er ihr Leben ruinierte, indem sie pausenlos an ihn dachte.

Sie hatte es satt, sich zu verstecken.

Sie musste in die Zukunft blicken und die Vergangenheit ruhen lassen. Sie dachte wieder an Jared und fragte sich, ob aus ihnen beiden etwas werden könnte. Wenn sie aus dieser Sache als ein besserer und stärkerer Mensch hervorging, wenn sie nachts durchschlafen konnte, anstatt jedes Mal schweißgebadet aufzuwachen, könnte es dann vielleicht zwischen ihnen klappen? Jared Shayne war ein toller Mann und dazu der liebenswürdigste, den sie je gekannt hatte. Sie war sich zwar nicht sicher, ob jetzt der richtige Moment war, um ihm wieder näherzukommen, wollte sich aber eine zweite Chance nicht verbauen.

Eine neue Entschlossenheit ergriff von ihr Besitz. Sie würde nicht zulassen, dass der Spinnenmann ihr weiterhin das Leben zur Hölle machte. Es war höchste Zeit, dass sich das Blatt wendete und er derjenige war, der in ständiger Angst vor unsichtbaren Verfolgern leben musste.

Ein silberner Honda überholte sie und drängte sich in die Lücke vor ihr. Dadurch verlor sie den Camry aus den Augen. Sie wechselte auf die Überholspur und gab Gas. Aus dem Augenwinkel sah sie, dass der Camry nach rechts abbog. Lizzy preschte an dem Honda vorbei, riss das Steuer scharf nach rechts und schoss in den Folsom Boulevard. Gerade noch rechtzeitig sah sie, wie der Camry nach links in den East Point Drive verschwand. Lizzy holte auf und folgte Valerie auf den Parkplatz eines Hotels.

Sie sah, wie Valerie vor dem Hoteleingang hielt, den Wagen verließ und die Schlüssel einem Angestellten gab.

Lizzy fuhr am Hotel vorbei und steuerte auf den öffentlichen Parkplatz zu. Sie hatte nicht vor, das Foyer zu betreten. Wenn sie Valerie folgte, riskierte sie aufzufliegen. Jeder Anfänger in diesem Geschäft wusste, dass die Zielperson denjenigen, der sie beschattete, nicht sehen durfte.

Sie tippte mit einem Finger auf das Lenkrad.

Scheiß drauf.

Sie bog in die erste freie Parklücke. Eine innere Stimme warnte sie: »Neugier ist der Katze Tod.« Es war ihr egal. Sie schaltete den Motor ab, stieg aus und eilte zum hinteren Ende des Wagens. Dort öffnete sie den Kofferraum und schnappte sich eine bis zu den Knien reichende Jacke, die sie für genau diesen Zweck dabeihatte. Dann wickelte sie sich einen Schal um den Kopf und ging auf den Hoteleingang zu. Es war zwanzig nach zwölf. Wenn sie Glück hatte, war Valerie in der Hotelbar oder im Restaurant. Wenn nicht, würde sie sich einfach ins Foyer setzen, bis ihre Stunde um war, und dann Feierabend machen.

Wie vereinbart, hatte ein Fahrradkurier gestern Nachmittag die gesamte Summe von dreitausend Dollar in bar vorbeigebracht. Leider war der Mann, den Jared geschickt hatte, zu spät eingetroffen, um noch von Nutzen zu sein. Wie Jessica später mitteilte, hatte der Kurier keine Uniform getragen, sondern nur Jeans und ein langärmeliges Sweatshirt. Das Fahrrad, mit dem er gekommen war, hatte er an ein Gebäude einen Block weiter gelehnt. Er händigte Jessica einen Umschlag aus und verschwand auch schon wieder, bevor sie ihm ein Trinkgeld geben oder ihn fragen konnte, wer ihm den Auftrag erteilt hatte. Aber Jessica war ein cleveres Mädchen und hatte, als der Kurier davoneilte, mit ihrem Handy ein paar Fotos von ihm gemacht. Lizzy und Jessica luden die Bilder auf Lizzys Computer herunter und vergrößerten sie. Dabei fiel ihnen ein Aufkleber mit einem Logo des Consumnes River College auf der Rückseite seines Fahrradhelms auf.

Als Lizzy über den Parkplatz lief, wehte ihr ein Windstoß beinahe den Schal vom Kopf. Ein silberner BMW hielt vor dem Hoteleingang und verdeckte ihr die Sicht auf das Foyer. *Geh mir aus dem Weg, Sportsfreund.*

Ein Mann in einem dunklen Anzug stieg aus und gab einem Angestellten die Schlüssel. Lizzy brauchte ein paar Sekunden, bis sie ihn erkannte. Sie erschrak so sehr, dass sie abrupt auf dem Absatz kehrtmachte. Sie zog sich den Schal fester ums Gesicht und bemühte sich, auf dem Rückweg zu ihrem Auto ein gleichmäßiges Tempo zu halten.

Bloß nicht rennen. Ganz normal gehen. Nicht auffallen. Tief durchatmen.

Aus Angst, dass er ihr Auto erkennen würde, falls er in ihre Richtung blickte, ging Lizzy stattdessen zu einem grauen Toyota Prius. Sie tat so, als suche sie ihre Schlüssel, und warf einen schnellen Blick über ihre Schulter. Er war weg. Ein Hotelangesteller stieg in den BMW und verschwand hinter dem Gebäude. Lizzy rannte zu ihrem Wagen zurück, warf die Jacke und den Schal auf den Rücksitz und rutschte hinter das Steuer.

Sie stützte die Stirn aufs Lenkrad. *Was zum Teufel machte Richard hier?*

Leider wusste sie nur allzu gut, was ihr Schwager hier machte. Zusammen mit Jared war sie Valerie gestern zur Kanzlei Seacrest and Associates gefolgt, wo Richard arbeitete. Obwohl ihr dieser Umstand nicht entgangen war, hatte Lizzy keinen Augenblick daran gedacht, dass zwischen ihrem Schwager und Valerie Hunt möglicherweise etwas lief. Was zum Teufel ging hier vor?

Als Lizzy Jared gegenüber erwähnte, dass Valerie das Gebäude betreten hatte, in dem sich Richards Arbeitsplatz befand, hatte dieser unumwunden gefragt, ob die beiden etwas miteinander hatten. Lizzy hatte darüber nur gelacht. Richard Warner, der Mann ihrer Schwester, war ungefähr so romantisch wie ein Stück Holz und so umgänglich wie ein Troll.

Aber jetzt machte sich Unbehagen in Lizzy breit und ihre Spekulationen liefen auf Hochtouren. Sie riss ihr Handy an sich, ignorierte das Blinksignal, das eine Nachricht auf ihrer Mailbox ankündigte, und rief ihre Schwester an. Cathy nahm beim zweiten Läuten ab. »Hi, ich bin's … Lizzy.«

Das Seufzen ihrer Schwester am anderen Ende war laut und deutlich. Sie hatte eindeutig keine Lust auf eine Versöhnung.

»Mir tut das alles so leid«, platzte es aus Lizzy heraus. Sie redete schnell, wie immer, wenn sie nervös war. »Du hast mich die ganzen Jahre immer unterstützt und aufgebaut und …«

»Bist du immer noch hinter diesem Irren her?«

»Ehrlich gesagt, fehlt mir dafür gerade die Zeit«, log sie. »Ich arbeite an meinem ersten Seitensprung-Fall, und dafür gehen meine ganze Zeit und Energie drauf.« Cathy brauchte ja nicht zu wissen, dass »der Irre« erst gestern Nacht wieder bei ihr angerufen hatte. Es gab viele Dinge, die ihre Schwester nicht zu wissen brauchte. Aber Lizzy verspürte das Bedürfnis, mit ihr zu reden und ihre Stimme zu hören. Seitdem ihre Mutter weggezogen war und ihr Vater nichts mehr mit ihr zu tun haben wollte, war Cathy die einzige Familienangehörige, zu der sie noch Kontakt hatte. Und natürlich Brittany.

»Ich dachte, Seitensprünge interessieren dich nicht?«

»Haben sie bisher auch nicht. Aber dann ist dieser Typ namens Victor aufgetaucht und hat mir dreitausend Dollar dafür geboten, dass ich seine Frau zwei Wochen lang observiere.«

Es verging eine Weile, bevor Cathy sagte: »Wow. Ich glaube, ich hätte diesen Auftrag auch angenommen.«

Etwas von der Anspannung wich von Lizzys Schultern und ihrem Nacken. »Na ja, ich hab dann hier in meinem Auto gesessen und gewartet, bis die Frau zurückkommt, und da musste ich an dich und Brittany denken. Ich hab euch zwar erst vor drei Tagen gesehen, aber trotzdem vermisse ich euch schon.«

»Ich vermisse dich auch, Lizzy. Aber solange du vom Spinnenmann besessen bist, einem Mann, der es fast geschafft hat, uns allen das Leben zu ruinieren, muss ich tun, was für Brittany am besten ist.«

»Ich verstehe. Wie geht es ihr?«

»Ich kann es kaum fassen, dass sie bald fünfzehn wird.«

»Unglaublich.« Lizzy schloss die Augen. Cathy würde völlig zusammenbrechen, wenn sie wüsste, was Lizzy soeben gesehen hatte. Sie konnte das ihrer Schwester nicht antun, sie konnte ihr nicht die Wahrheit sagen. *Im Zweifel für den Angeklagten, so hieß es doch, oder?* Sie sträubte sich dagegen, Cathy noch mehr Kummer zu bereiten.

»Was mach ich nur, wenn Brittany alt genug ist, um Auto zu fahren?«, fragte Cathy. »Die anderen Mütter, mit denen ich beim Schwimmen und in der Schule gesprochen habe, sagen mir alle, dass ich meine Tochter nicht oft sehen werde, sobald sie Auto fahren darf.«

Lizzy seufzte. Nachdem sie damals dem Spinnenmann entkommen war, musste sie zu ihrem Entsetzen feststellen, dass ihre Schwester schwanger war und Richard heiraten wollte. Cathy war zu diesem Zeitpunkt achtzehn gewesen. »Bis dahin haben wir wohl noch ein bisschen Zeit. Aber du hast schon recht, es ist nicht einfach, dabei zuzusehen, wie schnell unsere kleine Brittany heranwächst.«

»Ich hasse es. Ich hasse es wirklich. Wo sind nur all die Jahre geblieben?«

»Keine Ahnung.«

Für einen Augenblick wurde es still. In dem Schweigen, das sich zwischen ihnen ausbreitete, schwang eine Unzahl von Worten mit, die über die Jahre nicht ausgesprochen worden waren. Obwohl Cathy zu ihrem Vater noch Kontakt hatte, weigerte sich dieser, mit Lizzy auch nur ein Wort zu sprechen. Also ließen sie das Thema unberührt.

»Falls du am Samstag um zwölf zu Brittanys Schwimmwettbewerb kommen möchtest, er findet im Schwimmbad in Roseville statt. Ich schmeiß dich schon nicht raus.«

Es brach Lizzy fast das Herz, wenn sie daran dachte, dass sie ihrer Schwester eigentlich mitteilen müsste, was sie gesehen hatte, wohl wissend, dass sie Cathy damit nur wehtun würde. »Das möchte ich auf gar keinen Fall verpassen. Kommt Richard auch?«

»Ich glaube nicht. Er hat zurzeit wahnsinnig viel zu tun … arbeitet bis spät in die Nacht und an den Wochenenden. Wenn er heimkommt, ist er so müde, dass er gleich auf der Couch einpennt.« Cathy lachte bitter. »Vielleicht sollte ich dich dafür bezahlen, dass du ihn ein paar Wochen lang beschattest.«

Lizzy erstarrte.

»Das war bloß ein Witz«, fuhr Cathy fort. »Zwischen Richard und mir ist alles in Butter. Heute hat er sogar mein Auto in die Werkstatt gebracht und mir seinen Lexus dagelassen. Das ist wirklich erstaunlich, wenn man bedenkt, dass ich früher nie mit seinem Wagen fahren durfte.«

»Was ist bei deinem Wagen kaputt?«

»Anscheinend alles. Er hat mich vor zwanzig Minuten angerufen und mir eine ganze Liste vorgelesen, was alles mit dem Motor nicht stimmt. Die gute Nachricht ist, dass die Karre bis heute Abend fertig sein wird.«

»Hört sich ganz so an, als wäre es Zeit, dass Richard dir ein neues Auto kauft.«

»Ich glaube nicht, dass er das tun wird. Wir müssen jeden Cent zweimal umdrehen. Aber ich richte ihm aus, dass du das gesagt hast«, sagte sie und klang dabei amüsiert.

Lizzy rieb sich den Nasenrücken. »Ich muss jetzt Schluss machen. Grüße Brittany von mir. Wir sehen uns dann am Samstag.«

»Ich werde es ihr ausrichten. Pass auf dich auf, Lizzy.«

»Du auch. Ich hab dich lieb.« Lizzy drückte die rote Taste auf ihrem Handy und hoffte inständig, dass sie sich im Hinblick auf Richard irrte. Da sie nicht von hier weg wollte, ohne die Wahrheit zu erfahren, verließ sie den Hotelparkplatz und parkte auf der anderen Straßenseite, von wo aus sie eine bessere Sicht auf den Eingang hatte. Sie machte die Kamera startklar, griff nach dem Fernglas, rutschte in ihrem Sitz hinunter und wartete.

Kapitel 20

Donnerstag, 18. Februar 2010, 14:03 Uhr

Nancy Moreno, Moderatorin des Nachrichtenprogramms beim Sender KBTV in Sacramento, saß auf der nüchtern ausgestatteten und stromlinienförmig geschnittenen Sitzcouch und wartete geduldig, während ihre Therapeutin, Dr. Linda Gates, in der Küche neben ihrem Büro im dritten Stock eine Tasse grünen Tee zubereitete.

Nancy kam schon seit Jahren zweimal im Monat zu Dr. Gates in die Sprechstunde, aber heute blickte sie sich in der Praxis um, als wäre sie zum ersten Mal hier. Wenn sie das Exklusivinterview mit dem Spinnenmann wollte, musste sie die Patientenakte von Lizzy Gardner in die Finger bekommen, und zwar schnell.

Ein Chefschreibtisch aus schwarz gestrichenem Hartholz mit blasser Politur stand vor einem Panoramafenster mit Blick auf die Innenstadt von Sacramento. Die Blumentöpfe mit Palmen, die ihn flankierten, verdeckten teilweise die Aussicht auf die Stadt. Links davon befand sich ein mit Fachliteratur über Verhaltenstherapie, Psychiatrie und Physiologie vollgestopftes Bücherregal. Rechter Hand stand ein Aktenschrank mit neun Schubladen, in dem die Patientenakten aufbewahrt wurden.

Nancy überlegte schon, ob sie Dr. Gates ohne Umschweife um Lizzy Gardners Akte bitten sollte. Vielleicht könnte sie sie mit einer hohen Summe Bargeld bestechen. Aber dann fiel ihr ein, dass Dr. Gates einen Banker geheiratet hatte, und wenn man bedachte, was für Schmuck sie trug und wohin sie im Urlaub fuhr, hatte sie es wohl kaum nötig, für Geld ihr berufliches Ansehen aufs Spiel zu setzen.

Dr. Gates kam aus der Küche und ging mit der Tasse Tee in der Hand auf Nancy zu. »Grüner Tee ohne Zucker, wie immer.«

Nancy beugte sich vor und nahm den Tee entgegen, den Dr. Gates ihr anbot. Die dunklen Haare der Psychiaterin waren als Pagenkopf geschnitten. Sie trug ein zweireihiges Jackett ohne Kragen und einen dazu passenden knielangen Rock. Nancy beobachtete sie aufmerksam, als sie Notizblock und Stift von ihrem Schreibtisch nahm, sich ihr gegenübersetzte und die Beine übereinanderschlug. »Wie fühlen Sie sich heute?«

Nancy nippte an ihrem Tee. »Mir ging es schon mal besser.«

»Bedrückt Sie irgendetwas?«

»Ich hab in letzter Zeit schlecht geschlafen«, log Nancy. »Ich habe Alpträume.«

Dr. Gates verzog keine Miene. »Wovon?«

»Es ging in diesen Alpträumen um Sie, Frau Dr. Gates, und um all die Notizen, die Sie sich bei meinen Besuchen machen.«

Dr. Gates hörte auf zu schreiben. »Erzählen Sie weiter.«

»Der Alptraum beginnt jedes Mal damit, dass ein Mann, den ich nur als Schatten wahrnehme, in meinem Haus oder meinem Büro lauert. Er läuft hin und her und hat dabei eine Akte unter dem Arm. Dann macht er sie auf und in diesem Moment sehe ich darin sämtliche Notizen von Ihnen.« Sie griff sich mit einer dramatischen Geste an die Brust. »Ich komme mir dabei vor, als ob jemand vor der ganzen Welt meine Geheimnisse lüftet. Ich fühle mich bloßgestellt und verliere meinen Job. Und dann wache ich auf.« Sie atmete aus. »Es ist jedes Mal dasselbe.«

Dr. Gates lachte nicht, verzog nicht einmal das Gesicht zu einem spöttischen Grinsen. Sie nahm alles, was ihre Patienten sagten, ernst. Nancys Alptraum-Geständnis bildete da keine Ausnahme.

»Vielleicht beruhigt es Sie«, sagte Dr. Gates, »wenn ich Ihnen Ihre Akte zeige.«

Nancy trank einen Schluck Tee und wartete darauf, dass die Psychiaterin fortfuhr.

»Sie machen sich wahrscheinlich Sorgen wegen Ihrer Beförderung und das löst diese Angstgefühle bei Ihnen aus. Da lassen Sie sich selbst von belanglosen Dingen in Ihrem Alltag stressen. Vielleicht fühlen Sie sich besser, wenn ich Ihnen zeige, dass Ihre Akte bei mir sicher aufgehoben ist.«

»Wir können es ja mal versuchen«, sagte Nancy und bemühte sich, äußerlich unbeteiligt zu wirken. Sie freute sich darüber, wie einfach ihr Trick bis jetzt funktionierte.

Dr. Gates legte Notizblock und Stift beiseite, erhob sich und ging zum Aktenschrank. Nancy folgte ihr mit dem Tee in der Hand und sah zu, wie Dr. Gates den Schrank mit einem Schlüssel öffnete, der an ihrem Armband hing. Als sie die Akten durchblätterte, stach Nancy der Name »Lizzy Gardner« ins Auge. Er stand auf einer der dickeren Akten. Sie wartete geduldig, bis Dr. Gates ihre Akte gefunden hatte. Als es soweit war, täuschte sie ein Missgeschick vor und ließ die Teetasse fallen. Sie zerbrach auf dem Hartholzboden. Der Inhalt spritzte über das Parkett und gegen den Schrank. »Oh, das tut mir wirklich leid. Wie dumm von mir!«

Dr. Gates gab Nancy ihre Akte und eilte in die Küche, um einen Lappen zu holen. Nancy zögerte keinen Augenblick. Sie griff in die Schublade, grapschte sich Lizzys Akte und huschte zur Couch, wo sie das Dokument schleunigst in eine eigens zu diesem Zweck mitgebrachte Ledermappe steckte.

»Wo ist die Akte?«

Nancy fuhr hastig herum, erstaunt darüber, wie schnell die Psychiaterin wieder zurückgekommen war. Sie hielt ihre eigene Akte hoch. Ihre Kehle fühlte sich trocken an. »Hier hab ich sie. Darf ich sie mit nach Hause nehmen?«

»Nein, tut mir leid. Ich hätte dabei ein ungutes Gefühl. Warum werfen Sie nicht einen Blick hinein, während ich das hier wegwische?«

Nancy legte die Akte auf eines der Kissen auf der Couch und eilte zu Dr. Gates. Sie nahm ihr den Lappen aus der Hand, wischte den Tee vom Aktenschrank und schloss schnell die Schublade, bevor die Psychiaterin den Diebstahl bemerkte.

Als Nancy fertig war und sich erhob, fiel ihr Dr. Gates verwirrter Gesichtsausdruck auf. Die Psychiaterin starrte aus dem Fenster. Etwas dort draußen schien sie zu beunruhigen.

Nancy hämmerte das Herz gegen die Rippen. »Stimmt irgendwas nicht?«

Dr. Gates trat einen Schritt zurück und versteckte sich zur Hälfte hinter der Topfpalme. »Da draußen ist ein Mann ... an der Bushaltestelle. Ich habe ihn dort schon mal gesehen, und das nicht nur einmal. Das allein wäre nicht verdächtig, aber er geht jedes Mal weg, bevor der Bus kommt.« Sie schüttelte den Kopf. »Komisch ist das schon.«

Nancy warf die eingesammelten Porzellanscherben in den Abfalleimer und trat näher ans Fenster heran. »Er schaut zu uns rüber.«

Dr. Gates legte die Stirn in Falten. »Das hab ich mir gedacht.«

»Kommt er öfter hierher?«

»Letzten Montag habe ich ihn zum ersten Mal gesehen. Das ist jetzt das dritte Mal, dass er hier auftaucht. Ich rufe die Polizei an. Ich bin erst beruhigt, wenn sie ihn überprüft haben.«

Nancy blieb wie angewurzelt stehen, während Dr. Gates telefonierte. *War der Typ an der Haltestelle womöglich der Spinnenmann?* Wie ein Mörder sah er eigentlich nicht aus. In seinem schicken schwarzen Anzug wirkte er eher wie ein Geschäftsmann. Er hatte dunkle Haare und einen sorgfältig gestutzten Vollbart. Seine Augen verbarg er hinter einer dunklen Pilotensonnenbrille. Er war schmächtig und schätzungsweise knapp einen Meter achtzig groß.

Dr. Gates stellte sich wieder neben Nancy. »Die Frau in der Notrufzentrale hat gesagt, dass gerade ein Streifenwagen in der Gegend unterwegs ist. Er müsste in einer Minute hier sein.« Sie zitterte übertrieben. »Wenn ich mir den Kerl ansehe, bekomme ich eine Gänsehaut. Schauen Sie nur, wie er zu uns herüberstarrt. Hat er auch nur ein einziges Mal weggeschaut?«

Nancy schüttelte den Kopf.

»Wenn wir ihn sehen, dann sieht er uns auch.«

Ein Bus hielt am Straßenrand und nahm ihnen die Sicht. Er hatte getönte Scheiben und Nancy konnte nicht erkennen, ob Fahrgäste ein- oder ausstiegen. Die Praxis von Dr. Gates lag im zweiten Stock. Zwei Blocks weiter konnte Nancy den Streifenwagen sehen, der sich ohne Sirene und Blaulicht näherte. Er traf nur ein paar Sekunden nach Abfahrt des Busses ein und parkte an der Stelle, wo der Mann gestanden hatte.

Jetzt war niemand mehr dort.

Dr. Gates seufzte. »Er ist verschwunden.«

Der Mann hatte kein einziges Mal seinen Blick von ihrem Fenster abgewendet, konnte also den heranfahrenden Streifenwagen nicht gesehen haben. Aber trotzdem hatte er gewusst, dass es Zeit war, in den Bus einzusteigen. Nancy lief ein kalter Schauer den Rücken hinunter und sie fragte sich, ob sie einen Fehler beging. Sie würde Gardners Patientenakte erst einmal mit nach Hause nehmen und sich das Ganze gründlich durch den Kopf gehen lassen, bevor sie unüberlegt handelte. Ja, das war am besten. Sie musste sich die Sache reiflich überlegen, damit sie nicht etwas tat, das sie später bereuen würde.

Donnerstag, 18. Februar 2010, 14:56 Uhr

Kurz vor drei war Lizzy wieder in ihrem Büro. Sie schloss ihr Auto ab und war überrascht, als sie Jared auf der Bordsteinkante sitzen sah. Er hatte auf sie gewartet.

»Wo bleibst du so lange?«, fragte er.

»Was glaubst du eigentlich, wer du bist? Mein Vater?«

»Wohl kaum.«

Frustriert über das, was sie im Hotel gesehen hatte, und wütend auf sich selbst, weil sie den Job überhaupt erst angenommen hatte, drückte Lizzy sich an Jared vorbei. Die Absätze ihrer Stiefel klackten auf dem Asphalt, als sie auf ihr Büro zuging. Über zwei

Stunden hatte sie gegenüber des Hotels in ihrem Auto gesessen und darauf gewartet, dass Richard herauskam.

Lizzy ballte die Hände zu Fäusten und ließ sich die Ereignisse der letzten zwanzig Minuten noch einmal durch den Kopf gehen. Obwohl Richard und Valerie mehrere Stunden zusammen in einem Zimmer verbracht hatten, verließen sie zusammen das Hotel. Sie konnten ja nicht wissen, dass jemand sie durch ein Teleobjektiv beobachtete. Während sie darauf warteten, dass der Hotelangestellte ihre Autos brachte, küssten sie sich leidenschaftlich und sahen sich verliebt in die Augen.

»Lizzy, mach doch bitte mal langsam«, rief Jared ihr nach.

Aus Angst, eine unbedachte Bemerkung zu machen, wenn sie jetzt stehen blieb, ging sie weiter. Richards Untreue, seine Lügen, das alles schwirrte in ihrem Kopf herum wie ein lästiger Mückenschwarm. Sie hatte Dutzende von belastenden Fotos gemacht. *Und was jetzt? Wie konnte sie Cathy schonend beibringen, dass ihr Mann fremdging und ein verlogenes Arschloch war?*

»Sophie ist tot.«

Lizzy erstarrte. Langsam drehte sie sich auf dem Absatz um und sah Jared ins Gesicht. Sie fuhr sich mit der Hand an die Brust. »Wie bitte?«

»Ich hab schon den ganzen Vormittag versucht, dich zu erreichen. Man hat ihre Leiche am Flussufer nicht weit vom Highway 50 gefunden.«

»Um Gottes willen. Nein.«

»Es tut mir leid.«

»Ich hätte ihm doch über die Medien eine Nachricht zukommen lassen sollen.« Sie griff sich an die Stirn. »Das hätte ihn abgelenkt und uns mehr Zeit verschafft.«

Jared packte sie an den Schultern. »Du kannst nichts dafür, Lizzy. Du kannst dir nicht jedes Mal Vorwürfe machen, wenn er etwas anstellt.«

Lizzy krallte sich an seinem Ärmel fest. »Wir haben nichts getan. Wir haben nichts getan, um ihn zu stoppen. Das ist einfach nicht richtig.«

»Dutzende von Leuten arbeiten an dem Fall. Wir tun, was wir können.«

Jared kapierte es immer noch nicht. Sie hatte ihre Zeit damit verschwendet, Richard und seine Geliebte zu beschatten, eine Frau, die sie nicht kannte, während zur gleichen Zeit Sophie bestimmt irgendwo gefesselt und geknebelt lag und betete, dass jemand sie fand … und rettete. Ihre Augen füllten sich mit Tränen, während gleichzeitig der Hass in ihr brodelte und überzukochen drohte. Oh mein Gott. Sie blickte zu Jared auf. Plötzlich fiel es ihr wie Schuppen von den Augen. »Victor.«

»Was ist mit ihm?«

»Du hattest recht«, sagte sie. »Er ist es. Victor ist der Spinnenmann.«

»Woher willst du das wissen?«

»Die Nachricht«, sagte sie. »In der Nachricht, die der Spinnenmann mir in Sophies Haus hinterließ, hat er gesagt, dass er mich kennt. Vielleicht kennt er mich sogar besser, als ich anfangs gedacht habe. Vielleicht kennt er mich so gut, dass er bereits wusste, dass ich ihn suchen würde, bevor ich es tat. Weißt du noch, wie wir bei den Walkers waren und ich das Gefühl hatte, dass wir beobachtet werden?«

Er nickte.

»Ich bin mir sicher, dass der Spinnenmann uns beobachtet hat. Wahrscheinlich tut er das jetzt auch.« Sie widerstand dem Drang, nach hinten über ihre Schulter zu blicken. »Meine Schwester hat er auch beobachtet. Er wusste, dass Cathys Mann fremdgeht, und er wollte, dass ich es auch weiß.«

»Jetzt mach mal langsam«, sagte Jared. »Fang doch einfach von vorne an.«

Sie holte tief Luft. »Weißt du noch, wie es mir irgendwie komisch vorkam, dass Valerie Hunt gestern zu Seacrest & Associates gegangen ist?«

»Die Kanzlei, in der dein Schwager arbeitet?«

Sie nickte. »Das war kein Zufall. Ich bin Valerie Hunt heute Nachmittag quer durch die Stadt bis zu einem Hotel gefolgt.

Dort habe ich dann abgewartet. Kurz nachdem sie das Hotel betreten hat, kam mein Schwager im BMW meiner Schwester angefahren. Bis dahin stünde Aussage gegen Aussage, also habe ich gegenüber geparkt und darauf gewartet, dass Richard wieder herauskommt.«

»Und dann?«

»Und dann hatte ich den Beweis, den ich brauchte, aber nicht wollte.« Sie schlug mit der Hand auf ihren Rucksack. »Es ist alles hier drin ... Dutzende von Bildern, die ihn belasten.« Sie packte ihn am Arm. »Hast du es immer noch nicht kapiert? Er ist es. Victor, der Mann, der mich beauftragt hat, Valerie zu beschatten, ist der Spinnenmann. Er weiß, dass meine Mutter weggezogen ist und dass mein Vater nichts mit mir zu tun haben will. Irgendwie weiß er auch, dass Cathy und ich eine komplizierte Beziehung haben. Der Spinnenmann wollte, dass ich von Richards Seitensprung Wind bekomme, damit ich meiner Schwester davon erzähle und dadurch die letzte Verbindung zu meiner Familie kaputtmache.« Sie schüttelte den Kopf. »Ich hab Cathy angerufen, aber ich hab es nicht übers Herz gebracht, ihr die Wahrheit zu sagen.«

»Das müssen wir aber.«

»Das kann ich nicht.«

»Wenn der Spinnenmann über deinen Schwager Bescheid weiß«, sagte Jared, »dann hat er ihr Haus beobachtet ... und das heißt, dass er auch deine Nichte im Visier hat.«

Lizzy wurde angst und bange. Sie begriff auf einmal, dass sie bisher nicht gewusst hatte, was Entsetzen wirklich bedeutet. Brittany schwebte in Gefahr. Ein kalter Schauer durchlief sie. »Er hat schon gewonnen, oder?«

Jared legte ihr den Arm um die Schulter. »Gehen wir in dein Büro. Ich mache ein paar Anrufe und sorge dafür, dass jemand das Haus deiner Schwester bewacht.«

»Wann?«

»Jetzt gleich.«

Lizzy sah, wie ein Muskel in Jareds Kinnpartie zuckte. Sein Blick war leer. Bestimmt kam er gerade vom Tatort. Er tat ihr leid.

Sophie und ihre Eltern auch. Sie konnte es immer noch nicht fassen, dass Sophie tot war. Das arme Mädchen.

»Der Fahrradkurier, der gestern Victors Geld vorbeigebracht hat«, sagte sie, um das Schweigen zu überbrücken, »ist anscheinend ein Student. Er war weg, bevor Jessica ihm Fragen stellen konnte. Aber sie konnte mit dem Handy ein Bild von ihm machen. Als wir das Bild vergrößert haben, konnten wir einen Aufkleber mit dem Logo des Cosumnes River College auf seinem Helm erkennen. Für den Spinnenmann ist er zwar viel zu jung, aber vielleicht kann er uns helfen, Victor zu identifizieren. Wir müssen ihn unbedingt finden.«

Donnerstag, 18. Februar 2010, 16:12 Uhr

Er überlegte, ob er bei seinem Haus in Auburn vorbeifahren sollte. Er hatte dort vierzehn Jahre lang mit seiner Frau Cynthia zusammengelebt. Er stellte sich vor, wie sie von ihrem Trip an die Ostküste zurückkehrte, wo sie Freunde besucht hatte. Er sah sie vor sich, bekleidet mit einem blassrosa Pullover und einer beigen Hose. Cynthia war eine Frau mit simplen Ansprüchen. Sie hatte ihn gut behandelt und sich um sein Wohl gekümmert.

Sie hatte es nicht verdient, zu sterben.

Als er daran dachte, dass Cynthia unwiederbringlich aus seinem Leben verschwunden war, hämmerte ihm das Herz in der Brust. Er schaltete das Radio ein und drückte auf die CD-Player-Taste. Jedes Mal, wenn er sich Mozarts 21. Klavierkonzert in C-Dur anhörte, fühlte er sich besser.

Er redete sich ein, dass Cynthia noch lebte und dass es ihr blendend ging. Wahrscheinlich machte sie gerade mit ihren Freundinnen die Stadt unsicher. In der Erwartung, voll von der Melodie mitgerissen zu werden, drehte er die Musik lauter .

Das Lächeln verschwand aus seinem Gesicht.

Er würde erst wieder klar denken können, wenn er die Akte in die Finger bekam. Er dachte daran, wie leicht es wäre, Lizzy zu entführen und ihr ein für alle Mal den Garaus zu machen. Aber was dann? Er musste das Spiel weiterspielen, bis zum bitteren Ende, und das konnte er nur, wenn er geduldig und konzentriert vorging.

Bleib bei deinem Plan, Mann.

Lizzy sollte weiterhin schwitzen und angespannt bleiben, und um dies zu erreichen, brauchte er die letzten noch fehlenden Puzzlestückchen aus Dr. Gates' Patientenakte. Darin würde er Lizzys tiefste und dunkelste Geheimnisse finden. Und dann konnte der Spaß erst richtig beginnen.

Das Musikstück von Mozart war gefühlvoll und feierlich und versetzte ihn in eine fröhliche Stimmung. Alles würde wie am Schnürchen klappen. Er musste sich nur noch um ein paar unerledigte Dinge kümmern. Dann konnte er in sein Haus zurückkehren und Cynthia bitten, dass sie ihm verzieh und ihm eine zweite Chance gab.

Donnerstag, 18. Februar 2010, 16:14 Uhr

Lizzy fuhr in die Einfahrt zum Haus ihrer Schwester und schaltete den Motor ab. Sie stieg aus und blickte sich um, bis sie das Dienstfahrzeug des FBI gegenüber parken sah.

Jared schlug die Beifahrertür zu und trat mit ihr auf den Gehsteig.

»Ist das einer von deinen Leuten?«, fragte sie und machte eine Kopfbewegung in Richtung der dunklen Limousine auf der anderen Straßenseite.

Jared nickte. »Ronald Holt.«

Sie warf einen Blick auf das Haus ihrer Schwester. Eigentlich hatte sie überhaupt keine Lust, Cathy zu erzählen, dass ihr Ehemann sie betrog. Aber sie gab Jared recht: Ihr blieb nichts anderes übrig. Die Sicherheit von Brittany und Cathy hatte absoluten Vorrang. Sie musste ihre Schwester warnen und sie darauf hinweisen, dass ein Verrückter sie womöglich beobachtete.

»Ich wollte, das wäre nicht notwendig«, sagte sie zu Jared, als sie die Auffahrt entlanggingen.

»Soll ich es ihr sagen?«

»Nein. Das würde alles nur noch schlimmer machen.« Lizzy klingelte und wartete. Mehrere Minuten vergingen, bis die Haustür schließlich aufging. Cathy sah müde aus, als wäre sie soeben aus einem Nickerchen geweckt worden. »Was gibt's?«, fragte sie.

Lizzy blickte an ihrer Schwester vorbei in Richtung der Treppe. »Ist Brittany daheim?«

»Sie ist beim Schwimmen.« Cathys Augen wurden schmal, als ihr Blick auf Jared fiel. »Was machen Sie hier?«

»Dürfen wir reinkommen?«, fragte Lizzy.

Cathy ließ sie nur widerwillig herein. Sie schloss die Tür und folgte Lizzy ins Wohnzimmer. »Was gibt's?«, wiederholte sie. »Was ist los? Sag's mir gefälligst, bevor mich der Schlag trifft, verdammt noch mal.«

Lizzy ergriff die Hand ihrer Schwester. »Mit Brittany ist alles in Ordnung. Aber wenn wir zu Ende geredet haben, sollten wir sie vom Schwimmen abholen und sie nach Hause bringen.«

»Das Training ist erst in einer Stunde zu Ende.« Cathy zog die Hand zurück. »Sag mir endlich, was zum Teufel los ist, Lizzy. Rede nicht ständig um den heißen Brei herum.«

Jared blieb mit den Händen in den Jackentaschen in der Nähe des Eingangs stehen.

»Ich weiß nicht, womit ich anfangen soll«, sagte Lizzy.

»Ist doch egal, womit du anfängst, verdammt noch mal. Rück endlich raus mit der Sprache!«

»Also gut, du hast recht.« Lizzy seufzte und platzte einfach mit der Wahrheit heraus: »Richard hat eine Affäre.«

Cathy holte aus und verpasste Lizzy eine Ohrfeige.

Jared trat einen Schritt nach vorn, aber Lizzy forderte ihn mit erhobener Hand auf, stehen zu bleiben. »Ist schon in Ordnung«, sagte sie und strich mit den Fingerspitzen über die Stelle, wo ihre Schwester sie geschlagen hatte. »Es stimmt«, sagte sie zu Cathy. »Ich habe Beweise, aber das ist nicht der einzige Grund, warum wir hier sind.«

Cathys Gesicht war rot vor Wut und sie ballte die Hände an ihren Seiten zu Fäusten. »Deswegen hast du mich vorhin also angerufen, oder nicht? Du hast geglaubt, du wüsstest etwas über Richard, aber aus irgendeinem Grund hast du mir nichts davon gesagt.«

»Ich wusste nicht, *wie* ich es dir sagen sollte. Jetzt hör mir doch bitte mal zu.«

Die Wut, der Schmerz, die Jahre des angespannten Schweigens und der Schuldgefühle ... all das schwebte über ihren Köpfen wie dicke schwarze Wolken, die jeden Moment zu bersten und mit ihrem Inhalt die letzten noch vorhandenen Familienbande wegzuschwemmen drohten. »Ich habe Grund zu der Annahme, dass der Mann, von dem ich dir erzählt habe und der mich beauftragt hat, seine Frau zu beschatten, der Spinnenmann ist.«

Cathy presste die Lippen so fest zusammen, dass ihr Mund eine dünne Linie bildete.

»In der Nachricht, die mir der Spinnenmann im Zimmer von Sophie Madison hinterlassen hat, sagte er, er würde mich besser kennen als jeder andere. Wenn das stimmt, Cathy, dann weiß er auch, dass wir beide krampfhaft versuchen, unsere Beziehung zu kitten. Er benutzt sein Wissen über Richard dazu, einen Keil zwischen uns zu treiben. Deshalb glaube ich, dass er derjenige war, der mich beauftragt hat, Valerie Hunt zu beschatten. Das ist die Frau, der ich heute nachgefahren bin und die ich zusammen mit Richard gesehen habe.«

Cathy hob das Kinn. »Wo waren sie?«

»In einem Hotel. Dem Hyatt.«

»Wie lange?«

»Die Einzelheiten erzähle ich dir später, das verspreche ich dir. Aber lass mich bitte erst ausreden. Wenn der Spinnenmann über die Sache mit Richard Bescheid wusste, heißt das, dass er ihn beobachtet hat.«

Als Cathy dämmerte, was das bedeutete, weiteten sich ihre Augen vor Entsetzen. »Dieser Verrückte weiß, wo wir wohnen?«

»Ich glaube, ja. Womöglich hat er euch alle beobachtet.«

Cathy wurde leichenblass im Gesicht und hielt sich die Hand vor den Mund. Nach einer Weile sagte sie: »Was mache ich jetzt?«

»Gegenüber von Ihrem Haus parkt ein FBI-Agent«, warf Jared ein. »Er heißt Ronald Holt und er wird das Haus rund um die Uhr im Auge behalten. Er weicht nicht von der Stelle, es sei denn, jemand kommt, um ihn abzulösen.«

»Aber das ist nicht genug«, fügte Lizzy hinzu. »Ich finde, du solltest mit Brittany zu unserem Vater fahren und dort bleiben, bis das FBI den Kerl geschnappt und hinter Schloss und Riegel gebracht hat.«

Cathy wurde wieder blass. »Du kapierst überhaupt nichts. Brittany hat erst vor Kurzem Freunde gefunden. Sie hat zum ersten Mal in ihrem Leben das Gefühl, dass sie allmählich dazugehört. Ich weiß, wie es ist, wenn man sich in der Schule verloren und fehl am Platz vorkommt. Ich kann sie jetzt unmöglich entwurzeln und ihr das bisschen Selbstvertrauen nehmen, das sie sich so hart erarbeitet hat. Ich werde das nicht tun.«

»Aber du kannst sie momentan nicht zusätzlich gefährden, indem du sie in die Schule oder zum Schwimmen gehen lässt.«

»Sie kann doch nicht einfach ihr normales Leben hinschmeißen.« Cathy zeigte mit dem Finger auf Lizzy. »Das hast du selbst gesagt. Du hast gesagt, du fühlst dich hundeelend nach all den Jahren, in denen du dich vor deinem eigenen Schatten versteckt hast.«

»Dafür hattest du wieder recht, als du gesagt hast, dass das Verstecken vor meinem eigenen Schatten im Vergleich zur Alternative immer noch das geringere Übel ist.« Lizzy glaubte das selbst nicht mehr, aber Brittany hatte noch ihr ganzes Leben vor sich. Sie würde alles sagen, nur um ihre Schwester davon zu überzeugen, dass sie Brittany unbedingt in Sicherheit bringen mussten.

Cathy schüttelte den Kopf. »Das kann ich Brittany nicht antun. Sie ist zu jung, um das zu verstehen. Ich stell doch wegen diesem Irren nicht ihr ganzes Leben auf den Kopf. Ich werde auf gar keinen Fall zulassen, dass er mir noch mal so was antut.«

»Das musst du aber.« Lizzy hob die Hand und versuchte, ihre Schwester zu beruhigen.

Cathy trat einen Schritt zurück. Zorn blitzte in ihren Augen auf. »Fass mich nicht an. Ich will, dass du von hier verschwindest.

Komm uns bloß nicht zu nahe, verstehst du?« Sie wies mit der Hand zur Tür. »Raus. Alle beide!«

»Tu's nicht, bitte«, flehte Lizzy sie an. »Es war nie meine Absicht, euch zu schaden. Du weißt doch, dass es mir nicht mal im Traum einfallen würde, dich und Brittany in Gefahr zu bringen.«

»Schau dir doch nur an, was du Mom und Dad mit deinen Lügen angetan hast und was du jetzt mir antust. Ich lasse auf gar keinen Fall zu, dass du auch noch meine Familie zerstörst. Ich sag's dir nicht zweimal, Lizzy. Bitte geh jetzt.«

Kapitel 21

Jared stand in Lizzys Küche. Er klappte sein Handy zu und rieb sich den Nasenrücken. Seine Schwester hatte soeben angerufen und ihm mitgeteilt, dass ihre Mutter sich in einem Hotel einquartiert hatte. Sie machte sich um ihren Vater Sorgen, weil dieser wieder mit dem Trinken angefangen hatte. *Konnte man es ihm verdenken?* Jared gab ihr zu bedenken, dass der Mann Zeit zum Schmollen brauchte. Diese Antwort hatte seine Schwester verärgert, woraufhin sie das Gespräch abrupt beendet hatte.

»Alles klar?«, rief Lizzy aus dem Nebenzimmer.

Jared ging hinüber. Lizzy saß mitten im Wohnzimmer auf dem Boden. Papiere lagen verstreut um sie herum, Notizblöcke und Akten reihten sich quer durchs Zimmer aneinander. Der Fernseher lief, war aber auf stumm geschaltet. Unter dem Kaffeetisch schlich die Katze um die Tischbeine.

»Meine Eltern haben momentan Probleme miteinander«, erklärte er ihr.

»Oh, das tut mir leid.«

»Sie sind erwachsen. Sie werden das schon wieder hinkriegen.« Jared ging zum Herd, schüttete Suppe in eine Tasse und kehrte damit ins Wohnzimmer zurück. Jimmy wollte vorbeikommen, um sie auf dem Laufenden zu halten.

Lizzy kroch auf allen Vieren auf dem Boden herum und kritzelte mit einem schwarzen Filzstift Randbemerkungen auf ihre Papiere.

Jared hatte den Großteil des Tages bei ihr verbracht. Bis jetzt hatte sie keinen Bissen gegessen. Seit sie aus der Dusche gestiegen und in eine graue Jogginghose und ein weißes T-Shirt mit V-Ausschnitt geschlüpft war, hatte sie ohne Unterbrechung gearbeitet. Sie war barfuß und trug ihr Haar in einem Pferdeschwanz.

»Du hast heute noch nichts gegessen«, sagte er und reichte ihr die Suppentasse.

»Danke. Stellst du sie mir bitte dort auf den Kaffeetisch?«

»Aber erst musst du probieren.« Er beugte sich zu ihr und gab ihr einen Löffel Suppe.

Sie machte große Augen. »Das ist wirklich lecker. Was hast du da reingetan ... sind das Kapern?«

»Ein Familienrezept.«

Sie machte einen Schmollmund.

»Wenn du sie bis zum letzten Löffel aufisst, schreib ich's dir auf.«

»Du lässt dich aber leicht rumkriegen, Shayne.«

Am liebsten hätte er sie in die Arme genommen, sie fest an sich gedrückt und dafür gesorgt, dass alle ihre Probleme verschwanden. Stattdessen gab er ihr noch einen Löffel Suppe und stellte dann die Tasse auf den Kaffeetisch.

»Danke, dass du mich heute zu meiner Schwester begleitet hast«, sagte sie und machte sich wieder über ihre Notizen her.

»Gern geschehen.« Er stand einen Augenblick da und beobachtete sie. Sie hatte dunkle Ringe unter den Augen. Die Beule auf ihrer Stirn war heute kleiner, hatte sich aber dunkel verfärbt. Er kannte sie gut genug, um zu wissen, dass sie es nicht mochte, wenn jemand sie ohne ihren schützenden Panzer sah. Sie wollte nicht, dass andere Leute sehen konnten, wie sehr sie darunter litt, dass ihre Hoffnungen und Träume auf einen Schlag zerstört worden waren. Die Vergangenheit hinter sich zu lassen und mit ihrem Leben weiterzumachen, war für Lizzy ungefähr so, als ob sie jeden Tag aufs Neue laufen lernen musste.

Jimmy traf um Punkt acht Uhr ein. Er sah abgekämpft aus. Sein Anzug war zerknittert. Er ließ die Schultern hängen und schaute verkniffen drein. Noch bevor Jared ihn hereinbitten und die Tür schließen konnte, tauchte Lizzys Assistentin mit einem Eimer gebratener Hähnchenteile von Kentucky Fried Chicken auf.

»Kommt rein«, rief Lizzy von ihrem Platz auf dem Boden aus.

Jimmy trat ein, dicht gefolgt von Jessica. Sie sagte Hallo und gab Jared den KFC-Eimer. »Bin gleich wieder da«, erklärte sie, bevor sie die Tür öffnete und noch einmal nach draußen verschwand.

Jimmy blickte verwirrt drein.

Jared zuckte mit den Schultern. Er signalisierte Jimmy damit, dass es am einfachsten wäre, wenn sie Lizzy die Sache überließen. Dann brachte er die Hähnchenteile in die Küche.

»Wenn ich gewusst hätte, dass ihr beide eine Party schmeißt«, sagte Jimmy, »hätte ich den Nachtisch mitgebracht.«

Jared und Lizzy gingen nicht darauf ein.

Jimmy streifte sein zerknittertes Jackett ab und setzte sich auf einen der beiden Stühle, die Lizzy für ihr spontanes Treffen gegenüber der Couch aufgestellt hatte.

Als Jessica wiederkam, hatte sie ihren Laptop und einen Stoß Akten dabei. »Falls jemand Hunger hat«, sagte sie, »bedient euch.«

Lizzy lächelte sie dankbar an.

»Okay«, begann Jimmy, nachdem sie alle Platz genommen hatten, »was gibt's und wer sind Sie?«

Jessica streckte die Hand aus. »Jessica Pleiss. Ich bin Psychologiestudentin an der Sacramento State und Elizabeth Gardners rechte Hand.«

Lizzy verdrehte die Augen. »Sie ist meine Praktikantin. Sie will sich auf Kriminalwissenschaft spezialisieren und Profilerin werden.«

»Okay«, sagte Jimmy und sah dabei Jared an, »sag mir doch bitte noch mal, warum ich eigentlich hier bin?«

»Du wolltest Lizzy über den neuesten Stand zu den Arbeiten auf dem Grundstück der Walkers berichten.«

Jimmy kratzte sich am Kinn.

»Wir haben heute mit den Ausgrabungen begonnen, aber bis jetzt haben wir noch nichts gefunden. Es dauert noch ein oder zwei Tage, bis wir einen vollständigen Bericht bekommen.«

»Und die Möglichkeit, dass der Spinnenmann Arzt sein könnte?«, fragte Lizzy.

»Was soll damit sein?« Jimmy lockerte seine Krawatte. »Sie können sich nicht an seine Handschrift erinnern. Weder auf der Nachricht noch im Haus der Madisons hat man Fingerabdrücke gefunden. Und draußen vor dem Haus gab es keine Reifen- oder Fußspuren. Bis jetzt haben wir nichts, womit wir eine Verbindung zwischen dem Spinnenmann und Sophies Entführung herstellen können. Und da kommen Sie daher und wollen, dass wir sämtliche Ärzte, die irgendwie verdächtig aussehen, zur Fahndung ausschreiben?«

»Das wäre zumindest ein Anfang«, sagte Lizzy bitter.

»Man sollte zwar keine Verallgemeinerungen anstellen, wenn es um Serienmörder geht«, warf Jessica ein, »aber die meisten von ihnen sind überdurchschnittlich intelligent. Außerdem sind Serienmörder in der Regel weiße Männer, die als Kinder von ihren Eltern verlassen wurden oder aus extrem zerrütteten Familien stammen. Dass dieser Kerl Arzt sein könnte, liegt durchaus im Bereich des Möglichen.«

Jimmy sagte kein Wort.

»Es ist besser als gar nichts«, fügte Jessica hinzu, bevor ihr jemand ins Wort fallen konnte. »Wir könnten zumindest mit sämtlichen Ärzten anfangen, die Sophie in den letzten zwei Jahren oder so besucht hat, und dann sehen wir weiter.«

Das Mädchen ist gar nicht dumm, dachte Jared.

»Was ist das hier?«, fragte Jimmy mit ausgebreiteten Armen. »Deine eigene Sonderkommission?«

Jared lächelte. »Ja, ich glaube, das kann man so sagen. Lizzy hat sich die letzten zehn Jahre mit Entführungsfällen im ganzen Land beschäftigt. Drei davon war sie im Aufsichtsrat einer Organisation zum Schutz vermisster und misshandelter Kinder. Und so wie es den Anschein hat, ist Jessica auf dem besten Weg, eine Profilerin zu werden. Ja, man kann also ruhig sagen, dass das hier meine Sonderkommission ist. Was haben wir zu verlieren?«

Jimmy fuhr sich mit den Fingern durchs Haar. »Okay, ist ja gut.«

Da Lizzy alles Menschenmögliche getan hatte, um zu ihrem eigenen Entführungsfall Distanz zu wahren, wusste sie nicht allzu viel darüber, was das FBI bei seinen Ermittlungen vor vierzehn Jahren herausgefunden hatte. Jared war daher nicht überrascht, als sie fragte: »Bevor Frank Lyle verhaftet wurde, gab es da sonst noch Verdächtige?«

»Ein paar«, sagte Jimmy lustlos. »Keiner von denen war Arzt. Und ich habe nicht genügend Personal, um meine Leute einfach auf einen vagen Verdacht hin loszuschicken.«

»Lizzy hat mit so was Erfahrung«, gab Jared zu bedenken. »Sie ist Privatermittlerin und sie will uns helfen. Du hast doch früher auch schon auf Hilfe außerhalb der Polizei zurückgegriffen. Im Fall Smith hast du sogar einen Hellseher bemüht. Vergiss deine Vorurteile, Jimmy, und arbeite mit uns zusammen.«

Die Spannung lag zum Greifen spürbar in der Luft, bis Jessica die Situation mit ihrer Ich-hab-nichts-zu-verlieren-Art entschärfte. »1998 wurden vier Leichen gefunden«, sagte Jessica, »und bei allen ging man davon aus, dass der Spinnenmann der Mörder war.«

Jimmy wirkte unbeeindruckt.

»Im gleichen Zeitraum«, fuhr Jessica fort, »verschwanden mindestens drei weitere Mädchen aus derselben Gegend und im selben Alter. Wo sind sie? Hat man sie einfach vergessen?« Ihre Augen wurden schmal. »Hat man sie einfach abgeschrieben, nur weil keine Leichen gefunden wurden?«

Jared warf Lizzy einen Blick zu und fragte sich, was hier vorging. Es schien, als ob Jessica sich emotional mit den Schicksalen dieser vermissten Mädchen verbunden fühlte.

»Ich wollte wissen, was mit diesen Mädchen passiert ist, und da habe ich ein wenig nachgeforscht«, redete Jessica weiter.

Lizzy beugte sich vor und hörte interessiert zu.

»Zwei von diesen Mädchen waren Schwimmerinnen«, sagte Jessica, »genau wie Laney Monroe, euer Opfer Nummer zwei. Die Mädchen gingen zwar alle auf verschiedene Schulen, aber jetzt kommt der Clou: Irgendwann waren sie alle Mitglieder in außerschulischen Schwimmvereinen. Ich konnte zwar keinen gemeinsamen Trainer ausfindig machen, aber das gibt uns eine weitere Gruppe von Verdächtigen, finden Sie nicht? Und dann hab ich noch einen Arzt gefunden, der eine Verbindung zu allen vermissten und verschollenen Mädchen hat: Dr. Bruce Dixon, ein Allgemeinarzt. Aber das ist längst nicht alles. Drei der verschollenen Mädchen und zwei der Spinnenmann-Opfer trugen Zahnspangen. Das ergibt insgesamt fünf Mädchen mit Spangen. Ich habe angefangen, eine Liste aller Zahnärzte in einem Umkreis von fünfzig Kilometern zusammenzustellen. Ich bin damit noch nicht fertig, aber ich werde Sie auf dem Laufenden halten.«

Lizzy sah Jimmy an. »Jetzt wo Sie wissen, woran meine Assistentin und ich arbeiten, könnten Sie mir vielleicht sagen, inwieweit das FBI die Möglichkeit in Betracht zieht, dass der Spinnenmann Arzt ist.«

»Lassen Sie mich eines klarstellen«, sagte Jimmy. »Was das FBI anbelangt, so sind wir immer noch nicht zu hundert Prozent sicher, ob wir es im Fall Sophie Madison wirklich mit dem Spinnenmann zu tun haben.«

»Er hat mir eine persönliche Nachricht hinterlassen«, rief Lizzy ihm ins Gedächtnis.

»Es gibt keinen konkreten Hinweis, dass auch nur eine der beiden Nachrichten tatsächlich vom Spinnenmann stammt. Womöglich war hier ein Nachahmungstäter am Werk.«

»Was meinen Sie mit *eine der beiden Nachrichten*?«

Jimmy sah Jared an. »Du hast ihr nichts davon gesagt?«

Lizzy warf Jared einen Blick zu. »Was hast du mir nicht gesagt?«

»Reden wir später darüber.«

»Das kommt überhaupt nicht infrage.« Sie setzte sich aufrecht hin. »Sag mir bitte, was in der zweiten Nachricht stand.«

»Lizzys Schuld.« Jared hoffte, es dabei bewenden lassen zu können, aber Lizzy sprang auf und sah ihm direkt in die Augen. »Wo ist sie?«

Er konnte das, was er gesehen hatte, nicht in Worte fassen. Also schwieg er.

Lizzy bewegte sich kaum. Einen Augenblick stand sie schweigend da, dann verließ sie das Zimmer.

Jessica sah Jared fragend an, als wollte sie wissen, ob sie irgendetwas tun konnte.

»Ich werde mit ihr reden. Ihr beide könnt so lange Hähnchen essen.«

Freitag, 19. Februar 2010, 6:21 Uhr

Er band ihr die Hände los. Dann entfernte er ihre Augenbinde. »Nur zu, Lizzy. Ich vertraue dir.«

Lizzy blickte zu ihm auf und versuchte, durch die Schlitze in seiner Maske zu sehen. Er wirkte größer und kräftiger, auch seine Schultern sahen breiter aus. Als sie ihn das letzte Mal gesehen hatte, hatte er einen dichten, struppigen Vollbart. Jetzt war er wohl glatt rasiert, denn die Maske direkt auf seinem Kinn aufzuliegen scheint.

»Jetzt mach endlich, Lizzy.«

Das Herz schlug heftig in ihrer Brust, als sie sich von dem harten Boden erhob und loslief. Da sie sich länger nicht bewegt hatte, fühlte sie sich wackelig auf den Beinen, ließ sich aber dadurch nicht aufhalten. Sie humpelte weiter und passte dabei auf, dass sie nicht gegen den Behälter stieß, in dem er seine geliebten Spinnen aufbewahrte. Sie verließ das Zimmer und eilte den Flur entlang in Richtung Bad. Ein schneller Blick nach hinten über die Schulter verriet ihr, dass er ihr nicht folgte und sie nicht einmal beobachtete.

Er hatte sie nur einmal zuvor alleine ins Bad gelassen. Einen Monat lang hatte sie gehungert. Falls er sie ein weiteres Mal unbeaufsichtigt ins Bad ließ, musste sie schlank genug sein, um sich durch das Fenster über der Badewanne zu zwängen. Sie hatte keine

Ahnung, wie viel sie abgenommen hatte, aber ihre Arme und Beine sahen aus, als bestünden sie nur noch aus Haut und Knochen. Sie fühlte sich unbeschreiblich schwach. Obwohl sie kaum etwas im Magen hatte, war ihr zum Kotzen zumute.

Sie drehte den Türknauf, ging ins Bad und schloss leise die Tür hinter sich ab. Das passte ihm bestimmt nicht, aber sie hatte keine andere Wahl. Sie erschrak, als sie sich im Spiegel über dem Waschbecken sah. Da war nichts außer hohlen Augen und Haut und Knochen. Das fettige Haar hing ihr in losen Strähnen über die Ohren. Ihre knochigen Finger strichen über die cremefarbenen Kacheln, die das Waschbecken umrandeten. Das Blau der Wände wirkte beruhigend. Alles war so sauber, so völlig anders als das Zimmer, in dem er sie gefangen hielt. Chromblitzende Handtuchhalter, blank polierte Spiegel, eine Kerze und eine Blumenvase. So sauber und schlicht, dass es irgendwie nicht zum Rest des Hauses passte, wo das reinste Chaos herrschte.

Bevor sie auf die Wannenkante stieg, um ans Fenster zu gelangen, fiel ihr Blick auf eine Armbanduhr ... seine. Der Spinnenmann liebte diese Uhr. Sie wusste das, weil er sie oft liebevoll streichelte, wenn er sie am Handgelenk trug. Wie ein Haustier, das man gern hat. Sie nahm die Uhr an sich und streifte sie sich über den Arm, bis über den Ellenbogen. Dann nahm sie die flüssige Handseife und stellte sich auf die Wannenkante. Von dort aus kam sie an das Fenster, dessen Höhe und Breite jeweils etwa dreißig Zentimeter betrugen. Sie hatte ihre Flucht über mehrere Wochen hinweg geplant. Zuerst spritzte sie Seife auf den Fensterrahmen, um kein oder nur wenig Geräusche zu machen, und dann stieß sie das Fenster langsam und vorsichtig auf.

Sie versuchte, sich hochzuziehen, aber der Mangel an Nahrung und Wasser hatte sie geschwächt. Ihre Schultern brannten und sämtliche Muskeln taten weh, als sie verzweifelt versuchte, ihren Körper so weit anzuheben, dass sie durch das offene Fenster schlüpfen konnte. Sie traute sich nicht, mit den Beinen nachzuhelfen, aus Angst, sie könnte dabei gegen die Wand treten und sich durch die Geräusche verraten.

»Lizzy!«

Er rief ihren Namen. Sie erstarrte.

»Lizzy!«, rief er ein zweites Mal.

Jetzt oder nie. Es war ihre letzte und einzige Chance.

Die Zeit drängte. Er war ein Choleriker und kräftig noch dazu. Wahrscheinlich würde er die Tür zum Bad mit einem einzigen Stiefeltritt eintreten.

Gib dein Bestes, Lizzy. Scheiß auf die Geräusche! Dieses Mal sprang sie und zog sich strampelnd und ächzend hoch, bis sie es schließlich schaffte, die Schultern durch den Fensterrahmen zu zwängen.

Er rüttelte an der Tür. Jetzt würde er jeden Moment da sein.

Ihr Herz schlug so schnell und heftig, dass sie das Gefühl hatte, es würde explodieren. Ohne auch nur einen einzigen Gedanken daran zu verschwenden, wo sie womöglich landete, sprang sie mit dem Kopf voraus aus dem Fenster und landete in einem dichten Gebüsch. Spitze Äste bohrten sich in ihr Fleisch. Die Angst schnürte ihr die Kehle zu, als sie sich krampfhaft aus dem Gestrüpp befreite. Die Zeit, die sie brauchte, um festen Boden unter die Füße zu bekommen, kam ihr wie eine Ewigkeit vor.

Er brüllte und hämmerte gegen die Tür.

Nur keine Panik, Lizzy. Was auch immer du tust, bleib ja nicht stehen.

Nur mit einem T-Shirt bekleidet, rannte sie los, so schnell sie konnte. Ihre Beine waren schwach und der ganze Körper schmerzte. Die Sonne ging gerade auf. Sie sah den dunkelblauen Himmel, über den weiße Schäfchenwolken zogen. Sie sah Freiheit. Sie hatte keine Ahnung, wo sie war oder wohin sie lief. Sie wusste nur, dass sie schnell rennen musste, wenn sie ihre Familie jemals wiedersehen wollte.

Lauf, Lizzy, lauf.

Mit einem Ruck fuhr Lizzy aus dem Schlaf hoch.

Schon wieder ein Alptraum.

Sie sah sich im Zimmer um. Ihr Blick wanderte vom Wandschrank zu den zugezogenen Vorhängen und fiel schließlich auf die Uhr auf dem Nachttisch. Es war halb sieben am Morgen. Normalerweise kamen in ihren Alpträumen Szenen vor, in denen der Spinnenmann eines seiner Opfer folterte. Es war das erste Mal, dass sie von ihrer Flucht geträumt hatte.

Sie ließ sich wieder auf das Kopfkissen fallen und lauschte ihrem Atem, bis er flach und regelmäßig ging.

Als etwas gegen ihr Fenster schabte, fiel ihr wieder ein, dass die Äste des Ahornbaums im Garten gestutzt werden mussten. Sie hatte ihren Vermieter bereits zweimal angerufen und ihn gebeten, sich um die Bäume zu kümmern, die um das Haus herum wuchsen, aber das hatte offenbar nichts genützt.

Mit Jogginghosen und einem T-Shirt bekleidet, stand sie auf und fragte sich, wann sie letzte Nacht endlich eingeschlafen war. Sie konnte sich kaum daran erinnern, wie sie Jared eine gute Nacht gewünscht hatte, bevor sie sämtliche Fenster und Türen verriegelte. Sie war immer noch wütend auf ihn, weil er ihr nicht von Sophie und der Nachricht erzählt hatte, aber sie wusste, dass ihr Ärger fehl am Platz war. Jared wollte sie doch nur beschützen.

Sie ging in die Küche und rief nach Maggie, erstaunt darüber, dass ihre Katze noch nicht aufgetaucht war.

»Hier, Mieze, Mieze. Komm her, Maggie. Zeit fürs Frühstück.« Maggie mochte es nicht, wenn es draußen stürmte. So, wie der Wind jetzt um die Wände pfiff und sie knarren ließ, war es kein Wunder, dass die Katze sich irgendwo verkrochen hatte.

Lizzy suchte im Wohnzimmer nach ihr. »Maggie. Komm schon her, Mieze. Es ist alles in Ordnung.«

Maggie lag weder auf der Couch noch unter dem Kaffeetisch – zwei ihrer Lieblingsplätze. Als Lizzy die Papiere sah, die verstreut auf dem Boden herumlagen, dachte sie daran, wie viel Arbeit sie noch vor sich hatte. Außerdem hatte sie zum x-ten Mal das Gefühl, dass sie etwas Wichtiges übersehen hatte … etwas, das sich direkt vor ihrer Nase befand, aber das sie bisher noch nicht registriert hatte: *Sport, Tanzen, Schule, Schwimmen, Teenager, braune Augen … was konnte es nur sein? Was war ihr entgangen? Er hat Sophie umgebracht und er wird wieder töten.*

Gestern Abend war sie wieder einmal überrascht gewesen, wie viel Arbeit Jessica in so kurzer Zeit erledigt hatte. Anscheinend brachte sie Freunde und Verwandte der vermissten Mädchen mit dem ältesten Trick der Welt dazu, ihre Fragen zu beantworten: Sie erzählte ihnen wahrheitsgemäß, dass sie für eine Privatdetektei arbeitete und herausfinden wollte, ob es zwischen dem Verschwinden ihres eigenen Kindes und den Opfern des Spinnenmannes eine Verbindung gab. Sowohl Angehörige als auch Freunde und Bekannte hatten bereitwillig auf ihre Fragen geantwortet. Die Eltern der vermissten Kinder hatten es satt, ignoriert zu werden und nicht zu wissen, was los war. Sie wollten Antworten und es war ihnen egal, wer sie zutage förderte.

Sie verteilte die Papiere auf mehrere Stapel und legte sie auf den Kaffeetisch. Das Telefon klingelte und sie nahm noch vor dem zweiten Läuten ab. »Hallo.«

»Lizzy«, sagte er mit seiner vertrauten Roboterstimme, »bist du das?«

Sie blieb still und behielt das rote Lämpchen auf dem Kasten im Auge. Jimmy hatte ihr gesagt, sie müsse den Anrufer mindestens sechzig Sekunden in der Leitung halten. Das letzte Mal hatte sie gedacht, sie hätten ihn. Sie zählte bis zehn, schluckte und sagte dann: »Natürlich bin ich es. Ich dachte, Sie kennen mich besser als jeder andere.«

Da sie ihn atmen hörte, ging sie davon aus, dass er den Mund dicht an die Sprechmuschel gedrückt hielt. »Du fällst mir wieder vom Fleisch, Lizzy. Das sieht nicht gut aus. Als ich dich zum ersten Mal gesehen habe, hattest du mehr auf den Rippen. Was ist los mit dir?«

Sie presste die Zähne aufeinander. Ruhig bleiben. Am liebsten hätte sie ihm gesagt, er solle sich zum Teufel scheren, und dann aufgehängt, ließ es aber bleiben.

»Hat es dir auf einmal die Sprache verschlagen, Lizzy?«

»Ich bin noch da«, sagte sie schließlich. Sie blickte auf das rote Lämpchen und hoffte inständig, dass es zu blinken anfing. »Warum rufen Sie mich an? Was wollen Sie?«

»Das klingt schon besser. Das ist die willensstarke, entschlossene Lizzy, an die ich mich erinnere. Ich wollte einfach nur deine Stimme hören, Lizzy. Weißt du noch, wie wir zusammen *Morgen kommt der Weihnachtsmann* gesungen haben?«

Sie schloss die Augen und versuchte krampfhaft, die aufkommende Übelkeit zu unterdrücken. Die Sache mit dem Singen hatte sie vergessen. Es gab eine Menge Dinge, die sie ganz bewusst verdrängt hatte. Sie hatte nicht die geringste Lust dazu, in Erinnerungen zu schwelgen.

Plötzlich blinkte das rote Lämpchen. *Gott sei Dank.* »Ja, ich erinnere mich«, erwiderte sie. »Soll ich es Ihnen vorsingen?«

Er lachte. »Nein, das heb ich mir für später auf. Du weißt schon, wenn wir endlich wieder zusammen sind.«

Sie holte tief Luft.

»Was du in deinem Tagebuch geschrieben hast, gefällt mir. Ich bin allerdings überrascht, dass du mich nicht öfter darin erwähnt hast.«

Tief durchatmen, Lizzy. Einfach nur tief durchatmen. Er kann dein Tagebuch unmöglich gelesen haben. Er spielt nur mit dir. Aber woher wusste er, dass sie überhaupt ein Tagebuch führte?

»Bist du noch dran, Lizzy?«

Sie wartete. Das rote Lämpchen brannte jetzt kontinuierlich. »Ich bin da.« Jetzt hatten sie eindeutig eine Verbindung. Das kleine rote Lämpchen machte ihr Mut und sie fühlte sich entschlossener denn je, ihm das Handwerk zu legen. »Wie heißen Sie wirklich, Spinnenmann? Warum hören Sie nicht auf, ein Lügner und ein Feigling zu sein, der sich hinter den kindischen Namen von Comichelden und dämlichen Masken versteckt? Verraten Sie mir ihren richtigen Namen. Seien Sie verdammt noch mal ein Mann. Wie heißen Sie? Hank? Jim? Fred? Haben Sie Angst davor, mir Ihren richtigen …«

»Wenn jemand ein Lügner ist, dann du«, fiel er ihr ins Wort. In seiner Stimme lag blanker Hass. »Du hast deine Eltern belogen. Du bist ein Feigling und ein Dieb, Lizzy. Eine verdammte Hure und Schlampe. Du hast dich von deinem Freund vögeln lassen, nur damit er bei dir bleibt. Aber daraus wäre nie was geworden, Lizzy. Du hast dich umsonst entjungfern lassen. Deine Freundinnen haben dich hinter deinem Rücken eine Hure genannt. Ich hab dich wenigstens davor bewahrt, dass du es erfahren hast. Wir sehen uns bald. Das weißt du doch, oder?«

Stille.

»Ich hab ein Geschenk für dich dagelassen, Lizzy.« Er machte eine Pause und atmete heftiger.

Lizzy dachte gar nicht daran, aufzulegen. Ihretwegen konnte er den ganzen Tag reden.

»Geh wieder in dein Schlafzimmer und schau zum Fenster raus, wenn du mein Geschenk sehen willst. Bis bald, Lizzy.« *Klick.*

Sie bekam feuchte Hände. Der Hörer glitt ihr aus der Hand. Langsam ging sie ins Schlafzimmer. Eine innere Stimme warnte sie davor, nachzusehen, schrie sie förmlich an, sie solle zurück in die Küche gehen und Jared anrufen. Oder Cathy. Oder die Polizei.

Ruf an, wen du willst, aber was immer du auch tust, Lizzy, schau ja nicht zum Fenster raus, sagte die Stimme. Es war dieselbe Stimme, auf die sie vor vierzehn Jahren nicht gehört hatte: *Hör nicht auf die Schreie im Hinterzimmer. Geh nicht zu dem Mädchen zurück, Lizzy. Sei nicht blöd.*

Sie betrat das Schlafzimmer und ging dann mit zögernden, unsicheren Schritten auf das Fenster zu. Das Schaben und Kratzen war lauter geworden. Sie packte ein Stück moosgrünen Vorhang. *Tu's nicht, Lizzy!*

Sie zog den Vorhang ruckartig zur Seite. Dann sah sie es. Das Geschenk, von dem der Spinnenmann geredet hatte. Ihre Knie gaben nach und sie brach schluchzend zusammen.

Kapitel 22

Cathy blickte in den Rückspiegel und überprüfte ihr Make-up. Dann stieg sie aus und ging zusammen mit Brittany in die Zahnarztpraxis. Sie grüßte die Damen an der Rezeption und trug ihre Tochter auf dem Klemmbrett ein. Die Praxis war sauber und ordentlich, das Personal freundlich und effizient.

Sie sah sich um und hoffte, irgendwo Dr. McMullen zu sehen. Dabei hatte sie ein flaues Gefühl im Magen. Drei Zahnärzte teilten sich die Praxisräumlichkeiten. Sie waren alle nett, aber Dr. McMullen sah mit Abstand am besten aus. Weil er Charme und gute Manieren hatte, störte es Cathy überhaupt nicht, zu einem zusätzlichen Termin zu erscheinen.

Brittany saß bereits im Wartezimmer und blätterte in einer Ausgabe der Zeitschrift *People* herum, als Cathy Dr. McMullen aus seinem Sprechzimmer kommen sah. Er warf einen Blick zu ihr herüber und zwinkerte ihr kaum merklich zu, bevor die Sprechstundenhilfe ihm eine Akte reichte und zu einem Patienten führte, der auf einem der fünf Stühle an der Wand saß.

Als Richard gestern Abend nach Hause gekommen war, hatte Cathy gute Miene zum bösen Spiel gemacht und sich überschwänglich dafür bedankt, dass er sich um ihren BMW gekümmert hatte. Dann hatte sie ihm eine Portion gegrillten Lachs mit Broccoli zum Abendessen serviert. Nach dem Essen schlief er sofort auf der Couch ein und fragte sie nicht einmal, wie ihr Tag gewesen war. Er hatte überhaupt keine Ahnung, was zu Hause los war. Anscheinend nahm ihn seine Geliebte zu sehr in Anspruch. Heute Morgen war er sogar so früh aus dem Haus gegangen, dass sie keine Gelegenheit gehabt hatte, ihm von Lizzys Besuch oder dem FBI-Agenten zu erzählen, der auf der anderen Straßenseite parkte. Sie zuckte mit den Schultern. *Der Kerl kann mich mal*, dachte sie.

Cathy hatte diese Woche ein Kilo abgenommen. Es war schon komisch, wie ein bisschen Stress einem den Appetit verderben konnte. Heute Morgen hatte sie ihre beste schwarze Hose und ihren Lieblingspullover mit V-Ausschnitt hervorgeholt. In diesem Outfit sah sie aus, als hätte sie etwa fünf Kilo weniger auf den Rippen. Der Pullover gab den Blick auf ihr Dekolleté frei – ihr absoluter Trumpf. Außerdem hatte sie sich die Zeit genommen, ihre Haare in Locken zu legen. Sogar der FBI-Agent, der gegenüber im Auto saß, hatte sich im Sitz aufgerichtet, als sie vorhin aus dem Haus gegangen war.

»Hey Mom«, sagte Brittany, »hast du den Mathe-Nachhilfelehrer angerufen und einen Termin ausgemacht?«

»Hab ich dir das nicht schon gesagt? Du hast heute Abend einen Termin bei Mr. Gilman. Er kann nur um diese Zeit. Er klingt schon etwas älter. Bist du sicher, dass er der Richtige ist?«

Brittany nickte. »Er war mal Mathelehrer an der Carmen Junior High. Jenny sagt, er soll ganz nett sein. Und sie hat jetzt nur noch gute Noten.«

»Das klingt ja nicht schlecht, aber ich möchte ihn gerne kennenlernen. Ich gehe mit dir bis zur Haustür, wenn ich dich hinbringe. Oder vielleicht hat er auch ein Zimmer, wo die Eltern warten können.«

»Mom, das find ich jetzt aber nicht so toll. Kannst du nicht einfach heimfahren und eine Stunde später wiederkommen?«

»Es ist zwanzig Minuten von uns entfernt. Ich bleibe einfach im Auto sitzen und lese ein Buch.« Cathy entging es nicht, dass ihre Tochter leicht die Augen verdrehte. Sie wollte sie zwar nicht beunruhigen, konnte jedoch nicht das Risiko eingehen, sie allein zu lassen.

»Was ist mit Lizzy?«, fragte Brittany. »Kann ich sie nach der Schule sehen?«

»Das geht leider nicht. Sie hat diese Woche viel zu tun.« Cathy hatte im Augenblick keine Lust, mit ihrer Tochter über Lizzy zu reden. Sie musste erst in Ruhe über alles nachdenken. »Aber vielleicht klappt's nächsten Freitag. Mal sehen.«

»Brittany Warner«, sagte eine der Sprechstundenhilfen. »Dr. McMullen wird sich jetzt um dich kümmern.«

Cathys Nerven drohten mit ihr durchzugehen. Sie strich sich die Hose glatt und nahm eine aufrechte Haltung an. Dann ging sie mit ihrer Tochter in das Behandlungszimmer, wo Dr. McMullen sich soeben von einem Patienten verabschiedete. Die Sprechstundenhilfe deutete auf einen Behandlungsstuhl am Ende der Reihe. Es entging Cathy nicht, dass der Zahnarzt ihr nachblickte, als sie Brittany zu dem Stuhl begleitete. Sie lächelte ihn an und sah dann schüchtern weg.

Einen Augenblick später begrüßte Dr. McMullen Cathy freundlich mit Handschlag. »Na, was haben wir denn hier? Ich dachte, ich würde Sie erst wieder in zwei Monaten sehen.«

Cathy lief rot an. »I-ich hätte auch nicht gedacht, dass wir so schnell wieder zu Ihnen kommen würden. Ich fürchte, bei Brittanys Spange ist ein Draht kaputt.«

Aus Dr. McMullens Kehle drang ein gedämpftes Lachen. Cathy fragte sich, ob er lachte, weil ihr Verhalten so offensichtlich war. *Die Frisur, die hübsche Kleidung ... hatte sie sich damit lächerlich gemacht?*

Dr. McMullen setzte sich neben den Behandlungsstuhl, auf dem Brittany saß. Mit einem Spiegel schaute er ihr in den Mund und überprüfte sämtliche Drähte. »Ja, da ist tatsächlich einer kaputt.«

Cathy wurde schon wieder rot. Lächerlich. Sie kam sich vor wie ein kleines Mädchen. »Hätten wir bis zum nächsten Termin warten sollen?«

»Aber nein. Es ist gut, dass Sie sofort gekommen sind. Verantwortliche Eltern wie Sie machen mir den Job leichter.« Er streckte die Hand aus und ergriff die ihre. »Sie haben vollkommen richtig gehandelt.«

Cathy blickte auf ihre Hand und zog sie zurück, als sie merkte, dass Brittany sie komisch ansah. Schuldgefühle stiegen in ihr hoch, und zwar nicht wegen Dr. McMullen, sondern weil sie beschlossen hatte, sich von Richard zu trennen. Vielleicht nicht jetzt, aber bald. Sehr bald sogar.

Freitag, 19. Februar 2010, 9:15 Uhr

Das Klappern ihrer hohen Absätze auf dem Asphalt hallte von den Wänden der Tiefgarage wider. Nancy Moreno hielt in der einen Hand ihren Autoschlüssel und in der anderen eine Dose Pfefferspray. Sie war mit den Nerven fix und fertig. Seit dem Besuch bei ihrer Therapeutin hatte sie das Gefühl, dass jemand sie beobachtete.

Sie ließ ihren Blick von einem Auto zum nächsten wandern und hielt Ausschau nach verdächtigen Bewegungen und Schatten. Die Tiefgarage war gut beleuchtet. Das Sicherheitspersonal machte im Dreißig-Minuten-Takt die Runde und dennoch fühlte sie sich wie auf dem Präsentierteller. Am liebsten würde sie jemandem von dem Telefongespräch und dem Pakt mit dem Teufel erzählen, den sie geschlossen hatte. Aber wem nur? Sie war noch nicht dazu bereit, an die Öffentlichkeit zu gehen. Wenn sie Cunningham einweihte, würde der es sich nicht zweimal überlegen und die Story über ihr Gespräch mit dem Wahnsinnigen jede volle Stunde in den Nachrichten bringen.

Gestern Nacht war sie lange aufgeblieben und hatte Lizzy Gardners Patientenakte gelesen. Linda Gates hatte darin unzählige Notizen gemacht, die Aufschluss über zwei Monate unvorstellbaren Horror gaben. Die Grausamkeiten, zu denen der Spinnenmann fähig war, kannten anscheinend keine Grenzen.

Nancy war sich darüber im Klaren, dass es eigentlich nur einen Menschen gab, mit dem sie reden sollte, und zwar Lizzy Gardner selbst. Plötzlich vernahm sie den dumpfen Klang von Schritten und blickte über ihre Schulter nach hinten.

Aber da war niemand.

Sie parkte schon seit Jahren in dieser Garage und hatte sich dabei nie unsicher gefühlt. Bis jetzt. Sie beschleunigte ihre Schritte. Sie hätte nie Lizzy Gardners Akte entwenden sollen.

Sie hatte jetzt etwas in ihrem Besitz, hinter dem dieses Monster her war.

Wenn das, was in der Akte stand, auch nur annähernd stimmte, würde nichts den Spinnenmann davon abhalten, sie sich zu holen. Plötzlich flackerten die Neonröhren über ihrem Kopf.

Scheiße. Das Herz schlug ihr bis zum Hals.

Wieder ertönten Schritte, näher diesmal, und schneller.

Zum Teufel damit. Sie rannte, was das Zeug hielt.

Freitag, 19. Februar 2010, 9:26 Uhr

Jared hämmerte mit den Fäusten gegen Lizzys Tür. *Wo steckte sie nur?* Er hatte dreimal in ihrem Büro angerufen. Beim dritten Versuch war Jessica rangegangen und hatte ihm gesagt, dass sie sich Sorgen wegen Lizzy machte, da sie ausgemacht hatten, sich früh am Morgen zu treffen. Lizzy ging zu Hause weder ans Telefon noch an die Tür.

Er eilte die Treppenstufen hinunter und versuchte, durch das Küchenfenster ins Innere des Hauses zu blicken. Aber dafür hätte er eine Leiter gebraucht. Er ging zurück zur Tür und klopfte erneut. »Lizzy, lass mich endlich rein.«

Der Wind verursachte einen Höllenlärm. Er ließ die Bäume zittern, sodass die Äste gegen das Haus schabten. Jared flatterten die Haare kreuz und quer über die Stirn. »Lizzy«, schrie er, »ich bin's. Lass mich rein. Alle machen sich Sorgen um dich.«

Ein Ast zerbrach in zwei Teile und fiel auf die Straße.

»Jared, bist du das?«

Gott sei Dank. »Lizzy«, sagte er noch einmal und versuchte, ruhig zu klingen, als er zur Haustür zurücklief. »Ich bin's, Jared. Schau durch den Spion, Lizzy.«

Er stand weit genug von der Tür weg, dass sie ihn sehen konnte. »Siehst du mich?«

»Maggie ist tot«, sagte sie.

Er lehnte sich mit der Stirn an die Tür. Die Nachricht stimmte ihn traurig, aber gleichzeitig verspürte er Erleichterung darüber, dass Lizzy noch lebte. Während der letzten zwanzig Minuten hatte er daran seine Zweifel gehabt. »Wo ist Maggie?«

»Draußen vor meinem Schlafzimmerfenster. Ich weiß nicht, was ich machen soll.«

»Bleib, wo du bist. Ich kümmere mich um Maggie und dann komme ich wieder und klopfe. Lass solange die Tür verschlossen. Okay, Lizzy?«

Er wartete ihre Antwort nicht ab, sondern rannte die Treppe zum Gehsteig hinunter und nahm dabei zwei Stufen auf einmal. Er warf einen Blick auf die hohen Äste des großen Ahornbaums vor Lizzys Schlafzimmerfenster und eilte in diese Richtung. Der Baum war fast zwanzig Meter hoch und hatte dicke, kahle und miteinander verwachsene Äste. Ein schwarz-weißer Pelzknäuel hing an einem Seil. Maggie. Verdammt.

Er musste Maggie da herunterholen, bevor Lizzy noch mal aus dem Fenster schaute. Er eilte im Laufschritt zu seinem Yukon Denali, der auf der anderen Straßenseite parkte, und fuhr damit auf den Gehsteig unter dem Baum. Dann holte er ein Paar Handschuhe aus dem Kofferraum, um vorhandene Spuren so weit wie möglich unversehrt zu lassen. Jimmy würde sich nicht darüber freuen, aber das war ihm egal. Jared stellte sich auf das Autodach und machte sich daran, die Knoten im Seil zu lösen. Wenige Minuten später hielt er Maggie in den Armen. Er leerte den Inhalt eines Kartons im Kofferraum aus und legte die tote Katze vorsichtig hinein. Dann machte er einen Anruf.

Zwanzig Minuten später durchkämmte Jimmy Martin zusammen mit zwei Kollegen Lizzys Wohnung und die unmittelbare

Umgebung. Jared brachte Lizzy eine heiße Tasse Tee. Sie saß auf der Couch. Eine Decke hing lose um ihre Schultern. Ihre Listen lagen auf dem Boden verstreut. Sie scheuchte jeden weg, der versuchte, die Papiere durcheinanderzubringen.

»Sieht ganz so aus, als hätten Sie den Spinnenmann lange genug in der Leitung gehalten, dass wir feststellen können, von wo aus er angerufen hat«, sagte Jimmy zu ihr. »Der Anruf kam von einer Tankstelle im Zentrum von Sacramento, nicht weit vom Broadway. Einer von unseren Leuten ist gerade dort und sucht nach Fingerabdrücken.«

»Und was ist mit Lizzys Büro?«, fragte Jared.

Jimmy trat mit der Spitze seines Schuhs auf den Rand eines von Lizzys Papieren. »Noch mehr Listen?«

»Ja, und ich gehe jede davon zweimal durch«, erwiderte sie tonlos.

»Das letzte Mädchen«, sagte er und deutete auf ein Bild, das an eines der Blätter geheftet war, »ist eindeutig eine Ausreißerin.«

Lizzys Miene verfinsterte sich. »Das ist nicht Ihre Liste, sondern meine. Ob Sie mir dabei helfen oder nicht, ich werde den Spinnenmann finden.«

Jimmy sah Jared an und gab ihm mit einem Nicken zu verstehen, dass er ihn unter vier Augen sprechen wollte.

»Wenn Sie etwas sagen wollen, dann tun Sie es ruhig hier«, sagte Lizzy.

»Gegenüber dieser Tankstelle«, sagte Jimmy, »ist ein lokaler Nachrichtensender, Kanal 10. Jemand hat zweimal von dort aus hier angerufen.« Er sah Lizzy an. »Haben Sie eine Idee, wer das gewesen sein könnte?«

»Keine Ahnung«, sagte Lizzy, ohne seinen Blick zu erwidern.

»Lassen Sie die Finger von den Medien, bis ich Ihnen sage, dass es in Ordnung ist.«

Sie deutete einen militärischen Gruß an. »Jawohl, Sir.«

»Wie konnte er an die Katze herankommen, wenn sämtliche Türen verriegelt waren?«, wollte Jimmy wissen.

»Maggie muss wohl nach draußen gehuscht sein, als ich gestern Nacht zur Tür hinausgegangen bin«, sagte Jared. »Nur so kann er sie erwischt haben.«

Jimmy schrieb etwas in sein Notizbuch. Dann sah er Lizzy an. »Sie haben nicht vor, heute noch irgendwo hinzugehen, oder?«

»Sobald Sie und Ihre Leute weg sind, fahre ich ins Büro. Und heute Abend um sieben halte ich an der Granite Bay High School vor mehreren Dutzend junger Mädchen einen Vortrag darüber, wie man sich in dieser verrückten Welt vor Gefahren schützt.«

»Ich finde, das ist keine gute Idee.«

»Pech für Sie. Der Scheißkerl hat Sophie umgebracht und jetzt auch noch Maggie. Ich werde nicht zulassen, dass er mich davon abhält, ein normales Leben zu führen.«

Jimmy schnaufte.

»Und damit Sie's nur wissen«, fügte Lizzy hinzu, »falls der Kerl mir zu nahe kommt, schieß ich ihm ein Loch in den Kopf und mache diesem Irrsinn ein Ende.«

Jimmy blickte zu Jared hinüber und hob beide Hände. »Rede du mit ihr.« Dann ging er nach draußen, wo die Leute von der Spurensicherung die Umgebung nach Hinweisen absuchten.

»Wo ist Maggie jetzt?«, fragte sie Jared.

»In meinem Auto. Ich kümmere mich um sie.«

»Ich will nicht, dass du sie auf den Müll oder sonst wo hinwirfst.«

»Die Jungs von der Spurensicherung müssen sie sich erst ansehen. Wenn sie fertig sind, hab ich mir gedacht, dass ich sie zu mir nach Hause mitnehme und sie im Garten begrabe. Kannst du dich noch an meine Retriever-Hündin Sadie erinnern?«

Sie nickte.

»Sie liegt dort neben einem Kirschbaum begraben.«

Lizzy sagte nichts.

Jared setzte sich neben sie auf die Couch. Er beugte sich zu ihr und küsste sie zärtlich auf die Stirn. »Sadie ist noch nie einer Katze begegnet, die ihr nicht gefallen hat.«

Lizzy wandte sich von ihm ab.

»Das mit Maggie tut mir leid. Ich hätte besser auf sie aufpassen sollen.«

»Es war meine Schuld. Sie hat schon öfter versucht, sich aus der Wohnung zu schleichen, aber gestern Nacht hab ich nicht aufgepasst. Ich war zu sehr damit beschäftigt, mir Sorgen darüber zu machen, was der Spinnenmann als Nächstes plant. Ich weiß nicht, wie lange ich das noch aushalte.«

»Wir werden ihn schon kriegen, Lizzy.«

Sie lehnte sich mit dem Kopf an seine Schulter. »Mach keine Versprechen, die du nicht halten kannst.«

Er war FBI-Agent geworden, weil er die Menschen, die ihm etwas bedeuteten, beschützen wollte. Aber erst jetzt wurde ihm eine einfache Tatsache bewusst: Jemanden, den man liebte, beschützen zu wollen und es auch tatsächlich zu tun, waren zwei Paar Stiefel.

Kapitel 23

Nach stundenlangen Internetrecherchen zu den vermissten Mädchen wurde Lizzy allmählich unruhig. Jared hatte sie vor ein paar Stunden ins Büro gefahren und wollte erst um sechs wiederkommen. Sie durfte nicht ständig an die arme Maggie denken. Schließlich wandte sie sich Jessica zu. »Sind Sie heute mit Ihrem eigenen Auto da oder hat Ihr Bruder Sie hergebracht?«

»Mit meinem Auto.«

Lizzy stand auf und machte eine Handbewegung in Richtung Tür. »Dann kommen Sie. Das Benzin geht auf meine Rechnung.«

Jessica griff nach ihrer Handtasche. »Wohin fahren wir?«

Lizzy hielt ihr Notizbuch hoch. »Wir haben mindestens ein Dutzend Ärzte auf unserer Liste von Verdächtigen. Auf geht's!«

Jessica folgte Lizzy zur Tür hinaus. »Ich dachte, Sie hätten Ihrem Freund versprochen, hierzubleiben, bis er wiederkommt.«

»Er ist nicht mein Freund.«

»Schade.«

Lizzy schloss hinter ihnen die Tür ab. »Wieso?«

»Er sieht toll aus und, na ja, er verhält sich Ihnen gegenüber sehr fürsorglich. Das finde ich wirklich nett.«

»Ich lebe schon zu lange allein, als dass ich jemanden bräuchte, der mir ständig nachläuft und mir sagt, was ich tun soll.«

»Wie alt sind Sie eigentlich?«

»Lassen wir's.«

Es war fast vier Uhr, als Jessica und Lizzy die Praxis von Dr. Griffin verließen und auf Jessicas VW-Bus zuhielten. Es war einer von diesen Retrobussen, in denen in den siebziger Jahren so manches Kind gezeugt worden war.

Lizzy stemmte sich beim Gehen gegen den heftigen Wind. Die Bäume auf der anderen Straßenseite schwankten hin und her. Bis um acht Uhr abends sollten die Windböen eine Geschwindigkeit von hundert bis hundertdreißig Stundenkilometern erreichen.

Lizzy kletterte auf den Beifahrersitz und schloss die Tür. Jessica ging vorne um den Bus herum und setzte sich hinters Steuer. Keiner sagte etwas. Sie waren bis jetzt bei fünf Ärzten gewesen und hatten alle von ihrer Liste gestrichen. Zwei von ihnen waren weit über sechzig und kamen schon allein deshalb nicht mehr als Verdächtige infrage. Ein anderer Arzt war nur knapp einen Meter sechzig groß und außerdem viel zu jung. Der Vierte auf der Liste hatte sich zu der Zeit, als die ersten drei Morde begangen wurden, in Afrika aufgehalten. Sie mussten Geduld haben. Das Ganze war ein Ausleseprozess. Die Praxis, aus der sie gerade kamen, hatte – wie alle anderen auch – kahle weiße Wände, einen starken antiseptischen Geruch und einen Abfallbehälter zur Entsorgung von biologisch gefährlichem Material, der voll mit gebrauchten Spritzen war.

Im Gegensatz zu den anderen Ärzten auf der Liste passte Dr. Griffins Alter auf den Mann, nach dem sie suchten. Außerdem war er groß und breitschultrig und trug einen gut geschnittenen blauen Anzug. Auf seiner geraden Nase saß eine Brille mit Stahlfassung und er hatte ein freundliches Lächeln, das bis in seine Augen reichte.

Jessica bog auf die Hauptstraße ein. »Kam Ihnen bei Dr. Griffin irgendetwas bekannt vor?«

»Nein«, erwiderte Lizzy. »Vom Alter, der Größe und dem Gewicht her könnte er passen aber er hatte eine kleine Kinnspalte. Die hatte der Spinnenmann nicht.«

Jessica seufzte. »Das einzig Gefährliche an Dr. Griffin war sein tolles Lächeln. Das kann einen glatt umhauen.«

Die ungeschminkten Worte überraschten Lizzy, und sie konnte nicht umhin, darüber zu lächeln.

»Wir müssen den Kerl kriegen«, sagte Jessica.

»Es gibt da etwas, worüber ich mit Ihnen reden möchte.« Vor ein paar Tagen hatte Lizzy eine düstere Vorahnung gehabt, in der sie Jessica in einer Blutlache liegen sah. Wenn der Spinnenmann hinter ihr her war, bestand die Gefahr, dass ihm auch Jessica über den Weg lief. »Ich will Ihnen nicht zu nahe treten, Jessica, aber ich bin mir nicht sicher, ob es eine gute Idee ist, wenn Sie so eng mit mir zusammenarbeiten. Verstehen Sie mich bitte nicht falsch. Ich bin gerne mit Ihnen zusammen und ich finde, dass Sie hart arbeiten. Sie sind jeden Cent wert, den ich Ihnen zahle, aber ...«

»Bis jetzt habe ich keinen müden Cent von Ihnen bekommen.«

Lizzy rümpfte die Nase. »Sind Sie sich da sicher?«

»Absolut.«

»Oh, das tut mir leid. Machen Sie mir eine Aufstellung über die Stunden, die Sie bis jetzt gearbeitet haben, und ich kümmere mich so bald wie möglich darum.«

»Wollen Sie mich rausschmeißen?«

»Aber nein.« Lizzy kratzte sich am Kopf. »Es ist nur so, dass ich Sie viel zu sympathisch finde, als dass ich Sie in noch größere Gefahr bringen möchte, als dies ohnehin schon der Fall ist. Wer auch immer Sophie umgebracht hat, hat sich bisher erst warmgelaufen. Wer weiß, wen er sich als Nächstes schnappt.«

»Sie dürfen mich nicht vor die Tür setzen, Lizzy. Ich hab Ihnen bis jetzt nie etwas von mir erzählt, weil ... na ja, weil es ziemlich klar ist, dass Sie nichts von meinen persönlichen Problemen wissen wollen.«

»Das hab ich nie gesagt.«

Jessica schnaubte. »Sie brauchen mir nichts vorzumachen. Ich bin nicht Ihr Freund.«

Langsam ging ihr das Mädchen auf die Nerven. »Er ist nicht mein Freund.«

»Ja, ja, schon gut. Denken Sie daran, ich bin Psychologie-studentin.«

Lizzy sagte nichts. Sie konnte es wohl verkraften, wenn Jessica ihren Frust abließ.

»Der Grund, warum ich nicht nach New Jersey geflogen bin, war, dass meine Mutter vor Kurzem wieder mit dem Trinken angefangen hat. Und jetzt weigert sie sich, zu den Anonymen Alkoholikern zu gehen. Kurz davor hat mein Freund sich bei den Marines verpflichtet. Ich hab bisher keinem was davon erzählt, aber mit all dem Stress, den ich zurzeit habe, habe ich mein erstes D in Psychologie bekommen. Der Dekan hat mir mitgeteilt, dass ich jetzt gefährdet bin.«

»Das tut mir leid.«

»Das ist noch längst nicht alles. Mein Bruder kann nicht länger mit ansehen, wie es mit unserer Mutter bergab geht. Er will jetzt bei einem Freund in New Jersey einziehen und ich soll dann selbst sehen, wie ich allein mit unserer Mutter zurechtkomme. Es klingt traurig, aber momentan ist dieser gefährliche Job bei Ihnen, für den ich kein Geld bekomme, das Beste in meinem Leben. Und deshalb werde ich auf gar keinen Fall zulassen, dass Sie mich rausschmeißen.«

»Ist das alles?«

Jessica blieb an der Ampel stehen und sah zu ihr hinüber. »Ja. Es sei denn, es interessiert Sie, dass ich mir einen Zeh gestoßen und mich mit der Rasierklinge geschnitten habe.«

»Sie haben sich den Zeh gestoßen? Das klingt ja furchtbar.«

Jessica sah sie an, als wäre sie verrückt geworden. Dann sah sie, wie Lizzy grinste, und musste lachen.

Lizzy lachte ebenfalls und deutete auf die Ampel, die auf Grün umgesprungen war.

Nachdem sie eine Weile geschwiegen hatten, blickte Jessica in den Rückspiegel. »Wir wissen nicht, was für ein Auto der Spinnen-mann fährt, oder?«

Es hatte sich gut angefühlt, zusammen mit Jessica zu lachen, aber jetzt sorgte ihre Frage dafür, dass Lizzy der Spaß wieder verging. »Wie kommen Sie darauf?«

»Weil ich schwören könnte, dass ich diesen blauen Geländewagen schon vor einer dreiviertel Stunde auf dem Weg zu Dr. Griffins Praxis gesehen habe.«

Lizzy löste ihren Sicherheitsgurt, damit sie sich umdrehen und besser nach hinten sehen konnte. Sie nahm ihren Rucksack vom Rücksitz und durchwühlte es nach ihrem Fernglas. Verdammt. Sie hatte es in ihrem Auto liegen lassen. Der blaue Geländewagen fuhr drei Wagenlängen hinter ihnen auf ihrer Spur. »Fahren Sie auf die andere Spur.«

Jessica tat, wie ihr geheißen. Sekunden später machte der Geländewagen es ihr nach. Lizzy konnte weder Ziffern noch Buchstaben auf dem Nummernschild erkennen. »Fahren Sie wieder zurück.«

Jessica wechselte wieder die Spur. Einen Augenblick später tat der Fahrer des Geländewagens dasselbe. »Fahren Sie bitte bei nächster Gelegenheit rechts ran. Wenn der Wagen an uns vorbeifährt, folgen Sie ihm.«

Jessica hielt das Lenkrad fest umklammert. Entschlossenheit machte sich in ihrem Gesicht breit. Sie presste die Lippen zusammen und blickte stur geradeaus.

Lizzy behielt den Geländewagen im Auge, als Jessica neben einem Stadtpark am Straßenrand hielt.

Ihr Verfolger raste an ihnen vorbei. »Schnappen wir ihn uns. Es ist ein Mann. Er hat einen Schnurrbart und trägt eine Pilotensonnenbrille.«

Jessica fuhr wieder auf die Fahrbahn und trat das Gaspedal durch. Sie befanden sich eine Wagenlänge hinter dem Geländewagen, als dieser plötzlich seine Fahrt beschleunigte und davonraste.

Lizzy grapschte sich einen Kugelschreiber und kritzelte 4L auf die erste Seite von Jessicas Notizblock, der zwischen ihnen lag.

»Ich glaube, er hat uns bemerkt«, sagte Jessica. Sie wechselte auf die andere Spur und gab Gas. Die Karosserie des VW-Busses klapperte und es hörte sich so an, als würden alle vier Räder abfallen.

Lizzy legte den Sicherheitsgurt wieder an und behielt den Geländewagen im Auge, während Jessica ständig die Spur wechselte. In jeder Kurve rechnete Lizzy damit, dass der Bus umkippte. Der starke Wind machte die Sache auch nicht besser. Vor ihnen schaltete die Ampel auf Gelb. Der Geländewagen raste über die Kreuzung. Jessica drückte aufs Gaspedal. Als sie bei Rot über die Ampel rasten, ertönte um sie herum ein Hupkonzert. »Ich lasse ihn nicht entwischen. Vielleicht hat er Mary.«

Lizzy verstand nicht ganz, was Jessica da redete, aber für Fragen fehlte ihr die Zeit. Sie griff nach ihrem Handy und rief Jared an. Er nahm nach dem ersten Klingeln ab. »Ich bin's, Lizzy. Ich hab jetzt keine Zeit für lange Erklärungen, aber ich brauche Hilfe. Ich folge gerade einem dunkelblauen Geländewagen, Mittelklasse-GMC …«

Jessica riss das Steuer herum und Lizzy fiel das Handy aus der Hand. Jessica drängte auf der rechten Fahrspur an mehreren Autos vorbei. Die Räder auf der linken Seite des Busses hoben von der Fahrbahn ab. Lizzy hielt sich an der Konsole fest. Sie hörte Jareds Stimme, konnte aber nichts tun. Sie bereitete sich auf einen Zusammenprall vor. Dann schlugen die Räder wieder mit einem dumpfen Geräusch auf dem Asphalt auf und Jessica drückte voll aufs Gas. Das Mädchen war wirklich durchgeknallt.

Lizzy lehnte sich vor. Sie konnte das Nummernschild des GMC Terrain beinahe erkennen, aber dann fuhr der Wagen durch eine Tankstelle, und sie ging davon aus, dass er sie abgehängt hatte. Doch Jessica raste um ein Gebäude herum und sie hatten ihn wieder.

Das Mädchen ließ die Daytona 500 wie ein Kinderspiel aussehen.

Als das Handy in ihre Richtung rutschte, hob Lizzy es vom Boden auf. »Alles klar.«

»Was zum Teufel ist hier los?«

»Ein Unbekannter hat uns mit dem Auto verfolgt, aber jetzt haben wir den Spieß umgedreht. Ich glaube, es ist der Spinnenmann. Setz jemanden auf den Kerl an, bevor er uns durch die Lappen geht. Wir sind auf der Sunset Avenue, gleich hinter dem Pleasant Grove Boulevard. Er fährt einen dunkelblauen GMC Terrain.«

Jared Shayne war ein ausgeglichener, geduldiger und verständnisvoller Mensch, der in Stresssituationen einen kühlen Kopf bewahrte. Manchmal wirkte er nahezu unheimlich. Nur zu gerne würde sie einmal sehen, wie es war, wenn er sich ärgerte. »Ich habe die Polizei verständigt«, sagte er. »Sie hören unser Gespräch mit. Konntest du den Fahrer erkennen?«

»Er trägt eine Pilotensonnenbrille und hat einen Schnurrbart. Ansonsten kann ich nur schlecht durch die getönten Scheiben sehen.«

Plötzlich raste der Geländewagen mit quietschenden Reifen über den Mittelstreifen auf die zweispurige Gegenfahrbahn. Ein roter Honda wich auf den Fahrradweg aus und der Wagen dahinter krachte gegen sein Heck.

»Oh, Scheiße!« Lizzy fiel das Handy wieder aus der Hand. Sie hielt sich an der Konsole fest, als Jessica ebenfalls über den Mittelstreifen hinwegsetzte und dabei eine Reihe frisch gepflanzter Bäume mitnahm.

Der Bus prallte mit dem rechten Vorderreifen gegen etwas Hartes und sie wurden ruckartig nach vorne geschleudert. Für einen kurzen Augenblick bekam Lizzy keine Luft mehr, als sie mit kreischenden Bremsen auf einem Grashügel zum Stehen kamen. Einer der Hinterreifen des Busses flog über die Gegenfahrbahn und schließlich über einen Zaun auf der anderen Straßenseite.

Wütende Fahrer hupten im Vorbeifahren und schüttelten die Fäuste. Jessica drückte ebenfalls auf die Hupe, als ihr jemand den ausgestreckten Mittelfinger zeigte. »Fickt euch«, schrie sie zum Fenster hinaus. »Wir sind hinter einem Mörder her, ihr bescheuerten Vollidioten.«

Lizzy war sprachlos und gleichzeitig froh darüber, noch am Leben zu sein. Das Mädchen hatte Mumm und obendrein eine deftige Ausdrucksweise.

Jessica umklammerte das Lenkrad. Sie machte den Eindruck, als stünde sie kurz davor, es abzureißen und gleichzeitig

Feuer zu speien. »Nicht zu fassen, wie nahe wir an ihm dran waren. Um ein Haar hätten wir ihn geschnappt!« Jessica stieß mit dem Finger in die Richtung, in die der GMC verschwunden war. »Ich kann immer noch nicht fassen, dass er uns abgehängt hat. Ich hab ihn entwischen lassen.« Sie schüttelte angewidert den Kopf.

»Was ist los?«, fragte Lizzy. Ihr Puls ging dreimal so schnell wie sonst. »Wer ist Mary?«

Jessica langte über Lizzys Schoß, öffnete das Handschuhfach, holte ein Bild hervor und reichte es Lizzy. Es war ein Foto im Format dreizehn auf achtzehn Zentimeter, das zwei Mädchen in einem Garten zeigte. »Das sind meine ältere Schwester Mary Crawford und ich. Sie ist die auf der Schaukel.«

Mary Crawford, dachte Lizzy. Eines der vermissten Mädchen auf ihrer Liste.

»Gleiche Mutter, verschiedene Väter«, sagte Jessica als Erklärung für die unterschiedlichen Nachnamen. »Mary ist vor vierzehn Jahren verschwunden. Ich glaube, dass sie noch lebt. Ich will sie finden und dafür sorgen, dass ihr Entführer büßen muss für das, was er mir und meiner Familie angetan hat.«

Lizzy sah sich das Foto genauer an. Ein Mädchen saß auf der Schaukel, das ältere stand dahinter und hielt sich an den Seilen fest. Beide lächelten. Beide hatten große braune Augen und strahlten. Lizzy verließ der Mut. Was das ältere Mädchen auf der Schaukel anging, gab es keinen Zweifel. *Sie war es.* Das stumme Mädchen war Jessicas Schwester.

Freitag, 19. Februar 2010, 18:15 Uhr

Mr. Louis, ein hochgewachsener Mann mit schlohweißem Haar, stand vor einer Gruppe von siebzig bis achtzig Zuhörern, die sich in der Turnhalle der Highschool versammelt hatten.

Lizzy stand abseits neben dem Projektor, während Mr. Louis zu den Schülern und ihren Eltern sprach.

»Meine zwei jüngsten Töchter sind jetzt sechzehn und fünfzehn Jahre alt. Wie viele von Ihnen wissen, gehen sie auf die Granite Bay High School«, begann er seinen Vortrag. »Meine älteste Tochter, Dana, würde nächste Woche ihren zwanzigsten Geburtstag feiern, wenn sie nicht in ihrer zweiten Woche auf dem College mitten auf dem Campus entführt worden wäre. Das war vor zwei Jahren.«

Lizzy drückte auf den Knopf und startete die Dia-Show auf der großen Leinwand hinter Mr. Louis. Das erste Bild zeigte Dana als Baby; danach sah man Dana im Krankenhaus in den Armen ihrer Mutter. Weitere Bilder folgten, auf denen Dana an ihrem ersten Schultag, bei einem Schulausflug auf eine Kürbis-Farm, im Prinzessinnenkostüm und bei anderen Gelegenheiten gezeigt wurde.

Als Jared die Turnhalle betrat, fiel ein wenig Licht durch den Türspalt. Er setzte sich in die letzte Reihe. Ein paar Stunden zuvor hatte er Lizzy und Jessica am Unfallort aufgesucht. Dabei hatte er mit der Polizei geredet und dafür gesorgt, dass Jessica keinen Strafzettel wegen rücksichtslosen Fahrens bekam. Allerdings musste sie sich von mehreren Polizisten eine ordentliche Stand-pauke anhören.

Leider war es der Polizei nicht gelungen, den Geländewagen ausfindig zu machen. Sie warteten, bis der Abschleppwagen kam, und fuhren danach mit Jared zum Cosumnes River College. Dort zeigten sie das Foto des Fahrradkuriers herum, der das Bargeld in Lizzys Büro gebracht hatte. Da der Campus nahezu verlassen war, hängten sie das Bild im Sekretariat aus, zusammen mit der Bitte um sachdienliche Hinweise.

»Zwei Tage, nachdem Dana verschwunden war«, sagte Mr. Louis gerade, »fand man ihre Leiche. Jemand hatte sie in den Straßengraben geworfen, als ob ihr Leben nichts wert war.«

Er machte eine kurze Pause, um sich zu sammeln. »Ich bin heute Abend hierhergekommen, um Ihnen zu sagen, dass ihr Leben *schon* etwas wert war. Sie hat vielen Menschen etwas bedeutet. Es kostete mich und meine Frau sehr viel Kraft, weiterzumachen. Zu der Zeit lebten unsere anderen zwei Töchter noch zu Hause und brauchten uns. Ein paar Monate nach Danas Beerdigung meldeten wir die beiden bei einem Selbstverteidigungskurs an.«

Er hielt einen Moment inne und ließ den Blick durch den Raum schweifen. Dabei sah er seinen Zuhörern in die Augen. »Während der letzten Jahre haben viele Familien mit mir Kontakt aufgenommen und mir mitgeteilt, dass sie um das Leben ihrer Kinder bangen, aber nicht das Geld haben, um sich Karatekurse mitsamt der dazugehörigen Ausrüstung leisten zu können. Kein Kind sollte unvorbereitet sein und deswegen habe ich ein Selbstverteidigungs-Video produziert, das Sie sich kostenlos im Internet herunterladen können. Elizabeth Gardner hat sämtliche Informationen darüber. Wer daran interessiert ist, möge sich bitte an sie wenden.«

Nachdem der Applaus verklungen war, setzte Mr. Louis sich und Lizzy schaltete die Beleuchtung ein. »Danke, Mr. Louis.«

»Was ist, wenn man *Feuer* ruft?«, fragte eine junge Frau. »Reicht das, um einen Entführer zu vertreiben?«

»Man sollte alles Mögliche versuchen, um sich in Sicherheit zu bringen«, sagte Lizzy. »Schreien, treten, um sich schlagen. Und sich auf gar keinen Fall in ein Auto zerren lassen.«

»Es gibt kostenlose Programme«, fügte sie hinzu, »und Menschen wie Mr. Louis, die jungen Frauen helfen möchten, sich zu wehren. Und trotzdem wissen die meisten Leute nicht, dass jeder vierte Teenager Gefahr läuft, sexuellen Übergriffen zum Opfer zu fallen. Allein in den Vereinigten Staaten gibt es jedes Jahr ungefähr hunderttausend Entführungen. Und augenblicklich laufen über eine halbe Million registrierte Sexualtäter frei herum.«

»Kein Wunder, dass man den Spinnenmann noch nicht erwischt hat«, rief jemand dazwischen.

Lizzy hatte eigentlich keine Lust, über den Spinnenmann zu reden, aber sie wollte keine Gelegenheit auslassen, ihr Wissen und ihre Erfahrung unter die Leute zu bringen. »Das ist richtig. Diese Kerle findet man genauso schwer wie die sprichwörtliche Nadel im Heuhaufen. Sie haben sich ja nicht das Wort ENTFÜHRER auf die Stirn tätowiert.«

Sie deutete auf einen jungen Mann, der die Hand hob.

»Woher wollen Sie wissen, wie so einer aussieht?«, fragte er. »Ich hab in der Zeitung gelesen, dass Sie sich nicht einmal daran erinnern, wie der Mann aussieht, der Sie entführt hat, und das, obwohl Sie zwei Monate lang mit ihm zusammen waren.«

Lizzy hatte keine Lust, sich von dem Typen provozieren zu lassen. Sie wollte gerade zu einer Erklärung darüber ansetzen, dass es draußen manchmal dunkel ist und dass ihr Entführer schwarze Kleidung und eine Maske getragen hatte, aber da erhob sich eine andere Schülerin und kam ihr zuvor.

»Was ist dein Problem?«, fragte das Mädchen. »Sie ist hier, um uns zu helfen, du Arschloch.«

Es war Hayley Hansen. Gott sei Dank war mit ihr alles in Ordnung. Lizzy hatte sich um das Mädchen Sorgen gemacht, seitdem sie zu ihr in die Wohnung gekommen und dann verschwunden war.

Der Junge lachte. »Was machst du überhaupt hier? Du müsstest das letzte Mädchen auf diesem Planeten sein, damit sich jemand die Mühe macht, dich zu entführen.«

Jared und Mr. Louis sprangen gleichzeitig auf. Doch bevor einer von ihnen zu dem jungen Mann gelangen und ihn auffordern konnte, die Turnhalle zu verlassen, gingen die Doppeltüren im hinteren Teil des Raums auf, und die Presseleute stürzten herein, begleitet von einem Schwall kalter Luft.

Kameras klickten und Blitzlichter zuckten.

Jared ließ den Jungen mit Mr. Louis allein und hinderte eine Reporterin daran, sich auf Lizzy zu stürzen. Die Frau streckte das Mikrofon über seinen Arm und hielt es ihr vor die Nase. »Stimmt es, dass der Spinnenmann im Schlafzimmer von Sophie Madison eine persönliche Nachricht für Sie hinterlassen hat?«

Lizzy starrte in das grelle Licht, mit dem der Kameramann sie anleuchtete. Sie konnte kaum das Gesicht der Frau oder das von Jared erkennen. »Ich halte gerade einen Kurs ab. Nehmen Sie bitte Ihre Kameras und warten Sie draußen, bis ich fertig bin. Ich stehe Ihnen dann gerne für Fragen zur Verfügung.«

Eine weitere Frau betrat die Turnhalle, ging an der Reporterin vorbei und trat auf Lizzy zu. Sie hatte rote Flecken im Gesicht, als hätte sie geweint. Sie trug kein Make-up. Außerdem hatte sie eine knallrote Nase und dunkle Ringe unter den verquollenen Augen. »Stimmt das?«, fragte sie. »Hat er meine Sophie Ihretwegen entführt?«

Lizzy schluckte. Es war Sophies Mutter. »Das weiß ich nicht«, sagte sie. »Ich kann Ihnen gar nicht sagen, wie leid es mir tut, was mit Ihrer Tochter passiert ist.«

»Ist das alles?« Die Frau ballte die Hände an ihren Seiten zu Fäusten. »Meine Tochter ist tot und da meinen Sie, es hilft mir, wenn Sie sagen, dass es Ihnen leid tut?« Ihre Unterlippe zitterte. »Meine Sophie hat es nicht verdient, zu sterben. Sie waren zwei Monate lang mit dem Mörder zusammen und trotzdem weigern Sie sich, der Polizei etwas über ihn zu erzählen. Warum haben Sie dem FBI nicht gesagt, wie er aussieht? Warum können Sie sich nicht mehr daran erinnern, wo er wohnt? Wer sind Sie überhaupt, dass Sie es zulassen, dass andere sterben müssen, nur weil Sie für diesen Mann eine krankhafte und völlig unangebrachte Sympathie empfinden?«

Lizzy spürte einen Stich in der Brust. »Sie glauben doch wohl nicht im Ernst, dass ich absichtlich einen Mörder schütze?«

»Es ist überall in den Nachrichten.«

Lizzy sah zu der grellen Beleuchtung hinüber. Sie wusste, dass Jared dort stand. »Wovon redet sie?«

Die Reporterin versuchte, sich an Jared vorbeizudrängen, aber er wich nicht vom Fleck. »Haben Sie es nicht mitbekommen?«, fragte sie. »Der Spinnenmann hat einen Brief an die Nachrichtenredaktion bei Kanal 10 geschrieben. Er will, dass die ganze Welt weiß, dass er wieder da ist, und das alles nur wegen Ihnen.«

»Wenn Sie doch bloß der Polizei geholfen hätten«, sagte Sophies Mutter, »dann wäre meine Tochter noch am Leben.«

»Das verstehen Sie nicht ... ich habe versucht, zu helfen.« Lizzy wollte der Frau die Hand reichen, aber Sophies Mutter wich zurück, als hätte sie Angst, Lizzy könnte sie schlagen.

»Ich versuche ja, mich an alles, was passiert ist, zu erinnern«, sagte Lizzy zu ihr. »Ich hatte mir nichts so sehnlich gewünscht, als dass Sophie heil wieder nach Hause kommen würde.« Wenn es nach ihr ginge, würden alle Mädchen heil wieder nach Hause kommen, einschließlich Mary. Sie brachte es immer noch nicht übers Herz, Jessica zu sagen, dass ihre Schwester längst tot war.

Mr. Louis legte behutsam einen Arm um Mrs. Madisons Schultern und führte sie in den hinteren Bereich des Raumes. Lizzy hörte ihn sagen, dass sie nichts dafür konnte und selbst ein Opfer war. Aber Mrs. Madisons Worte hatten ihre Wirkung nicht verfehlt und bei Lizzy noch mehr Zweifel gesät. Vielleicht hatte die Frau recht. Vielleicht hatten sie alle recht. Ihre Mutter war wegen der damaligen Ereignisse weit von Familie und Freunden fortgezogen … und Lizzys unverantwortliches Handeln war daran schuld gewesen. Hätte sie damals auf ihren Vater gehört, hätte sie ihre Eltern nicht angelogen, dann wären sie immer noch zusammen. Ihr Vater würde mit ihr reden und sie hätte ein enges Verhältnis zu ihrer Schwester. Wenn sie doch nur ein braves Mädchen und ein guter Mensch gewesen wäre.

Nachdem es Jared gelungen war, die Reporterin und den Kameramann dazu zu bewegen, draußen zu warten, war die Beleuchtung in der Turnhalle nicht mehr so grell.

Lizzy ließ ihren Blick über die Menge schweifen. Alle schienen darauf zu warten, was sie zu ihrer Verteidigung zu sagen hatte. Die Turnhalle war gerammelt voll. *Woher kamen diese vielen Leute nur?* Sie streckte eine Hand in einer allumfassenden Geste aus. »Ich wollte doch nur helfen. Es war nie meine Absicht, jemandem Schaden zuzufügen. Es tut mir leid. Es tut mir so furchtbar leid.«

Kapitel 24

Cathy hörte dem Nachhilfelehrer zu, als er ihr erklärte, wie er Brittany bei ihren Mathematikproblemen helfen wollte. Mr. Gilman sagte, dass er Wert darauf legte, seinen Schülern beizubringen, wie man mit ganzen Zahlen und Bruchrechnungen umgeht. Anstatt mit ihnen immer wieder dieselben Aufgaben durchzukauen, half er ihnen lieber dabei, konzeptuelles Verständnis zu entwickeln – was auch immer das sein sollte. Er gab Dutzenden von Kindern aus Brittanys Schule Nachhilfeunterricht und kannte daher die Lehrpläne.

Cathy hielt Blickkontakt mit Mr. Gilman, was nicht einfach war, denn der Mann hatte eine Hakennase und große, abstehende Ohren, die ihr immer wieder ins Auge sprangen. Er redete schnell und was er sagte, klang völlig unverständlich. Andererseits war Cathy nie ein Mathe-Genie gewesen und hatte überhaupt keine Ahnung, wovon Mr. Gilman sprach. Während er ihr einen Vortrag über »Rechenverständnis« hielt, wurde ihre Aufmerksamkeit immer wieder auf das Innere des Hauses gelenkt – es war gemütlich, aber auf eine unheimliche Weise still. Zweimal entdeckte sie Anzeichen von Schimmel, und das, obwohl die Wände wie frisch gestrichen aussahen. Abgesehen von der Flagge, die vor dem Haus im Wind flatterte, gab es nichts, was Geräusche verursachte. Weder eine Geschirrspülmaschine oder ein Fernseher, die im Hintergrund liefen, noch das entfernte Brummen einer Waschmaschine oder eines Wäschetrockners. Aber etwas war da – ein gelegentliches hohles Klopfgeräusch im Garten oder im Keller. Wahrscheinlich der Wind – schwer zu sagen.

Mr. Gilman wandte sich schließlich Brittany zu. Sie blätterte im Mathe-Buch herum und zeigte ihm, welches Kapitel gerade in ihrer Klasse durchgenommen wurde. Trotz des seltsamen Geruchs war das Wohnzimmer sauber und ordentlich.

Als Cathy zu ihr hinübersah, zog Brittany eine Augenbraue hoch – womit sie ihrer Mutter signalisierte, nach draußen zu gehen und im Auto zu warten.

»Es war nett, Sie kennenzulernen«, sagte Cathy zu Mr. Gilman. »Es ist wohl besser, wenn ich Sie jetzt in Ruhe mit Brittany arbeiten lasse.«

Der Mann schien zwar ganz nett zu sein, aber irgendetwas an ihm kam ihr komisch vor. »Ich warte so lange im Auto«, sagte sie und deutete nach draußen.

Mr. Gilman riss die Augen auf. »Da ist es doch viel zu kalt. Wenn Sie nicht heimfahren wollen, können Sie sich gerne eine Zeitschrift nehmen und es sich im Wohnzimmer bequem machen.«

»Nein, das geht schon in Ordnung«, versicherte sie ihm. »Ich habe ein Buch dabei und ich kann ja immer noch die Heizung anmachen.« Jetzt, da er ihr angeboten hatte, zu bleiben, war ihr wohler bei dem Gedanken, draußen zu warten.

Plötzlich krabbelte vor ihr eine Spinne über den Fußboden. Sie zuckte zusammen und musste gleich darauf über das Kreischen lachen, das ihr entwichen war.

Brittany schüttelte den Kopf. Es war ihr sichtlich peinlich. »Aber Mom, das ist doch bloß ein Insekt.«

Die Spinne huschte davon und verschwand in einer Ritze. »Sieht ganz so aus, als müsste ich mal wieder den Kammerjäger kommen lassen«, meinte Mr. Gilman.

Cathy brachte ein verkrampftes Lächeln zustande und ging zur Tür hinaus. Ein kalter Windstoß blies ihr ins Gesicht. Sie ging auf dem Gehsteig zu ihrem Auto und achtete dabei auf jedes Geräusch und jede Bewegung. Als sie den Geruch von frisch gemähtem Gras einatmete, gab ihr das wieder ein Gefühl von Normalität. Der helle Vollmond leuchtete ihr den Weg zum Auto.

War Lizzys Verrückter irgendwo da draußen und beobachtete sie?

Sie unterdrückte den Impuls, ihm etwas entgegenzuschreien. Zum ersten Mal in all den Jahren verstand sie zumindest ein bisschen, was Lizzy durchgemacht hatte.

Ein kalter Schauer lief ihr den Rücken hinunter.

Fühlt es sich so an, wenn man sich vor seinem eigenen Schatten fürchtet?

Cathys Blick wanderte zu dem Haus auf der anderen Straßenseite. Im Wohnzimmer flimmerte der Fernseher. Sie legte ihre Hand auf den Türgriff ihres Autos, blickte noch einmal über ihre Schulter und war erleichtert, im Schein der Küchenbeleuchtung in Mr. Gilmans Haus die Umrisse ihrer Tochter zu erkennen. Sie stieg ein und rutschte hinter das Steuer. Dann verschloss sie die Tür und wartete.

Freitag, 19. Februar 2010, 19:48 Uhr

Hayley Hansen sah zu, wie Lizzy von demselben Mann aus der Turnhalle begleitet wurde, der ihr drinnen die Presse vom Leib gehalten hatte. Bevor Hayley Gelegenheit bekam, mit ihr zu reden, fuhren die beiden in seinem Auto davon. Eigentlich hatte sie Lizzy sagen wollen, dass es ihr leid tat, weil sie neulich so plötzlich verschwunden war und dass sie Lizzys Engagement für Jugendliche wie sie zu schätzen wusste. Auf dieser Welt gab es nicht allzu viele gute Menschen. Sie wusste das aus bitterer Erfahrung.

Hayley gefiel es nicht, was dieser dumme Junge zu Lizzy gesagt hatte. Selbst die Reporterin hätte es besser wissen müssen, aber ihr konnte man wenigstens zubilligen, dass es zu ihrem Beruf gehörte, dumme Fragen zu stellen. Keiner von denen, die sich heute Abend den Vortrag in der Turnhalle angehört hatten, konnte sich auch nur im Entferntesten vorstellen, was Lizzy Gardner durchgemacht hatte. Auch Hayley war nicht mit allen Einzelheiten vertraut, aber sie wusste, wann sie einen Menschen vor sich hatte, der Probleme mit sich herumschleppte.

Jetzt saß sie auf dem Bordstein, die Ellbogen auf die Knie gestützt, und beobachtete die Presseleute. Sie packten ihre Kameras und Scheinwerfer zusammen und verstauten die teure Ausrüstung in ihren Fahrzeugen, ohne sich darüber Gedanken zu machen, welchen Schaden sie angerichtet hatten. Heute Abend hätte so mancher Schüler etwas lernen können, wenn sie nur halbwegs die Möglichkeit gehabt hätten, sich anzuhören, was Lizzy zu sagen hatte. Hayley hatte das alles schon gehört, aber niemand war bisher auf die gleiche Weise zu ihr durchgedrungen wie Lizzy. Sie behandelte die Jugendlichen als Gleichwertige, wenn sie zu ihnen sprach, und sie wirkte wie jemand, der selbst einmal einer von ihnen gewesen war. Lizzy war durch die Hölle gegangen und lebte noch, um davon zu erzählen.

Hayley brauchte eine Entführung nicht am eigenen Leib zu erfahren, um zu wissen, was es hieß, mit dem Feuer zu spielen. Sie zündete sich eine Marlboro an und nahm einen tiefen Zug, der ihre Lungen mit allerlei Schadstoffen füllte.

Als der Motor des Presse-Kleinlasters auf Touren kam und die letzten Fahrzeuge den Parkplatz verließen, ließ die zierliche Reporterin auf dem Beifahrersitz das Fenster herunter und streckte den Kopf heraus.

Hayley blies Rauch aus der Lunge und sah zu, wie der Frau das glänzend braune Haar um ihr herzförmiges Gesicht flatterte.

Der Wind blies heute Abend so heftig, dass der Rauch auch schon verschwand, kaum dass er Hayleys Lippen entwichen war. Bei dem Wetter konnte sie es sich abschminken, Rauchringe zu blasen.

»Können wir dich irgendwohin mitnehmen?«, fragte die Reporterin.

Es war Freitagabend. Wo sollte sie hin? Nach Hause, nur um dort von einem der besoffenen Freunde ihrer Mutter vergewaltigt und zum Analverkehr gezwungen zu werden? »Nein danke. Bei mir ist alles in Ordnung.« Hayley zog wieder an ihrer Zigarette.

»Bist du dir sicher? Holt dich jemand ab?«

»Ja. Sie müssten jeden Moment hier sein.« Eine Lüge mehr änderte eh nichts daran, dass sie in die Hölle kam.

»Okay, wenn du meinst.«

Hayley sah zu, wie die Reporterin das Fenster wieder hochkurbelte. Der Kleinlaster war wohl ein älteres Modell, denn die Reporterin musste kräftig an der Kurbel drehen, damit das Fenster richtig zuging. Hayley fragte sich, ob das die anstrengendste Arbeit war, die die Frau die ganze Woche lang getan hatte. Doch dann bekam sie ein schlechtes Gewissen, weil sie über die Reporterin ein vorschnelles Urteil gefällt hatte. Schließlich wusste sie aus eigener Erfahrung, dass man einen Menschen nicht unbedingt nach dem Äußeren beurteilen konnte. Hayley hatte diese Lektion bereits als Achtjährige lernen müssen, gleich nachdem man sie in die Obhut ihres Großvaters gegeben hatte. Nach außen hin hatte er wie ein netter alter Mann gewirkt. *Wer hätte das geahnt?*

Selbst als der Kleinlaster bereits vom Parkplatz fuhr, drehte sich die Reporterin noch einmal nach Hayley um und warf ihr einen besorgten Blick zu. Hayley winkte ihr zu und hoffte, die Frau mit dieser Geste zu beruhigen. Sie trug teuren Schmuck und hatte eine perfekte Frisur und makellose, blendend weiße Zähne. Aber Hayley war nicht neidisch, nur weil sie im Leben mehr Glück als die meisten anderen gehabt hatte.

Hayley nahm einen letzten Zug von der Zigarette, bevor sie sie auf den Gehsteig warf und mit dem Stiefelabsatz ausdrückte. Bei diesem Wind musste man aufpassen, kein Feuer zu verursachen. Aber sie war keine Pyromanin und hatte es noch nie nachvollziehen können, wenn jemand nur so zum Spaß das Eigentum anderer Leute zerstörte.

Sie sah sich um. Der Parkplatz war jetzt leer. Eine dichte Wolkendecke zog auf und es wurde schnell dunkel. Die Temperaturen waren seit ihrer Ankunft vor einer Stunde gewaltig gesunken.

Sie wollte gerade losgehen, doch dann spürte sie, wie er sie beobachtete. Ja, er war eindeutig hier. Sie hatte gewusst, dass er kommen würde. Schließlich wollte er Lizzy im Auge behalten. In den Nachrichten hieß es, er hätte ihr eine persönliche Nachricht zukommen lassen und ihr darin mitgeteilt, dass er wieder aktiv war.

Sophie Madison hatte mehrere von Lizzys Selbstverteidigungskursen besucht. Hayley schloss daraus, dass der Spinnenmann jeden im Visier hatte, der auch nur irgendwie mit Lizzy Gardner in Verbindung stand. Außerdem hatten die Medien erwähnt, dass Lizzy heute Abend an der Schule einen Vortrag halten würde. Bestimmt war er hier ... irgendwo in der Nähe ... und lag auf der Lauer.

Ja, dieser Irre hatte es auf Lizzy abgesehen, aber Hayley hoffte, dass er sich heute Abend mit einem jüngeren und zäheren Opfer begnügen würde. Sie hatte genug über ihn in Erfahrung gebracht, um zu wissen, dass er sich für jemanden wie sie nicht interessierte. Aber jetzt, wo sie mutterseelenallein im Dunkeln saß, wie konnte er da der Verlockung widerstehen?

Sie war ein Lockvogel.

Die Polizei arbeitete andauernd mit Lockvögeln, um Drogenhändler und Prostituierte zu schnappen. Mit einem Köder ließen sich nicht nur Fische fangen; auch Menschen konnten einer kleinen Versuchung nur schwer widerstehen.

Hayley hatte alles über den Spinnenmann gelesen. Wahrscheinlich wusste sie mehr über ihn, als er über Lizzy wusste. Er stellte seinen Opfern systematisch nach und lernte dabei alles über ihre Ängste, ihre Vorlieben und ihre Abneigungen.

Über Hayley Hansen wusste er allerdings nicht das Geringste. Er hatte keine Ahnung, dass das Schlimmste, was er ihr antun konnte, war, sie nach Hause zu ihrer Mutter zu bringen. Sie musste schmunzeln, als sie tief in ihre Jackentasche griff und nach dem etwa acht Zentimeter langen Messer mit der Hakenklinge tastete. Ein weiteres Messer, eins mit doppelschneidiger Klinge, steckte in einem ihrer

Stiefel, und zu guter Letzt hatte sie für den Notfall ein Klappmesser in der Turnhose versteckt, die sie unter ihrer Jeans trug.

Sie hatte damit gerechnet, dass er kommen würde. Eine Sache machte sie jedoch stutzig. Wenn sie wusste, dass er Lizzy beobachtete, warum war dann das FBI nicht auf dieselbe Idee gekommen? Wo waren die Männer in Schwarz, wenn man sie brauchte?

Ihren Plan hatte sie vor ein paar Tagen ausgearbeitet. Das war auch der wahre Grund dafür gewesen, warum sie Lizzy besucht hatte – sie wollte mit ihr besprechen, wie man den Spinnenmann am besten aus der Reserve locken konnte. Aber Lizzy hatte so erschöpft ausgesehen, dass sie es sich anders überlegt hatte … zumindest bis heute Abend, als sie Lizzys Gesicht in sämtlichen Nachrichtensendungen sah. In diesem Augenblick hatte Hayley beschlossen, den Mörder auf eigene Faust zu fangen. Hayley hatte mit Lizzy offenbar noch etwas anderes gemeinsam. Beide neigten dazu, falsche Schuldgefühle in sich hineinzufressen. Warum sonst hatte der Spinnenmann einen Brief an Kanal 10 gesandt und darin Lizzy die Schuld an dem gegeben, was er getan hatte? Weil er *wusste*, dass sie ein schlechtes Gewissen haben würde, und weil es ihm Spaß machte, Lizzy leiden zu lassen. Die Vorstellung, Lizzy könne von Tag zu Tag stärker werden, gefiel dem Spinnenmann ganz und gar nicht.

Für den Fall, dass die Dinge nicht nach Plan liefen, zog Hayley den Brief aus der Tasche, den sie an Lizzy geschrieben hatte, und steckte ihn in die Ritze zwischen dem feuchten Gras und dem Bordstein. Sie wollte weder dass der Spinnenmann sah, was sie machte, noch dass der Wind das Blatt Papier wegwehte. Wenn er sich über sie hermachte, würde sie ihn töten. Aber falls doch etwas schiefging, wollte sie eine Spur hinterlassen. An genau diesem Bordstein warteten täglich jede Menge Jugendliche auf ihre Eltern. Früher oder später würde jemand den Brief finden.

Selbst das Donnerkrachen und das Rauschen des Windes schafften es nicht, die sich nähernden Schritte zu übertönen.

Hayley wollte sich eigentlich noch eine Zigarette anzünden, aber stattdessen bückte sie sich und zog das Messer aus dem Stiefel.

Einen verhassten Mörder zu töten und ihren Frust an ihm abzureagieren, war besser, als heimzugehen und sich von einem dieser Drogenhändler, die bei ihrer Mutter ein- und ausgingen, vergewaltigen zu lassen.

Er war jetzt direkt hinter ihr. Sie konnte sein Aftershave riechen – ein Mörder, der regelmäßig duschte. *Wer hätte das gedacht?*

Sobald sie spürte, wie sich seine Hand um ihren Hals legte, schnellte sie empor und stieß das Messer fest und schnell über ihre Schulter nach hinten. Die Klinge drang tief ins Fleisch. Als sie das Messer wieder herauszog, erklang ein Stöhnen, vermischt mit einem schmatzenden Geräusch. Obwohl sein Blut in alle Richtungen spritzte, hauptsächlich an Hayleys Hals und Gesicht vorbei, stand er noch immer auf den Beinen.

Was zum Teufel?

Er streckte erneut die Hand nach ihr aus.

Hayley stach wieder mit dem Messer zu, aber er wich aus, bekam ihr Gesicht zu fassen und drückte ihr ein feuchtes Tuch auf Nase und Mund. Sie wand sich hin und her und konnte einen Blick auf ihn erhaschen, aber er gab nicht nach. Er war stark. Und er schnürte ihr die Luft ab.

Immer wieder versuchte sie, ihn mit dem Messer zu treffen, aber ihre Arme bewegten sich kaum. Er grinste – dasselbe wollüstige Grinsen, das sie stets in Brians Gesicht sah, wenn er sich die Hose aufknöpfte.

Der einzige Unterschied war der, dass der Spinnenmann nicht so aussah, als stünde er unter dem Einfluss von Drogen und Alkohol. Er wusste genau, was er tat. Seine Augen waren weit offen und hellwach. Mit seinem vollen Haar und dem markanten Kinn hätte er genauso gut als Lehrer oder Anwalt durchgehen können. Er sah wahrhaftig wie ein braver Bürger aus.

Allmählich verlor sie die Kontrolle über ihren Körper und ihre Arme und Beine wurden schlaff. Er hielt immer noch seine Hand fest auf ihren Mund und ihre Nase gedrückt. *War es jetzt vorbei? Stand sie kurz davor, zu sterben?* Ihre Muskeln waren entspannt und sie konnte sich nicht bewegen. Mit dem letzten Rest an Kraft, der ihr noch geblieben war, riss sie den Mund weit auf und biss wie ein Pitbull zu. Sie konnte sein Blut schmecken und der schrille Schrei, der ihm entwich, als er sich wegdrehte, klang wie Musik in ihren Ohren.

Bevor er recht wusste, was sie als Nächstes tun würde, spuckte sie sein Blut auf den Gehsteig, und zwar dorthin, wo sich der Brief befand. Sie hoffte, dass jemand ihn finden würde, bevor es zu regnen anfing. Rasend vor Wut packte er sie an den Haaren und schleifte sie über den Rasen. Er lief so schnell, dass sie mit der Hüfte vom Bordstein abprallte und auf dem Asphalt aufschlug. Dabei spürte sie nicht das Geringste. Ihr Körper fühlte sich taub an, aber geistig war sie voll da. Sie schrie aus vollem Hals, so wie Lizzy Gardner es geraten hatte, brachte aber keinen Laut hervor.

Kapitel 25

Lizzy stand mit einem zu großen T-Shirt und einer Jogginghose bekleidet im Bad, trocknete sich die Haare und starrte sich im Spiegel an. Ihr linkes Auge zuckte. Sie zeigte mit dem Finger auf ihr Spiegelbild. »Komm schon, du kannst es. Weine endlich, verdammt noch mal! Hörst du mich? Du musst doch etwas empfinden. Heul dich mal so richtig aus. Alle geben dir die Schuld daran, dass auf der Welt schlimme Dinge geschehen, und du kannst immer noch nicht weinen?«

Sie nahm die Zahnbürste aus der obersten Schublade, drückte Zahnpasta darauf und schrubbte Zähne und Zahnfleisch etwas zu fest. Dann spülte sie den Mund gründlich aus und bürstete ihr Haar.

Nachdem sie sich zurechtgemacht hatte, fand sie Jared in der Küche vor, wo er gerade Tee zubereitete. Er trug eine Hose und ein weißes Hemd, dessen Ärmel bis knapp über die Ellbogen aufgekrempelt waren. Die Krawatte lag auf einer Leinentasche neben der Eingangstür. Wegen des gestrigen Vorfalls mit Maggie hatte er beschlossen, für ein paar Tage bei ihr zu bleiben.

Lizzy blickte auf die Stelle, wo Maggies Fressnapf und Wasserschüssel gestanden hatten, und stellte fest, dass Jared alles weggeräumt hatte. Ihre Blicke trafen sich. »Die Dusche ist jetzt frei«, sagte sie.

»Danke.«

Als sie ihre telefonischen Nachrichten überflog, versuchte sie so zu tun, als wäre alles in Ordnung, und konzentrierte sich auf kleine Dinge wie das Atmen. Wieder ein Grund dafür, warum sie mit niemandem zusammenleben konnte. Sie versuchte krampfhaft, nach außen hin ruhig und gefasst zu wirken und nicht jedes Mal zu erschrecken, wenn draußen ein Auto hupte oder ein Ast im Wind knarzte.

Sie war fix und fertig, beschädigte Ware. Sie konnte weder weinen noch Gefühle empfinden. Aber verdammt noch mal, sie konnte zusammenzucken, wenn jemand nur mit dem Finger schnippte.

»Du hast zwei Anrufe von Nancy Moreno, der Nachrichtenmoderatorin auf Kanal 10«, sagte Jared, als er heißes Wasser in eine hässliche braune Tasse goss, in der ein Teebeutel hing.

»Wahrscheinlich will sie ein Interview«, sagte Lizzy. Sie würde Moreno auf gar keinen Fall zurückrufen. Angespannt sah sie Jared dabei zu, wie er seinen Tee aufbrühte. Sie fragte sich, ob er sich noch daran erinnerte, wie sie vor langer Zeit Sex miteinander gehabt hatten. Sie hatte mal wieder eine von diesen Anwandlungen. Sie fühlte sich erschöpft und nervös. Nach all dem, was geschehen war, würde sie bestimmt nicht schlafen können.

Jared sah einfach zu korrekt und makellos aus, wie ein perfekter Gentleman. Aus irgendeinem Grund ärgerte sie sich darüber. Am liebsten würde sie seine Haare in Unordnung bringen, ihm das Hemd vom Leib reißen und sehen, was sich hinter dieser coolen Fassade verbarg. Wie er wohl darauf reagieren würde? Sie wollte an seinem Ohrläppchen knabbern, seine Haut schmecken und seine Erregung spüren. Sie wollte sich auf ihn setzen.

Stattdessen ging sie zum Kühlschrank und fischte von ganz hinten zwei Flaschen Bier heraus. »Möchtest du ein Bier?«

»Du hältst etwas vor mir zurück.« Jared ließ seinen Tee stehen, machte beide Flaschen auf und reichte ihr eine davon.

Sie trank einen Schluck, schmeckte jedoch kaum etwas, als ihr die kalte Flüssigkeit die Kehle hinunterlief. Sie ging zurück ins Wohnzimmer, ließ sich auf die Couch fallen und trank noch einen Schluck. Wieder nichts. Sie konnte nicht weinen und das Scheiß Bier konnte sie auch nicht schmecken.

Jared setzte sich zu ihr.

»Erzähl mir von deiner Ex-Verlobten«, sagte sie.

»Peggy?«

»Hieß sie so?«

»Du willst, dass ich dir von Peggy erzähle?«

Ja und nein. »Ja.«

Er saß am anderen Ende der Couch, zu weit weg von ihr, als dass sie ihn mit ausgestreckter Hand berühren konnte, es sei denn, sie würde ein Bein ausstrecken und ihren Fuß in seinen Schoß legen. *Was würde er wohl machen, wenn sie ihn mit den Zehen im Schritt rieb?*

Er lehnte sich zurück und hielt das Bier zwischen den Oberschenkeln. »Peggy war ein nettes Mädchen. Wir haben uns an der Uni kennengelernt. Sie hat Jura studiert und ich Psychologie.«

»Hast du noch Kontakt zu ihr?«

Er trank einen Schluck Bier. »Nein.«

»Vermisst du sie?«

»Ich denke manchmal an sie.«

Scheiße. Brachte er nicht mal eine harmlose kleine Lüge zustande? »Und woran denkst du, wenn du an sie denkst?«

Jared sah sie an. Beim Anblick seiner wundervollen Augen wäre sie am liebsten in dieses tiefe Blau eingetaucht und darin eine Weile herumgeschwommen.

»Wenn ich an sie denke, wünsche ich ihr nur das Beste.«

Lizzy nahm noch einen Schluck und hoffte, endlich einen Schwips zu bekommen.

»Du kannst nichts für das, was geschehen ist«, sagte er. Anscheinend spürte er ihren Kummer. »Das weißt du doch, oder nicht?«

»Mit dem Verstand ... ja. Emotional ... nein.« Sie seufzte. »Wie sieht Peggy eigentlich aus?«

»Warum bist du so neugierig?«

Sie zuckte mit den Schultern. »Sag schon.«

»Sie ist glücklich verheiratet und hat zwei Kinder.«

»Aha, dann hat sie wohl breite Hüften und Ringe unter den Augen?«

Er lächelte gequält.

Sie trank noch einen großen Schluck Bier. *Scheiß drauf.* Dann stellte sie die Flasche auf den Kaffeetisch, rückte näher an ihn heran und stellte sein Bier ebenfalls auf den Tisch. Sie setzte sich mit dem Gesicht zu ihm gewandt auf seinen Schoß. Dabei winkelte sie die Beine an, stützte sich mit den Knien auf der Couch ab und presste die Oberschenkel gegen seine Hüften. »Ich spüre überhaupt nichts«, sagte sie zu ihm, als sie sich vorbeugte und mit den Lippen sein Ohr berührte. »Ich weiß schon gar nicht mehr, wann ich mich das letzte Mal nicht kalt und taub gefühlt habe. Hilf mir, dass ich wieder etwas empfinden kann.«

Sie spürte, wie sein stoppeliges Kinn zuckte.

Sie küsste seinen Hals. Er roch nach Seife, Bier und Sandelholz. »Hassen deine Eltern mich immer noch?«

»Sie haben dich nie gehasst. Keiner hasst dich.«

»Manchmal hasse ich mich selbst.« Sie küsste sein Kinn. »Ich habe Alpträume.« Sie küsste sein Ohr. »Ich sehe schreckliche Dinge. Ich wache jeden Morgen auf und frage mich, ob ich ihn je wieder loswerde.«

»Ich möchte, dass du dich von ihm frei machst«, sagte er. »Du hast lange genug gelitten.«

Er redete nur, anstatt sie anzufassen oder sonst etwas zu unternehmen. Sie küsste ihn noch einmal aufs Kinn und drückte dann ihren Mund auf seinen. Er hatte warme Lippen. »Erinnerst du dich noch an unser erstes Mal?«

Endlich rührte er sich und nahm ihr Gesicht in seine Hände. Ihre Blicke blieben aneinander haften. Die Art und Weise, wie er sie ansah, ließ ihr Herz für den Bruchteil einer Sekunde stillstehen. Endlich fühlte sie etwas.

»Ich werde unsere gemeinsame Zeit nie vergessen«, sagte er.

Sie griff mit beiden Händen an den Saum ihres T-Shirts, zog es sich über den Kopf und warf es zur Seite. Am liebsten hätte sie ihn mit dem Gesicht auf ihre Brüste gedrückt und seine Zunge auf ihrer Haut gespürt, aber anscheinend genügte es ihm, wenn er sie nur ansah.

Sie strich ihm mit den Fingern durchs Haar und sagte: »Ich weiß schon gar nicht mehr, wann ich das letzte Mal geweint habe. Fass mich an, Jared. Küss mich wie damals, als wir uns um nichts weiter kümmern mussten als unsere nächste Prüfung.« Sie sehnte sich danach, dass seine Hände und sein Mund sie in eine andere Zeit zurückversetzten, eine Zeit, in der die Vögel zwitscherten und die Sonne sie durch und durch wärmte.

Sie knöpfte langsam sein Hemd auf und arbeitete sich nach unten vor. Die Haut, die sich über seine harte Brust spannte, fühlte sich weich an, und er hatte starke Arme mit definierten Muskeln.

»Lizzy«, sagte er, »vielleicht ist das jetzt nicht der richtige Augenblick.«

»Der richtige Augenblick kommt vielleicht nie. Ich brauche dich jetzt. Bitte zwing mich nicht dazu, dich auf Knien anzubetteln.«

Er strich ihr die feuchten Haarsträhnen aus dem Gesicht und presste seine Lippen auf ihre. Sie küssten sich lange und leidenschaftlich. Als sie sich an ihn schmiegte, merkte sie, dass er sich vorhin zurückgehalten hatte, denn er hatte bereits eine Erektion. Wilde Begierde schoss durch ihren Körper und entfachte noch größere Leidenschaft in ihr. Vor lauter Angst, die Zeit könne ihr davonlaufen, zog sie ihm das Hemd aus und machte sich an seinem Gürtel zu schaffen. Als sie den Reißverschluss seiner Hose nach unten zog, packte er sie an den Händen und hielt sie zurück. Er schob sie zur Seite und stand auf. Dann hob er sie mit beiden Armen hoch und trug sie ins Schlafzimmer. »Wir haben die ganze Nacht«, sagte er. »Ich habe lange auf diesen Augenblick gewartet und möchte nichts auslassen.«

Er schritt ohne besondere Anstrengung den Flur entlang ins Schlafzimmer, wo er sie sanft aufs Bett legte und ihr mit einer Bewegung die Jogginghose auszog. Er stieg aus seiner Hose und den

Boxershorts und sie sah ihn voller Begierde an, als er in all seiner Pracht vor ihr stand. Er starrte ein paar Minuten länger zurück, als es ihre Geduld erlaubte. Die Intensität in seinen Augen weckte in ihr eine lange nicht mehr gekannte Sehnsucht. Sie spürte, wie sich ihre Brust verkrampfte und es zwischen ihren Schenkeln pulsierte.

Er legte sich auf sie und küsste zärtlich ihren Hals und ihre Schultern. Sie streckte ihm ihre Brüste entgegen, bis er sie mit dem Mund liebkoste. Sie fuhr ihm mit den Fingern durchs Haar, zog sein Gesicht heran und genoss das Gefühl, das sein stoppeliges Kinn auf ihrer Haut hinterließ.

Vor ihrem inneren Auge flimmerten verschwommene Bilder. Panik überkam sie und sie hatte auf einmal Angst, Dinge zu sehen, die sie nicht sehen wollte. Aber als Jared ihr ins Ohr flüsterte, wie schön sie war, fand sie wieder ins Hier und Jetzt zurück.

»Du hast mir gefehlt«, sagte er, als spürte er, dass er sie jetzt bei sich behalten musste. Er küsste sie wieder und wärmte sie mit seinem Körper, wobei er darauf achtete, sie nicht mit seinem Gewicht zu erdrücken. »Du machst dir ja gar keine Vorstellung, wie sehr.«

»Du hast mir auch gefehlt«, sagte sie und sog den Duft seines Aftershaves ein, bevor sich ihre Lippen wieder berührten. Sie spürte, wie seine Erektion gegen ihren Oberschenkel presste. Die Begierde riss sie mit sich fort und brachte sie um den Verstand. Sie hob ihm ihr Becken entgegen und forderte ihn auf, in sie einzudringen, aus Angst, der Augenblick könnte sonst vorübergehen.

Er ließ sich von ihrem Tun und ihrer Ungeduld nicht beirren, sondern stillte ihre Begierde vollständig, indem er nahm, was sie ihm darbot, und sich ihrem Rhythmus anglich.

Sie erreichten zusammen den Höhepunkt und lagen sich zitternd in den Armen. Alles schien perfekt, bis er sich entspannt an sie kuschelte und sagte: »Ich liebe dich, Lizzy.«

Freitag, 19. Februar 2010, 20:53 Uhr

Karen Crowley ging in ihrem Hotelzimmer auf und ab und wählte noch einmal die Nummer. Beim fünften Läuten nahm ihre Mutter ab. Gott sei Dank. »Mom, ich kann ihn nirgends finden. Bist du dir sicher, dass er in Sacramento arbeitet?«

»Karen, es ist schon spät. Warum willst du ausgerechnet jetzt deinen Bruder finden, nach all den Jahren?«

Karen seufzte. Sie hatte nicht an den Zeitunterschied gedacht, aber das war ihr jetzt egal. Seit sie in den Staaten angekommen war, hatte sie kaum ein Auge zugetan. Sie musste ihren Bruder finden und reinen Tisch machen, bevor die Schuldgefühle sie bei lebendigem Leib auffraßen. »Mom, weißt du noch, wie du mit Dad nach Europa gereist bist und ich mich um Sam kümmern musste?«

»Bist du deswegen immer noch sauer? Wie oft in Gottes Namen machst du mir noch Vorwürfe, weil ich mein eigenes Leben gelebt habe, Karen? Ich hab dir doch schon hundert Mal gesagt, dass es mir leid tut. Du warst damals fast siebzehn und da dachten wir uns, dass du mit dieser Verantwortung klarkommst. Du konntest es ja kaum erwarten, dass wir die Koffer packen und verschwinden.«

Karen schloss die Augen. Was ihre Mutter sagte, stimmte. Sie und ihre Freunde hatten große Pläne gehabt. Eine Party im Haus der Jones – für alle und mit dem kompletten Programm: Alkohol, Drogen und Feuerwerk. »Du hast recht«, sagte Karen. »Ich wollte damals, dass ihr wegfahrt. Aber das ist nicht der Grund, warum ich hier bin oder warum ich dich anrufe. Mit dir oder mir hat das alles nichts zu tun, sondern mit Sam. Es geht um etwas, das passiert ist, als du und Dad damals im Sommer verreist wart.«

»Was immer es auch ist, Karen, du musst es hinter dir lassen. Es ist nicht gesund, wenn man sich ständig über Vergangenes den Kopf zerbricht. Sam ist glücklich verheiratet und beruflich erfolgreich. Er lebt in einem schönen Haus mit einer schönen Frau. Hab ich dir eigentlich schon erzählt, dass er Cynthia ohne mich nie kennengelernt hätte? Sie war damals meine Nachbarin und ...«

»Mom! Hör auf damit! Bitte. Das hast du mir schon tausend Mal erzählt. Ich weiß – wenn du nicht gewesen wärst, wären Sam und Cynthia sich nie begegnet. Sam ist ja so perfekt und so klug! Sam dies, Sam das.« Nichts hatte sich geändert – und genau das war der Grund, warum sie damals diese Dinge getan hatte. Aber Sam konnte ja nichts dafür, dass seine Mutter ihn verwöhnte und auf ein lächerlich hohes Podest hob.

»Ich weiß nicht, was du von mir willst, Karen.«

»Ich möchte, dass du mir hilfst, ihn zu finden. Ich war bei seinem Haus. Dort ist niemand. Ich hab zu jeder vollen Stunde seine Nummer angerufen. Niemand geht ran. Heute hab ich bei den Nachbarn geklingelt. Keiner von denen hat einen blassen Schimmer, was Sam und Cynthia beruflich machen. Das ergibt doch alles keinen Sinn, Mom. Wo sind sie?«

»Vielleicht sind sie in den Urlaub gefahren.«

Karen traute ihren Ohren nicht. Entweder verschloss ihre Mutter die Augen vor der Wahrheit oder es war ihr schlicht und einfach egal. Sie hatte die ganze Zeit geglaubt, dass ihre Mutter Sam bevorzugte, aber vielleicht stimmte das gar nicht. Ihre Mutter interessierte sich nur für sich selbst. Ihre Eltern waren die egoistischsten und gleichgültigsten Menschen, die sie kannte. Sie schloss die Augen und atmete tief durch. »Denk noch mal genau darüber nach, wo er arbeitet, Mom. Mehr verlange ich nicht von dir und dann lass ich dich in Ruhe.«

»Ich hab dir doch schon gesagt, er ist Arzt.«

»Hast du eine Ahnung, wie viele Dr. Jones es allein in Sacramento und Umgebung gibt? Hunderte, vielleicht sogar Tausende.«

»Weißt du ... da fällt mir gerade ein, dass Cynthia mir eine Postkarte geschickt hat, als Sam vor ein paar Jahren in ein neues Bürogebäude umgezogen ist.«

Karens Puls ging schneller. »Wann? Wo?«

»Halt, das war anders ... er ist nicht umgezogen, sondern hat sich mit einem anderen Arzt in einer Praxisgemeinschaft zusammengetan.«

Karen ließ ihre Mutter einen Augenblick nachdenken. Wenn sie sie jetzt bedrängte, würde das ihre Mutter nur verärgern und der Streit ginge von Neuem los.

»Mir fällt der Name seines Partners nicht ein ... hmmm. Vielleicht habe ich die Postkarte noch, aber es wird eine Weile dauern, bis ich sie finde. Ich hab so viele Kartons in der Garage ... ich weiß nicht so recht.«

»Ruf mich einfach an, wenn du was findest. Du hast ja meine Nummer.«

»Also gut, meine Liebe. Ruh dich ein bisschen aus. Du klingst müde.«

»Gute Nacht, Mom.« Sie klappte ihr Handy zu und ließ sich auf die Bettkante fallen. Die Schlagzeilen der Morgenausgabe der heutigen Zeitung tanzten vor ihren Augen: »MÖRDER LÄUFT FREI HERUM. GEHT LIZZY GARDNER IHM WIEDER INS NETZ?«

Sam, dachte sie. Wo bist du?

Das letzte Mal, als ihr Bruder mit ihr Kontakt aufgenommen hatte, war vor vierzehn Jahren gewesen. Er hatte sie angerufen und sich nach den Namen der drei Mädchen erkundigt, die bei ihnen zu Besuch waren, als ihre Eltern jenen Sommer verreist waren. Sie hatte ihn angelogen und ihm gesagt, sie wisse es nicht mehr. Einen Monat darauf erfuhr sie von einer alten Freundin, dass eines der Mädchen bei einem mysteriösen Autounfall ums Leben gekommen war. Ihr Wagen war von einer Brücke gestürzt – einer Brücke, über die sie jeden Tag fuhr. Ein paar Monate später brannte das Haus einer anderen der drei Freundinnen nieder, nach denen Sam gefragt hatte. Das dritte Mädchen von damals hatte eine kleine Schwester ... Jordan Marriott, das erste Opfer des Spinnenmannes.

Karen hatte sich zu jener Zeit in Italien aufgehalten, wo sie auch jetzt noch lebte. Sie hätte nie von diesem Spinnenmann gehört, wenn ihr Bruder ihr nicht einen Briefumschlag geschickt hätte, der mit Zeitungsausschnitten über den Autounfall, das Feuer und die Morde vollgestopft war. Unten auf den Umschlag hatte er Folgendes geschrieben: »Gut, dass du weit weg von diesem Ort bist, wo das Böse hinter jeder Ecke lauert und der Tod jene ereilt, die ihn am meisten verdienen.«

Sie hatte ihrem Mann nichts von den Zeitungsausschnitten erzählt, sondern stattdessen den Umschlag in einem Schuhkarton in ihrem Kleiderschrank versteckt, um ihn zu vergessen. Ihr Bruder war schon immer ein komischer Kauz gewesen. Aber in letzter Zeit hatten sich die Artikel und die seltsame Nachricht wieder in ihr Bewusstsein gedrängt und sie förmlich dazu getrieben, etwas zu unternehmen.

Die Tatsache, dass sie Kinder großgezogen hatte und sie liebte, führte Karen vor Augen, dass sie ihre Gefühle nicht länger ignorieren konnte. Sie musste mit ihrem Bruder reden. Nicht nur, weil sie sich bei ihm entschuldigen und ihn um Verzeihung bitten wollte, sondern auch um herauszufinden, warum er ihr überhaupt die Zeitungsausschnitte geschickt hatte. Sie musste ein für alle Mal der Wahrheit auf den Grund gehen.

Kapitel 26

Sie waren fast bei dem Bundesbehördengebäude an der Marconi Avenue angekommen, als Jared seinen Blick kurz von der Fahrbahn abwandte und zu Lizzy hinübersah. Sie hatte den ganzen Morgen nichts gesagt. »War es das Omelett?«, fragte er mit neckischem Unterton.

»Das Omelett war in Ordnung.«

»Hab ich was Falsches gesagt?«

»Nein.«

»Seit ich dir gesagt habe, dass ich dich liebe, hast du keinen Ton mehr von dir gegeben.«

Sie sah ihn grimmig an. Volltreffer.

»Wie kannst du mich lieben, wenn du mich nicht mal richtig kennst? Ich bin nicht gesund. Ich bin psychisch angeschlagen. Nicht, weil ich mich gehen lasse ... im Gegenteil, ich gebe mir größte Mühe, die Vergangenheit hinter mir zu lassen und mein Leben zu leben. Ich versuche schon eine ganze Weile, wieder gesund zu werden, und ich gebe nicht auf. Aber noch ist mir das nicht gelungen und für eine Beziehung tauge ich schon gar nicht.«

Er bog nach links ab und fuhr auf den Parkplatz. Nachdem er den Motor abgestellt hatte, nahm er sie bei der Hand. »Ich liebe dich, Lizzy. Das habe ich schon immer getan. Es tut mir leid, wenn ich dir damit zu nahe trete.«

Ihre Augen verengten sich. »Warum hast du mich dann verlassen?«

Ihre Worte trafen ihn zutiefst. »Weil mir klar war, dass du dir, wenn ich bei dir bleiben würde, ständig wegen mir Sorgen machen würdest. Und dann hättest du keine Chance, wieder gesund zu werden. Du denkst nie zuerst an dich, Lizzy. Das hast du nie getan und wirst es auch nie tun. Aber du solltest es. Deswegen schleppst du schon so lange diese inneren Dämonen mit dir herum. Du denkst immer zuerst an die anderen. Du gibst dir die Schuld an der Scheidung deiner Eltern, an den Problemen deiner Schwester und daran, dass dein Vater damit nicht klarkommt. Und jetzt überlegst du, wie du dir die Probleme der übrigen Welt aufbürden kannst.«

»Das ist doch lächerlich.«

»Was war das Erste, das du getan hast, nachdem du langsam aus deinem Schneckenhaus hervorgekrochen bist?«

Er ließ sie gar nicht erst zu Wort kommen, sondern fuhr ungebremst fort: »Du hast deine ganze Energie darauf verwendet, anderen zu helfen. Du bist der Organisation für vermisste und missbrauchte Kinder beigetreten und hast deine Freizeit dafür geopfert, um jungen Mädchen Selbstverteidigung beizubringen. Du hast dich engagiert, Lizzy, und ob du es glauben willst oder nicht, du hast etwas bewirkt. Du hast niemandem Schaden zugefügt, sondern nur geholfen. Das ist nur einer der Gründe dafür, und ein winziger noch dazu, warum ich dich liebe. Und deswegen werde ich dich immer lieben. Es tut mir leid, wenn ich dir damit zu nahe trete, aber ich habe es satt, mich ständig selbst zu belügen. Ich werde meine Gefühle nicht länger unterdrücken. Und du hast recht. Ich hätte dich nie alleinlassen dürfen. Keinen einzigen Tag, keine einzige Minute.«

Sie blickte schon wieder zum Fenster hinaus. Ihre Hand hatte sie weggezogen und saß jetzt mit verschränkten Armen da. Für Liebesbezeugungen war sie noch nicht reif. Anscheinend glaubte sie nicht, dass sie es verdiente, von irgendjemandem geliebt zu werden, am allerwenigsten von ihr selbst. Aber das war ihm vollkommen egal. Sie konnte ihn ignorieren, solange sie wollte. Er kaufte es ihr nicht ab. Und er würde sich nicht von ihr abwimmeln lassen, egal, wie sehr sie es versuchte.

Samstag, 20. Februar 2010, 8:52 Uhr

Die Tür zu Jimmy Martins Büro stand weit offen, als Lizzy und Jared eintraten.

»Ihr kommt gerade richtig«, sagte Jimmy und bedeutete ihnen mit einer Handbewegung auf den Stühlen vor seinem Schreibtisch Platz zu nehmen. »Ich habe soeben mit dem Bruder von Betsy Raeburn gesprochen.«

Jared zog Lizzy einen Stuhl heran und setzte sich neben sie. »Weiß er, wo Betsy ist?«

»Praktisch gleich um die Ecke«, sagte Jimmy. »Sie hat es fertiggebracht, in weniger als einem Jahr dreimal wegen Trunkenheit am Steuer erwischt zu werden. Jetzt sitzt sie im Bezirksgefängnis von Sacramento County.«

»Hat schon jemand mit ihr gesprochen?«

»Ich dachte mir, ihr beide könntet dort vorbeischauen, wenn ihr hier fertig seid.« Jimmy blätterte in einer Akte auf seinem Schreibtisch herum. »Sean Davis hält nicht besonders viel von seiner Schwester. Er hat mir bereitwillig erzählt, dass sie besoffen Auto fährt, solange er sich erinnern kann – auch an dem Tag, als sie Lizzy gefunden hat.«

Lizzys Blick blieb an Jimmys Armbanduhr hängen. Es war eine Rolex, und zwar eine Sea-Dweller.

»Sean Davis behauptet, Betsy hätte zugegeben, dass sie nicht genau wusste, wo sie war, als sie Lizzy aufgelesen hat«, erzählte Jimmy zu Ende.

»Lizzy?« Jared streckte die Hand nach ihr aus und berührte sie am Arm. »Das heißt, du hattest mit deiner Behauptung recht, dass das Haus sich nicht dort befindet, wo die Polizei und das FBI die ganze Zeit gesucht haben.«

Lizzy schenkte seinen Worten keine Aufmerksamkeit, sondern konzentrierte sich einzig und allein auf Jimmys Uhr … Sie war ungewöhnlich, doch trotzdem war sie sich sicher, diese Uhr schon mal irgendwo gesehen zu haben. Aber wo? Die Antwort traf sie wie ein Schlag ins Gesicht. »Kann ich mir Ihre Uhr mal genauer ansehen?«

Jimmy streifte sie vom Handgelenk und gab sie Lizzy.

»Das hat er gemeint«, sagte sie, »als er mich beschuldigt hat, ich wäre eine Diebin und würde mir Dinge aneignen, die mir nicht gehören.«

»Wer?«, fragte Jimmy.

»Der Mörder«, sagte Jared. »Der Spinnenmann.«

»Als er bei mir anrief«, erinnerte sie Jimmy und spielte mit der Uhr, »sagte er mir, ich hätte nie abhauen und fremdes Eigentum an mich nehmen dürfen. Er hat mich als Diebin beschimpft, aber bis jetzt wusste ich nicht, was er damit meinte.«

Keiner der beiden Männer sagte ein Wort.

»Er hat damit seine Uhr gemeint«, sagte sie. »Bevor mir die Flucht gelang, sah ich seine geliebte Uhr auf dem Badezimmertisch liegen. Ich hab sie genommen, bin auf den Badewannenrand gestiegen und durchs Fenster nach draußen entwischt.«

»Wo ist die Uhr jetzt?«, wollte Jimmy wissen.

»Es war eine Rolex, die dieser hier sehr ähnelt«, begann sie von Neuem und überlegte, was sie nach ihrer Flucht mit der Uhr gemacht hatte. »Ich hab den Spinnenmann nie ohne seine Uhr gesehen. Er hat sie ständig angefasst, wie ein Haustier.« Sie schloss die Augen. »Vor ein paar Nächten hatte ich einen Traum. Ich war gerade dabei zu fliehen und bin aus dem Fenster gestürzt. Ich musste mich aus dem Gebüsch befreien, auf das ich gefallen war. Ich habe geblutet, aber das war mir egal. Ich wollte … ich musste weg. Ich bin dann so schnell gerannt, wie ich konnte. Ich kann mich erinnern, dass die Uhr an meinen Arm baumelte.« Sie rieb sich die Schläfen und dachte angestrengt nach. »Ich hatte Angst, ich könnte die Uhr verlieren, weil ich so dünn geworden war.« Sie überlegte, warum sie sich überhaupt darüber Sorgen gemacht hatte, und dann erinnerte sie sich wieder an das Triumphgefühl, das sie empfand, als sie die Uhr an sich gerissen hatte … in dem Bewusstsein, ihm etwas Wertvolles genommen zu haben … etwas, von dem sie wusste, dass es ihm viel bedeutete.

»Denk in Ruhe nach«, sagte Jared zu ihr.

Sie erinnerte sich wieder daran, dass sie die Straße entlanglief und den Lieferwagen einer Textilreinigung vor einem Haus parken sah. Dabei fiel ihr Betsy Raeburn auf, die gerade in Plastik verpackte Wäsche an die Eingangstür hängte. Lizzy rief ihr etwas zu und packte die Frau am Zipfel ihrer Jacke, als sie gerade zu ihrem Lieferwagen ging. Betsy war freundlich und gab sich Mühe, Lizzy zu beruhigen. Als Lizzy dann im Lieferwagen saß, nahm Betsy die Uhr an sich.

Lizzys Herz raste und sie öffnete die Augen. »Betsy hat mir gesagt, sie würde die Uhr für mich aufbewahren. Sie hat sie eingesteckt und mir versichert, dass sie bei ihr gut aufgehoben wäre.«

»Sieht so aus, als hätten wir jetzt einen weiteren Grund, Betsy Raeburn einen Besuch abzustatten«, sagte Jimmy.

Jareds Handy klingelte. Er klappte es auf und hielt es sich ans Ohr. Dreißig Sekunden später machte er es wieder zu. »Jemand hat das Foto erkannt, das wir im Cosumnes River College ausgehängt haben. Man hat den Studenten kontaktiert, und er ist bereit, mit uns zu reden.«

Jared erhob sich. »Gehen wir. Der junge Mann, der dir das Geld gebracht hat, erwartet uns im Starbucks in der Innenstadt, gleich neben dem College. Danach schauen wir im Gefängnis vorbei und unterhalten uns mit Betsy Raeburn.«

Jimmy stand ebenfalls auf. »Wahrscheinlich ist die Uhr längst verschwunden. Ich fahr zum Haus der Walkers und schau mal nach, wie weit die Ausgrabungsarbeiten fortgeschritten sind.«

Nachdem Lizzy zur Tür hinausgegangen war, nahm Jimmy Jared beiseite und sagte: »Der Rechtsmediziner hat an Sophies Oberschenkel und ihrem rechten Arm Spinnenbisse gefunden.

Außerdem haben wir den Draht untersucht, mit dem die Katze erwürgt wurde. Er passt zu den Spuren an Sophies Handgelenken.«

»Lizzy hat erwähnt, dass der Spinnenmann eine besondere Vorliebe für Taranteln hat«, sagte Jared. »Diese Viecher beißen nicht oft, selbst wenn man sie provoziert. Wenn wir herausfinden, was das für eine Spinne war, könnten wir nachprüfen, wo man so ein Tier kaufen kann.«

»Ein Biologe untersucht gerade die Bisse«, sagte Jimmy. »Ich habe auch einen Sachverständigen hinzugezogen. Er soll herausfinden, was für ein Draht bei der Katze und dem Mädchen benutzt wurde.«

Jared nickte. »Ich brauche vielleicht einen Polizeizeichner. Ich hoffe, der Student hat einen guten Blick auf den Mann geworfen, der ihm den Auftrag erteilt hat, das Geld in Lizzys Büro zu bringen«

»Ja.« Jimmy presste die Lippen zusammen. »Wenn Betsy wirklich besoffen war, als sie die Wäsche ausgefahren hat, muss ich mich wohl bei deiner Freundin entschuldigen.«

»Ich bin nicht seine Freundin«, rief Lizzy von draußen herein. »Aber ich nehme Ihre Entschuldigung gerne an.«

Jimmy schüttelte den Kopf und ging wieder an seinen Schreibtisch.

Jared verließ das Büro und legte seinen Arm um Lizzys Schultern. Er führte sie durch das Labyrinth der Arbeitsnischen im Großraumbüro und dann zum Haupteingang hinaus. Draußen hatte der Wind nachgelassen, aber im Süden ballten sich immer noch dunkle Wolken zusammen. Der Sturm hatte in der letzten Nacht ein paar Bäume gefällt und in den Nachrichten hieß es, dass heute Morgen in mehreren Stadtvierteln der Strom ausgefallen sei.

Sie liefen schweigend über den Parkplatz. Jared richtete den Schlüssel auf seinen Wagen und drückte auf den Entriegelungsknopf. Das Auto gab ein piepsendes Geräusch von sich. Nachdem Lizzy eingestiegen und auf dem Beifahrersitz Platz genommen hatte, lief er vorne um den Wagen herum, setzte sich hinter das Steuer und sah sie an.

»Was ist?«

»Du bist nicht meine Freundin?«

Sie verdrehte die Augen. »Bis Montagabend haben wir uns jahrelang nicht gesehen. Die letzte Nacht war toll, aber nur weil ich einmal mit dir in die Kiste gestiegen bin, bin ich noch lange nicht deine Freundin.«

»Du verstehst es wirklich hervorragend, einen Mann abblitzen zu lassen.«

»Dafür braucht man einige Jahre Erfahrung.« Sie seufzte. »Außerdem hast du mich doch nur wegen der Nachricht angerufen.«

»Ich habe dich angerufen, weil wir deine Hilfe brauchten. Aber ich hatte sowieso schon immer vor, mich mal zu melden.« Er ließ den Motor an. »Wie lange muss ich noch warten und was muss ich tun, damit ich dich meine Freundin nennen darf?«

»Fahr schon«, sagte sie.

Samstag, 20. Februar 2010, 9:08 Uhr

»Wer sind Sie überhaupt?«, fragte Hayley den Mann, als er seinen Kopf zur Schlafzimmertür hereinsteckte. »Einfach nur so ein Perverser, der sich daran aufgeilt, wenn er kleinen Mädchen mit Spinnen Angst einjagt?« Sie lag mit über den Kopf ausgestreckten Armen da, die Handgelenke mit Klebeband an den Bettpfosten hinter ihr gefesselt. Um auf Nummer sicher zu gehen, hatte das Arschloch auch noch einen Draht um ihre Handgelenke geschlungen.

Ihre Schultern schmerzten.

Er schloss die Tür. »Das ist wirklich traurig«, rief sie ihm nach.

Aus irgendeinem Grund hatte dieses kranke Schwein ihr Schuhe, Socken und Hose ausgezogen, aber ihr die eng sitzende Nylonturnhose und das T-Shirt mit dem Sensenmann-Aufdruck gelassen. Ihr Lieblings-T-Shirt mit dem detailgetreuen Bild des Sensenmannes, der auf einem menschlichen Knochen Flöte spielt, trug sie just für diese Gelegenheit.

Als Hayley heute Morgen das erste Mal aufwachte, war ihr schlecht. Zu ihrer Überraschung war das kleine Taschenmesser, das sie in ihrer Nylonturnhose versteckt hatte, immer noch da. *Was hatte er ihr gegeben, dass sie so lange geschlafen hatte?*

Verschwommene Bilder eines Kampfes, bei dem sie um sich getreten und geschrien hatte, wirbelten ihr durch den Kopf. Sie hatte ihm wohl Angst eingejagt. Da ihre Arme ausgestreckt waren, wusste sie nicht, wie sie an das Messer unter ihrem Hintern kommen sollte. Sie spannte die Unterarme an und versuchte mit äußerster Anstrengung, die Arme auseinanderzubewegen und das Klebeband und den Draht zu lockern, aber der Draht schnitt ihr ins Fleisch. Blut lief ihr in einem dünnen Rinnsal den Arm hinunter und über den Ellbogen.

Der Spinner sah mit seiner kleinen Batman-Maske total bescheuert aus. Er benutzte ein Gerät, das seine Stimme ins Lächerliche verzerrte und ihn wie einen Roboter klingen ließ. Das Schlafzimmer war etwa genauso groß wie das Zimmer, in dem sie zu Hause schlief.

Es roch nach Mottenkugeln. Sie hatte schon schlimmere Gerüche erlebt.

Sie drehte den Kopf zum Bett und schnüffelte. Na ja, vielleicht doch nicht. Sie horchte. Er ging schon wieder im Flur vor dem Zimmer auf und ab. Hin und wieder steckte er den Kopf zur Tür herein, als wolle er nachsehen, ob sie noch da war. Einmal war er heute Morgen ins Zimmer gekommen, und sie hatte ihn angespuckt, Volltreffer mitten ins Auge. Dabei hatte sie gelacht, worüber er sich nicht besonders gefreut hatte. Es war schon fast witzig, wie er sich beinahe vor ihr zu fürchten schien. Er hatte ihre Entführung eindeutig nicht geplant und sie machte ihn offensichtlich nervös. Aus gutem Grund.

Wie hätte er allerdings der Versuchung widerstehen sollen? Sie hatte es ihm ja so verdammt leicht gemacht.

Die Tür ging mit einem Knarzen auf und der Irre beugte sich ins Zimmer und setzte noch so eine scheußliche Spinne auf den Boden, knapp einen Meter von ihren bloßen Füßen entfernt. Die letzte Spinne, die er losgelassen hatte, war unter dem Bett verschwunden. Durch die winzigen Schlitze in seiner Maske konnte sie die Erregung in seinen Augen sehen.

Was für ein blödes Arschloch. Eine Spinne von der Größe eines Golfballs. *War das alles, was er auf Lager hatte?*

Ihre Beine waren von den Knöcheln bis knapp unterhalb der Knie mit Klebeband und Draht umwickelt, genau wie ihre Arme, aber sie konnte die Knie anwinkeln und die Beine mühelos und ohne große Schmerzen strecken.

Sie beobachtete die Spinne. Sie war groß genug, dass Hayley das Geräusch hören konnte, das das Insekt beim Krabbeln machte. Sie hielt ihre Augen auf die Spinne gerichtet. *Nur noch ein klein bisschen näher. Komm schon, Spinne, du schaffst es.*

Ein erregtes Stöhnen drang dem Mann aus der Kehle, als eines der behaarten Spinnenbeine Hayleys großen Zeh berührte.

Hayley tat so, als ob sie sich ekelte. Ja, er war eindeutig erregt.

Sie biss die Zähne zusammen, hob beide Füße hoch und ließ sie mit voller Wucht nach unten sausen. Ihre nackte Ferse traf den runden und zum Teil weichen Rumpf der Spinne, worauf das Insekt regelrecht zerplatzte und als klebrige, eklige Masse auf dem Fußboden verschmiert wurde. Die Lieblingsspinne dieses perversen Dreckskerls war tot.

»Hoppla«, sagte sie und hob den Fuß, damit er ihre Ferse sehen konnte. »Könnten Sie bitte einen feuchten Lappen holen und die Sauerei wegwischen?«

Er drückte auf den Sprechknopf und sagte mit seiner entstellten Roboterstimme: »Das wird dir noch leidtun.«

»Ja, ja. Wer's glaubt, wird selig. Was geht hier eigentlich ab, Alter? Sind Sie echt, oder nur ein Möchtegern?«

Ohne sie zu beachten, verließ er das Zimmer und kam nach ein paar Minuten mit einem Handfeger und einer Schaufel wieder. Er machte den Boden sauber und als er das zweite Mal wiederkam, hielt er einen feuchten Lappen in der Hand. Er kniete sich in seiner sorgfältig gebügelten, beigen Hose hin und wischte ihr die Füße ab.

Sie zuckte zurück. »Das kitzelt.«

Wegen der Maske konnte sie nur schlecht erkennen, ob er wütend oder belustigt war oder ob er überhaupt eine Gefühlsregung zeigte. Eigentlich kitzelte es überhaupt nicht, aber sie wollte, dass er näher herankam, damit sie ihm ins Gesicht treten konnte. Aber anscheinend war er doch nicht so dumm, wie er aussah.

Er hielt sich in sicherer Entfernung, als er ihre Füße fertig säuberte. Sie versuchte, sie wegzuziehen, aber er packte sie fest an den Zehen. Er war auch stärker, als er aussah. Sie hatte gedacht, sie hätte ihn gestern Nacht verletzt, als sie ihn mit dem Messer erwischt hatte. Anscheinend nicht.

»Also, wie sieht's aus?«, fragte sie. »Haben Ihre Eltern mit Ihrem Pimmel gespielt, als Sie noch klein waren? Oder vielleicht haben Ihre Onkel Doktorspiele mit Ihnen gemacht?«

»Halt's Maul«, sagte er durch den Synthesizer.

»Warum nehmen Sie nicht die Maske ab? Wenn Sie mich sowieso umbringen und aus meiner Haut 'nen Kopfkissenbezug oder so was Ähnliches machen wollen, brauchen Sie doch keine Angst zu haben. Kommen Sie, zeigen Sie mir endlich, wie ein richtiger Schurke aussieht.«

Er stand auf und beachtete sie nicht. Als er an der Tür angelangt war, sah er sich noch einmal zu ihr um und blieb reglos stehen. Sie wollte es sich zwar nicht eingestehen, aber irgendwie sah die Maske unheimlich aus. »Haben Sie 'nen Hass auf Ihre Mutter … Sie wissen schon, wo Sie sich doch an Frauen abreagieren und sie foltern, weil Ihre Mutter all diese schlimmen Dinge mit …«

Er schlug die Tür zu, bevor sie den Satz beenden konnte.

Sie lehnte sich mit dem Kopf an den Bettpfosten und atmete langsam aus. Dabei zitterte sie. Doch dann machte sie sich wieder an die Arbeit und bewegte die Arme hin und her. Als ihr der Draht tiefer ins Fleisch schnitt, verzog sie vor Schmerz das Gesicht.

Kapitel 27

Jared und Lizzy saßen im Café und warteten auf den College-Studenten. Jared nippte an seinem Kaffee und verzog das Gesicht. »Sei froh, dass du nichts bestellt hast. Der taugt nichts.«

»Warst du schon immer so wählerisch?«

Er ging nicht auf ihre Frage ein.

Lizzy warf einen Blick auf ihr Handy. »Der Typ müsste schon seit zwei Minuten hier sein. Weil wir gerade beim Thema sind, hat er einen Namen?«

Jared schüttelte den Kopf. »Der Anrufer hat gesagt, dass der Student Angst hat und seinen Namen lieber nicht nennen möchte.«

Lizzy wurde auf einmal still. Sie machte sich um Brittany Sorgen und hoffte, dass ihrer Nichte nichts passierte.

Jared beugte sich vor und sah ihr in die Augen. »Wir sind nah dran, Lizzy. Wir werden ihn kriegen.«

Sie hoffte inständig, dass er recht hatte. »Schau mal«, sagte sie und deutete mit dem Kinn zur Tür, »da ist er.« Ein junger Mann mit gelockten Haaren betrat das Café. Sie erkannte den Fahrradkurier wieder, den Jessica mit ihrem Handy fotografiert hatte.

Lizzy winkte ihn an den Tisch. Er war groß und schlaksig und sah bei näherem Hinsehen wie siebzehn aus. Jared erhob sich und rückte ihm einen Stuhl zurecht. »Ich bin Jared Shayne und das ist Lizzy Gardner.«

Der junge Mann warf Lizzy einen grimmigen Blick zu, mit dem er ihr klarmachte, dass er nicht zum Spaß hier war.

Er setzte sich und ließ seinen Blick nervös durch das Café schweifen. Dann schaute er über die Schulter zum Parkplatz hinaus. »Ich habe nicht viel Zeit.«

»Wir haben Ihnen einen Latte Macchiato bestellt.« Jared schob ihm das dampfende Getränk zu.

»Danke.« Er nippte daran.

Lizzy fiel auf, dass seine Hand zitterte, als er den Becher an die Lippen führte.

»Was genau wollen Sie von mir wissen?«, fragte er.

Jared ergriff als Erster das Wort. »Wer hat Ihnen vor ein paar Tagen den Auftrag erteilt, ein Päckchen in Miss Gardners Büro abzuliefern?«

»Ich weiß nicht, wie er heißt. Es war ein Mann, schätzungsweise Mitte vierzig.«

»Wie ist er auf Sie gekommen?«

»Er war eines Morgens auf dem Campus, als ich zufällig mit dem Fahrrad vorbeikam. Er hat gefragt, ob ich jemanden wüsste, der Lust hätte, eine Besorgung zu machen und sich dabei schnelle dreihundert Dollar zu verdienen. Er sagte, der Job müsse sofort erledigt werden, sonst gelte das Angebot nicht mehr.«

»Warum sind Sie so nervös?«

»Irgendwas an dem Kerl kam mir komisch vor. Er hat mich gewarnt, er würde mich finden, wenn ich jemandem was davon erzählte, und dann wäre ich erledigt.«

Lizzy sah Jared an, dann wieder den jungen Mann. Der Gedanke, dass sie womöglich jemanden vor sich hatten, der den Spinnenmann gesehen und mit ihm gesprochen hatte, machte sie unruhig. Es war wichtig, dass er ihnen half. Sie beugte sich vor. »Wie hat er ausgesehen? War er schlank oder dick? Hatte er Narben oder Tätowierungen?«

Der junge Mann atmete aus. »Er war ein Weißer und hatte einen Bart, einen dichten, ziemlich grauen Vollbart. Hat komisch ausgesehen, fast wie ein falscher Bart, aber ich konnte keinen Klebstoff erkennen. Seine Statur war durchschnittlich.«

»Wie groß?«

»Weiß nicht genau.« Er musterte Jared. »Ich schätze mal, ungefähr so groß wie Sie.«

»Und seine Augen?«, fragte Lizzy mit einer Spur von Verzweiflung in ihrer Stimme. »Waren sie groß oder eher schmal wie Schlitze?«

»An mehr kann ich mich nicht erinnern«, sagte er und blickte verkniffen drein, wie jemand, der unter Druck steht.

»Sie bekommen von mir dreihundert Dollar in bar«, sagte Jared, »wenn Sie mit uns zu einem Polizeizeichner gehen.«

»Wieso das?«

»Wir brauchen Sie, damit Sie dem Zeichner eine Beschreibung des Mannes geben. Je mehr Details, desto besser. Der Zeichner wird dann anhand ihrer Schilderung eine Skizze anfertigen, mit der wir uns an die Öffentlichkeit wenden.«

»Wer ist der Kerl überhaupt?«

»Ein kaltblütiger Mörder«, sagte Lizzy in der Hoffnung, ihm damit begreiflich zu machen, wie wichtig seine Mithilfe war.

»Er hat bereits ein kleines Mädchen getötet, von dem wir mit Sicherheit wissen«, sagte Jared. »Wir müssen ihn finden, bevor er noch mehr Schaden anrichten kann.«

»Und was ist mit mir?« Der junge Mann riss ängstlich die Augen auf und fasste sich an die Brust. »Dann geht er mir womöglich ans Leder.«

Jared gab ihm seine Visitenkarte. »Sie sind groß und kräftig. Er wäre schön blöd, wenn er sich mit Ihnen anlegt.«

In den Augen des Jungen stand Todesangst, als er den Stuhl vom Tisch wegrückte und sich erhob. »Ich muss mir das erst noch überlegen. Wenn Sie wollen, dass ich mit Ihnen zu dem Zeichner gehe, kostet Sie das mindestens 'nen Tausender.«

»Rufen Sie mich an, sobald Sie sich entschieden haben«, sagte Jared.

Lizzy stand ebenfalls auf. Sie konnte es nicht fassen, dass Jared den Jungen einfach gehen ließ. Im Moment war er alles, was sie hatten, und sie wussten nicht einmal seinen Namen. »Haben Sie Geschwister?«, fragte sie ihn.

Er drehte sich um, zögerte einen Augenblick und nickte dann.

»Daran sollten Sie denken, wenn Sie Ihre Entscheidung treffen. Würden Sie nicht auch wollen, dass andere etwas unternehmen, falls dieser Irre sich an Leuten vergreift, die Ihnen etwas bedeuten?«

»Ich werd's mir überlegen«, sagte der junge Mann. Dann drehte er sich um und ging zur Tür hinaus.

Samstag, 20. Februar 2010, 13:42 Uhr

Lizzy klatschte Beifall, als Brittany Warners Name über den Lautsprecher ausgerufen wurde. Stolz sah sie zu, wie jemand Brittany eine Goldmedaille um den Hals hängte. Es war acht Tage her, seit sie ihre Nichte das letzte Mal gesehen hatte, aber es fühlte sich wie Monate an.

Lizzy winkte Brittany zu, aber ihre Nichte sah sie nicht, da sie von einem Haufen Jugendlicher umringt war, die sich Handtücher um die Hüften geschlungen hatten. Lizzy wandte sich Jared zu, der neben ihr auf der Tribüne saß. »Ich sag nur mal eben Hallo zu Brittany, bevor wir gehen. Möchtest du mitkommen?«

»Ich warte lieber hier. Ich möchte nicht wieder einen bösen Blick von deiner Schwester ernten.«

Brittany strahlte, als sie Lizzy auf sich zukommen sah. Sie ließ ihr Handtuch und die Sporttasche fallen und eilte ihrer Tante entgegen. Sie fielen sich für einen langen Augenblick in die Arme. Dann trat Lizzy einen Schritt zurück, um einen besseren Blick auf ihre Nichte werfen zu können. »Du warst echt großartig!«

Brittany lächelte. »Danke.«

»Wow!«, sagte Lizzy. »Seit wann trägst du eine Spange?«

»Seit nicht ganz einer Woche. Dr. McMullen hat gesagt, ich müsste sie nur ein Jahr lang tragen.«

Lizzy strich Brittany eine lose Strähne ihres dunklen Haares aus dem Gesicht und hinters Ohr. Obwohl sie ihre Nichte von klein auf mindestens einmal die Woche gesehen hatte, konnte sie kaum glauben, wie schnell sie gewachsen war.

Brittany sah sich um. »Bist du alleine hier?«

»Ich habe einen Freund mitgebracht.« Sie deutete auf die Zuschauerplätze und lächelte, als Jared ihnen zuwinkte.

»Er sieht gut aus. Wer ist er?«

»Wir arbeiten zurzeit an einem Projekt zusammen, aber in der Highschool sind wir miteinander gegangen.«

»Cool. Stellst du ihn mir vor?«

Bevor Lizzy etwas erwidern konnte, rief Cathy nach ihrer Tochter.

Lizzy winkte ihrer Schwester zu, aber Cathy wich ihrem Blick aus und gab stattdessen Brittany ein Zeichen, dass sie mit ihr unter vier Augen sprechen wollte.

»Ich komm sofort, Mom.« Brittany wandte sich wieder Lizzy zu. »Ist mal wieder dicke Luft zwischen euch beiden?«

»Sie ist sauer auf mich«, sagte Lizzy, »aber das wird schon wieder. So läuft das immer. Was macht die Schule?«

Brittany zuckte mit den Schultern. »Ich kann nicht klagen, obwohl ich heute ziemlich kaputt bin. Hab gestern Abend eineinhalb Stunden lang Nachhilfe in Mathe gehabt.«

»Du Ärmste«, sagte Lizzy mit einem neckischem Unterton. »Aber Mathe war auch nie mein Lieblingsfach. Bringt dir die Nachhilfe was?«

»Das kann ich jetzt noch nicht sagen. Wir sollten eigentlich nur eine Stunde lang lernen, aber Mr. Gilman, mein Nachhilfelehrer, war auf einmal so in die Gleichungen vertieft, dass er gar nicht gemerkt hat, wie spät es schon war. Er ist ein zerstreuter Professor.«

»So ein Mist«, sagte Lizzy, und meinte es auch so. »Ist das dein neuer Schwimmtrainer?«

Brittany folgte Lizzys Blick zu der Gruppe Mädchen, die identische rote Badeanzüge trugen. Sie standen um einen Mann herum, den Lizzy auf Anfang vierzig schätzte. Er trug eine beige Hose, ein weißes Polohemd und eine Baseballkappe mit Delfinabzeichen.

»Hab ich dir nicht schon von ihm erzählt?«, fragte Brittany.

Lizzy spürte ein Kribbeln unter der Haut. »Nein, wieso, was ist mit ihm?«

»Sag Mom bitte nichts, sonst flippt sie noch aus. Er ist halt ein bisschen komisch.«

»Inwiefern?«

»Er starrt mich und ein paar andere Mädchen manchmal an.« Sie tat so, als würde sie zittern. »Da krieg ich 'ne Gänsehaut.«

Lizzy runzelte die Stirn. »Hat er dich jemals unsittlich berührt?«

»Nein. Ich habe Mom versprochen, dass ich es ihr sage, wenn ein Trainer oder Lehrer so was macht.«

Lizzy sah sich den Trainer genauer an. Sie versuchte sich vorzustellen, wie er wohl mit einem Bart aussah. »Wie heißt er?«

»Henry Sullivan.«

»Ist er von hier?«

»Weiß nicht genau.«

Eins der Mädchen rief nach Brittany. Anscheinend wollten sie ein Gruppenbild machen.

»Geh jetzt lieber«, sagte Lizzy. Sie umarmte ihre Nichte. »Ich hab dich lieb. Halt mich über deinen Fortschritt in Mathe auf dem Laufenden … und über diesen Trainer.«

»Ja, mach ich. Danke, dass du vorbeigeschaut hast«, sagte Brittany, als sie sich zu ihrer Gruppe aufmachte. »Und beim nächsten Mal möchte ich deinen Freund kennenlernen.«

Er ist nicht mein Freund, wollte Lizzy gerade sagen, doch da drehte sich Brittany noch einmal zu ihr um und sagte: »Ach übrigens, Lizzy, da ist noch was.«

Lizzy wartete.

»Wie gefällt dir der neue Klingelton auf deinem Handy?«

»Nett. Wirklich nett.« Lizzy sah Brittany nach, als sie davonging und dabei »Louie, Louie« sang. Sie überlegte, ob sie mit Cathy reden sollte, aber die abweisende Körpersprache ihrer Schwester verriet ihr, dass jetzt nicht der richtige Moment dafür war.

Lizzy atmete tief durch und wandte ihre Aufmerksamkeit wieder dem Trainer zu. An dem Mann gab es nichts, was ihr bekannt vorkam, aber das hielt sie nicht davon ab, ihn ganz oben auf ihre Liste der Verdächtigen zu setzen.

Samstag, 20. Februar 2010, 15:10 Uhr

»Dieser Trainer, Sullivan, ist mir nicht ganz geheuer«, sagte Lizzy nun schon zum zweiten Mal zu Jared, seit sie die Schwimmhalle verlassen hatten. Jared saß hinter dem Steuer und Lizzy nörgelte herum. »Wir müssen uns einen Durchsuchungsbefehl besorgen und sein Haus auf den Kopf stellen«, sagte sie. »Dein Vater ist Richter, da könntest du doch schnell einen bekommen, oder?«

»Lizzy, jetzt mach mal langsam. Wir müssen die Sache richtig angehen. Wir dürfen ihn nicht nervös machen, ehe wir ihn nicht gründlich durchleuchtet haben. Du hast doch selbst gesagt, dass er dir nicht bekannt vorkommt.«

»Es ist jetzt vierzehn Jahre her. Der Spinnenmann kann heute ganz anders aussehen. Was ist, wenn er sich einer Gesichtsoperation unterzogen hat?« Der Gedanke, dass dies der Fall sein könnte, beunruhigte sie zutiefst. In den letzten vierzehn Jahren hätte er viele solcher Eingriffe über sich ergehen lassen können. »Wie viele von den Opfern des Spinnenmanns waren Schwimmerinnen, hat Jessica gesagt? Drei oder vier?«

»Ich rufe Jimmy an und sag ihm, er soll Sullivan observieren lassen. In der Zwischenzeit fahren wir ins Bezirksgefängnis und unterhalten uns mit Betsy über die Armbanduhr, die sie für dich aufbewahren wollte.«

»Wenn sie damals besoffen war, spielt es keine Rolle, was sie gesehen hat.«

Jared seufzte.

»Und was ist, wenn Brittany etwas zustößt?«, fragte Lizzy. Der Gedanke, dass absolut jeder der Spinnenmann sein konnte, ließ ihr keine Ruhe. »Ich könnte mir nie verzeihen, wenn ihr etwas passiert, nur weil ich nichts getan habe, um sie vor Sullivan zu schützen.«

»Würde es dich beruhigen, wenn wir ihn selbst überprüfen? Wir könnten ihm hinterherfahren und herausfinden, wo er wohnt.«

»Auf jeden Fall.«

Er fuhr rechts ran und machte eine Kehrtwendung. »Wir folgen ihm bis nach Hause und schauen, was er so treibt.«

»Danke, jetzt fühle ich mich schon besser. Ich glaube allerdings, Cathy war nicht besonders begeistert darüber, dass wir nach dem Schwimmen geblieben sind und mit ihm gesprochen haben.«

»Deine Schwester sollte doch froh sein, dass du dir um Brittany Sorgen machst und auf sie aufpasst.«

»Ja, vielleicht in einer idealen Welt.«

»Deine Schwester scheint nie besonders glücklich gewesen zu sein.«

»Meinst du? Das wäre mir neu.«

Jared hielt den Blick auf die Fahrbahn gerichtet. »Cathy ist seit der Highschool eifersüchtig auf dich.«

»Cathy? Eifersüchtig?« Sie schnaubte verächtlich. »Was redest du eigentlich? Meine Schwester ist kein bisschen eifersüchtig.«

»Meinen wir dieselbe Cathy Gardner, die in meinem Abschlussjahrgang war?«

»Nenn mir ein einziges Beispiel, wann sie auf mich eifersüchtig war.«

»Dann fangen mir doch mal mit deinem ersten Auto an.«

Lizzy schnaubte. »Cathy war wegen Old Yeller eifersüchtig?«

»Nein, dein erstes Auto. Cathy fuhr damals einen Honda, den eure Eltern ihr geschenkt hatten, aber dann hat sie sich deinen kleinen roten Sportwagen ausgeliehen …«

»Der kleine Rote war uralt«, rief sie ihm ins Gedächtnis. »Die Kiste hatte über hundertsechzigtausend Kilometer auf dem Buckel.«

»Egal«, sagte Jimmy. »Ich weiß noch genau, wie Cathy dumm aus der Wäsche geguckt hat, als alle davon geschwärmt haben, wie toll Lizzy in ihrem glänzenden roten Cabrio aussieht.«

Lizzys Kopf fühlte sich leer an. Sie hatte keine Ahnung, worauf Jared mit dieser verrückten Autogeschichte hinauswollte. »Und was war dann?«

»Als Cathy das Auto zurückbrachte, war es vollkommen im Eimer.«

»Das war nicht ihre Schuld«, nahm Lizzy ihre Schwester in Schutz. »Ihr Freund ist beim Rückwärtsfahren mit seinem Pick-up dagegengestoßen.«

»Annie Smith hat behauptet, sie hätte alles gesehen. Cathy hat tatenlos zugesehen, wie ihr Freund rückwärts gegen den kleinen Roten gefahren ist.«

»Annie Smith hat viel erzählt, wenn der Tag lang war.«

»Wenn es um deine Schwester geht, hattest du schon immer Scheuklappen vor den Augen«, sagte Jared.

»Das stimmt doch gar nicht.«

»Und was war mit diesem weißen Spitzenkleid, für das du gespart und es dann mit Tintenklecksen in deinem Schrank gefunden hast?«

Lizzy dachte angestrengt nach. »Spitzenkleid? Tintenkleckse?«

»Ich dachte immer, Frauen vergessen so was nicht.«

»Du liegst bei Cathy völlig falsch. Sie war nie auf mich eifersüchtig. Das ist nicht ihre Art. Und es mag ja sein, dass die meisten Frauen sich an ihr Lieblingskleid erinnern, aber ich bin nicht wie die meisten Frauen. Oder hast du das schon wieder vergessen?«

Jetzt war Jared derjenige, der verwirrt dreinblickte.

»Du hast mir doch immer gesagt, was dir am besten an mir gefällt – nämlich dass ich anders als all die anderen Mädchen war.«

»Aha, es gibt also ein paar Dinge, an die du dich noch erinnerst«, neckte er sie.

»Ich kann mich an vieles erinnern. Zum Beispiel daran, wie sich mein Magen verkrampft und es mir das Herz gebrochen hat, als du auf dem Winterfest Amanda Rocha geküsst hast.«

»Du hattest davor mit mir Schluss gemacht«, rechtfertigte er sich.

Sie hielt sieben Finger hoch. »Eine Woche. Wir waren genau eine Woche auseinander und in der Zeit hast du nicht nur Amanda auf das Fest eingeladen, sondern sie auch vor allen Leuten auf der Tanzfläche geküsst.«

Sein Lächeln erreichte seine Augen. »Ich habe sie nur geküsst, damit du eifersüchtig wirst.«

»Das hat aber nicht funktioniert.«

Er lachte.

Sein Lachen gefiel ihr. »Wir hatten damals große Pläne, nicht wahr?«

»Ja, durchaus«, sagte er ruhig.

Das Klingeln von Lizzys Handy riss sie aus ihren Gedanken an bessere Zeiten. Sie drückte auf die grüne Taste und bereute es sofort, als sie die Anruferin erkannte. Es war Nancy Moreno, die Moderatorin der Nachrichtensendung bei Kanal 10.

»Kein Interesse«, sagte Lizzy, bevor die Frau mehr als zwei Worte herausbrachte. Bei dem Gedanken, dass es den Medien immer nur um die große Story ging, drehte sich ihr der Magen um.

»Legen Sie bitte nicht auf.«

Lizzy wollte genau das tun, als Nancy hastig hinzufügte: »Ich rufe wegen dem Spinnenmann an.«

»Klar doch.«

»Er ist mir gefolgt.«

»Woher wollen Sie das wissen?«

»Ich habe etwas, auf das er scharf ist.«

Lizzy konnte es immer noch nicht fassen, wie weit Moreno ging, nur um an eine Story heranzukommen. »Was haben Sie denn, auf das er so scharf ist?«

»Ihre Patientenakte.«

»Wie bitte?«

»Ihre Patientenakte aus der Praxis von Linda Gates«, sagte Nancy.

»Wie konnten Sie nur …«, fing Lizzy an, aber dann dämmerte es ihr. »Sie haben die Akte von meiner Therapeutin gestohlen?« Vor längerer Zeit hatte sie einmal gehört, dass Nancy Moreno bei Linda Gates in Therapie war. Sie wusste auch, dass Linda die Akte nie freiwillig rausrücken würde, ohne zuerst mit ihr darüber zu reden.

»Als ich die Akte aus Lindas Praxis entfernt habe, dachte ich, ich könnte damit dem FBI helfen. Ich wollte mit dem Mörder reden und so viel wie möglich über ihn herausfinden.«

Was die Frau da sagte, ergab überhaupt keinen Sinn. »Und was haben Sie rausgefunden?«

»Nur, dass er vor nichts zurückschreckt, um das zu bekommen, was er will.«

Nancy Moreno klang, als hätte sie Angst. »Wo sind Sie jetzt gerade?«, fragte Lizzy.

»Bei mir zu Hause. Er ist irgendwo da draußen, da bin ich mir sicher.«

»Haben Sie die Polizei verständigt?«

»Ich wollte zuerst mit Ihnen reden.«

Deshalb also hatte Nancy versucht, sie zu erreichen, dämmerte es Lizzy.

»Ich sollte mich heute Morgen mit ihm treffen … und ihm Ihre Akte aushändigen«, sagte Nancy, »aber dann hab ich's mir anders überlegt. Als ich dann aus dem Haus gehen wollte, um zur Arbeit zu fahren, habe ich draußen vor der Tür ein Geräusch gehört. Ich höre immer wieder Geräusche, kann aber nichts sehen. Jetzt schon wieder. Kommen Sie bitte. Meine Adresse lautet 3516 Skyview in Rolling Hills.«

Lizzy warf einen Blick auf ihre Uhr. Die Fahrt dorthin dauerte etwa zehn bis fünfzehn Minuten. »Nancy, legen Sie bitte sofort auf und rufen Sie die Polizei. Hören Sie mich?«

»Das geht nicht. Ganz Amerika würde über mich lachen. Wenn herauskommt, dass ich Ihre Akte geklaut habe, wird mein Notruf am laufenden Band in den Nachrichten abgespielt.«

Lizzy hielt eine Hand auf die Sprechmuschel und berichtete Jared, was Nancy Moreno ihr erzählt hatte. Sie mussten unbedingt zu ihrer Adresse in Rolling Hills fahren, einem Vorort von Sacramento, wo überwiegend Besserverdiener wohnten.

»Beeilen Sie sich«, sagte Nancy immer wieder.

»Wir sind schon unterwegs.«

Jared holte ein Blaulicht mit Magnetfuß unter seinem Sitz hervor, öffnete das Fenster und brachte es auf dem Autodach an.

»Was soll ich jetzt machen?«, fragte Nancy.

»Rufen Sie sofort die Polizei und verstecken Sie sich an einem sicheren Ort, bis wir da sind.«

Es klang, als ob Nancy im Haus hin und her lief. Lizzy konnte gedämpfte Schritte hören, dann etwas, das sich wie klapperndes Geschirr anhörte. Danach kam ein Klicken, und dann nichts … Stille.

»Nancy, sind Sie noch dran? Können Sie mich hören? Scheiße.«

Kapitel 28

Von den Ärzten auf Lizzys und Jessicas Verdächtigen-Liste arbeiteten nur zwei samstags. Jessica strich den ersten, sobald sie ihn sah. Er hatte einen langen Hals, ein hageres Gesicht und war Inder. Der Zweite hieß Dr. Harold Long und war Augenarzt. Er kam schon eher infrage, da seine Größe und sein Alter passten. Aber obwohl seine Ohren in den Augen mancher Betrachter groß sein mochten, fehlten ihm das massive Kinn und die hohe Stirn – zwei weitere Merkmale, die Lizzy ausdrücklich betont hatte.

Jessica ging zu ihrem Auto. »Keine Angst, Mary«, sagte sie leise. »Wenn es sein muss, besuche ich sämtliche Ärzte in Nordkalifornien. Ich finde den Kerl. Wir werden wieder eine Familie sein.«

Jessica hatte sich den Honda Civic ihrer Mutter ausgeliehen, nachdem ihr alter VW-Bus abgeschleppt worden war. Im Auto hörte sie die Nachrichten auf der Mailbox ihres Handys ab und ging noch einmal die Liste der Verdächtigen durch. Eine Nachricht war von Lizzy. Sie bat Jessica, zwei weitere Namen auf die Liste zu setzen. Einen Mathe-Nachhilfelehrer namens Mr. Gilman, und Henry Sullivan, einen Schwimmtrainer.

Als sie den Namen laut wiederholte, lief ihr ein kalter Schauer den Rücken hinunter. Warum hatte sie nicht schon früher an ihn gedacht? Sofort wählte sie Lizzys Nummer.

Tüüt-tüüt. Tüüt-tüüt.

Geh schon ran, Lizzy.

Jessica ließ den Motor an. Sie musste dringend ins Büro. Sie wartete, bis sich Lizzys Mailbox meldete. »Lizzy, ich bin's, Jessica. Ich glaube, wir haben endlich, wonach wir gesucht haben. Ruf mich so schnell wie möglich zurück.«

Samstag, 20. Februar 2010, 15:23 Uhr

Lizzy klopfte nun schon zum dritten Mal an Nancy Morenos Haustür. »Nancy«, rief sie, »hier sind Lizzy Gardner und Jared Shayne vom FBI. Machen Sie auf. Es ist alles in Ordnung.« *Wer einmal lügt, dem glaubt man nicht, und wenn er auch die Wahrheit spricht.*

Als immer noch niemand aufmachte, ging Lizzy zu einem Fenster an der Vorderseite des Hauses und spähte ins Innere. Das Wohnzimmer machte einen eleganten und gleichzeitig bunt zusammengewürfelten Eindruck. Es sah warm und behaglich aus, ohne irgendein Anzeichen, dass dort ein Kampf stattgefunden haben könnte ... und dennoch ... sie spähte angestrengt an den Möbeln vorbei in den Essbereich. Der Tisch war vollständig gedeckt. Auf einer Seite hing die Tischdecke zu weit herab und ein Weinglas war umgefallen. »Jared«, sagte sie, »schauen wir mal hinten im Garten nach.«

Das Gartentor war offen und sie ging mit Jared hindurch. Im Garten befanden sich inmitten eines gepflegten Rasens ein Swimmingpool in Erdnussform und ein Springbrunnen. Der beruhigende Klang des Wassers, das aus der Flosse einer Nixe sprudelte, bildete einen deutlichen Kontrast zu ihrem Herz, das wie wild pochte. Die Glastür, die ins Innere des Hauses führte, stand weit offen.

Jared zog seine Dienstwaffe und bedeutete Lizzy mit einem Handzeichen, stehen zu bleiben.

Lizzy hatte keine Lust, alleine draußen zu warten. Sie folgte Jared nach drinnen, achtete dabei jedoch vorsichtig darauf, nirgendwo anzustoßen. Das Weinglas war nicht der einzige Gegenstand, der umgefallen war. Einer Porzellanschüssel war es ebenso ergangen; sie lag in Scherben auf dem Fußboden.

Die Küche befand sich zur Linken. Das Waschbecken, dessen Edelstahloberfläche glänzte, war leer. Die Arbeitsflächen aus Marmor waren sauber gewischt und alles befand sich an seinem Platz.

Jared ging den Flur entlang, während Lizzy, die Glock in ihren schweißnassen Händen, die Treppe nach oben lief und dabei zwei Stufen auf einmal nahm. Sie riss die erstbeste Tür auf. Im Zimmer waren die Jalousien heruntergelassen. Sie knipste das Licht an. Alles schien in Ordnung zu sein. Vorsichtig durchquerte sie das Zimmer, trat an Wandschrank und schob die Spiegeltür auf. Plastikbehälter, fein säuberlich aufeinandergestapelt. Ein paar Wintermäntel, ordentlich aufgehängt. Keine lauernden Bösewichter. Keine Leichen.

Ihr Herz raste und sie merkte, dass sie den Atem angehalten hatte. Beim Hinausgehen atmete sie aus. Langsam ging sie den Flur weiter. »Nancy? Sind Sie da? Ich bin's, Lizzy Gardner. Sie können jetzt rauskommen.«

Keine Antwort. Lizzy hasste die Stille fast genauso wie die Dunkelheit. Sie hatten nur elf Minuten gebraucht, um hierherzukommen. War es Nancy gelungen, sich rechtzeitig in Sicherheit zu bringen? Versteckte sie sich zusammengekauert in einem dunklen Wandschrank und wartete darauf, gerettet zu werden? Er konnte sich unmöglich so schnell an ihr vergriffen haben. Aber die offene Verandatür, die zerbrochene Schüssel … das alles deutete auf etwas anderes hin.

Der Teppich war dick und so strahlend weiß, dass man Schmutz oder Flecken sofort sah, einschließlich der Blutspur, die ins Schlafzimmer führte. Scheiße.

»Lizzy! Hier unten!«, rief Jared.

Sie stand da, hielt die Waffe geradeaus gerichtet und hätte am liebsten nach Jared gerufen und ihn gefragt, was er gefunden hatte. Wenn er Nancy entdeckt hatte, was zum Teufel war dann das hier?

Er rief Lizzy ein zweites Mal, diesmal lauter.

Sie brachte keinen Ton heraus. Der Plüschteppich dämpfte jeden ihrer Schritte. Sie befand sich jetzt im Schlafzimmer. Die Blutspur führte quer durchs Zimmer ins Bad. Womöglich war der Mörder noch da und lauerte ganz in der Nähe. Vielleicht war er verletzt und hoffte, dass ihm die Flucht gelang. Sie hatte ihre Pistole bisher nur auf dem Schießstand abgefeuert, aber wenn nötig, würde sie ohne zu zögern abdrücken.

Bleib ruhig und pass auf.

Hatte er sie gesehen? Wusste er, dass sie näher kam? Wusste er, dass sie unmittelbar vor der Badezimmertür stand?

Jetzt, Lizzy, jetzt! Mach schon!

Mit der Waffe im Anschlag und zwei Fingern am Abzug trat sie einen weiteren Schritt vor. Plötzlich starrte sie in Nancy Morenos Augen. »Scheiße!«

Samstag, 20. Februar 2010, 16:21 Uhr

Jessica betrat das Haus ihrer Mutter und traf ihren Bruder in der Küche an. Sie setzte sich an den Tisch, während ihr Bruder im Kühlschrank herumwühlte. Nach einer Weile gab er auf. »Ich hol schnell was zu essen. Willst du mitkommen?«

»Wo ist Mom?«

»Wo sie immer ist – sie schläft auf der Couch nebenan ihren Vollrausch aus.«

Jessica hatte nicht damit gerechnet, ihren Bruder daheim anzutreffen. Er und Mom stritten sich in letzter Zeit heftig, weshalb er die vergangenen Nächte bei einem Freund übernachtet hatte. Nächste Woche würde er seine Sachen packen und nach New Jersey verschwinden. Jessica war gekommen, um die Pistole zu holen, die ihre Mutter in einem leeren Waschmittelkarton im Schrank über der Waschmaschine aufbewahrte. Eigentlich hatte sie nicht vorgehabt, irgendjemandem etwas zu sagen, aber als sie ihrem Bruder in die Augen sah, sprudelte es einfach aus ihr heraus. »Ich glaube, ich weiß, wer Mary entführt hat.«

Er zog eine Grimasse und fuhr sich mit den Fingern durchs Haar. »Wow.« Er drehte sich zum Spülbecken um und starrte aus dem Fenster, das den Blick auf einen toten Rasen freigab. Angesichts des Schweigens, das sich zwischen ihnen ausbreitete, fragte sie sich, was er wohl dachte. Sie musste nicht lange auf eine Antwort warten.

»Wie lange dauert deine Besessenheit, Mary zu finden, eigentlich noch an?«

»Wahrscheinlich so lange, bis ich sie gefunden habe.«

»All die Jahre, und du verschließt immer noch deine Augen vor der Wahrheit. Das ist doch nicht zu fassen.«

»Es wäre nicht das erste Mal«, sagte Jessica.

»Was meinst du damit?«

»Dass vermisste Menschen wieder auftauchen. Und noch dazu lebendig.«

»Nenne mir ein Beispiel.«

»Elizabeth Smart. Shawn Hornbeck …«

Ihr Bruder ging zum Tisch und setzte sich ihr gegenüber. Er war groß und breitschultrig. In letzter Zeit war er erwachsen geworden und sah älter und reifer aus. Sie fragte sich, ob er jetzt ihrem Vater ähnlich sah, den sie seit Marys Verschwinden nicht mehr gesehen hatten. Mom hatte sämtliche Bilder von ihm aus Fotoalben und an der Wand hängenden Bilderrahmen entfernt. Nichts war übrig geblieben, das an ihren Vater erinnerte. Ihr Bruder streckte die Hand aus und legte sie auf ihre. »Lass es endlich bleiben, Jess.«

»Das kann ich nicht.«

»Ich hab sie ja auch sehr gemocht, aber Mary wäre nie von zu Hause ausgerissen.«

»Was, wenn ihr Entführer sie einer Gehirnwäsche unterzogen hat? Du weißt schon, wenn er sie davon überzeugt hat, dass ihre Familie sie nicht mehr mag. Nach ein paar Jahren hat sie es womöglich selbst geglaubt. Vielleicht hat er ihren Namen geändert. Ich hab in letzter Zeit viel zu dem Thema gelesen. So was kommt vor.«

Er zog seine Hand zurück. »Ich glaube … ach, vergiss es … es ist doch scheißegal, was ich glaube. Du klingst wie Mom.« Er stand auf.

Sie zuckte zusammen. »Was meinst du damit?«

Er beugte sich vor und stützte die Hände auf die Tischplatte. »Wenn du nicht aufpasst, Jess, wirst du genau wie sie enden. Nachdem Mary weg war, ist sie durchgedreht. Sie hat sich und ihre Familie aufgegeben.« Er deutete mit dem Kinn in Richtung Nebenzimmer. »Schau sie dir doch an. Sie hängt seit Jahren in einem Loch und kommt da nicht raus. Und sie ertränkt ihren Kummer im Alkohol. Wenn du nicht endlich vernünftig wirst, geht es dir irgendwann genauso.« Er richtete sich auf und verschwand, bevor Jessica ihm den Rest ihrer Geschichte erzählen konnte; dass sie mit Lizzy Gardner zusammenarbeitete und versuchte, der Wahrheit auf den Grund zu gehen und ihre Schwester zu finden. Sie hörte nur noch, wie er beim Hinausgehen die Tür hinter sich zuschlug.

Jessica war heute bereits in Lizzys Büro gewesen und hatte ein paar Anrufe gemacht. Wie erwartet, hatte der Mann ein kilometerlanges Vorstrafenregister. Er hatte Haftstrafen wegen Exhibitionismus und Verkauf von Kinderpornografie abgesessen.

In dem Augenblick, als Jessica das Haus betreten und ihren Bruder gesehen hatte, hatte sie gehofft, er würde auf ihrer Seite stehen. Sie seufzte. Lizzy hatte immer noch nicht zurückgerufen, was ihr Sorgen bereitete. War Lizzy bereits zu seinem Haus gefahren? Da Lizzy diejenige war, die sie gebeten hatte, seinen Namen auf die Liste zu setzen, war das keine abwegige Überlegung.

Jessica dachte nicht daran, die Polizei anzurufen, da diese ohne Durchsuchungsbefehl nichts tun konnte. Sie beschloss, keine weitere Zeit zu verschwenden, und ging in die Waschküche. Die Pistole war immer noch dort, wo sie sie zuletzt gesehen hatte. Sie nahm die Waffe an sich, schob Waschmittel und Weichspüler beiseite und griff nach dem Tupperware-Behälter mit der Munition.

Die Stimme ihrer Mutter ließ sie zusammenfahren. »Mary«, rief sie.

Mom lag auf der Couch, genau wie ihr Bruder gesagt hatte. Sie sah ihre Tochter mit halb geöffneten Augen an und streckte eine bleiche Hand nach ihr aus. Neben ihr auf dem Boden lag eine leere Flasche Gin. »Mary, bist du's?«

Jessica ergriff die Hand ihrer Mutter und war überrascht, wie kalt sie sich anfühlte. »Ja ich bin's, Mary.«

Der Mund ihrer Mutter verzog sich zu einem Lächeln. »Endlich bist du wieder da.«

Jessica drückte die zerbrechliche Hand und versuchte, sich ihre Mutter vorzustellen, wie sie einmal gewesen war ... dynamisch und voller Lebensfreude ... Donna Reed, wie sie leibt und lebt. »Ich muss jetzt weg, Mom, aber ich bin bald wieder da. Alles wird wieder gut.«

Kapitel 29

Jared, Jimmy und Lizzy standen in Nancy Morenos Garten neben dem Swimmingpool und sahen zu, wie zwei Leichensäcke ins Kriminallabor abtransportiert wurden. Dort würde man ihren Inhalt sorgfältig auf Blut, Haaren, Fasern und Fingerabdrücke untersuchen, die von jemand anderem als Nancy Moreno stammten.

Jared hatte die Leiche der Nachrichtensprecherin unten in der Waschküche im Wäschekorb gefunden, während Lizzy oben im Bad den abgetrennten Kopf im Waschbecken entdeckt hatte. Wenn Nancy Moreno sich größere Sorgen um ihre Sicherheit als um ihren Ruf gemacht hätte, wäre sie wahrscheinlich noch am Leben.

Lizzy hatte die letzten fünf Minuten versucht, von ihrem Handy aus Jessica anzurufen. Schließlich gab sie auf und klappte das Gerät zu. »Sie geht immer noch nicht ran.«

»Sobald wir hier fertig sind, schauen wir in deinem Büro vorbei«, schlug Jared ihr vor.

Jimmy stand neben Jared. Er trug wie immer einen dunklen Anzug, gründlich polierte Schuhe und schaute zynisch und grimmig drein. Ein paar Sekunden zuvor hatte ein Kriminaltechniker

Jimmy einen Plastikbeutel überreicht, in dem sich ein blutbeflecktes Blatt Papier befand. Der Mörder hatte es Nancy Moreno in den Mund gestopft – eine Notiz, die Linda Gates während einer Therapiesitzung mit Lizzy gemacht hatte.

»Wie hat Nancy Moreno es geschafft, in die Praxis von Linda Gates einzudringen?«, fragte Jimmy.

»Nancy ist seit vielen Jahren eine Patientin«, antwortete Lizzy.

»Hat schon jemand Dr. Gates benachrichtigt?«

»Ich hab bei ihr zu Hause angerufen«, sagte Lizzy. »Sie war schockiert, als sie erfuhr, was passiert ist. Vor zehn Minuten hat sie mich zurückgerufen und mir mitgeteilt, dass sie in ihrer Praxis war und dass meine Akte in der Tat verschwunden ist.«

»Wie ist es Moreno überhaupt gelungen, an die Akte ranzukommen und sie mitgehen zu lassen?«

»Dr. Gates vermutet, dass Nancy sie bei ihrem letzten Besuch vor ein paar Tagen entwendet hat. Dann hat sie noch erwähnt, sie hätte einen verdächtigen Mann an der Bushaltestelle gesehen. Er hat anscheinend Nancy von der Straße aus beobachtet, während sie in der Praxis war. Linda hat sofort die Polizei verständigt, aber bis der Streifenwagen kam, war der Mann längst weg.«

»Wir müssen jemanden hinschicken, der ihre vollständige Aussage zu Protokoll nimmt.«

»Das habe ich bereits veranlasst«, sagte Jared. »Hank ist schon unterwegs.«

»Was ist mit dem jungen Mann, mit dem ihr euch heute Morgen im Café getroffen habt?«

»Er hat Angst.«

»Wovor?«

»Der Mann, der ihn beauftragt hat, Lizzy das Geld ins Büro zu bringen, hat ihm gedroht, er würde ihn sich vorknöpfen, wenn er jemandem was davon erzählt«, sagte Jared. »Ich habe allerdings einen unserer Leuten auf den Jungen angesetzt, damit er ihn im Auge behält.«

Lizzy zog eine Augenbraue hoch. Sie hatte keine Ahnung gehabt, dass Jared sich wirklich um alles kümmerte.

»Er wohnt in einem Mietshaus nicht weit vom Cosumnes River College. Sein Name ist Russell Parker.«

»Er hat gesagt, er müsse sich erst noch überlegen, ob er sich mit dem Polizeizeichner trifft«, sagte Lizzy zu Jimmy.

»Weiß er, dass wir es hier mit einem Serienmörder zu tun haben?«

Lizzy nickte. »Wir haben es ihm gesagt.«

»Er hat Angst«, sagte Jared zum zweiten Mal. »Er kann nicht klar denken. Ich glaube allerdings, dass er mitspielen wird.«

Jimmy hielt einen Mordermittler auf, als dieser gerade vorbeiging. »Was konnten Sie bei den Nachbarn herausfinden?«

»Bis jetzt nichts. Niemand hat etwas Verdächtiges bemerkt. Vor dem Haus haben keine fremden Autos geparkt. Die Frau, die gegenüber wohnt, ist Hausfrau und Mutter und den ganzen Tag daheim. Von ihrem Küchenfenster aus hat sie einen ungehinderten Blick auf Morenos Haus. Sie hat zu der Zeit, als Moreno telefoniert haben muss, Geschirr gespült und dabei nichts Ungewöhnliches bemerkt.« Er entschuldigte sich und ging weiter.

Jimmy kratzte sich am Genick. »Der Kerl hinterlässt keinerlei Spuren. Wie zum Teufel macht er das nur? Schaut euch doch bloß mal um. Es gibt keine Felder oder Grünanlagen, wo er sich verstecken kann. Wie hat er es dann geschafft, unbemerkt ins Haus einzudringen und es wieder zu verlassen?« Jimmy rieb sich die Stelle zwischen seinen Augen. »Und warum zum Teufel hat der Mörder es auf eine Nachrichtensprecherin abgesehen?«

»Sie hatte etwas in ihrem Besitz, hinter dem er her war«, sagte Jared. »Sobald er Lizzys Patientenakte an sich genommen hatte, hat er sie beseitigt.«

»Und was nun?«

Sie kannten alle die Botschaft auswendig, die der Mörder mit Blut auf den Spiegel im Bad geschrieben hatte, aber Lizzy zitierte sie trotzdem noch einmal: »Die Dunkelheit wartet auf dich.«

»Was meint er wohl damit?«

»Er hat meine Patientenakte«, sagte Lizzy. »Er ist besessen davon, alles über sein Opfer herauszufinden, bevor er zuschlägt.«

»Und wie ist der Spruch *Die Dunkelheit wartet auf dich* in diesem Zusammenhang zu verstehen?«

»Ich habe im Dunkeln Angst«, sagte sie ohne eine weitere Erklärung.

In diesem Moment begriff Jimmy, was auf dem Spiel stand. Sie alle taten es. Der Spinnenmann stand kurz davor, erneut zuzuschlagen.

Jimmys Handy klingelte. Er trat auf die Seite und nahm den Anruf entgegen.

Lizzy hatte sich nicht die Mühe gemacht, Jimmy zu erklären, dass die Dunkelheit ihr nicht nur Angst einjagte, sondern sie regelrecht lähmte. Wenn der Spinnenmann ihre Akte las, würde er auch erfahren, dass sie seit ihrer Flucht nicht mehr geweint hatte, dass der bloße Anblick einer Spinne ihr den Atem verschlug und dass sie keine einzige Nacht schlief, ohne von Albträumen geplagt zu werden, was er den Mädchen angetan hatte. Lizzy schlang sich die Arme um die Hüften.

»Komm«, sagte Jared, »gehen wir.«

Samstag, 20. Februar 2010, 17:05 Uhr

Lizzy musste ihr Handy, ihre Pistole und ihren Rucksack am Empfangstresen der Justizvollzugsanstalt abgeben. Danach durchsuchte man sie nach Pfefferspray, Tränengas, Alkohol und Sprengstoffen. Schließlich führte man sie und Jared zum Besucherraum, den man nur nach vorheriger Anmeldung betreten durfte und in dem Besucher und Insassen durch eine Plexiglasscheibe voneinander getrennt waren. Das Personal wies sie wiederholt darauf hin, dass Besucher sich strafbar machten, wenn sie einem Insassen Hilfe zukommen ließen. Außerdem fragte man sie, ob sie Kameras oder Aufnahmegeräte bei sich trugen, was beide verneinten.

Sie gingen durch einen Metalldetektor und betraten dann den Besucherraum, wo sie zwanzig Minuten lang mit Betsy Raeburn sprechen durften.

In dem Raum war es still. Es gab vier Kabinen, in denen die Insassen der Haftanstalt maximal zwei Besucher gleichzeitig empfangen durften.

Der für die Sicherheit verantwortliche Wärter deutete auf zwei Stühle in einer der Kabinen, durch die eine Glasscheibe verlief. Es gab eine Sprechanlage, über die Besucher und Insassen durch die Trennscheibe miteinander reden konnten.

Als Jared sich neben Lizzy setzte, wurde Betsy Raeburn in die Kabine auf der anderen Seite der Trennscheibe geführt.

Die Frau war groß, muskulös und trug ihre braunen Haare kurz geschnitten. Sie hatte weit auseinanderliegende braune Augen, ein rundes Gesicht und einen Mund, der dauerhaft in einem grimmigen Lächeln erstarrt zu sein schien.

Betsy setzte sich. Der Wärter trat ein paar Schritte zurück und stellte die Stoppfunktion an seiner Armbanduhr ein.

»Miss Raeburn«, begann Jared. »Ich bin Jared Shayne und das ist Lizzy Gardner.«

Die Frau beugte sich nach vorne, bis ihr Gesicht nur ein paar Zentimeter von der Glasscheibe entfernt war. »Sie sind nicht Lizzy.«

»Bin ich schon. Ich kann mich noch an Sie erinnern.« Lizzy wurde auf einmal von ihren Gefühlen überwältigt und bekam einen Kloß im Hals. »Ich weiß gar nicht, wie ich Ihnen danken soll für das, was Sie getan haben.«

»Ich hab doch überhaupt nichts getan«, sagte Betsy.

»Sie waren ein freundliches Gesicht, das mir über den Weg lief, als ich gerade dringend eines brauchte. Sie haben mich in Ihren Lieferwagen gesteckt und mir geholfen, von diesem Ort wegzukommen.«

»Na, dann freut es mich ja, dass es Ihnen gut geht.«

Ein betretenes Schweigen breitete sich aus. Dann sagte Jared: »Wir sind aus verschiedenen Gründen hier, Betsy. Zunächst einmal würden wir gerne wissen, ob Sie an dem Tag, an dem Sie Lizzy geholfen haben, irgendwelche verdächtigen Personen oder Dinge gesehen haben.«

»Nein«, sagte sie und schüttelte den Kopf. »Das haben mich die Leute vom FBI schon hundertmal gefragt und meine Antwort ist immer noch dieselbe.«

»Was ist mit der Uhr, die Lizzy an jenem Morgen bei sich hatte?«

Betsy lief rot an. »Von einer Uhr weiß ich nichts«, sagte sie. »Sie haben doch gar keine Uhr getragen, oder, Lizzy?«

Es war klar, dass Betsy sich herauszureden versuchte. Lizzy legte eine Hand auf die Trennscheibe. »Ist schon okay, Betsy. Sie werden deswegen keinen Ärger bekommen. Was auch immer Sie sagen oder tun, ändert nichts daran, dass ich Ihnen für immer dankbar sein werde für das, was Sie an jenem Tag für mich getan haben. Aber wir müssen Sie nach dieser Uhr fragen, weil dieser Irre wieder sein Unwesen treibt.«

Betsy riss die Augen auf. »Ohne Scheiß?«

»Ohne Scheiß«, gab Lizzy zurück. »Wir müssen wissen, was Sie mit der Uhr gemacht haben. Es ist uns egal, ob Sie sie verkauft, verpfändet oder in den Müll geworfen haben. Aber wir müssen es unbedingt wissen, weil die Uhr vielleicht eine Seriennummer hat … und die wiederum könnte einen Hinweis auf die Identität des Mörders geben.«

Betsy kaute auf ihrer Unterlippe. Man konnte schwer erkennen, ob sie sich überlegte, etwas über den Verbleib der Uhr zu sagen, oder ob sie sich gar nicht mehr daran erinnerte. Plötzlich beugte Betsy sich nahe an die Scheibe und sah verschwörerisch drein.

Lizzy beugte sich ebenfalls vor.

»Sie haben nicht zufällig Zigaretten für mich dabei?«

Lizzy sah Jared an.

»Ich habe im Foyer einen Automaten gesehen«, sagte er und erhob sich. »Welche Marke rauchen Sie?«

»Ich möchte zwei Schachteln Marlboros.«

»Besucher dürfen den Insassen nur eine Schachtel mitbringen«, sagte der Wärter.

»Kommen Sie schon«, sagte Betsy nach hinten über die Schulter, »drücken Sie doch einfach mal ein Auge zu.«

Der Mann beachtete sie nicht.

Jared verschwand und war in weniger als fünf Minuten zurück. Er legte eine Schachtel Marlboro in das Schubfach unter der Trennscheibe, worauf Betsy an einem Griff zog und die Zigaretten an sich nahm. Sie hielt die Packung für einen Augenblick andächtig in der Hand, bevor sie schließlich die Plastikfolie aufriss. Dann steckte sie sich eine Zigarette zwischen die Lippen und warf dem Wärter über die Schulter einen Blick zu.

Der Mann zog ein Feuerzeug aus der Tasche und gab ihr Feuer.

Betsy inhalierte das Nikotin tief in ihre Lunge und blies den Rauch aus. »Danke.«

Jared nickte nur.

Lizzy sah ungeduldig auf die Uhr. »Wir brauchen Ihre Hilfe, Betsy.«

Betsy machte noch einen Zug. »Das hätte mir jetzt gerade noch gefehlt, wenn ich diesen Arschlöchern einen Anlass gebe, mich länger hier zu behalten.«

»Sie haben nichts falsch gemacht«, sagte Lizzy nachdrücklich. »Ich hab Ihnen die Uhr doch gegeben. Wissen Sie das nicht mehr?«

Betsys Augen hellten sich auf. »Sie haben recht, jetzt fällt's mir wieder ein. Sie haben sie mir gegeben, oder? Ich brauch also keine Angst zu haben?«

»Richtig«, sagte Lizzy. »Sie brauchen keine Angst zu haben. Sie haben nichts falsch gemacht, Betsy.«

Betsy tat einen langen Zug an der Zigarette. »Ich würde Ihnen ja wirklich gerne helfen«, sagte sie, »aber das Problem ist, ich hab versucht, die Uhr zu verkaufen, aber ich konnte nicht mehr als zweihundert Dollar dafür bekommen, wegen der Gravierung. Da war ich echt sauer, weil mein Bruder gesagt hat, dass es 'ne Rolex sei, die mehrere Tausender wert wäre.«

Jared verzog kaum eine Miene. Er war mit seiner unendlichen Geduld wirklich ein Profi, dachte Lizzy. Lizzy dagegen hätte der Frau am liebsten in den Rachen gelangt und ihr die Worte herausgezogen. Aber jetzt, wo Betsy ihre Zigaretten hatte, war sie nicht in Eile. Sie hatte ja sonst nichts anderes zu tun. »Sie erinnern sich nicht zufällig daran, wie diese Gravierung lautete?«, fragte Lizzy.

Betsy inhalierte erneut Nikotin in ihre Lunge. Die Trennscheibe war vom Rauch ganz vernebelt. »Wenn ich es Ihnen sage, bekomme ich dann noch eine Schachtel?« Sie hielt die Marlboros hoch.

Lizzy nickte. »Wenn Sie es mir sagen, schicke ich Ihnen eine ganze Stange, sobald das Postamt aufmacht.«

Betsy lächelte und entblößte dabei eine Reihe schiefer gelber Zähne. »Wie gesagt, ich war sauer wegen der Gravierung. Ich meine, warum ruinierte jemand damit so eine schöne Uhr? Die Gravierung hatte die Buchstaben SJ und SW und dazwischen war so ein kleines Herz.«

Lizzy lief es kalt über den Rücken. Sie hatte zwar keine Ahnung, ob diese Information sie weiterbrachte, aber allein bei dem Gedanken, dass sie überhaupt einen Anhaltspunkt hatten, wurde ihr schwindlig vor Aufregung. »Sind Sie sicher, dass es die Buchstaben SJ und SW waren?«

»Ja«, kicherte Betsy, »ganz sicher. Ich erinnere mich deshalb noch so gut daran, weil ich zu meinem Bruder gesagt hab, die Abkürzung steht für Scheiß Junge liebt Scheiß Weib.« Ihr Lachen hallte von den Wänden wider. »Wenn das Arschloch die verdammte Uhr mit dieser Gravur nicht kaputt gemacht hätte, hätte ich 'ne schöne Stange Geld dafür bekommen. Ach ja, weil wir gerade beim Thema sind«, sagte sie mitten in ihrem Zug an der Zigarette, »hat jemand von Ihnen vielleicht etwas Bargeld dabei?«

Lizzy sah den Wärter fragend an.

»Bis zu fünfzig Dollar, in Ein-Dollar-Scheinen«, sagte er.

Jared zog sechzehn Ein-Dollar-Noten aus seiner Brieftasche und Lizzy fand neun weitere, alle zerknittert und gefaltet. Sie legten die Scheine in das Schubfach.

Betsy zog am Griff und lachte laut, als hätte sie soeben im Lotto gewonnen. Der Wärter machte einen Schritt nach vorne und sagte, dass Betsy langsam wieder zurück in ihre Zelle müsse.

Jared erhob sich und Lizzy folgte seinem Beispiel. »Danke für alles«, sagte sie.

»Keine Ursache. Aber vergessen Sie nicht die Stange Zigaretten.«

»Das tu ich schon nicht, das verspreche ich Ihnen.« Lizzy sah zu, wie Betsy langsam aufstand und dann dem Wärter zurück in ihre Zelle folgte. Als sie verschwunden war, verließen Jared und Lizzy den Besucherraum und gingen durch das Gebäude zum Eingangsbereich, wo sie ihre Wertgegenstände zurückbekamen.

Sie hatten kaum den Ausgang hinter sich gelassen, als auch schon Jareds Handy klingelte. Er hörte mit gerunzelter Stirn zu, nickte und beendete das Gespräch.

»Was ist los?«

»Wir müssen sofort zu der Highschool, wo du gestern Abend den Vortrag gehalten hast.«

»Wieso?«, fragte Lizzy.

»Er hat vermutlich wieder zugeschlagen.«

Sie erschrak.

»Man hat an der Schule einen Brief und Blutspuren gefunden.«

»Das darf doch wohl nicht wahr sein.« Sie packte Jared am Ärmel und starrte ihn an, als sie langsam begriff. »Der Brief ... war der für mich?«

»Ja, aber diesmal ist er von Hayley Hansen.«

Kapitel 30

»Lizzy Gardner ist schuld daran, dass du hier bist. Das weißt du doch, oder?«

Hayley knurrte der Magen. Sie hatte seit mindestens vierundzwanzig Stunden nichts gegessen. Die Jalousien waren vollständig heruntergezogen. Der Spinnenmann saß nun schon seit mehr als einer Stunde auf einem wackligen Holzstuhl in der Ecke und beobachtete sie.

»Was werden Sie jetzt tun?«, fragte sie. »Einfach nur rumsitzen und mich den ganzen Tag und die ganze Nacht blöd anglotzen?«

Er antwortete nicht. Er trug immer noch die Maske vor dem Gesicht, war aber irgendwie anders als sonst. Das fing damit an, dass er nicht gut aussah. Er trug zwar immer noch das Hemd mit dem gestärkten Kragen und die beige Hose, aber seine Klamotten waren zerknittert und er saß krumm und mit hängenden Schultern da. Etwas musste ihn aus dem Konzept gebracht haben. Als er einmal den Kopf nach rechts drehte, sah sie ein Stück Mullbinde, das unter seinem Kragen herausguckte. Sie hatte fast vergessen, dass sie ihn letzte Nacht mit dem Messer erwischt hatte. Hatte er ein Krankenhaus aufgesucht? Das Messer war tief ins Fleisch eingedrungen. Und bevor er das Zimmer betreten hatte, war es ein paar Stunden still im Haus gewesen.

Die Maske verbarg den mittleren Teil des Gesichts: Augen, Nase, obere Wangen. Stirn und Kinnpartie sahen bleich aus, ein Zeichen dafür, dass er Blut verloren hatte.

Der Typ war unheimlich. Wenn Brian in ihr Zimmer kam, saß er nicht einfach nur so da und starrte sie an. Brian kam immer sofort zur Sache.

Nicht so der Spinnenmann.

Die Art und Weise, wie seine Augen durch den Sehschlitz der Maske starrten, machte sie nervös. »Was glotzen Sie so blöd, Sie Arschloch?«

»Ich schau dich an.«

»Ich bin nur deshalb hier«, sagte sie und gewann bei dem Gedanken, dass er womöglich unter Schmerzen litt, wieder ihr Selbstvertrauen zurück, »weil ich *wollte*, dass Sie mich entführen.«

Er neigte den Kopf nach rechts. »Wieso das denn?«

Er benutzte das Gerät nicht mehr, das seine Stimme verzerrte. Das war womöglich ein schlechtes Zeichen. Vielleicht hatte er sich ihre frühere Bemerkung durch den Kopf gehen lassen und entschieden, dass sie recht hatte. Wenn er sie früher oder später ohnehin umbrachte, was hatte er dann zu verbergen? Und trotzdem trug er noch immer die Maske.

»Man muss kein Genie sein«, sagte sie zu ihm, »um zu kapieren, dass Sie mit Lizzy Gardner ein Hühnchen zu rupfen haben.« Es gehörte auch nicht viel dazu, zu erkennen, dass ihre einzige Chance zur Flucht darin bestand, sich mit ihm anzufreunden und ihn dazu zu bewegen, ihre Arme von dem Bettpfosten loszubinden. Allerdings war sie sich vollkommen bewusst, dass diese Idee wohl nichts als Wunschdenken war.

»Nachdem ich mir die Nachrichten angesehen hatte, dachte ich mir, dass Sie sie beobachten«, sagte sie, als er nicht antwortete. »Und wenn Sie Lizzy *tatsächlich* beobachteten, dann konnte ich davon ausgehen, dass Sie ihr wahrscheinlich zur Highschool folgen würden. Ich hab mir also ein bequemes Versteck gesucht, nachdem alle Leute weg waren. Und dann hab ich gewartet.«

»Warum machst du so was?«

»Weil mir langweilig war.«

Er lachte. Schwach und erbärmlich zwar, aber immerhin ein Lachen. »Du hättest deine Zeit darauf verwenden können, dir eine zusätzliche Tätowierung machen zu lassen«, sagte er bitter. »Es scheint fast so, als ob es dir gefällt, deinen Körper als Leinwand zu benutzen. Du kannst daran sterben.«

Sie lachte. »Sie machen wohl Witze. Sie sind doch ein Mörder, oder nicht?«

»Ein Kämpfer für die Gerechtigkeit«, verbesserte er sie.

Er hatte eine tiefe und ruhige Stimme und drückte sich gewählt aus, ganz anders als die Verlierer, mit denen ihre Mutter Umgang pflegte. Die konnten ja nicht mal die einfachsten Worte richtig aussprechen. »Ein Kämpfer für die Gerechtigkeit. Hm. Wie meinen Sie das?«

»Ich tue mein Bestes, um die Welt von nutzlosen Teenagern zu säubern, die nichts zu unserer Gesellschaft beitragen – Teenager, die junge Männer aufgeilen und verführen, zu Erwachsenen unhöflich sind, sich die Lungen mit Zigarettenrauch vollpumpen und sich verrückte Bilder in die Haut ritzen lassen, ohne Respekt vor sich selbst oder ihren Körpern.« Er betrachtete ihre Tätowierung. »Wusstest du, dass bei einer Kernspintomografie die metallischen Salze, die man beim Tätowieren verwendet, die Haut verbrennen können, so als würde man Fleisch braten?«

Sie hob die Beine und winkelte die Knie an, damit sie beide die Tätowierung an ihrem Knöchel oberhalb des Klebebandes sehen konnten. Außerdem hatte sie sich noch einen Engel auf ihr Schlüsselbein und einen Stacheldraht auf ihren kleinen Finger tätowieren lassen. Sie zuckte mit den Schultern. »Mir gefallen meine Tätowierungen.«

Er lachte höhnisch.

Sie deutete mit dem Kinn auf ihren Knöchel. »Das hier war meine allererste Tätowierung. Von Weitem kann man es schlecht erkennen, aber der Schriftzug auf meinem Knöchel lautet *Brian*. Brian hat mich dazu überredet, es mir stechen zu lassen ... vor vielen Jahren, als ich ihm noch vertraute. Brian ist der Drogenhändler meiner Mutter. Zuerst war er ihr Freund und dann hat er sie von Meth abhängig gemacht. Jahre später, als Mom ihre Schulden bei ihm nicht mehr bezahlen konnte, hat sie ihn mit mir machen lassen, was er wollte. Ich war damals gerade vierzehn. Von da an war ich für ihn nur noch Freiwild. Er und seine Freunde, alles Drogenhändler, haben sich regelmäßig an mir vergangen ... manchmal nachts, meistens jedoch morgens«, fügte sie beiläufig hinzu, als würde sie über das Wetter reden. »Wenn Sie wirklich ein Kämpfer für die Gerechtigkeit sind, warum knöpfen Sie sich dann nicht lieber solche Typen vor, anstatt Mädchen wie mich, die nie eine Chance hatten?«

Er schien einen Augenblick darüber nachzudenken. Dann sagte er: »Du warst bestimmt auch kein Engel.«

Sie machte sich nicht die Mühe, ihm klarzumachen, dass sie eine Musterschülerin war oder dass sie an den meisten Wochenenden und Abenden in einer Smoothie-Bar arbeitete und jeden Cent, den sie dort verdiente, ihrer Mutter gab, um etwas zur Miete beizusteuern. In ihrer Freizeit las sie viel. Die Klassiker gefielen ihr genauso gut wie ein guter Liebesroman oder ein spannender Krimi. Nichts übertraf eine gut erzählte Geschichte, wenn es darum ging, ihre Probleme zu vergessen. »Sie haben recht«, antwortete sie schließlich. »Ich war mit Sicherheit kein Engel.«

Sie sah, wie seine Augen unter der Maske aufleuchteten.

»Was hast du angestellt?«, wollte er wissen.

»Wenn diese Kerle mich gezwungen haben, ihnen einen zu blasen«, sagte sie, »musste ich manchmal würgen. Das hat ihnen überhaupt nicht gefallen.«

»Und was haben sie dann gemacht?«

Obwohl sie die Wahrheit sagte, schien der Irre ihren Sarkasmus überhört zu haben. Wie dem auch sei, wenn sie sich mit ihm anfreunden wollte, musste sie weiterreden und ihn so lange unterhalten, bis ihr einfiel, wie sie aus ihrer misslichen Lage entkommen konnte. »Den meisten von diesen Drogensüchtigen war es egal, ob ich gewürgt habe«, sagte sie. »Ein Drogenhändler, so ein Fettwanst mit langen Haaren und Bart, hat mich jedes Mal, wenn ich fast erstickt bin, fest gezwickt. Das Zwicken war schlimmer als das Würgen, also hab ich mit der Zeit gelernt, die Kehle weit aufzumachen. Ungefähr so wie ein Schwertschlucker.«

Er nickte, als wolle er sagen, dass er verstand, was sie meinte. *Perverser Drecskerl.*

»Ein paar von diesen Typen haben gewartet, bis es ihnen gekommen ist, und dann haben sie mich verprügelt.«

»Hmmm.«

»Sehen Sie meine Nase?«, fragte sie und drehte den Kopf ein wenig, damit er sie besser von der Seite sehen konnte.

»Was ist damit?«

»Sie ist krumm. Diese Arschlöcher haben sie mir dreimal gebrochen.« Ihr Magen knurrte wieder, diesmal lauter.

»Du hast wohl Hunger.«

Sie zuckte so gut sie konnte mit den Schultern.

»Morgen werden wir jemanden anrufen«, sagte er und erhob sich steif. »Wenn du tust, was ich dir sage, bekommst du vielleicht zur Belohnung etwas zu essen.«

Hayley sah ihm nach, als er zur Tür ging. Seiner Grimasse nach zu urteilen, hatte er eindeutig Schmerzen. Gut so. Er soll verrecken, dachte sie und stieß einen langen Seufzer aus.

Normalerweise schloss er die Tür beim Hinausgehen hinter sich ab, aber diesmal ließ er sie offen. Sie hoffte, dass er bald ins Bett ging. Bevor er vorhin den Raum betreten hatte, hatte sie festgestellt, dass sich die Fesseln um ihre Handgelenke endlich gelockert hatten. Ihr Fleisch war unter dem Klebeband wund, aber der Schmerz war nur noch ein dumpfes Pochen.

Sie hatte Hunger, musste aber noch viel dringender auf die Toilette. Sie hatte schon einmal pinkeln müssen, aber ihre Unterhose war inzwischen wieder trocken. Wenn sie noch einmal in die Hose machte, würde er womöglich auf die Idee kommen, sie zu säubern, und dann würde er das Messer entdecken. Das Taschenmesser in ihrer Unterhose fühlte sich unbequem an, aber es war ihre letzte Hoffnung.

Millionen Gedanken schossen ihr durch den Kopf, einschließlich solcher an Selbstmord, wie sie sie früher gehabt hatte. Daheim in ihrem Schlafzimmer hing ein Ventilator an der Decke. Wenn sich die hölzernen Rotorblätter drehten, stellte sie sich oft vor, wie ihre Leiche daran baumelte: hervorquellende Augen, ein bleiches Gesicht, die Zunge, die ihr schlaff aus dem Mund hing. Während der vergangenen Jahre waren diese Selbstmordgedanken immer häufiger aufgetreten – ein weiterer Grund dafür, warum sie keine Angst davor gehabt hatte, diesem Irren in die Hände zu fallen.

Es war zwar ihre Absicht gewesen, dieses Monster zu töten, aber sie hatte auch die Möglichkeit in Betracht gezogen, dabei ums Leben zu kommen. Sie war nicht dumm und wusste, dass manchmal unvorhergesehene Dinge passierten, die einem einen Strich durch die Rechnung machten. Und nun, vierundzwanzig Stunden nachdem sie losgezogen war, um das Schwein zu kriegen, fand sie sich halb nackt, hungrig und an einen Bettpfosten gefesselt wieder, ein Taschenmesser zwischen die Pobacken geklemmt.

Trotz alledem begriff sie deutlicher denn je, dass sie leben wollte.

Samstag, 20. Februar 2010, 18:17 Uhr

Die Blitzlichter der Kameras blendeten Lizzy, obwohl Jared sich beste Mühe gab, den Schwarm von Reportern, der vor der Schule stand, von ihr fernzuhalten. Kleinbusse von Presse, Rundfunk und Fernsehen parkten auf der einen Straßenseite, während Streifenwagen mit rotierenden Blaulichtern um das gesamte Schulgelände postiert waren.

»Lizzy«, rief ein Reporter aus der Menge. »Stimmt es, dass der Spinnenmann bei Ihnen angerufen hat?«

Lizzy hielt den Blick starr geradeaus gerichtet. Jared hob das polizeiliche Absperrband und ließ sie durch.

»Hat er Nancy Moreno ermordet, um an Sie heranzukommen?«, fragte ein anderer Reporter. »Und was ist mit Sophie? Stimmt es, dass er eine weitere Nachricht für Sie hinterlassen hat?«

»Kannten Sie das Mädchen, das gestern Nacht entführt wurde?«

»Du machst das genau richtig«, flüsterte Jared Lizzy ins Ohr. »Beachte sie einfach nicht. Wir sind fast da.«

Lizzy versuchte, Jareds Ratschlag zu beherzigen, konnte aber nicht verhindern, dass sich der Schmerz wie eine Faust um ihr Herz schloss und fest zudrückte.

Sie sah, wie Jimmy Martin sich zu einem Kriminaltechniker herabbeugte, der mit einem Skalpell getrocknete Blutreste in keimfreie Behälter gab. Mobile Flutlichter wurden aufgestellt, damit Ermittler und Spurensicherer schnell mit ihrer Arbeit vorankamen und hoffentlich noch rechtzeitig fertig wurden, bevor es – wie im Wetterbericht angekündigt – in ein paar Stunden zu regnen anfing. Außerdem sah Lizzy, wie dieselbe Reporterin, die gestern Abend in ihren Vortrag geplatzt war, sich in der Nähe der Turnhalle mit einem FBI-Agenten unterhielt. Sie trug Jeans und ein T-Shirt. »Wird sie gerade vernommen?«, fragte Lizzy.

Jimmy löste sich von dem Kriminaltechniker. »Wie es aussieht, hat die Reporterin gestern Abend Hayley Hansen alleine hier herumsitzen sehen und sie gefragt, ob sie sie ein Stück mitnehmen könne. Es wurde gerade dunkel. Das Mädchen hat dann gesagt, dass es abgeholt wird.« Er blickte über die Schulter zu der Reporterin hinüber und fügte hinzu: »Sie ist ganz schön mitgenommen von der Sache.«

»Wo hat man den Brief gefunden?«, fragte Jared.

»Genau hier«, sagte Jimmy, »an derselben Stelle, wo die Reporterin das Mädchen hat warten sehen.«

Lizzy blickte sich um. »Wo ist der Brief?«

»Die Jungs von der Spurensicherung warten, bis das Blut trocken ist, bevor sie ihn eintüten. Wir können ihn uns frühestens in einer Stunde ansehen.«

»Gibt es irgendwelche Theorien?«, fragte Jared.

»Ich habe eine«, sagte Lizzy. »Hayley hat den Lockvogel gespielt. Sie hat davon gesprochen, als sie gestern Abend bei mir zu Hause vorbeikam. Sie brauchte ja nur die Nachrichten zu verfolgen, um zu wissen, dass der Spinnenmann mich beobachtet. Sie geht also zu der Schule, weil sie weiß, dass ich da sein werde, und sobald der Vortrag zu Ende ist, setzt sie sich auf die Straße und wartet auf den Spinnenmann. Sie weiß, dass die Chance groß ist, dass er sie findet, wenn sie es ihm nur leicht genug macht.«

»Das ist doch lächerlich«, sagte Jimmy. »Wer würde sich schon absichtlich entführen lassen?«

»Sie ist einsam und verwirrt«, sagte Lizzy und wünschte sich, sie hätte gestern Abend eine Gelegenheit gehabt, mit Hayley zu reden. Vielleicht hätte sie das Mädchen zur Vernunft bringen können.

»Hat schon jemand ihre Eltern benachrichtigt?«, fragte Jared.

»Eric Holden ist gerade bei ihrer Mutter. Die Frau hatte keine Ahnung, dass ihre Tochter vermisst wird. Sie hat sogar behauptet, es sei nicht ungewöhnlich, dass Hayley manchmal für mehrere Tage verschwindet.«

Lizzy konnte nicht fassen, was sie da hörte. Was war das nur für eine Mutter, die zuließ, dass ihr Kind tagelang verschwand?

»Wenn das derselbe Kerl ist, der Moreno geköpft hat«, sagte Jimmy, dann würde ich gerne wissen, wie zum Teufel er es schafft, von A nach B zu gelangen, ohne dass ihn jemand sieht.«

Der Kriminaltechniker war mit dem Sichern der Blutspuren fertig und packte gerade zusammen. Jimmy zeigte mit dem Finger auf ihn. »Ich möchte die Ergebnisse so schnell wie möglich. Und ich will, dass alle Blutspuren, die hier gefunden wurden, mit sämtlichen Blutproben aus Morenos Haus verglichen werden.«

Der Mann nickte, nahm seinen Metallkoffer und seine Tasche, und ging davon.

»Wenn das so weiter geht«, sagte Jimmy, »gehen mir die Spurensicherer aus. Wer zum Teufel ist dieser Kerl? Und wieso hält er sich nicht mehr an seine gewohnte Vorgehensweise?«

»Weil er keine mehr hat«, sagte Jared.

Jimmy runzelte die Stirn. »Was redest du da?«

»Die Sache ist jetzt persönlich«, sagte Jared. »Da haben die Medien recht. Der Spinnenmann hält uns alle zum Narren und sieht uns dabei zu, wie wir von einem Tatort zum nächsten rennen. Er ist wütend und seine Wut führt ihn auf bisher ungekannte Pfade. Serienmörder fantasieren und planen gerne. Der Spinnenmann war es bisher gewöhnt, alle Zeit der Welt zu haben. Aber das ist jetzt anders.«

Jimmys Miene verdüsterte sich noch mehr. »Auf wen ist er wütend?«

»Auf mich«, sagte Lizzy.

Jared widersprach nicht. »Ich vermute, dass der Spinnenmann an dem Tag sein Comeback beschlossen hat, als Frank Lyle öffentlich gestand, er wäre der berüchtigte Serientäter, der vier junge Mädchen auf dem Gewissen hat. Das hat den echten Spinnenmann auf die Palme gebracht. Serienmörder sind scharf darauf, wegen ihrer Taten im Rampenlicht zu stehen. Und dann erklärte sich Lizzys Vater bereit, im Fernsehen eine Reihe von Interviews zu geben …«

»Wieso sollte das den Spinnenmann interessieren?«, fragte Jimmy skeptisch.

»Ich glaube weniger, dass es ihn interessiert hat, als vielmehr, dass er gespannt darauf war, was Lizzys Vater zu sagen hatte. Immerhin war Lizzy vermutlich der Grund dafür, dass er mit dem Morden aufgehört hat, zumindest am Anfang. Er musste befürchten, dass sie seine Identität preisgibt oder zumindest die Polizei auf seine Spur führt.«

»Und dann hat mein Vater zu viel gesagt«, fügte Lizzy hinzu, »und der Spinnenmann muss förmlich ausgerastet sein.«

Jared nickte. »Höchstwahrscheinlich hat ihn die Vorstellung in Rage gebracht, dass er verraten und belogen wurde.«

Jimmy tat sich schwer, diesem Gedankengang zu folgen. »Verraten von wem?«

»Von mir«, sagte Lizzy. »Ich hatte es geschafft, ihn davon zu überzeugen, dass er mir etwas bedeutete und ich ihn wie einen Vater liebte. Es hat nicht lange gedauert, bis ich kapierte, dass er seine Opfer gut kannte. Aber er kannte mich nicht. Er dachte, er tue der Welt einen Gefallen, indem er Mädchen im Teenageralter eliminierte, die in seinen Augen ungezogen waren. Mir war klar, dass ich nur dann eine Überlebenschance hatte, wenn ich ihm den Eindruck vermittelte, ich sei ein braves Mädchen.«

»Das war seine Vorgehensweise«, sagte Jared. »Ein Mädchen finden, das zu seiner Vorstellung von einem *ungezogenen* Mädchen passte. Dann warten, beobachten und alles über sie erfahren. Aber jetzt ist er auf Lizzy sauer, weil sie ihn verraten hat, und wird deshalb nachlässig.«

»Hayley Hansen lag gar nicht mal so falsch«, murmelte Jimmy.

Lizzy sah ihn an und hatte zum ersten Mal, seit sie ihn kannte, das Gefühl, dass sie auf derselben Seite standen. »Denken Sie dasselbe wie ich?«

»Das werde ich auf keinen Fall zulassen«, sagte Jared.

»Dir bleibt gar nichts anderes übrig.«

»Der Spinnenmann wird langsam unruhig«, sagte Jimmy. »Seine Geduld ist am Ende und das könnte uns letztendlich in die Hände spielen.«

»Wir müssen schnell handeln«, pflichtete Lizzy ihm bei.

»Er wird deinen Plan durchschauen«, sagte Jared. »Mag sein, dass er nachlässig geworden ist, aber deswegen ist er noch lange nicht dumm. Die Lockvogelnummer hat vielleicht bei Hayley funktioniert, wobei ich mir allerdings nicht sicher bin, ob sie wirklich vorhatte, sich von dem Mann verschleppen zu lassen. Ich will wissen, von wem das Blut stammt. Der Spinnenmann wird sich nicht zweimal reinlegen lassen.«

Jimmy legte Jared eine Hand auf die Schulter. »Wir werden Lizzy gründlich im Auge behalten. Sie wird mehr Kabel und Drähte an ihrem Körper tragen als jeder Kabelfernsehsender.«

Jared schüttelte den Kopf.

Lizzy nahm Jareds Hand in die ihre und drückte sie. »Ich muss es tun.«

Ein lautes *Popp* ertönte, und der Wagen machte einen Satz nach vorn. Jessica hielt das Lenkrad fest umklammert und schaffte es irgendwie, den Honda auf den Seitenstreifen zu lenken. Sie stieg aus und sah das Problem. Der Wagen hatte hinten links einen Platten. Sie blickte zum dunkler werdenden Abendhimmel empor und musste unvermittelt heulen. Die Tränen ließen sich nicht zurückhalten. Jessica stemmte die Hände in die Hüften und hielt ihren Blick nach oben zum Himmel gerichtet, wo ein einsamer Stern funkelte. Obwohl sie eine Ewigkeit nicht mehr geweint hatte, wusste sie, dass diese blöde Reifenpanne nicht der Grund dafür war. So etwas konnte sie verkraften.

Nach Marys Verschwinden war ihre Familie zerbrochen. Unfähig, mit seinen Schuldgefühlen zu leben, die ihn jedes Mal überkamen, wenn er seiner Frau und seinen Kindern in die Augen sah, packte ihr Vater seine Sachen und verschwand. Danach dauerte es nicht lange, bis ihre Mutter regelmäßig zur Flasche griff und ihr Bruder mit Drogen experimentierte. Jessica tat ihr Bestes, um den Rest der Familie zusammenzuhalten. Sie suchte sich einen Job im Einkaufszentrum, damit sie etwas zum Familienunterhalt beisteuern konnte. Wenn sie nicht gerade arbeitete oder den Haushalt machte, lernte sie. Schon damals hatte sie gewusst, dass sie später menschliches Verhalten studieren wollte, um herauszufinden, warum manche Menschen zu Mördern wurden, während andere unter Einsatz ihres Lebens Mitmenschen retteten, die sie nicht einmal kannten. Aber in erster Linie wollte sie wissen, wie Kindesentführer tickten. Denn einer Sache war sie sicher: Mary war entführt worden. Ihre Schwester war einfach nicht der Typ, der von zu Hause ausriss. Und dennoch bestand für die Polizisten, die an dem Fall arbeiteten, kein Zweifel, dass sie genau das getan hatte. Sie behaupteten, Kinder würden oft ausreißen, wenn ihre Eltern ständig miteinander stritten.

Mary wäre nie abgehauen, dachte Jessica und wischte sich die Tränen aus dem Gesicht. Sie und Mary waren mehr als nur Geschwister, sie waren so etwas wie beste Freundinnen. Sie hatten sich gegenseitig versprochen, sich zu beschützen und sich umeinander zu kümmern. Wenn die Eltern stritten, als die Mädchen noch klein waren, bauten Mary und Jessica in ihrem gemeinsamen Kinderzimmer Zelte aus Decken und verkrochen sich darin, um die Realität auszublenden.

Es mochte ja sein, dass Mary die Schreierei satt gehabt und nachts von glücklicheren Zeiten geträumt hatte, als ihre Eltern sich noch vertrugen. Aber Mary wäre nie abgehauen, ohne zuvor mit Jessica zu reden.

Samstag, 20. Februar 2010, 19:22 Uhr

Als sie wieder daheim waren, hörten Jared und Lizzy die Mailbox ab. Niemand hatte auf dem Festnetz angerufen. Lizzy wählte erneut Jessicas Nummer. »Sie geht immer noch nicht ran«, sagte sie zu Jared. »Heute Nachmittag um halb vier hat sie mir eine Nachricht hinterlassen. Sie schien wegen der zwei Namen, die sie der Liste von Verdächtigen hinzufügen sollte, aufgeregt zu sein. Sie wollte, dass ich mich umgehend bei ihr melde. Das ist jetzt schon vier Stunden her.«

Lizzy setzte sich vor den Laptop auf ihrem Kaffeetisch und fuhr ihn hoch.

Jared ging in die Küche. »Hast du ihre Festnetznummer?«

»Da hab ich's auch schon probiert, aber es geht niemand ran.« Lizzy hörte, wie die Küchenschränke geöffnet und geschlossen wurden. Jared drehte den Wasserhahn auf und wieder zu und fragte dann: »Wie lange kennst du Jessica schon?«

»Ein paar Monate.«

»Hast du nicht gesagt, du hättest kaum Geld und könntest dir keine Angestellten leisten?«

»Sie hat sich mir geradezu aufgedrängt und lässt sich nicht so leicht abwimmeln. Bis gestern wurde ich aus ihrer Beharrlichkeit nicht so ganz schlau. Aber dann fand ich heraus, dass ihre Schwester eins der Mädchen ist, die vor vierzehn Jahren verschwanden.«

Jared lugte mit dem Kopf hinter der Trennwand zwischen Küche und Wohnzimmer hervor. »Was sagst du da?«

Lizzys Finger klapperten auf den Tasten. Dann sah sie zu ihm hinüber und seufzte. »Ich hab das erst gestern erfahren und nicht viel Zeit gehabt, groß darüber nachzudenken. Wir hatten viel zu tun.« Sie schrieb eine Adresse in ihr Notizbuch und stand auf. »Jessica glaubt, dass ihre Schwester noch lebt.«

»Wenn sie damals von zu Hause weggelaufen ist, kann das durchaus sein.«

Lizzy schüttelte den Kopf. »Jessica hat mir ein Foto gezeigt. Mary war eindeutig das Mädchen, das ich beinahe gerettet habe.«

»Hast du Jessica davon erzählt?«

»Das hab ich nicht übers Herz gebracht.« Lizzy schlüpfte in ihre Jacke, ging zur Tür und blickte sich über die Schulter nach ihm um. »Kommst du?«

»Wohin?«

»Ich muss Jessica finden und sichergehen, dass ihr nichts passiert ist. Ich hab mir gedacht, du könntest bei Gilman vorbeischauen, während ich mir Sullivan, diesen Schwimmtrainer, näher ansehe.«

»Wo wohnt Gilman?«

»Nicht besonders weit von hier.«

»Das gefällt mir nicht. Wir sollten zusammen hinfahren.«

»Ist ja lieb von dir, dass du auf mich aufpassen willst, Jared, aber ich bin kein kleines Mädchen mehr. Uns bleibt nicht viel Zeit. Ich ruf dich an, wenn ich dort bin, und du machst es genauso.«

Er seufzte und sah auf die Uhr. »Ich kümmere mich um Sullivan. Die Adresse habe ich. Du nimmst dir Gilman vor. Was für ein Auto fährt Jessica?«

»Den silberfarbenen Honda Civic ihrer Mutter.«

»Wenn du ihr Auto siehst, ruf mich an. Umgekehrt melde ich mich bei dir.«

Sie nickte.

»Mach keine Dummheiten.«

Sie traten ins Freie. Jared wartete, bis sie abgeschlossen hatte, und gab ihr unerwartet einen Kuss. Seine Lippen berührten kurz und flüchtig die ihren, ein warmes Gefühl. Lizzy hatte bisher keine Zeit gehabt, darüber nachzudenken, was letzte Nacht zwischen ihnen passiert war und was es bedeutete – wenn es überhaupt etwas bedeutete. »Was soll das jetzt?«

»Versprich mir, dass du keine Türen eintrittst und hineinstürmst, wenn du etwas Verdächtiges siehst.«

Sie nickte.

Er wartete.

»Was ist los mit dir?« Als er nichts erwiderte, zog sie eine Augenbraue hoch. »Okay«, sagte sie, »ich verspreche es. Ich bin ein braves Mädchen und rufe dich sofort an, wenn ich etwas Verdächtiges sehe.«

Samstag, 20. Februar 2010, 19:36 Uhr

Jessica hielt vor Gilmans Haus am Straßenrand, stellte den Motor ab und warf einen Blick auf ihr Handy, das neben ihr auf dem Sitz lag. Wenn der Akku nicht den Geist aufgegeben hätte, hätte sie den Abschleppdienst anrufen können. Stattdessen hatte sie den Reifen selbst wechseln müssen. Kein Wunder, dass Lizzy bis jetzt noch nicht zurückgerufen hatte – ein leerer Akku machte es den Leuten nicht gerade leicht, wenn sie einen erreichen wollten.

Jessica schloss die Wagentür, steckte die Hände in die Taschen und ging auf das Haus zu, in dem der komische Kauz wohnte. Der Wind pfiff durch die Bäume. Dunkle Wolken schoben sich vor den Mond, während Jessica die rechte Hand tiefer in die Tasche schob und die Kel-Tec P3AT ihrer Mutter fest umklammerte. Sie hatte die Pistole zufällig vor achtzehn Monaten entdeckt, aber nicht weiter daran gedacht … bis heute.

Der Fußweg zur Eingangstür hatte Risse und Sprünge und die Hecken waren schon länger nicht mehr geschnitten worden. Äste schabten an der Hauswand und Laub wirbelte um ihre Füße. Die

Flagge flatterte im Wind um den Mast herum. Als Jessica die Tür erreichte, fiel ihr ein, dass sie eigentlich zuerst zu Lizzy hätte gehen sollen, anstatt alleine hierherzukommen. Aber sie war nie eine von der geduldigen Sorte gewesen. Wenn sich erst einmal eine fixe Idee in ihrem Kopf festsetzte, konnte sie nicht einfach untätig herumsitzen und warten. Sie gehörte zu dem Typ Mensch, der erst schoss und dann Fragen stellte.

Sie schaute über die Schulter zurück und ließ ihren Blick über die Straße huschen. Ringsherum war es still. In einem Haus auf der gegenüberliegenden Straßenseite brannte ein Licht. Jessica hatte keine Ahnung, was sie sagen oder tun würde, wenn jemand aufmachte. Trotzdem hob sie die Hand und schlug mit den Knöcheln an die Tür. Nach ein paar Sekunden klopfte sie noch einmal. Dann schob sie die Hand in die Tasche und schloss die Finger um die Pistole. Sie hatte noch nie eine Schusswaffe abgefeuert. *Wie schwer würde das wohl sein?*

Kapitel 31

Lizzy blickte durch die Windschutzscheibe ins Innere des Hondas. Die Handtasche auf dem Beifahrersitz sah wie die von Jessica aus. Das Mobiltelefon mit all dem glitzernden Schnickschnack fiel ihr ebenfalls ins Auge – Jessicas Handy. Scheiße. Sie lief über den Rasen und blickte durchs Küchenfenster. Außer einem dünnen Lichtstreifen, der am Ende des Flurs durch eine Tür fiel, war es in dem Haus dunkel. Aber sie hörte Musik.

Von Jessica keine Spur. Lizzy griff in die Tasche und stellte fest, dass sie in der Eile ihr Handy im Auto vergessen hatte. Sie wollte gerade zurückgehen, als im Haus ein Krachen ertönte – und dann Schreie, gefolgt von ein paar lauten, dumpfen Schlägen.

»Jessica!«, schrie sie und rannte zurück zum Fenster. Im selben Moment ging die Tür am Ende des Flurs auf und gab den Blick auf einen nackten Mann frei. Zunächst sah es so aus, als liefe er in Richtung Eingangstür, aber dann verschwand er in ein anderes Zimmer. Jessica folgte ihm dicht auf den Fersen.

»Jessica!«, schrie sie noch einmal. Was zum Teufel machte das Mädchen da drinnen? Lizzys Aufschrei ging in der lauten Musik unter. Verdammt! Sie riss die Pistole aus dem Halfter und rannte zur Eingangstür, wo sie fest klopfte und dann auf die Klingel drückte. Nichts geschah. Sie lief zum Gartentor, drückte die Klinke herunter und lief an einer Reihe von Mülltonnen vorbei nach hinten in den Garten. Eine Glasschiebetür, die ins Hausinnere führte, stand weit offen.

Samstag, 20. Februar 2010, 20:01 Uhr

Die Schlangen waren am Vortag eingetroffen, sechs an der Zahl. Zwei Klapperschlangen der Gattung Eastern Diamondback, drei Mohave-Klapperschlangen und schließlich seine absolute Lieblingsschlange, eine äußerst aggressive Puffotter. Er beugte sein Gesicht über das Terrarium und zuckte instinktiv zurück, als das Tier mit unglaublicher Kraft und Schnelligkeit auf ihn zu schnellte.

Er griff sich erschrocken an die Brust und musste sich für einen Augenblick hinsetzen. Er kochte innerlich vor Ärger und Wut. In ihm kam das starke Bedürfnis auf, die Schlangen in dem Zimmer auszusetzen, wo er das Mädchen gefangen hielt, und dabei zuzusehen, wie sie eines langsamen Todes starb. Aber dann ermahnte ihn eine innere Stimme, einen kühlen Kopf zu bewahren und sich an den ursprünglichen Plan zu halten. Langsam flaute die Wut wieder ab. Eigentlich hatte er nicht vorgehabt, Sophie vorzeitig zu töten, aber das Mädchen hatte ihn buchstäblich zu Tode gelangweilt.

Fürs Erste musste er Hayley am Leben erhalten. Der Gedanke daran, Lizzy zum Zuschauen zu zwingen, wenn er das Mädchen folterte, erregte ihn aufs Äußerste. Er schloss die Augen und schwelgte in dieser Fantasie. Die Bilder, die vor seinem inneren Auge vorbeizogen, gaben ihm die Kraft und die nötige Disziplin, um seinen Plan anzugehen.

Er musste Lizzy ein für alle Mal eine Lektion erteilen. Ein stechender, bohrender Schmerz durchfuhr seine Schulter und zog sich seitlich bis zur Hüfte hinunter, was dazu führte, dass er den Augenblick nicht länger genießen konnte. Gestern Nacht hatte er seine Wunden gesäubert, nachdem er das Mädchen ans Bett gefesselt hatte. Dann hatte er unter Zuhilfenahme von desinfizierendem Alkohol die Wunden mit Nadel und Faden genäht. Aber leider waren ihm die Antibiotika ausgegangen und er hatte keine Lust, blass und krank in die Praxis zu gehen. Die Sprechstundenhilfen waren extrem neugierig und ihnen entging überhaupt nichts – zumindest dachten sie das. Selbst der Kollege, mit dem er die Praxis teilte, wusste nicht, dass er auf engstem Raum mit einem Kämpfer für die Gerechtigkeit und einem echten Helden zusammenarbeitete. Die meisten Menschen hatten keine Augen im Kopf. Nichts hatte sich in all diesen Jahren geändert. Traurig, aber wahr.

Er stellte sich vor den Spiegel, knöpfte das Hemd auf und besah sich die Schnittwunde. Sie war lang und tief. Zu tief. Womöglich würde er sogar ein Krankenhaus aufsuchen müssen. Zur Not konnte er dem Arzt, der in der Notaufnahme Dienst hatte, weismachen, er sei überfallen worden. Das Fleisch um die Wunde herum war rot, geschwollen und eitrig.

Wütend darüber, was diese Schlampe ihm angetan hatte, stand er auf und ging zu dem Terrarium, wo er die Diamondback-Klapperschlangen hielt. Er zog sich einen Handschuh über, griff in den Behälter und schnappte sich die größte Schlange. Ein Biss würde das Mädchen nicht töten und zumindest dafür sorgen, dass sich seine Laune schlagartig verbesserte.

Samstag, 20. Februar 2010, 20:03 Uhr

Jessica machte sich nicht die Mühe, hinter dem nackten Mann herzurennen, sondern betrat stattdessen das Schlafzimmer und warf einen Blick auf das breite Doppelbett. Rauchschwaden zogen durch das Zimmer, es roch nach Marihuana und die Musik war ohrenbetäubend laut. Vor ihr spielte sich eine unwirkliche Szene ab. Jessica brauchte einen Augenblick, um zu begreifen, was da vor sich ging. Am meisten schockierte sie der Anblick der Person, die an Händen und Füßen an die Bettpfosten gefesselt war. Trotz der erstaunlich langen Wimpern und den wallenden roten Haaren, die das Gesicht mit den hohen Wangenknochen umrahmten, war die Frau, die da gefesselt auf dem Bett lag, in Wirklichkeit ein Mann. Die dunklen Schamhaare, die unter dem knappen Slip mit Leopardenmuster hervorlugten, sprachen eine deutliche Sprache. In seinem Mund steckte ein Knebel und seine Augen standen vor Angst weit offen.

Jessica hatte keine Ahnung, in was sie da hineingeraten war, aber was auch immer es war, etwas an der Sache war faul. Wegen der lauten Musik konnte sie sich nur schwer konzentrieren. Der Mann wollte etwas sagen, brachte aber wegen des Knebels nur ein unverständliches Grunzen heraus. Als sie die Tür geöffnet hatte, hatte sie drei Männer gesehen. Wo war der Dritte?

Sie hob die Pistole und ging mit zitternder Hand auf den Wandschrank zu, wo die Heavy-Metal-Musik aus einem mannshohen Lautsprecher dröhnte. Im Schrank war eine Videokamera auf einem Dreifuß befestigt. Das Gerät lief noch und ein rotes Lämpchen blitzte auf.

Was zum Teufel ging hier vor?

Bei näherem Hinsehen stellte sie fest, dass der ans Bett gefesselte Mann blaue Flecken hatte und blutete. Sie bückte sich zu der Stereoanlage und stellte die Musik ab. In dem Moment sah sie den dritten Mann, der gerade versuchte, mit nacktem Oberkörper in Richtung Fenster zu kriechen, das halb offen stand. »Halt!«, rief sie ihm nach.

Er fuhr herum und feuerte.

Pschsch.

Der Schuss klang wie das Zischen eines undichten Ventils. Hätte sie geahnt, dass der Kerl eine Waffe trug, hätte sie erst geschossen und dann Fragen gestellt.

Jessica taumelte gegen die Wand in ihrem Rücken und ließ die Pistole fallen. Ein stechender Schmerz breitete sich in ihrer linken Seite aus und verwandelte sich schnell in ein glühend heißes Brennen. »Wo ist Mary?«, fragte sie den Mann auf dem Bett.

Dieser schüttelte den Kopf und riss die Augen noch weiter auf, sodass sie wie zwei Vollmonde mit jeweils einem schwarzen Fleck in der Mitte aussahen. Sein Haar war so rot, dass das Gesicht im Vergleich dazu kreideweiß wirkte. Sie wollte ihm helfen und den Knebel aus seinem Mund entfernen, aber die Beine versagten ihr den Dienst. Langsam nahm er vor ihren Augen verschwommene Konturen an. In der Zwischenzeit flüchtete der Schütze durchs offene Fenster ins Freie und sie musste dabei hilflos zusehen. Sie nahm die Hand von ihrer Seite und sah Blut an ihren Fingern. Mary tauchte immer wieder vor ihrem geistigen Auge auf.

War sie gerade dabei, zu sterben?

Plötzlich drehte sich alles um sie. Zuerst knickten ihre Beine ein, dann der Rest ihres Körpers.

Samstag, 20. Februar 2010, 22:30 Uhr

Brittany lud sich gerade im iTunes-Store ein Lied herunter, als sich plötzlich ein Pop-Up-Fenster öffnete. Eine Nachricht von i2Hotti.

Endlich.

Sie hatte schon gedacht, er hätte sie vergessen. Alle Hemmungen und Vorsicht über Bord werfend, tippte sie drauflos.

Brit35: wieso hast du so lange gebraucht?
i2Hotti: was meinst du damit?
Brit35: ich hab eine ewigkeit nicht mit dir gechattet
i2Hotti: 3 tage
Brit35: zu lange
i2Hotti: sorry, hatte viel zu tun
Brit35: was denn?
i2Hotti: verschiedenes
Brit35: was ist los? du bist irgendwie anders
i2Hotti: wir müssen uns treffen

Brittanys Herz begann, wie wild zu schlagen, und sie lächelte vor Erleichterung.

Brit35: ich hab schon angst gehabt, du magst mich nicht mehr

i2Hotti: echt? ich glaub ich hab mich hals über kopf in dich verliebt

Brit35: hör auf mich zu verarschen

i2Hotti: im ernst

Brit35: ich möchte dich auch sehen

i2Hotti: hab schon gedacht du wirst nie fragen

Brit35: wie? mom passt rund um die Uhr auf mich auf wegen dem blöden Mörder und unser haus wird observiert

i2Hotti: sag ihr du hast ne kaputte zahnspange und musst zum zahnarzt

Brit35: gute idee ... und was dann?

i2Hotti: komm am montag früher aus der schule ich hol dich ab

Brit35: auto?

i2Hotti: schwarzer bmw

Wow, dachte Brittany, entweder hat er reiche Eltern oder einen verdammt guten Job. Sie fühlte sich wie das glücklichste Mädchen der Welt.

i2Hotti: noch da?

Brit35: ja ... freu mich schon dich endlich persönlich zu treffen

i2Hotti: freust dich bestimmt nicht so wie ich

Brit35: mom kommt muss schluss machen

i2Hotti: bis bald

Brit35: nicht bald genug

i2Hotti: liebe dich

Sonntag, 21. Februar 2010, 0:55 Uhr

Lizzy ging nervös im Warteraum des Krankenhauses auf und ab und hoffte inständig, dass bald ein Arzt kam und ihr mitteilte, dass es Jessica gut ging. Die Eingangstür schwang auf und ein kalter Luftzug wehte hinein, gefolgt von Jared.

»Gott sei Dank ist dir nichts passiert«, sagte er erleichtert.

»Ich wollte schon früher anrufen«, sagte sie, »aber dann war bei mir das totale Chaos. Ich hab keine Ahnung, wo mein Handy ist und ...«

»Dir geht's gut.« Jared nahm sie in den Arm und drückte sie fest an sich. »Das ist die Hauptsache.« Er ließ sie los und sagte: »So weit ich sehen konnte, ist Sullivan sauber. Er ist nach einer schlimmen Scheidung hierher gezogen und hatte nichts dagegen, dass ich mich bei ihm umsehe. Was war bei Gilman los?«

»Wie sich herausgestellt hat, ist Gilman nicht nur Brittanys Mathe-Nachhilfelehrer, sondern dreht nebenbei Pornofilme. Anscheinend sind sie anders als das, was man sonst so zu sehen bekommt. Er lädt wildfremde Männer zu sich nach Hause ein und wenn er einen erst mal ans Bett gefesselt hat, kommt sein Kumpel aus dem Wandschrank und die beiden spielen mit ihrem Opfer. Sie machen den Mann so zurecht, dass er wie 'ne Transe aussieht, und dann nehmen sie allerhand sexuelle Handlungen an ihm vor. Seine Videoproduktion nennt sich »Tabulose Transen«. Der arme Kerl, mit dem sie gerade beschäftigt waren, als Jessica unerwartet hereinschneite, hat sich zu Tode geängstigt. Er ist jetzt hier im Krankenhaus, im vierten Stock, und steht noch voll unter Schock.«

»Wo ist Jessica?«

»Gilmans Partner hat auf sie geschossen und ist dann durchs Fenster geflüchtet.«

Der Arzt kam zur Tür herein. »Sie können jetzt zu ihr«, sagte er, »aber nur für ein paar Minuten. Sie braucht Ruhe.«

»Wie schlimm ist es?«, fragte Jared.

»Sie hat auf ihrer linken Seite eine Schusswunde, verursacht durch eine Kugel mit niedriger Geschwindigkeit. Sie hat insofern Glück gehabt, als keine großen Arterien getroffen wurden. Die Kugel wurde entfernt und die Patientin hat ein Beruhigungsmittel bekommen.«

Lizzys Schultern entspannten sich. »Wie lange muss sie noch im Krankenhaus bleiben?«

»Mindestens ein paar Tage. Heute Nacht werden wir sie beobachten. Morgen wissen wir mehr.«

Sie betraten Jessicas Zimmer. Eine Krankenschwester dosierte gerade die Tropfgeschwindigkeit des Infusionsbeutels. Lizzy trat seitlich an das Bett heran und nahm Jessicas schlaffe Hand in die ihre. Das arme Mädchen war blass. In ihrer Nase steckte ein Schlauch.

»Es tut mir leid«, sagte Jessica mit schwacher Stimme. »Der Akku von meinem Handy war leer.«

»Machen Sie sich deswegen keine Gedanken«, beruhigte Lizzy sie. »Das Wichtigste ist, dass es Ihnen bald wieder besser geht.«

»Gilman ist wohl doch nicht unser Mann?«

Lizzy schüttelte den Kopf. »Nein. Aber ein Unschuldslamm ist er auch nicht gerade.« Am liebsten hätte sie Jessica eine Standpauke gehalten und ihr gesagt, dass sie niemals allein in dieses Haus hätte gehen dürfen. Und die Pistole, wo hatte sie die nur her? Was zum Teufel hatte sie sich eigentlich dabei gedacht? Das Ganze hätte für sie tödlich ausgehen können.

Die Tür ging auf und ein junger Mann trat ein. Er hatte blutunterlaufene Augen.

»Das ist mein Bruder Scott«, stellte Jessica ihn vor, als er auf ihr Bett zuging.

Scott blickte grimmig drein. »Was zum Teufel hattest du in dem Haus von diesem Kerl zu suchen? Ich hab dir doch gesagt, das ist ein Irrer, oder?«

Jessica fuhr sich mit der Zunge über ihre Lippen. »Er war auf unserer Liste. Ich wollte Mary finden.«

Scotts Gesicht lief dunkelrot an. »Mary ist tot. Wenn sie noch leben würde, wäre sie schon längst wieder nach Hause gekommen. Wie oft muss ich dir das noch sagen? Schau dich doch nur an.« Er fuhr sich frustriert mit den Händen übers Gesicht. »Ich kann es nicht fassen, dass du mir das antust. Mary verschwindet, Dad lässt uns im Stich, Mom ersäuft ihren Kummer im Alkohol. Und du stürmst mit gezogener Waffe in fremde Häuser und riskierst dabei dein Leben.«

Lizzy wollte gerade etwas sagen, aber Jessica hob die Hand und hielt sie davon ab.

»Wir lassen Sie beide jetzt allein«, sagte sie zu Jessica. »Ich komme morgen früh wieder und schau nach, wie es Ihnen geht, okay?«

Jessica nickte.

Scott schüttelte den Kopf und senkte die Schultern. Lizzy hätte gerne Jessica und ihrem Bruder die Wahrheit über Mary erzählt, damit sie endlich dieses Kapitel abschließen konnten, aber Jessica wirkte zu zerbrechlich, um heute noch einen Schlag verkraften zu können. Die Sache musste warten.

Sonntag, 21. Februar 2010, 3:03 Uhr

Etwas Feuchtes und Schweres glitt über ihre Beine.

Hayleys Kopf schnellte hoch. Sie war eingeschlafen. Anscheinend hatte der Dreckskerl nur darauf gewartet, damit er eines seiner anderen Tiere auf sie loslassen konnte.

Ihr Herz pochte. Im Zimmer war es stockfinster. Zwei Tage lang hatte sie nun schon vergebens versucht, die Handgelenke freizubekommen, aber als sie dieses Mal den Arm ruckartig nach unten zerrte, löste sich die rechte Hand aus den Fesseln.

Sie griff nach der dicken Schlange, die gerade über ihre Oberschenkel kroch. Das Reptil zischte und biss dann zu. Die Fangzähne bohrten sich in Hayleys Bein. Sie verzog ihr Gesicht zu einer Grimasse und holte vor Schmerz tief Luft. Als sie die Schlange fest im Griff hatte, schleuderte sie das Tier quer durchs Zimmer. Der schwere Körper rutschte über den Fußboden und traf mit einem dumpfen Schlag gegen die Wand.

Hayley hob den freien Arm und machte sich verzweifelt daran, die andere Hand freizubekommen. Krampfhaft versuchte sie, das Ende des Drahtes zu finden, damit sie ihn von ihrem anderen Handgelenk wickeln konnte, aber er schien nicht enden zu wollen. Als sie es endlich geschafft hatte, ging sie auf die Knie und riss das Klebeband mit den Zähnen ab. Der Arm war jetzt frei, aber dafür tat er entsetzlich weh. Eine Kombination aus Adrenalin und Entschlossenheit trieb sie voran. Mit der rechten Hand tastete sie in ihrer schmutzigen Unterwäsche nach dem Messer, auf dem sie seit mehr als achtundvierzig Stunden gesessen hatte. Die Panik drohte sie zu überwältigen, doch dann berührten ihre Fingerspitzen den Griff. Sie setzte sich auf den Boden, klappte das Messer auf und zog die Knie an die Brust, damit sie den Draht und das Klebeband um ihre Fußknöchel durchtrennen konnte.

Sie riss den letzten Rest Klebeband ab, legte das Messer aufs Bett und richtete sich mit Hilfe des unverletzten Arms auf. Ihre Beine zitterten und drohten unter ihr wegzuknicken, als sie das Messer wieder an sich nahm und sich in Richtung Tür bewegte. Beim Gehen fiel sie fast hin. Da sie nichts sehen konnte, streckte sie den Arm vor sich aus.

Aber zumindest war sie frei.

Hayley hatte bisher in ihrem Leben vieles als gegeben hingenommen, aber damit war jetzt Schluss. Sie konnte ihre Arme bewegen und gehen. Nie wieder würde sie nach Hause zurückkehren und sich von den drogensüchtigen Freunden ihrer Mutter missbrauchen lassen. Sie würde ihre Mutter verlassen und keinen Gedanken an ihr Zuhause verschwenden. Nie wieder würde sie zulassen, dass andere Menschen sie anfassten.

Noch drei Schritte, dann berührten ihre Fingerspitzen eine Wand. Sie tastete herum, bis sie den Türgriff fand. Ihre Finger krallten sich um das kalte Metall und das Herz schlug ihr gegen die Rippen. Sie drehte den Knauf. Nichts geschah. Abgesperrt. Dieser verdammte Dreckskerl.

Das Fenster. Sie musste unbedingt das Fenster finden.

Langsam tastete sie sich an der Wand entlang, Zentimeter um Zentimeter, sorgfältig darauf bedacht, keinen Lärm zu machen. Falls das Fenster verschlossen war, würde sie nach etwas suchen, womit sie die Scheibe einschlagen konnte.

Sie hatte schon öfter Fenster eingeschlagen. Sie würde das Leintuch vom Bett nehmen, es um ihre unverletzte Hand wickeln und mit der Faust das Glas zerschmettern. Und dann würde sie um ihr Leben rennen.

Sie konnte es schaffen.

Sie konnte fliehen. Genau wie es Lizzy damals getan hatte.

Zum ersten Mal in ihrem Leben hatte sie das Gefühl, ein klares Ziel vor Augen zu haben. Sie musste entkommen. Sie wollte aufs College gehen. Sie wollte leben.

Plötzlich stieß sie mit dem Knie an einen Stuhl. Verdammt. Für einen Augenblick stand sie still und betete inständig, dass er nichts gehört hatte. Im Dunkeln ging sie um den Stuhl herum und bewegte sich langsam vorwärts. Als ihr nackter Fuß die Schlange berührte, kickte sie das Tier aus dem Weg. Ekelhaft.

Mit der Rechten tastete sie sich voran. *Ruhig bleiben. Bloß keinen Lärm machen und das Monster wecken.* Wenn er spitzkriegte, dass sie sich befreit hatte, würde er sie dafür bestrafen. Sie kapierte zwar immer noch nicht, warum er auf sie und die anderen Mädchen wütend war, aber er hatte ihr deutlich gemacht, dass er von ihr erwartete, sich an seine Regeln zu halten. Flucht war gleichbedeutend mit Ungehorsam. Wenn er von ihrem Fluchtversuch Wind bekam, würde ihm das einen Vorwand liefern, sie noch mehr zu foltern.

Das Zimmer konnte doch nicht so groß sein. Wo zum Teufel war das Fenster? Sie wusste, dass sich auf dem Tisch neben dem Fenster eine Lampe befand. Sie musste aufpassen, wenn …

Klick.

Das Licht ging an.

Sie drehte ruckartig den Kopf.

Das Monster saß auf der Bettkante. Ohne Maske, ohne Bart. Wie zum Teufel hatte er es geschafft, unbemerkt ins Zimmer zurückzukommen? Sie war nur ganz kurz eingenickt … und hatte darauf gewartet, dass er dasselbe tat.

»Für wie blöd hältst du mich eigentlich?«, fragte er.

Sie griff zum Messer, ließ die Klinge aufschnappen und richtete die Spitze auf ihn.

»Ich muss schon sagen, ich hätte nie gedacht, dass du immer noch eine Waffe bei dir trägst. Du bist ein cleveres Mädchen.«

»Ich benutze das Ding nur ungern, aber ich tu's, wenn ich muss«, sagte sie. »Sie sehen blass aus. Mit der Stichwunde hätten Sie vielleicht doch lieber ins Krankenhaus gehen sollen.«

»Schau dir nur an, was du hier angerichtet hast.« Er sah sich im Zimmer um. Das Funkeln ihrer scharfen Klinge schien ihn weniger zu stören als die Unordnung auf dem Fußboden.

Sie richtete ihren Blick auf seine Brust. Wenn sie hier lebend rauskommen wollte, musste sie ihm das Messer fest und tief hineinstoßen, ihn damit ins Herz treffen. Selbst dem Teufel schlug ein Herz in der Brust.

»Hier stinkt's«, sagte er. »Tss tss.«

»Lassen Sie mich gehen«, sagte sie zu ihm, »und ich lasse Sie in Ruhe. Ich werde niemandem erzählen, was Sie getan haben. Ich gehe weg und vergesse das Ganze. Es ist noch nicht zu spät für Sie, um diese entsetzlichen Dinge hinter sich zu lassen. Wenn Sie rechtzeitig aufhören, bevor es zu spät ist, kommen Sie ungeschoren davon.«

Das Lächeln in seinem Gesicht ließ sie schaudern.

Er würde sie niemals gehen lassen.

Er hob die Hände und sie konnte seine Wurstfinger sehen, und den Ehering, den er am linken Ringfinger trug. Der Ring war ihr zuvor nicht aufgefallen.

»Ich glaube an Gerechtigkeit und amerikanische Werte«, sagte er zu ihr. »Vor allem an Fairness und Respekt. Wer seine Mitmenschen und vor allem Ältere nicht respektiert, trägt nichts zu unserer Gesellschaft bei.« Er trug eine Stoffhose und eine Trainingsjacke. Als er in die Jackentasche griff, machte sie einen Satz auf ihn zu, aber er war zu weit entfernt, und sie verfehlte ihr Ziel. Anstatt ihn ins Herz zu treffen, bohrte die Klinge sich in die Matratze.

Bevor sie erneut ausholen konnte, drückte er ihr einen metallenen Gegenstand in die Seite.

Zapp.

Sie machte einen ruckartigen Satz nach vorn und es kam ihr vor, als hätte sie ein Blitz getroffen. Ihr Körper wurde steif und verkrampfte sich. Sie konnte sich nicht bewegen und schnappte keuchend nach Luft. Jeder einzelne Muskel in ihrem Körper zog sich krampfhaft zusammen. Der Schmerz war unerträglich. Sie brach zusammen.

Er stand jetzt direkt vor ihr und beugte sich über sie.

Sie wollte ihm sagen, er solle sich zum Teufel scheren, aber das ging nicht. Sie brachte kein Wort heraus und konnte sich keinen Millimeter bewegen.

Ausdruckslose, tote Augen sahen auf sie herab. Er entwand ihr das Messer und trennte ihr damit ohne Vorwarnung den kleinen Finger der rechten Hand ab. Sie konnte nicht sehen, was er machte, aber spürte es dafür umso deutlicher.

Als er fertig war, hielt er den blutigen Finger hoch. »Ich mag keine Tätowierungen. Du weißt ja, man kann daran sterben.«

Sie spürte, wie sich ihre Muskeln allmählich entkrampften. Blut lief aus der Wunde an ihrer Hand, als sie ihm dabei zusah, wie er den abgetrennten Finger auf das Nachtkästchen legte. Dann griff er erneut in seine Tasche und holte eine Spritze hervor. Er ging zu ihr und stieß ihr die Nadel in den Arm.

Kapitel 32

Sonntag, 21. Februar 2010, 9:02 Uhr

Am nächsten Morgen um neun waren Lizzy und Jared wieder einmal im FBI-Hauptquartier in Sacramento. Zehn Minuten zuvor hatte man sie in ein Besprechungszimmer gebracht, wo bereits drei Männer an einem Tisch saßen.

Lizzy setzte sich Jared gegenüber. Er hatte neben Ronald Holt Platz genommen, den sie bereits kannte. Die beiden anderen Agenten hatte sie noch nie gesehen.

Jimmy sprach im Flur mit einer Frau, bevor er sich schließlich zu ihnen gesellte. Er schloss die Tür hinter sich und nahm dann am oberen Ende des Tisches Platz. Bevor er etwas sagte, schob er Lizzy zwei Zeichnungen im Format zwanzig auf fünfundzwanzig Zentimeter zu.

Lizzy hielt eines der Bilder hoch. Es war eine Bleistiftskizze, die einen Mann mit Maske zeigte. Auf dem anderen Bild war derselbe Mann zu sehen, diesmal allerdings mit Bart. Der Zeichner hatte den Augen eine helle Farbe gegeben. In Lizzys Träumen waren die Augen des Spinnenmanns jedoch stets dunkel gewesen. Die Augen auf dem Bild bohrten sich in die ihren. Der Zeichner hatte ein unglaubliches Talent für diese Arbeit. So wie er die Augen auf dem

Bild darstellte, wirkten sie geradezu Furcht einflößend. »Genauso sieht er aus«, sagte Lizzy und starrte die Zeichnung an. Die Details waren so wirklichkeitsgetreu, dass sie unheimlich wirkten – die hohe Stirn, das markante Kinn, die ungewöhnlich großen Ohren. Sie bekam eine Gänsehaut.

»Der Zeichner hat zwei Tage lang mit dem Studenten vom Cosumnes River College und Ihrer Therapeutin, Linda Gates, zusammengearbeitet«, erklärte Jimmy ihr. »Sie waren sich beide einig, dass dieses Bild dem Mann, den sie gesehen haben, sehr ähnlich sieht.«

»Mit Ausnahme der Augen«, sagte Lizzy. »Haben sie nicht beide gesagt, er hätte eine Sonnenbrille getragen? Wenn das stimmt, dann können sie seine Augen ja gar nicht gesehen haben.«

»Deswegen wurden die Augen weder zu breit noch zu schmal gezeichnet.«

Jared griff über den Tisch, nahm eines der Bilder an sich und sah es lange an. »Ist man mit diesen Skizzen bereits an die Öffentlichkeit gegangen?«

Jimmy sah auf die Uhr. »Heute Morgen um sechs wurden beide Bilder in ganz Amerika in den Nachrichten gezeigt.«

Jared blickte zufrieden drein.

Lizzy dagegen wusste nicht genau, was sie davon halten sollte, war jedoch froh, dass die Öffentlichkeit informiert wurde, selbst wenn die Bilder nicht bis ins kleinste Detail stimmten.

Alle im Zimmer sahen müde und überarbeitet aus. Jimmy blickte in die Runde und sagte: »Okay, Leute, dann mal los. Was habt ihr für mich? Gebt mir was Handfestes. Na los, raus mit der Sprache. Was auch immer.« Er deutete auf den Dicken am unteren Ende des Tisches. »Matt, hat die Telefonüberwachung was ergeben? Was hast du bis jetzt?«

Matt räusperte sich. »Der unbekannte Täter hat Prepaid-Handys verwendet und jedes nur einmal benutzt und dann weggeworfen.«

»Muss man nicht einen Vertrag unterschreiben, wenn man ein Mobiltelefon kauft?«, fragte Lizzy.

Matt schüttelte den Kopf. »Er zahlt in bar.«

»Prepaid-Handys haben den Vorteil, dass der Nutzer anonym bleibt«, erklärte Jared. »Kein Name, kein Vertrag. Er benutzt das Telefon einmal und wirft es dann weg.«

»Was ist mit dir, Holt?«, fuhr Jimmy fort. »Wer observiert das Haus der Warners?«

»Cameron hat dort heute Dienst. Ich hab bisher nichts Ungewöhnliches bemerkt. Es ist eine ruhige Straße.«

Lizzy war erleichtert. Sie war in den vergangenen Nächten immer wieder schweißgebadet aufgewacht, weil sie sich Sorgen um Brittany und Cathy machte.

»Er hat uns bisher zwei Nachrichten zukommen lassen.« Jimmy blickte in die Runde. »Fingerabdrücke? Irgendwas Brauchbares?«

Matt schüttelte den Kopf. »Der Täter trägt Handschuhe und passt gründlich auf, wenn er etwas anfasst. Weder bei Moreno noch auf einer der Nachrichten wurden Fingerabdrücke entdeckt.«

Die Tür zum Besprechungszimmer ging auf. Eine junge Frau steckte den Kopf herein und teilte Jimmy mit, er habe einen wichtigen Anruf auf Anschluss sieben. Jimmy nahm den Hörer ab und drückte auf den Knopf. Als er wenig später wieder auflegte, war sein Blick gehetzt, als hätte er soeben erfahren, dass über ihn ein Todesurteil verhängt wurde.

Es dauerte einen Augenblick, bis er sich wieder gesammelt hatte und weitersprach. Er verschränkte die Finger und blickte auf das Bild, das den Mann mit der Maske zeigte. »Ich will den Dreckskerl schnappen, und zwar noch heute. Hayley ist nun schon seit zwei Nächten verschwunden. Uns läuft die Zeit davon.«

»Was ist mit Frank Lyle?«, wandte sich Jared an das Ermittler-Team. »Hat er seine Geschichte geändert?«

Matt ergriff wieder das Wort. »Frank Lyle bleibt bei seiner ursprünglichen Version. Er will partout nicht davon abweichen und behauptet weiterhin, er habe vor vierzehn Jahren alle diese Mädchen umgebracht, einschließlich derer, die als vermisst gemeldet wurden. Aber er hat keinerlei Beweise und sagt uns nicht, wo er die Leichen vergraben hat. Fast alle, die ihn vernommen haben, sind der Meinung, dass er lügt. Er hat es gern, wenn er im Rampenlicht steht.«

»Was ist mit dem Horror-Haus?«, fragte Jimmy und klang hörbar frustriert. »Und den Ausgrabungen, der Rolex, den Spinnen und den Bisswunden?«

»Die Ausgrabungen haben nichts ergeben«, sagte ein Mann namens Tom. »Nichts als Erde und Steine.« Tom nahm die Brille ab und polierte die Gläser mit einem Tuch, während er sprach. »Ich konnte das Pfandleihhaus ausfindig machen, wo Betsy Raeburn die Rolex verhökert hat. Das Problem ist nur, dass der Eigentümer des Ladens keinen Beleg mehr darüber hat, wo die Uhr hingekommen ist. Verkaufsunterlagen werden nur sieben Jahre lang aufbewahrt und nicht vierzehn, so wie Quittungen über Einkäufe.«

»Vielleicht sollten wir mit der Rolex an die Öffentlichkeit gehen und auf die Inschrift *SJ liebt SW* hinweisen«, sagte Lizzy. »Wäre ja möglich, dass jemand diese Initialen kennt.«

»Gar keine schlechte Idee«, meinte Jimmy.

Ronald kritzelte etwas in sein Notizbuch.

»Wenn wir es hier wirklich mit dem Spinnenmann zu tun haben«, sagte Matt, »warum bringt er willkürlich Reporter und Mädchen um, die er auf der Straße entführt hat? Was ist aus seiner gründlichen Vorgehensweise und seiner sorgfältigen Planung geworden, über die ich so viel gehört habe?«

»Der Spinnenmann ist nicht mehr derselbe, der er mal war. Er ist verzweifelt«, sagte Jared. »Er hat seine Vorgehensweise geändert und tötet jetzt nicht mehr wie Serienmörder, sondern wahllos. Es kommt zwar nicht oft vor, aber ich vermute mal, dass der Spinnenmann die letzten vierzehn Jahre ein normales Leben geführt und keine Morde begangen hat. Was auch immer er während dieser Zeit getan hat, hat anscheinend funktioniert ... zumindest bis Frank Lyle auf der Bildfläche erschienen ist. Serienmörder wollen mit ihren Taten auf sich aufmerksam machen und im Rampenlicht stehen. Wenn sie es schaffen, über die Jahre immer wieder zu morden, ohne dabei erwischt zu werden, löst das in ihnen ein Gefühl der Überlegenheit aus. Und dann kommt auf einmal dieser Frank

Lyle und tötet ein junges Mädchen auf dieselbe Art und Weise, wie es der Spinnenmann getan hat. Nach seiner Festnahme posaunt er in die ganze Welt hinaus, dass er derjenige ist, den wir suchen, nämlich der Mann, der mindestens sechs Morde begangen hat. Das macht den Spinnenmann wütend, und zwar so sehr, dass er gar nicht anders kann, als aus seinem Versteck zu kommen. Seine Wut auf Lyle bringt ihn völlig aus der Fassung und lässt ihn die Beherrschung verlieren. Er ist jetzt älter, aber nicht unbedingt klüger. Er will der Welt auf Teufel komm raus mitteilen, dass er wieder da ist. Er schaut sich die Nachrichten an, liest die Zeitungen und erfährt, dass Lizzy nicht diejenige war, für die er sie gehalten hat. Die ganze aufgestaute Wut verlagert sich jetzt von Lyle, der hinter Gittern sitzt, auf das Mädchen, das ihm damals durch die Lappen gegangen ist.«

Lizzy rieb sich die Arme.

»Okay«, sagte Jimmy, »kommen wir zum Kern der Sache. Der Grund, warum Lizzy heute hier am Tisch sitzt, ist der, dass sie sich als Lockvogel angeboten hat.«

Alle Augen richteten sich auf Jared, der den Kopf schüttelte. »Mir gefällt das nicht und ich glaube nicht, dass der Spinnenmann darauf reinfällt, vor allem jetzt, nachdem Hayley dasselbe gemacht hat. Aber Lizzy hat ihren eigenen Kopf und ist stur wie ein Bock.«

Lizzy nickte, eine Geste, mit der sie bestätigte, was Jared gerade gesagt hatte.

»Also gut«, sagte Jimmy, »dann bleibt wohl nur noch die Frage, wann, wo und wie?«

Sonntag, 21. Februar 2010, 17:07 Uhr

»Hallo«, sagte Lizzy, als Jessica die Augen öffnete.

»Hallo.«

»Wie geht es Ihnen?«

»Ausgezeichnet.«

Lizzy musste über ihre Frage schmunzeln. Sie war noch lächerlicher als Jessicas Antwort. Das Mädchen war an mehrere Schläuche angeschlossen und sah beschissen aus.

»Ich hatte keine Ahnung, dass der Kerl eine Schusswaffe hatte«, sagte Jessica mit belegter Stimme.

»Weshalb haben Sie gedacht, Gilman wäre unser Mann?«

»Er war früher der Mathelehrer meines Bruders und hat ihm auch Nachhilfe gegeben. Scott, mein Bruder, war mal spät am Abend bei ihm, weil Gilman ihm angeboten hatte, ihm bei der Vorbereitung auf eine Klausur zu helfen.« Jessica schluckte. Ihre Lippen waren trocken und rissig. »Ich weiß noch genau, wie mein Bruder damals von der Nachhilfe spät nach Hause kam. Er war irgendwie anders. Ich hab mich deswegen über ihn lustig gemacht, was normal war – wir haben das untereinander oft gemacht. Aber dieses Mal wurde mein Bruder wütend und ich hab angefangen zu weinen. Bevor ich mich versah, hat mein Bruder auch geweint, und dann hat er unseren Eltern erzählt, dass sein Mathelehrer ihn unsittlich berührt hätte. Es war eine schlimme Zeit für unsere Familie. Dad ist am nächsten Tag in die Schule gegangen und hat sich beim Direktor beschwert.«

»Wurde Gilman von der Polizei festgenommen?«

»Das weiß ich nicht mehr. Ein paar Tage später ist Mary verschwunden und da hab ich die Sache mit Gilman und meinem Bruder vergessen.«

Lizzy griff über das Bettgeländer und nahm Jessicas Hand. »Das tut mir wirklich leid.«

»Als ich Ihre Nachricht abgehört habe«, sagte Jessica, »und Sie mir gesagt haben, ich solle Gilman und Sullivan auf unsere Liste von Verdächtigen setzen, war ich mir ganz sicher, dass Gilman der Spinnenmann ist. Oder zumindest dachte ich, er sei derjenige, der Mary entführt hat. Plötzlich ergab alles einen Sinn, denn zwei Tage, nachdem Dad sich bei der Schulleitung beschwert hatte, ist Mary verschwunden. Ich konnte nicht fassen, dass mir dieser Zusammenhang nicht schon früher aufgefallen ist. Ich kann immer noch nicht glauben, dass ich mich geirrt habe.«

Lizzy fand eine Tube mit Vaseline und hielt sie Jessica hin, sodass sie sich die spröden Lippen eincremen konnte.

»Sie wissen etwas über Mary, oder?«, fragte Jessica, nachdem sie die Fettcreme auf ihre Lippen geschmiert hatte.

Obwohl Lizzy diese Feststellung überraschte, nickte sie.

»Ich hab's mir gedacht. Sie haben so komisch geguckt, als ich Ihnen das Foto gezeigt habe. Sie haben sie gesehen, stimmt's?«

Lizzy musste kräftig schlucken. »Es tut mir so leid.«

»Sie müssen es mir erzählen. Ich muss es wissen. Wurde sie gefoltert, so wie die anderen?«

Lizzy wusste nicht, was sie sagen sollte. Sie konnte es nicht ertragen, Jessica zu schildern, was sie gesehen hatte, aber sie wusste, dass sie es wenigstens versuchen musste. »Zwei Tage nach meiner Entführung wachte ich nachts in einem fremden Zimmer auf. Das Haus sah ganz normal aus. Ich war gefesselt, schaffte es jedoch, mich von den Stricken zu befreien. Mein Bein war verletzt. Ich war bereits an der Hintertür und gerade dabei, nach draußen zu fliehen, als ich jemanden im Haus weinen hörte. In dem Augenblick, als ich das hörte, war mir klar, dass ich nicht weggehen konnte, ohne zu helfen. Ich habe Ihre Schwester sofort gefunden. Ich weiß nicht mehr, ob ich sie losgebunden habe, aber ich kann mich noch daran erinnern, dass ich sie in den Armen gehalten habe.« Lizzys Stimme wurde brüchig und ihre Finger verkrampften sich um das Bettgeländer, als sie sich erneut vor Augen führte, wie schwach und zerbrechlich Mary damals gewesen war. »Wir waren so nahe dran.« Sie atmete schwer aus. »Mary und ich sind beinahe entkommen.«

Jessica berührte Lizzys Hand. »Es ist schon okay. Sie trifft keine Schuld, Lizzy. Sie sind umgekehrt, um meiner Schwester zu helfen, und mussten bitter dafür bezahlen. Sie haben es versucht. Mehr hätte niemand tun können.«

»Ich wollte sie retten.« Lizzys Augen brannten, als die Erinnerung wieder in ihr hochstieg. »Ich wollte nichts so sehr, wie dafür zu sorgen, dass Mary nach Hause zu ihrer Familie kam. Mehr wollte ich nicht.«

Der Tag verging quälend langsam, etwa so wie Heiligabend, wenn man ein Kind ist und darauf wartet, dass der Weihnachtsmann durch den Kamin kommt. Lizzy wünschte sich, es wäre schon morgen. Sie sehnte sich den folgenden Tag herbei, weil ihr ihr Bauchgefühl sagte, dass der Plan womöglich klappen konnte. Sobald sie dem Spinnenmann von Angesicht zu Angesicht gegenüberstand, würde sie ihm sagen, was sie ihm schon immer sagen wollte – nämlich, dass er zur Hölle fahren sollte, wo er hingehörte.

Lizzy saß reglos vor dem Fernseher und ging in Gedanken den morgigen Tag durch, während Jared neben ihr hockte und Papierkram erledigte. Ihr Interview mit Detective Holt war bereits in den Lokalnachrichten gesendet worden, wo es zu jeder vollen Stunde wiederholt wurde. Die Leute wurden aufgefordert, ihre Kinder im Auge zu behalten und die Türen zu verschließen. Man hatte die meisten Nachrichtensender in dem Glauben gelassen, dass das auf Video aufgezeichnete Interview von einem Mitarbeiter des FBI stammte, der es ohne Wissen seiner Behörde an die Medien weitergeleitet hatte. Die Verantwortlichen dort hatten keine Ahnung, dass man ihnen einen Bären aufgebunden hatte. Aber selbst wenn sie es gewusst hätten, wäre es ihnen egal gewesen. Hauptsache, sie hatten eine Story.

Nach der morgendlichen Besprechung hatte man Lizzy in einen Raum gebracht, wo sie von Detective Holt vernommen wurde. Der Ermittler stellte ihr gezielt Fragen, mit denen er Antworten provozierte, die den Spinnenmann verärgern würden. Nachdem er Sophie bereits verloren hatte, hatte Jimmy beschlossen, dass Lizzys Vorschlag, den Spinnenmann zu reizen, einen Versuch wert war. Sie würden versuchen, ihn abzulenken und Hayley dadurch eine Überlebenschance geben – zumindest für einen weiteren Tag.

Lizzy starrte auf den Bildschirm und betete inständig, dass sie das Richtige getan hatte.

»Was wissen Sie über den Spinnenmann?« Holt war groß und stämmig und seine laute Stimme wirkte einschüchternd.

Lizzy war während des gesamten Interviews ruhig geblieben. »Er ist ein Feigling«, hatte sie geantwortet, so wie es vorher abgesprochen worden war. »Ein jämmerlicher Feigling.« Sie wollte den Stolz des Spinnenmanns dort treffen, wo es ihm am meisten wehtun würde.

»Wo, glauben Sie, hält sich der Spinnenmann zurzeit auf?«, fragte Detective Holt weiter.

»Er hält sich irgendwo versteckt«, sagte Lizzy. »Das machen Feiglinge immer.«

»Glauben Sie, er will Ihnen an den Kragen?«

»Nein.«

»Und warum nicht?«

»Er hat Angst vor mir.«

»Wieso das denn?«

»Weil ich die Einzige bin, die es geschafft hat, ihm zu entkommen. Ich bin schlauer als er und er weiß das.«

»Hat er Ihnen jemals etwas über sich erzählt oder darüber gesprochen, warum er diese schrecklichen Dinge tut?«

»Er hat ein Problem mit seinem Vater.«

»Inwiefern?«

»Er hat sich nach der Liebe seines Vaters gesehnt, sie aber offenbar nie bekommen. Der Spinnenmann trug eine Rolex, und zwar eine Perpetual Sea-Dweller, genau wie die, die auch sein Vater getragen hat. Er hat diese Uhr geliebt, hat sie liebevoll berührt, als wäre sie ein Haustier. Deshalb habe ich sie ihm geklaut, bevor ich geflohen bin.«

»Was haben Sie mit der Uhr gemacht?«

Sie zuckte gleichgültig mit den Schultern. »Ich hab sie verschenkt.«

»Warum?«

»Sie hat mir nichts bedeutet. Ich wollte mit dieser Uhr nichts zu tun haben. Ich habe sie nur deshalb geklaut, damit er sie nicht mehr hat. Ich wollte ihm etwas wegnehmen, was für ihn einen großen Wert besitzt.«

»Wissen Sie, wie der Spinnenmann mit wirklichem Namen heißt?«

»Nein. Aber auf der Uhr waren die Initialen *SJ liebt SW* eingraviert. Er kann also Shawn, Sebastian, Simon oder Scott heißen ... was weiß ich?«

Lizzy zielte mit der Fernbedienung auf das Fernsehgerät und drückte die Aus-Taste. Sie hatte genug gesehen.

Jared hörte mit dem Schreiben auf und schob die Papiere beiseite. »Du solltest schlafen gehen«, sagte er. »Du hast morgen einen langen Tag vor dir.«

Sie lehnte sich an ihn und legte den Kopf auf seine Schulter. In der Wohnung war es still. Zu still. Maggie fehlte ihr. Nach einer Weile sagte sie: »Wenn ich damals nicht entführt worden wäre, meinst du, dass wir dann zusammengeblieben wären?«

»Daran zweifle ich nicht im Geringsten.«

»Wirklich?«

»Ja, wirklich.«

»Meinst du, wir hätten geheiratet?«

»Absolut.«

»Und Kinder gehabt?«

»Zwei Mädchen und einen Jungen. Du würdest immer noch darüber meckern, dass du während der letzten Schwangerschaft zugenommen hast.«

Sie schmunzelte innerlich und gab sich diesem Fantasiespiel hin. »Und wie heißen sie?«

»Das erste Mädchen hätten wir auf den Namen Katherine Elizabeth getauft, oder einfach Kate.«

»Das gefällt mir.« Sie nahm seine Hand und verschränkte ihre Finger mit den seinen. Es fühlte sich gut an, mit ihm Händchen zu halten. »Und was ist mit den anderen Kindern?«

»Das zweite Mädchen hätten wir Savannah Ruth genannt, und den Jungen Adonis, weil ich finde, dass dieser Name nicht oft genug vergeben wird.«

Sie lachte. »Kate, Savannah und Adonis. Was hätten wir mit so vielen Kindern angefangen?«

»Wir wären im Yosemite Nationalpark wandern gegangen, wären am Lake Natoma Fahrrad gefahren und hin und wieder wäre ich mit Adonis angeln gegangen, während du und die Mädchen am Seeufer gesessen und Bücher gelesen hättet.«

Sie zog eine Augenbraue hoch. »Was? Mädchen können nicht angeln?«

»Mädchen sind zu laut. Fische mögen keinen Lärm.«

Sie stieß ihm neckisch den Ellenbogen in die Seite. Es war schön, miteinander herumzublödeln und zu lachen. »Was würdest du mit den Mädchen unternehmen«, fragte sie, »wenn Adonis und ich einen Mutter-und-Sohn-Ausflug machen?«

»Gute Frage.« Er strich ihr mit der Hand über den Rücken. »Ich würde mit den Mädchen essen gehen und dann … hm … dann würden wir bestimmt zusammen Kleider kaufen. Allerdings nicht unbedingt in dieser Reihenfolge. Frauen mögen es nicht so gerne, wenn sie mit vollem Magen Kleider anprobieren müssen. Nach einer Mahlzeit passt ja nichts so richtig.«

»Du bist ein Einkaufsexperte?«

»Ich würde mal sagen, ich habe ein Talent dafür.«

Lizzy strich mit dem Daumen über seine Fingerknöchel und lächelte nachdenklich, bevor ihre Gedanken in eine andere Richtung schweiften. »Ich hätte nie gedacht, dass wir uns je wiedersehen würden. Und als es dann schließlich doch passiert ist, hatte ich so starke Schuldgefühle angesichts dessen, was mit den anderen Mädchen geschehen ist. Ich dachte, ich hätte es nicht verdient, glücklich zu sein. Das war das Schlimmste an der ganzen Sache.«

Jared blieb still und massierte ihr weiter den Rücken.

»Ich hab heute Jessica von Mary erzählt.«

»Wie hat sie es verkraftet?«

»Besser als erwartet. Ich hätte es ihr schon früher sagen sollen, obwohl sie erst dann einen Schlussstrich unter die Sache ziehen kann, wenn wir Marys Leiche gefunden haben … aber es war immerhin ein Anfang.«

Er nickte.

»Nicht zu wissen, was mit den Opfern passiert ist, das zermürbt die Angehörigen am meisten.«

»Lizzy …«

Sie legte ihm einen Finger auf die Lippen. Sie wusste, dass er sich wegen morgen Sorgen machte. Es passte ihm ganz und gar nicht, dass sie sich als Lockvogel hergab, um einen Mörder zu fangen. »Sag nichts, Jared. Ich muss es tun. Ich weiß, dass ich dir und den anderen Menschen in meinem Leben jede Menge Kummer bereitet habe. Aber jetzt habe ich das erste Mal seit Langem keine Angst. Ich habe das Gefühl, diesmal genau das Richtige zu tun.«

Montag, 22. Februar 2010, 2:45 Uhr

Lizzy versuchte zu schlafen, aber sie musste ständig an Hayley denken. Die Zeit verging wie in Zeitlupe – eigentlich nichts Neues für sie.

Jared schlief neben ihr und atmete tief und gleichmäßig. Es war surreal – genau das Wort, nach dem sie gestern Abend gesucht hatte, als sie und Jared miteinander geredet hatten, als gäbe es für sie keine Sorgen. Surreal, in der Tat. Sie konnte es kaum fassen, dass Jared wieder in ihr Leben getreten war, in ihrem Bett schlief und sie beschützte, als stünde sein eigenes Leben auf dem Spiel. Sie streckte die Hand nach ihm aus und ließ sie auf seinem Arm ruhen. Da wurde ihr klar, dass sie sich zum ersten Mal seit ihrer Kindheit wieder sicher fühlte.

Lizzy starrte an die Decke. Sie musste unbedingt schlafen, wusste aber auch, dass sie in eine andere Zeit zurückkehren würde, sobald sie die Augen schloss – eine Zeit, in der Minuten sich wie Stunden hinzogen und der Tod gleichbedeutend mit Leben war. Sie hatte nie an das Böse geglaubt, bis sie schließlich in jener Nacht gepackt und davongetragen wurde wie eine Maus in den Krallen eines Greifvogels. Es war schlimm, wenn man innerhalb eines Augenblicks sämtliche Unschuld verlor. Auf dieser Welt starb niemand unbeschadet. Wirklich niemand.

Lizzy überlegte, ob sie ihre Schwester anrufen und sich erkundigen sollte, wie es Brittany ging, aber Cathy redete immer noch nicht mit ihr.

Sie schloss die Augen und wunderte sich nicht, dass im selben Augenblick das Telefon klingelte.

Bevor sie es zur Schlafzimmertür schaffte, war Jared bereits neben ihr. Er ging mit ihr in die Küche. Lizzy nahm den Hörer ab und nickte Jared zu. Es war der Spinnenmann. Sie hatte gewusst, dass er anrufen würde, war sich jedoch nicht sicher gewesen, wann.

»Ich habe das Interview gesehen.«

»Das Beste haben sie weggelassen«, sagte sie.

Sein Lachen hallte durch das verrückte Gerät wider, das er so gerne benutzte.

Sie hatte den Anruf sehnsüchtig erwartet, denn er bedeutete, dass er wie erwartet in ihre Falle tappte. Aber im Augenblick war sie zu müde, um große Begeisterung zu verspüren.

»Ich fand dein Interview äußerst explosiv.«

»Wieso das?«

»So genau kann ich das nicht sagen. Aber als ich dich live im Fernsehen gesehen habe, Lizzy, überkam mich eine tiefe Sehnsucht nach unserer gemeinsamen Zeit.«

»Wir hatten nie etwas gemeinsam und werden es auch nie haben.«

»Da irrst du dich. Selbst jetzt haben wir den Wunsch nach einer perfekten Welt gemeinsam.«

»Für mich ist die Welt perfekt, wenn Sie tot sind«, erwiderte sie.

»Siehst du? Wir denken das Gleiche.«

»Ich bin müde«, sagte sie und versuchte, ihn mit umgekehrter Psychologie in der Leitung zu halten. »Ich muss Schluss machen.«

»Du willst nicht wissen, wie es Hayley geht?«

Hörte sie da gerade Verzweiflung in seiner Stimme? Lizzy knirschte mit den Zähnen. Sie wollte nur über Hayley reden und das wusste er ganz genau. Sie hatte es satt, nach der Pfeife dieses Irren zu tanzen. »Sie sind erledigt, Sie Arschloch. Wir sind Ihnen bereits so nahe, dass wir Ihre schmutzigen Geheimnisse riechen können. Wir wissen genau, was Sie in den letzten vierzehn Jahren gemacht haben, und wir werden Sie kriegen.«

Jared blickte schockiert drein, als sie ihre Taktik änderte. Sie hatten vereinbart, dass Lizzy ruhig bleiben sollte, wenn der Spinnenmann anrief. Sie hatte es vermasselt. Der Spinnenmann verabscheute nämlich nichts so sehr wie ein freches Mundwerk und obszöne Worte.

»Du kannst so oft zur Therapie gehen, wie du willst, Lizzy, aber das wird dir jetzt nichts helfen«, sagte der Spinnenmann ruhig, als ließe ihn ihr plötzlicher Wutausbruch völlig kalt.

»Es kann nicht schaden«, sagte sie bitter.

»Da bin ich anderer Meinung.«

»Wieso das?«

»Das spielt keine Rolle«, sagte er. »Ich freue mich darauf, dich morgen zu sehen.«

»Die Freude ist ganz meinerseits.«

»Bevor ich jetzt Schluss mache«, fügte er hinzu, »möchte ich gerne noch deinem Freund sagen, wie sehr mir die Unterhaltung mit seiner Mutter gefallen hat. Sie hat ein hübsches Lächeln.«

Jared riss Lizzy den Hörer aus der Hand, aber da war es bereits zu spät. Er hatte aufgehängt.

Kapitel 33

Montag, 22. Februar 2010, 13:00 Uhr

Auf der gegenüberliegenden Seite des Gebäudes, in dem Lizzy sich mit ihrer Therapeutin Linda Gates traf, spähte Jared durch ein Fernglas. Er hatte klare Sicht.

Die beiden Frauen hatten sich in der vorangegangenen Stunde unterhalten, Notizen gemacht und Tee getrunken. Jared richtete das Fernglas auf Lizzys Gesicht. Sie hatte die Mundwinkel hochgezogen. Bis jetzt war ihr Blick ernsthaft gewesen, fast schon streng.

Der Spinnenmann hatte sich noch nicht blicken lassen.

Lizzy kam jeden zweiten Montag zu einer einstündigen Therapiesitzung in die Praxis von Linda Gates. Da der Spinnenmann Lizzys Patientenakte besaß, wusste er genau, wo sie sich um diese Zeit aufhielt. Und wenn er wirklich der Mann war, den Linda in den beiden vorangegangenen Wochen an der Bushaltestelle gesehen hatte, dann kannte er sich in der Gegend aus.

Lizzy war stur, das war nichts Neues. Als sie erst einmal Jimmy auf ihrer Seite wusste, hatte Jared ihr diesen Therapietermin nicht ausreden können. Er hatte ihr vorgeschlagen, noch ein wenig zu warten, bis vielleicht jemand die Zeichnung erkannte und den

Mann identifizieren konnte. Aber Lizzy hatte sich geweigert, auch nur eine Minute länger zu warten – geschweige denn einen Tag. Sie glaubte fest daran, dass sie es schaffen würden, den Spinnenmann von Hayley wegzulocken. Und das war für sie das Wichtigste. Hayley, meinte sie, brauchte möglichst viel Zeit, in der ihr Entführer nicht ständig in ihrer Nähe war.

Aus dem Hotelzimmer nebenan drang Musik an seine Ohren. Sinatra, der Lieblingssänger seiner Mutter. Seit der Spinnenmann letzte Nacht erwähnt hatte, er hätte mit seiner Mutter gesprochen, konnte Jared nicht umhin, ständig an sie zu denken. Er hatte heute Morgen versucht, sie anzurufen, aber sie war nicht ans Telefon gegangen. Dann hatte er es bei seiner Schwester versucht, die wiederum ihre Mutter in dem Hotel anrief, wo sie sich gerade aufhielt. Wie sich herausstellte, hatte Mrs. Jacqueline Shayne das Hotel noch am gleichen Abend, an dem sie eingecheckt hatte, wieder verlassen. Weder Jared noch seine Schwester wussten mit dieser Information etwas anzufangen.

Jareds Leben geriet buchstäblich aus den Fugen. Klare Regeln, Ordnung, Organisation – das waren die Grundmauern, die er von klein auf kannte. Sein Vater hatte ihm beigebracht, dass es für jedes Problem eine Lösung gab. Doch dann war Lizzy verschwunden – ein Umstand, der alles, was sein Vater ihn gelehrt hatte, über den Haufen warf. Jared kam sich seitdem vor, als versuche er, die einzelnen Stücke aufzuheben und wieder ordentlich zusammenzufügen. Es war schon seltsam, dachte er, wie ein einziger Mann, und ein Irrer noch dazu, es fertigbrachte, die Leben so vieler Menschen zu zerstören. Nicht nur die der Opfer, sondern auch die von Freunden und Angehörigen. Und nun, vierzehn Jahre später, tauchte dieser Verrückte wieder auf – ein unsichtbarer Geist, den man nur schwer fassen konnte. Das Ganze ging von Neuem los – die Zerstörung, der Schmerz. Und niemand konnte ihn stoppen.

Seit das Phantombild des Spinnenmanns in der Öffentlichkeit kursierte, hatte das FBI Hunderte von Hinweisen erhalten. Der Behörde fehlte bloß ausreichend Personal, um ihnen allen nachzugehen. Jared packte der Frust, als er seinen Blick von der leeren Straße zum Parkplatz und von dort zu dem Café an der Ecke schweifen ließ. Es war nicht viel los. Ein Kollege versteckte sich auf dem Dach gegenüber, ein anderer saß in seinem Wagen auf demselben Parkplatz, wo Lizzys Auto stand, und wieder zwei andere arbeiteten verdeckt innerhalb des Gebäudes. Man hatte sich auf alle Eventualitäten eingestellt. Warum hatte er dann dieses mulmige Gefühl, dass sie etwas übersehen hatten?

Wenn der Spinnenmann sich irgendwo in der Nähe aufhielt, hätten sie ihn bereits sehen müssen. Er spielte mit ihnen. So einfach war das. Sie waren ihm auf den Leim gegangen; alle befanden sich genau dort, wo der Spinnenmann sie haben wollte.

Kurz nachdem Jared Lizzy durch das Fenster im zweiten Stock gesehen hatte, fuhr ein Lieferwagen vor das Gebäude.

Jared richtete sich auf und schwenkte das Fernglas in dem Moment zu dem Fahrer hinüber, als er ausstieg und zum hinteren Ende des Wagens ging.

»Matt«, sprach Jared in sein Mikrofon. »Geh nach draußen und sieh dir den Fahrer des Lieferwagens an, der gerade vor dem Haus gehalten hat.«

»Mach ich«, erwiderte Matt.

Jimmy hielt sich in dem Gebäude auf, wo Lizzy und Linda sich gerade unterhielten. Er befand sich im obersten Stockwerk und konnte von dort aus die Rückseite des Hauses aus der Vogelperspektive sehen. Plötzlich erklang seine Stimme laut in Jareds Kopfhörer. »Was ist los?«

»Draußen vor dem Eingang steht ein Lieferwagen. Matt sieht gerade nach.«

Montag, 22. Februar 2010, 13:06

Karen hielt ihren Blick auf die Fahrbahn gerichtet, als sie das Fenster einen Spalt öffnete und etwas frische Luft hereinströmen ließ. In fünf Minuten würde sie auf dem Parkplatz der Mietwagenfirma am Flughafen ankommen. Zwölf Stunden später würde sie ihren Mann und ihre Kinder in die Arme schließen.

Es war höchste Zeit, wieder nach Hause zu fliegen.

Sie war in die Staaten gekommen, um ihren Bruder zu finden, aber der war wie vom Erdboden verschluckt. Und niemand schien das zu interessieren.

Armer Sam.

Sie holte tief Luft, um sich zu beruhigen. Ihre Mutter hatte sie nicht zurückgerufen, um ihr zu sagen, wie der Arzt hieß, mit dem ihr Bruder sich die Praxis teilte. Also hatte Karen beschlossen, die Koffer zu packen und sich auf den Heimweg zu machen. Ihr Mann machte sich Sorgen und die Kinder brauchten ihre Mutter.

Aber irgendetwas stimmte nicht und dieses quälende Gefühl nagte an ihr und wollte ihr nicht aus dem Kopf gehen. Sie konnte in ihren Knochen spüren, dass etwas ganz und gar nicht in Ordnung war.

Die Musik lenkte sie nicht davon ab, an ihren Bruder zu denken. Sie wechselte mehrere Radiosender, bis sie eine beruhigende Stimme hörte. Es war Tammy Spencer, eine Autorin von Selbsthilfe-Büchern, die so ziemlich jedes Thema behandelten, von Kindererziehung bis zum Anbau von Kräutern und Gewürzen. Heute sprach sie darüber, wie sie auf allen Vieren den Küchenboden schrubbte. Wenn Karen zu Hause Stress hatte, putzte sie. Der Geruch von Putz- und Reinigungsmitteln hatte etwas Beruhigendes. Vielleicht lag das daran, dass sie beim Putzen das Gefühl hatte, ihre Probleme wegzuwischen. Wenn das nur so einfach wäre.

»Mit Mopps und Besen kommt man nicht so gut in sämtliche Ritzen und Ecken, wie wenn man auf die Knie geht und gründlich den Boden schrubbt«, erklärte Miss Spencer ihren Zuhörern.

Karen nickte zustimmend. Als Nächstes gab die Frau Ratschläge, wie man die Speisekammer reinigt und im Haus unliebsame Gerüche beseitigt, die sich im Laufe der Jahre ausbreiten, zum Beispiel durch faule Kartoffeln. »Sie wollen doch nicht, dass Leute zu Besuch kommen und denken, Sie hätten eine Leiche im Keller versteckt, oder?«

Nein, dachte Karen, als sie den Mietwagen auf dem Parkplatz abstellte, so etwas will keiner. Aber genauso hatte es bei ihrem Bruder in der Küche gerochen.

Da sich niemand von der Mietwagenfirma um sie kümmerte, holte Karen ihre Habseligkeiten aus dem Kofferraum und ging in das Gebäude. Als sie in der Warteschlange hinter einem Mann stand, der gerade Zeitung las, fiel ihr die Schlagzeile ins Auge.

»TREIBT DER SPINNENMANN WIEDER SEIN UNWESEN?

JUNGES MÄDCHEN UND NACHRICHTENSPRECHERIN TOT. EIN WEITERES MÄDCHEN VERMISST. HABEN SIE DIESEN MANN GESEHEN?«

Unter dem Text befanden sich zwei Skizzen, die einen Mann zeigten, bei dem es sich vermutlich um den Spinnenmann handelte. Karen sah von einem Bild auf das andere. »Oh mein Gott«, sagte sie und hielt sich die Hand vor den Mund. »Nein.«

Montag, 22. Februar 2010, 13:21 Uhr

Mit dem Fahrer des Lieferwagens war alles in Ordnung. Er durfte ins Haus, um ein Paket abzuliefern.

»Ich habe soeben einen Anruf aus dem Büro erhalten«, sagte Jared und teilte Jimmy die Neuigkeit mit. »Dort hat sich vor Kurzem eine Frau namens Karen gemeldet. Sie glaubt, ihr Bruder sei womöglich der Mann, den wir suchen. Sie will uns aber erst seinen Namen geben, wenn wir ihr garantieren, dass ihm nichts passiert.«

»Was ist bloß mit diesen Spinnern? Da läuft ein Serienmörder frei herum und sie wollen nicht, dass ihm was passiert?«

»Wer weiß«, sagte Jared. Für einen Augenblick war es still und Jared sah zu dem Gebäude hinüber. Seine Nerven waren zum Zerreißen gespannt. »Wir haben uns an der Nase herumführen lassen, Jimmy.«

»Was willst du damit sagen?«

»Lizzy ist heute nicht der einzige Lockvogel. Wir sind alle Lockvögel. Er tut sein Bestes, um uns in die Irre zu führen.«

»Wie meinst du das?«

»Für ihn ist das alles nur ein Spiel.« Plötzlich sah Jared, wie sich in dem Raum, in dem Lizzy seit einer Stunde saß, etwas bewegte. »Es passiert gerade etwas. Ich melde mich wieder bei dir.« Er hob das Fernglas, um besser in die Praxis von Linda Gates sehen zu können. »Matt«, sprach er in sein Mikrofon, »an wen war das Paket adressiert?«

»Eine Linda Sowieso.«

»Linda Gates?«, hakte Jared nach.

»Ja, Linda Gates.«

Ich fand dein Interview äußerst explosiv … Du kannst so oft zur Therapie gehen, wie du willst, Lizzy, aber das wird dir jetzt nichts helfen.

»Matt! Geh sofort ins Haus und sorge dafür, dass niemand dieses verdammte Paket aufmacht.«

»Die Sendung war von einem bekannten Geschäft und der Fahrer hatte einen Ausweis. Er war echt.«

»Wenn du dir da so todsicher bist, dann geh nach oben und mach das scheiß Paket selbst auf.«

»Ich kümmere mich drum.«

»Was ist los?«, schrie Jimmy in den Kopfhörer.

Jared brummte eine Antwort und justierte dabei den Sucher an seinem Fernglas. »Der Fahrer des Lieferwagens hatte ein Paket für Linda Gates. Ich glaube nicht an Zufälle.«

Er blickte durch das Fernglas. Beide Frauen wandten sich gleichzeitig der Tür zu. Linda stand auf und deutete auf einen anderen Bereich ihrer Praxis. Lizzy sah aus, als zögerte sie einen Augenblick, drehte ihr Gesicht zum Fenster und verschwand dann aus Jareds Blickfeld.

Sein Herz raste. Macht bloß nicht die Tür auf. Scheiße. Wo zum Teufel war Matt?

Linda öffnete die Tür, unterschrieb die Empfangsbestätigung für das Paket und trug es an ihren Schreibtisch.

Jared schwenkte das Fernglas von einem Ende des Zimmers zum anderen. Ein gewaltiger Adrenalinschub erfasste ihn. *Wo bist du, Lizzy?* Der Fahrer war weg. Lizzy war weg. Die Tür zu Lindas Praxis stand weit offen. Jared richtete den Sucher auf Linda und zoomte sie näher heran. Sie sah sich das Paket genauer an und blickte dabei unbekümmert drein.

»Matt«, sprach Jared ins Mikrofon.

Keine Antwort.

Jared ließ seine Ausrüstung liegen, sprang über einen Betonvorsprung und rannte die Treppen hinunter. In weniger als einer Minute hatte er die Straße überquert und stürmte in das Gebäude. Der Fahrstuhl war gerade besetzt.

Er rannte ins Treppenhaus und nahm zwei Stufen auf einmal. Als er im zweiten Stock angelangt war, stieß er die Tür auf, die in den Gang führte. Schreie drangen an sein Ohr.

Er eilte den Flur entlang und ärgerte sich darüber, dass er es so weit hatte kommen lassen. Leute kamen aus ihren Büros, neugierig, was es mit dem Tumult auf sich hatte. Jared stürzte in die Praxis von Linda Gates und sah Lizzy. Sie lebte.

Sein Blick fiel auf die offene Schachtel und die Blutlache zu Lindas Füßen. Als er genauer hinsah, erkannte er deutlich, was da aus dem Paket gefallen war – ein blutiger Finger, der zweifellos von Hayley Hansen stammte.

Montag, 22. Februar 2010, 14:48 Uhr

Cathy sah auf ihre Uhr. Sie wartete bereits seit drei Stunden im Foyer des Hotels. Der Sex mit ihrem Mann hatte nie länger als fünf Minuten gedauert, allerhöchstens zehn. Aber mit dieser anderen Frau verbrachte er mehrere Stunden in einem Hotelzimmer. Sie suchte in der Handtasche nach ihrem Handy, doch dann fiel ihr ein, dass sie es im Auto liegen gelassen hatte.

Bald musste sie Brittany von der Schule abholen. Ihr Blick wanderte von ihrer Uhr zum Aufzug. Sie wollte den Augenblick nicht verpassen, in dem Richard mit seiner Geliebten aus dem Fahrstuhl trat. Es war wichtig, dass sie ihn gleich hier im Hotel mit seiner Affäre konfrontierte, wo es ihm unmöglich war, sie zu leugnen.

Sie sah wieder auf die Uhr. Was sollte sie bloß machen?

Brittany hatte nach der Schule einen weiteren Termin bei Dr. McMullen. Bei ihrer Spange war noch ein Draht kaputtgegangen.

Cathy brauchte nicht lange zu überlegen, um zu wissen, was zu tun war – sie musste Lizzy anrufen. Sie hasste es zwar, ihre Schwester anzurufen, nachdem sie geschworen hatte, nie wieder mit ihr zu reden – vor allem, wenn sie daran dachte, wie sie Lizzy bei sich zu Hause und dann später im Schwimmbad behandelt hatte –, aber sie wusste, dass Lizzy sie nicht im Stich lassen würde. Lizzy konnte manchmal naiv sein, aber sie hatte stets ehrenwerte Absichten – und genau das war der Grund, warum Cathy sich Sorgen um ihre Schwester machte und sie ab und zu wie ein kleines Kind behandelte. Cathy war sich darüber im Klaren gewesen, dass sie Lizzy nicht lange böse sein konnte. Schließlich gehörte sie zur Familie. Egal, wie wütend sie auf ihre Schwester war und wie sehr sie auch versuchte, Lizzy an allem die Schuld zu geben, was in ihrem Leben schiefgelaufen war, so wusste sie doch, dass das nicht stimmte. Lizzy war im Grunde ein herzensguter Mensch und hatte es nicht verdient, dass ihre Familie sie hasste. Aber genau das war viele Jahre lang der Fall gewesen.

Jedes Mal, wenn Cathy einen Durchhänger hatte, dachte sie an Lizzy. Jedes Mal, wenn ihr danach zumute war, sich bei jemandem auszuheulen, war Lizzy diejenige, die sie wieder aufmunterte. Nicht ihr Vater und auch nicht ihr Ehemann, sondern stets Lizzy. Und dennoch hatte Cathy ihrer Schwester kein einziges Mal signalisiert, wie viel sie ihr bedeutete oder wie sehr sie sich um sie Sorgen machte, weil sie sich ein Leben ohne Lizzy nicht vorstellen konnte.

Sie ging zum Empfang und fragte, ob sie das Telefon für ein Ortsgespräch benutzen dürfe. Die Frau nickte und erklärte ihr, sie müsse zuerst die Neun wählen.

Cathy schluckte hart, wählte Lizzys Nummer und hoffte inständig, dass ihre Schwester ranging.

Jared stieg mit Lizzy die Treppe zu ihrer Wohnung hinauf. Er ging zuerst hinein und sah gründlich nach, bis er ihr schließlich versicherte, dass alles in Ordnung sei. Nachdem sie sich von Jimmy und seinen Leuten getrennt hatten, die sich um den blutigen Finger kümmerten, waren Lizzy und Jared mit Linda in die Notaufnahme des nächsten Krankenhauses gefahren. Der behandelnde Arzt hatte bei der Psychotherapeutin eine schwere Panikattacke diagnostiziert.

Jared sorgte gerade dafür, dass Lizzy es sich auf der Couch bequem machte, als sein Handy klingelte. Ein paar Minuten später beendete er das Gespräch und teilte Lizzy mit, er müsse sie für eine oder zwei Stunden allein lassen. »Soll ich dir einen Tee machen, bevor ich gehe?«

»Danke, nein. Worum geht es?«

»Wir haben ein paar Hinweise erhalten. Ein Dan und eine Rene Winters aus Citrus Heights haben heute angerufen. Sie haben den Mann auf dem Bild erkannt. Angeblich ist er derselbe, der als Junge ihrer Tochter nachgestellt hat, als sie zusammen auf die Highschool gingen. Das Mädchen hieß Shannon Winters. Shannon ist damals auf dem Weg von der Schule nach Hause gestorben, nachdem sie an einem Jawbreaker erstickt ist. Anscheinend stimmen die Initialen des Jungen mit denen auf der Uhr überein. Die Winters waren schon immer der Meinung, dass der Junge am Tod ihrer Tochter schuld war.«

»Was kann jemand dafür, wenn ein anderer an Süßigkeiten erstickt?«

»Sie meinen, er hätte ihr beim Sterben zugesehen und nichts unternommen, um ihr zu helfen.«

»Wie heißt er?«

»Samuel Jones. Die meisten Leute kannten ihn damals nur als Sam.«

»SJ liebt SW.«

Jared nickte. Er blieb noch einen Augenblick stehen und sah sie an. »Das hast du gut gemacht, Lizzy. Dank deiner Hilfe werden wir den Dreckskerl schnappen.«

Sie erwiderte nichts darauf.

Jared beugte sich zu ihr und küsste sie auf die Stirn. »Ich bin gleich wieder da.«

Kapitel 34

Nachdem Jared gegangen war, verschloss Lizzy hinter ihm die Tür. Sie wollte gerade ihre eigenen Nachforschungen über Samuel Jones anstellen, als ihr Handy klingelte. »Hallo?«

»Ich bin's, Cathy.«

Lizzy wusste, dass ihre Schwester nur dann anrufen würde, wenn etwas Schlimmes passiert war. »Stimmt etwas nicht?«

»Alles in Ordnung. Ich wollte dich nur um einen Gefallen bitten, Lizzy. Es wäre schön, wenn du Brittany von der Schule abholen und zum Zahnarzt fahren könntest. Hast du gerade viel zu tun?«

»Ich mach das schon.«

»Tut mir leid, dass ich so kurzfristig Bescheid sage, aber du musst um halb vier an der Schule sein.«

Lizzy sagte ihrer Schwester nichts von dem blutigen Finger, da Cathy sich nur darüber aufregen würde. Sie war froh, dass Cathy sie mit der Aufgabe betraute, Brittany abzuholen. Lizzy wollte unbedingt ihre Nichte sehen und sich davon überzeugen, dass mit ihr alles in Ordnung war. Sie warf einen Blick über ihre Schulter auf die Uhr. Es war kurz vor drei. Sie würde nicht lange zur Schule brauchen.

»Die Zahnarztpraxis ist in einer Seitenstraße der Eureka Road in Roseville. Die genaue Adresse hab ich leider nicht dabei.«

Der Frust in Cathys Stimme war deutlich zu hören. Bei ihrer Schwester lagen die Nerven blank. Wahrscheinlich stand sie gerade kurz davor, Richard mit seiner Affäre zu konfrontieren. »Ist schon okay«, sagte Lizzy, »ich hab Brittany schon mal dort hingebracht. Ich finde zu Dr. McMullens Praxis. Mach dir deswegen keine Gedanken.«

Montag, 22. Februar 2010, 15:07 Uhr

Cathy sah, wie Richard in Begleitung einer ausgesprochen attraktiven Frau aus dem Aufzug trat. Sie hatte sich bei ihm eingehängt. Die Geliebte ihres Mannes hatte schokoladenfarbenes, fülliges Haar, braune, mandelförmige Augen, hohe Wangenknochen, volle Lippen und sah keinen Tag älter als fünfundzwanzig aus.

Cathy stellte sich dem Vorzeigepaar in den Weg und stieß Richard mit dem Finger auf die Brust. »Wegen dir hab ich meine Schwester gehasst. Du hast Lizzy die Schuld an all unseren Problemen gegeben und dabei die ganze Zeit eine andere Frau gevögelt.«

Richard half der Frau in aller Ruhe in den Mantel und sagte ihr, er werde sie später anrufen. Dieser Dreckskerl gab sich nicht einmal die Mühe, seine Affäre zu verbergen oder so zu tun, als wäre nichts.

Anscheinend ließ sich die Frau nicht von der Szene beeindrucken, doch sie vermied es, in Cathys Richtung zu schauen. Was für ein Miststück.

»Sie haben meine Ehe kaputtgemacht«, schrie Cathy die Frau an, bevor sie das Hotel unbehelligt verlassen konnte. »Sie sind eine Hure und ich sorge dafür, dass Ihr gesamtes Umfeld davon erfährt.«

Die Frau ging durch das Foyer davon. Ihre Absätze klapperten laut auf dem Marmorboden. Dann verschwand sie durch die Drehtür nach draußen.

»Du wirst niemandem was erzählen«, sagte Richard. »Wenn du Valerie in irgendeiner Form verleumdest, sorge ich dafür, dass dir nach unserer Scheidung kein Cent bleibt.«

Cathy schnaubte verächtlich. »Ich kann es immer noch nicht fassen, dass du mein Leben zerstörst.«

»Du hast dir selbst dein Leben zerstört. Nicht auch nur ein einziges Mal hast du Verantwortung für dein eigenes Tun übernommen. Selbst jetzt nicht. Schau dich doch nur an. Seit wir uns kennen, hast du über zwanzig Kilo zugenommen. Bist du auch nur ein einziges Mal ins Fitnessstudio oder zu Fuß gegangen? Nein. Du hast deiner eigenen Tochter Vorwürfe gemacht, weil du zu dick bist. Mir waren die Extra-Pfunde egal, weil ich dich schön fand. Ich hab dir immer gesagt, dass ich so mehr an dir habe, was ich lieben kann. Aber rate mal, was passiert, wenn jemand ständig sagt, er wäre fett? Irgendwann glaubt man es, und dann springt es einem umso mehr ins Auge.«

»Das musst gerade du sagen, wo du Scheuklappen vor den Augen hast. Hast du auch nur die geringste Ahnung, was in letzter Zeit zu Hause passiert ist?«

»Sag's mir doch.«

»Ich wette, du wusstest nicht, dass dir ein Serienmörder auf den Fersen war. Er hat meine Schwester engagiert, damit sie dich und deine Freundin observiert.«

Richard war sprachlos.

»Anscheinend wollte er, dass Lizzy sieht, was du treibst. Er hat gedacht, wenn Lizzy mir von eurer Affäre erzählt, würde ich ihr die Schuld geben, und nicht dir. Sein Plan ist perfekt aufgegangen.«

»Wovon redest du?«

»Wenn du nicht ständig Valerie Hunt vögeln würdest, hättest du vielleicht mitbekommen, dass Frank Lyle nicht der Mann ist, der Lizzy vor vierzehn Jahren entführt hat. Er ist ein Nachahmungstäter, ein Möchtegern. Der echte Mörder hat seinen Spaß daran gehabt, dir zu folgen. Und wegen *dir* befürchtet das FBI, dass der Mörder jetzt vielleicht unsere Tochter im Visier hat.«

Richard trat auf sie zu und stand jetzt nur noch wenige Zentimeter von ihr entfernt. Mit wutverzerrtem Gesicht packte er sie an beiden Schultern und schüttelte sie. »Ich hoffe, die Geschichte, die du mir da auftischst, ist nur ein verrücktes Hirngespinst. Aber wehe, es stimmt, Cathy, und du erzählst mir das erst jetzt, dann bist du für mich ab sofort gestorben.«

Sie zuckte zusammen. Trotz ihrer Wut war sie sich nicht sicher, ob sie bereit war, ihre Ehe aufzugeben. Als sie im Foyer gewartet hatte, hatte sie sich ausgemalt, wie Richard vor ihr auf die Knie fallen und sie um Verzeihung anflehen würde. Aber das hier ... damit hatte sie nicht gerechnet.

»Sag mir, dass du das alles nur erfunden hast, Cathy. Sag mir, dass unsere Tochter nicht in Gefahr schwebt!«

Sie wollte lügen, brachte es aber nicht fertig. Wenn sie auch nicht die perfekte Ehefrau war, angelogen hatte sie ihn noch nie.

»Wo ist sie?«, fragte er mit kreidebleichem Gesicht. »Wo ist Brittany?«

»Lizzy holt sie gerade von der Schule ab.«

Er zog sein Handy aus der Gürteltasche. »Ich habe zwei Anrufe in Abwesenheit, beide von Brittany.«

»Warum sollte sie dich angerufen haben?«

»Sie ruft nur dann bei mir an«, erwiderte er, »wenn sie dich nicht erreichen kann.«

Panik stieg in Cathy auf. Sie kramte in ihrer Handtasche herum, bis ihr einfiel, dass sie das Handy im Auto gelassen hatte. Sie sah Richard an. »Warum bist du nicht rangegangen?«

Er zuckte mit keiner einzigen Wimper.

Sie wussten beide nur zu gut, womit er beschäftigt gewesen war, als seine Tochter anrief. In diesem Augenblick veränderte sich sein Gesichtsausdruck schlagartig. Nichts an Richard erinnerte Cathy an den gut aussehenden Mann, den sie vor fünfzehn Jahren geheiratet hatte. Mit einem Schlag wusste sie es: Sie wollte nicht, dass er sie um Verzeihung bat. Sie wollte ihn überhaupt nicht mehr.

Montag, 22. Februar 2010, 15:25 Uhr

Lizzy wartete in der langen Autoschlange, die im Schneckentempo auf den Parkplatz der Schule fuhr. Beim Anblick der vielen Jugendlichen, die überall herumrannten, musste sie an ihre eigene Schulzeit denken, als sie sich immer mit Jared während der Mittagspause auf dem Schulhof getroffen hatte. Sie hatten damals viele Freunde und jede Menge Spaß gehabt.

Die Freundschaft, die sie mit Jared verband, war von Anfang an sehr intensiv gewesen. Ihrem Vater hatte es natürlich nicht gepasst, dass Lizzy mit einem älteren Jungen ging, und er war froh gewesen, als Jared wegzog, um aufs College zu gehen. Er vertröstete seine Tochter mit der Bemerkung, es gäbe ja viele Fische im Meer. Aber Lizzy war sich von Anbeginn ihrer Freundschaft darüber klar gewesen, dass sie niemand anderen wollte. Jared war ein besonderer und einfühlsamer Mensch, der mehr verdient hatte als das, was sie ihm jemals geben konnte. Er hatte es verdient, glücklich zu sein.

Sie trommelte mit den Fingern auf das Lenkrad und ließ ihren Blick über den Parkplatz schweifen. Als eine Lücke frei wurde, parkte sie ein und wählte die Nummer von Brittanys Handy. Nach dem dritten Klingeln sprang die Mailbox an.

»Hier ist Brittany Warner. Bitte eine Nachricht hinterlassen und ich rufe zurück.«

»Hier ist deine Tante Lizzy. Ich weiß nicht, ob deine Mutter dir Bescheid gesagt hat, aber ich hole dich heute ab. Ich bin jetzt an der Schule.« Lizzy sah auf ihre Uhr. Eine Minute nach halb vier. Die Stunde war vor sechs Minuten zu Ende gegangen. Sie konnte ihre Nichte unmöglich verpasst haben. »Ich warte an dem Bärendenkmal vor dem Eingang auf dich.«

Fünf Minuten später probierte sie es noch einmal. »Wo steckst du, Mädchen? Und warum gehst du nicht an dein Handy?« Sie sah wieder auf die Uhr. »Ich muss mit dir in zehn Minuten beim Zahnarzt sein. Ruf mich bitte zurück.«

Sie klappte ihr Handy zu und versuchte, ihre aufkommende Panik im Keim zu ersticken. *Es ist alles in Ordnung mit ihr. Sie ist mit Freunden zusammen. Teenager sind dafür berüchtigt, dass sie nie pünktlich sind.*

Sie versuchte, sich zu entspannen, und blickte auf dem Parkplatz umher. Auf gar keinen Fall wollte sie daran denken, was sich in der Schachtel befunden hatte, die in der Praxis von Dr. Gates abgeliefert worden war. *Hayley*, flüsterte sie und holte tief Luft. Sie durfte jetzt nicht daran denken. Das war im Moment einfach zu viel für sie. Besser war es, wenn sie sich darauf konzentrierte, dass mit Linda Gates alles in Ordnung war. Linda war seit vierzehn Jahren ein fester Bestandteil ihres Lebens und hatte ihr geholfen, wieder Licht am Ende des Tunnels zu sehen. Mit Linda war alles in Ordnung. *Aber was war mit Hayley?*

Als in ihrer Nähe Gelächter erklang, hatte Lizzy genug. Sie verließ ihren Wagen und ging zügig auf die Turnhalle zu.

»Kann ich Ihnen helfen?«, fragte eine Frau.

»Ich suche meine Nichte, Brittany Warner.«

»Hier ist sie nicht, aber schauen Sie doch mal im Büro nach, vielleicht wartet sie dort auf Sie.«

»Gute Idee.« Lizzy dankte der Frau und ging weiter. Als sie Brittany im Büro auch nicht fand, suchte sie sämtliche Gebäude und Räumlichkeiten nach ihr ab. Aber ihre Nichte war nirgends zu sehen. Lizzys Muskeln verkrampften sich, Panik stieg in ihr hoch. Sie fragte sämtliche Leute, die ihr auf dem Schulgelände über den Weg liefen. Als sie wieder in ihrem Auto saß, rief sie Cathys Handy an und hinterließ eine Nachricht. Danach sprach sie zum dritten Mal auf Brittanys Mailbox und rief Jared an. Er ging beim ersten Klingeln ran.

»Gott sei Dank«, sagte sie.

»Was ist los?«

»Cathy hat mich angerufen, nachdem du meine Wohnung verlassen hast. Sie wollte, dass ich Brittany von der Schule abhole. Jetzt warte ich schon mindestens zwanzig Minuten und sie ist nicht da. Ich kann sie nirgends finden. Was soll ich nur machen?«

»Beruhige dich, Lizzy. Atme tief durch. Solltest du sie nach der Schule nach Hause fahren?«

»Nein. Cathy hat mich gebeten, mit Brittany zum Zahnarzt zu gehen. Sie hat dort um viertel vor vier einen Termin. Das war vor fünf Minuten.«

»Meinst du, dass vielleicht sonst jemand Brittany dorthin gebracht hat?«

»Ich weiß nicht. Ich weiß es wirklich nicht.«

»Lizzy«, sagte er mit fester Stimme. »Nur keine Panik. Davon wird alles nur noch schlimmer.«

Ihre Hände zitterten und ihr stockte der Atem.

»Soll ich beim Zahnarzt anrufen?«

Lizzy atmete tief durch. »Die Praxis ist nur fünf Minuten von hier entfernt. Ich fahre jetzt dorthin«, sagte sie und rannte in Richtung Parkplatz. »Sei so gut und hab dein Handy griffbereit.«

»Mach ich. Sag mir Bescheid, wenn du sie gefunden hast.«

Lizzy rannte über den Parkplatz. *Tief durchatmen, Lizzy, tief durchatmen.* Sie sprang ins Auto, ließ den Motor an und fuhr los. Mit wem könnte Brittany mitgefahren sein? Dass sie zu einem Fremden ins Auto gestiegen war, konnte Lizzy sich beim besten Willen nicht vorstellen. Sie hatte ihrer Nichte oft genug eingeschärft, so etwas nicht zu tun. Brittany wusste, wie sie sich verhalten sollte, wenn ein Fremder sie ansprach. Vielleicht hatten Freunde ihr angeboten, sie ein Stück mitzunehmen. Vielleicht hatte sie den Zahnarzttermin vergessen.

Lizzy raste bei Gelb über eine Kreuzung, verlangsamte dann aber ihre Geschwindigkeit auf sechzig Stundenkilometer. Ihre Hände zitterten, während sie zweimal hintereinander nach rechts abbog. Wenige Augenblicke später fuhr sie auf den Behindertenparkplatz vor der Zahnarztpraxis und sprang aus dem Wagen. Hastig stürzte sie durch die Tür ins Innere.

Die Dame an der Rezeption lächelte. »Was kann ich für Sie tun?«

»Ich bin die Tante von Brittany Warner. Sie ist nicht zufällig hier?«

»Wir haben sie nicht gesehen. Diane hat erst vorhin nach ihr gefragt.«

»Ist der Doktor da?«

»Dr. McMullen ist dreimal die Woche hier und zweimal in seiner Praxis in Auburn. Diane Givens vertritt ihn, wenn er nicht hier ist. Sie ist hinten.«

Lizzy betrat das Sprechzimmer, wo Dr. Givens sich gerade um einen Patienten kümmerte. Sie wollte sich mit eigenen Augen davon überzeugen, ob Brittany da war oder nicht. Die Sprechstundenhilfe lief mit besorgter Miene hinter ihr her und brachte Lizzy dann nach draußen. Sie deutete auf die andere Seite des Parkplatzes. »Sehen Sie das Café dort drüben?«

Lizzy nickte.

»Es ist ein beliebter Treffpunkt für Schüler und Jugendliche. Sie können ja mal nachsehen …«

Lizzy wartete nicht, bis die Frau den Satz zu Ende gesprochen hatte, sondern rannte über den Parkplatz. Die kalte Luft ließ ihre Nase zu Eis gefrieren. Sie stieß die Tür zum Café auf und stürmte hinein. Als sie ein braunhaariges Mädchen zusammen mit zwei Jungs im Teenageralter in einer Sitznische sah, empfand sie eine tiefe Erleichterung. »Brittany«, sagte sie und klopfte dem Mädchen auf die Schulter. »Wegen dir hätte ich beinahe einen Herz…«

Brittany drehte sich um und schaute grimmig drein. Aber es war gar nicht Brittany. Lizzy ging um den Tisch herum, um besser sehen zu können. »Tut mir leid, ich dachte, du wärst meine Nichte. Kennt jemand von euch Brittany Warner?«

Alle drei schüttelten den Kopf. Bestimmt dachten sie, Lizzy hätte den Verstand verloren. Sie wusste, dass sie in ihrem erschöpften Zustand und mit der Beule auf der Stirn völlig fertig aussah, aber das war ihr egal. Sie musste Brittany finden. Sie ging durch das gesamte Café und sah an jedem Tisch nach. Dann sprach sie mit dem Geschäftsführer und nahm sich schließlich noch die Toilette vor, bevor sie sich wieder auf den Weg zurück in die Zahnarztpraxis machte. Sie stand kurz vor dem Zusammenbruch. Ihr Schädel pochte, sie konnte kaum einen klaren Gedanken fassen und ihr zitterten die Knie. *Gib jetzt nicht auf, Lizzy. Bleib ruhig.*

Vor ihrem geistigen Auge tauchte blitzartig ein maskierter Mann auf. Er hatte kalte Augen und eine roboterhafte Stimme.

Sämtliche Ereignisse der vergangenen Woche liefen auf genau diesen Moment hin. Sie sah es ganz deutlich. Ein Déjà-vu.

»Brittany war nicht im Café«, sagte Lizzy zu der Frau, die ihr vorhin geholfen hatte.

»Ihre Schwester hat gerade angerufen. Sie möchte, dass Sie auf sie warten. Sie ist gerade auf dem Weg hierher.«

Lizzy nickte. »Falls Sie etwas hören, ich bin draußen.« Plötzlich ertönten ein Kreischen und ein Jaulen im Nebenzimmer. Lizzy hielt inne und horchte. »Was ist das für ein Geräusch?«

Die Frau sah sie misstrauisch an, antwortete aber trotzdem. »Das ist ein Hochgeschwindigkeitsbohrer. So etwas verwendet man bei Kieferimplantaten.«

Lizzy horchte noch eine Weile.

»Zahnärzte verwenden ihn, wenn sie eine solide Halterung für einen Draht oder eine Feder brauchen.«

Das Bohrgeräusch dauerte nur ein paar Sekunden, aber Lizzy wurde davon nervös und bekam Kopfschmerzen. Sie brachte gerade noch ein »Danke« hervor und ging dann nach draußen, um auf Cathy zu warten. Dort setzte sie sich auf die Bordsteinkante, starrte auf ihr Handy und wünschte sich inständig, dass es klingelte.

Montag, 22. Februar 2010, 16:11 Uhr

Als Lizzy gerade ihr Gespräch mit Jared beendete, in dem sie ihm die neuesten Ereignisse mitgeteilt hatte, kam Cathy angefahren und hielt neben dem Bordstein. Lizzy stieg ein und nahm auf dem Beifahrersitz Platz.

»Was ist mit deiner Stirn passiert?«

»Das ist eine lange Geschichte«, sagte Lizzy. »Fahren wir nach Hause und suchen wir Brittany.«

Cathy verließ den Parkplatz und fädelte in den Verkehr auf der Hauptstraße ein. »Brittany geht nicht an ihr Handy«, sagte sie. »Sie geht sonst immer ran.«

»Jared will sich bei dir zu Hause mit uns treffen.«

»Er ist es, oder? Der Spinnenmann. Er hat Brittany, stimmt's?

Lizzy konnte nicht klar denken. Ihr Hirn war vollkommen leer. Der Spinnenmann konnte Brittany nicht haben. Was Cathy da sagte, ergab keinen Sinn.

»Es ist alles meine Schuld«, sagte Cathy und gab Gas.

»Nein. Du kannst nichts dafür«, sagte Lizzy laut. »Keiner kann was dafür, verdammt noch mal.«

Cathy umklammerte das Lenkrad so fest, dass ihre Knöchel weiß hervortraten. »Ich hätte sie nie aus den Augen lassen sollen. Ich hätte zu Dad ziehen sollen. Und ich hätte auf dich hören sollen. Du hattest übrigens recht, was Richard angeht. Jemand hat mich angerufen und mir gesagt, wo ich ihn und seine Geliebte finden kann. Ich bin dann zum Hyatt gefahren und hab auf sie gewartet. Und Richard kam tatsächlich mit dieser Frau im Arm aus dem Aufzug.«

Lizzys Puls ging schneller. »Wer hat dich angerufen?«

Die Ampel schaltete auf Rot, aber Cathy sah es nicht sofort. Sie trat auf die Bremse. Reifen quietschten und Cathys Kopf wurde ruckartig nach vorne geschleudert.

Lizzy packte ihre Schwester gerade noch rechtzeitig, bevor sie gegen das Armaturenbrett knallte. Sobald das Auto zum Stehen kam, wandte Cathy sich Lizzy zu. »Alles klar bei dir?«

»Alles klar. Soll ich fahren?«

»Nein. Wir sind gleich da.« Die Ampel sprang auf Grün um. Cathy trat voll aufs Gas.

Lizzy zog ihren Sicherheitsgurt enger.

»Was meinst du, wer mich angerufen hat?«, fragte Cathy.

»Derselbe Mann, der mir den Auftrag erteilt hat, Valerie Hunt zu beschatten. Er wollte dich aus dem Haus locken und deinen Tagesablauf stören.«

Cathy beschleunigte ihre Fahrt.

»Fahr langsamer. Wenn wir im Krankenhaus landen, können wir Brittany nicht helfen.«

Cathy verringerte die Geschwindigkeit, jedoch nicht so stark, wie Lizzy es gerne gesehen hätte. Bäume und Häuser flogen verschwommen an ihnen vorbei.

»Was, wenn er sie hat, Lizzy? Was dann?«

»Sie ist längst daheim«, versuchte Lizzy ihre Schwester zu beruhigen. »Was anderes kann ich mir nicht vorstellen.«

Nach dem Stoppschild bog Cathy scharf nach rechts ab. Sie raste die Straße durch das Wohnviertel entlang und fuhr erst langsamer, als sie ein Kind sah, das einem Hund einen Ball zuwarf. Sie lenkte das Auto in ihre Einfahrt und kam mit quietschenden Reifen zum Stehen. Noch bevor Lizzy den Sicherheitsgurt ablegte, sprang Cathy aus dem Wagen und rannte auf das Haus zu.

Lizzy stieg aus und sah sich um. Die Luft war frisch, kühler als sonst um diese Jahreszeit. Aus ein paar Schornsteinen der umliegenden Häuser stieg Rauch auf. Gegenüber parkte das Zivilfahrzeug des FBI. Sie wollte mit dem Agenten reden und ihn fragen, ob er jemanden im Haus gesehen hatte. Ronald Holt saß auf dem Fahrersitz und las gerade Zeitung.

Bei näherem Hinsehen fiel ihr auf, dass sein Kopf seltsam zur Seite geneigt war. Und dann sah sie Blut und dachte nur noch: Jetzt ist es vorbei. Der Spinnenmann hatte gewonnen, er hatte sein Ziel erreicht. Er kannte sie wirklich gut und wusste daher, dass er sie nur dann zerstören konnte, wenn er diejenigen zerstörte, die ihr am meisten bedeuteten.

Ronald Holts Haut war aschfahl. Jemand hatte ihm den Hals durchgeschnitten. Blut tropfte aus seiner Wunde auf die Zeitung. Lizzy öffnete die Tür auf der Beifahrerseite, beugte sich zu dem FBI-Mann, fasste ihm mit Daumen und Zeigefinger ans Handgelenk und fühlte seinen Puls. Nichts. Er war tot. Sie schlug die Tür zu und eilte auf das Haus zu. Während sie über die Straße lief, zog sie das Handy aus der Tasche. Sie zitterte am ganzen Körper. Bevor sie Jareds Nummer wählen konnte, klingelte es.

»Lizzy …«

»Brittany! Gott sei Dank! Wir haben dich überall gesucht.« Sie fasste sich an die Brust. »Wo bist du?«

»Lizzy, ich hab Angst.«

Die Haustür stand weit offen und Lizzy konnte sehen, wie ihre Schwester wie verrückt herumrannte.

Brittanys Stimme klang zaghaft und ängstlich. Lizzy ging auf dem Gehsteig in die Knie. »Er hat dich?«

»Bitte hilf mir, Lizzy.«

»Ist er gerade bei dir?«

»Ja.«

Sie musste schnell überlegen. »Wo bist du?«

»Ich bin …«

Brittany wurde unterbrochen. Da war noch jemand am anderen Ende der Leitung, jemand, der jedes Wort hören konnte. »Brittany«, sagte sie.

»Ja«, antwortete eine zaghafte Stimme.

Lizzy sprach schnell. »Rede mit ihm, Brittany. Du musst unbedingt mit ihm reden und ihn ablenken. Sag einfach irgendwas zu ihm. Hör nicht auf zu reden, bis ich …«

Klick. In der Leitung war es still. Nein!

Cathy stand jetzt neben ihr. Sie hatte die Augen weit aufgerissen und war kreidebleich. Sie streckte die Hand nach Lizzys Mobiltelefon aus. »Ist das Brittany? Kannst du sie mir mal geben?«

Lizzy ließ das Handy auf den Rasen fallen. »Er hat sie. Oh Gott, Cathy, er hat unsere Brittany.«

Kapitel 35

Die Polizei hatte den Tatort mit Absperrband abgeriegelt. Mitarbeiter von einem halben Dutzend Polizeibehörden suchten die Umgebung des Hauses von Cathy und Richard Warner ab. Ronald Holts Wagen wurde auf Fingerabdrücke untersucht. Den toten FBI-Agenten hatte man in einen Leichensack gesteckt und zu einer Analyse ins Kriminallabor geschickt.

Jimmy Martin war im Haus und stellte Cathy eine Reihe von Fragen zu Brittany, ihren Freunden und ihren Hobbys. Das Zimmer des Mädchens wurde nach Hinweisen abgesucht. Es dauerte nicht lange, bis sich herausstellte, dass Brittany viel Zeit im Internet verbracht hatte.

»Ich habe keine Ahnung, wer i2Hotti sein könnte«, sagte Cathy. Augen und Nase waren vom Weinen gerötet. Sie saß auf der Couch und zappelte unruhig hin und her, als plötzlich Richard zur Tür hereinstürzte und eine Erklärung verlangte.

Er trat auf Lizzy zu und hielt ihr den Zeigefinger ins Gesicht. »Was zum Teufel hast du mit meiner Tochter gemacht?«

»Beruhigen Sie sich«, warnte Jared.

»Wer sind Sie?«

Jared zückte seine Dienstmarke.

»Der Spinnenmann hat Brittany in seiner Gewalt«, ließ Cathy sich vom anderen Ende des Zimmers vernehmen.

Richard hob eine Faust, als wolle er auf Lizzy einschlagen. Jared packte ihn am Handgelenk und drehte ihm den Arm auf den Rücken. »Wollen Sie sich endlich beruhigen oder muss ich Ihnen Handschellen anlegen?«

»Tut mir leid«, sagte er.

Einen Augenblick später ließ Jared ihn los. Richard gab sich geschlagen und ging hinüber zur Couch, wo er sich neben Cathy setzte. »Kann mir bitte jemand sagen, was hier los ist?«

Dienstag, 23. Februar 2010, 1:15 Uhr

Brittany öffnete die Augen. Nichts in dem Zimmer kam ihr bekannt vor, alles wirkte verschwommen. Sie blinzelte und hoffte, dass das benommene Gefühl und die Übelkeit bald vorbeigingen.

»Bist du wach?«

Brittanys Puls beschleunigte sich, als sie herauszufinden versuchte, woher die Stimme kam.

»Ich bin hier unten.«

Brittany war immer noch verwirrt und desorientiert. Es dauerte einen Augenblick, bis sie sich bruchstückhaft an die Ereignisse des Tages erinnern konnte. Heute Morgen hatte sie ihre Mutter um eine Benachrichtigung für die Schule gebeten, dass sie wegen ihres Termins beim Zahnarzt zehn Minuten früher gehen musste. Dann hatte sie die angegebene Zeit nachträglich geändert und die Schule eine ganze Stunde früher verlassen, damit ihr genügend Zeit für ihr Treffen mit i2Hotti blieb. Sie hatte vorgehabt, ihrer Mutter eine Nachricht auf die Mailbox zu sprechen, ihr zu erzählen, dass mit der Spange alles in Ordnung war und dass sie den Termin absagen konnten. Niemand würde etwas merken.

Aber nichts war nach Plan gelaufen.

Brittany hatte zu ihrer Überraschung feststellen müssen, dass anstatt ihres Traumjungen Dr. McMullen am Straßenrand hielt. Er ließ das Fenster herunter und sagte ihr, sie solle einsteigen. Als sie zögerte, sagte er, ihre Mutter hätte in der Praxis angerufen und ihm gesagt, sie würde sich verspäten. Daraufhin hatte ihr Dr. McMullen angeboten, er könne selbst Brittany abholen. Das hatte eigentlich keinen Sinn ergeben. Wenn ihre Mutter ihn wirklich angerufen hatte, warum war er dann so früh dran? Und woher wusste ihre Mutter, dass Brittany an dieser Stelle auf einen Jungen wartete? So schnell ließen sich diese Fragen nicht beantworten, irgendeine Erklärung würde es schon geben. Trotzdem hatte sie zunächst gezögert, bei ihm einzusteigen. Schließlich war er ja ein Fremder. Aber wenn sie nicht mit ihm mitkam, würde Mom wütend werden und ihr womöglich für den Rest ihres Lebens Hausarrest geben. Außerdem würde sie ihr den Computer wegnehmen und dann hätte sie nie eine Gelegenheit, sich mit i2Hotti zu treffen.

Dr. McMullen bemerkte ihr Zögern und schlug vor, sie solle ihre Mutter anrufen, was sie dann auch tat. Aber niemand meldete sich. Als Nächstes rief sie ihren Vater an. Wieder Fehlanzeige. Schließlich stieg Brittany in den Geländewagen und schnallte sich an.

Abgesehen davon, er war ja eigentlich kein Fremder. Und ihre Mutter mochte ihn. Sehr sogar.

Anfangs hatte sie sich keine Sorgen gemacht … jedenfalls nicht bis zu dem Augenblick, als Dr. McMullen an der Straße vorbeifuhr, in die sie hätten abbiegen müssen, um zu seiner Praxis zu gelangen. Spätestens da wurde ihr klar, dass etwas nicht stimmte. Das Letzte, woran sie sich noch erinnerte, war, dass Dr. McMullen anhielt und sie das weiße Tuch in seiner Hand sah, kurz bevor er es ihr auf Mund und Nase drückte und dort festhielt.

»Kannst du mich hören?«

Brittany hob den Kopf. Sie musste wohl wieder eingenickt sein. »Ja«, sagte sie. »Aber ich sehe nicht besonders gut. Alles ist verschwommen.« Brittany versuchte, die Arme zu bewegen, aber ihre Handgelenke steckten in eisernen Schellen, die mit Ketten an der Wand befestigt waren. Sie versuchte, sich loszureißen, aber das erwies sich als nutzlos. Plötzlich sah sie, wie sich vor ihr auf dem Boden etwas bewegte. »Bist du das?«

»Sei leise. Der Kerl, der dich entführt hat, ist ein Irrer. Ich glaube, ich habe vorhin gehört, dass die Eingangstür aufging, aber ich bin mir nicht sicher. Wenn er spitzkriegt, dass du aufgewacht bist, kommt er womöglich, um nachzusehen.«

»Blutest du?«, fragte Brittany das Mädchen.

»Ist der Papst katholisch?«

»Oh.«

»Ja, ich blute. Wenn er wiederkommt«, flüsterte sie, »mach die Augen zu und lass den Kopf nach vorne hängen, damit er denkt, dass du noch immer bewusstlos bist.«

»Wieso? Was macht er sonst mit mir?«

»Wer weiß? Der Dreckskerl ist krank, so viel steht fest. Du hast doch nicht etwa Angst vor Spinnen, oder?«

»Ein bisschen.«

»Das ist scheiße. Ich teile anderen Leuten nur ungern schlechte Nachrichten mit, aber wenn du Angst zeigst, dann stachelt ihn das erst richtig an. Er geilt sich daran auf, wenn jemand Angst hat.«

Brittany versuchte erneut, die Arme freizubekommen, aber es hatte keinen Zweck. Die Handschellen waren auf beiden Seiten mit dicken Ketten in der Wand befestigt. Als sie wieder besser sehen konnte, bemerkte sie, dass sich eine der Halterungen gelockert hatte. Sie zerrte fester an der Kette. Putz bröckelte von der Wand auf den Boden.

»Was machst du da?«, fragte das Mädchen.

»Ich versuche, hier wegzukommen.« Brittany erschrak, als sie das Mädchen sah. Sie war nackt. Arme und Beine waren mit Seilen an Metallösen gefesselt, die im Boden steckten. Die Beine waren gespreizt, die Arme in der Form eines Y über den Kopf gestreckt. Überall war Blut.

Brittany schloss fest die Augen und konnte nur mit Mühe den aufkeimenden Brechreiz unterdrücken. Der Bauch sowie die Arme und Beine des Mädchens waren mit rötlichen Flecken übersät. Brittany liefen Tränen übers Gesicht.

Was hatte der Kerl nur mit dem Mädchen angestellt? War das Dr. McMullen gewesen? Oder sonst jemand? Ihr Blick fiel auf die Hand des Mädchens. »Hat er dir den Finger abgeschnitten?«

»Ja. Meine Tätowierung hat ihm nicht gefallen.« Hayley deutete mit einer Geste auf die Stelle an der Wand, wo der Putz abgebröckelt war. »Ist diese Halterung locker?«

Brittany rüttelte noch einmal mit ihrem Arm an der Kette. Wieder bröckelte Putz ab.

»Meinst du, du kannst dich von der Wand losreißen?«

»Weiß ich nicht«, sagte Brittany. »Vielleicht. Ich hab aber Angst, dass ich zu laut bin, wenn ich zu fest daran zerre.« Sie hatte keine Lust, den Mann zu sehen, der diese schlimmen Dinge angestellt hatte. *Wie konnte ich nur so dumm sein, in sein Auto zu steigen?*

»Mach einfach weiter, solange du kannst«, sagte das Mädchen. »Was ist mit deinem anderen Arm?«

Brittany versuchte, ihn zu bewegen. Es war zwecklos. Nichts geschah.

»Vielleicht reicht es, wenn du einen Arm freibekommst. Du kannst ihn dann mit der Kette erwürgen.«

»Ich glaub nicht, dass ich stark genug dafür bin.«

»Du hast gar keine Ahnung, was du kannst, wenn du nur willst. Der Dreckskerl ist völlig durchgeknallt und bringt uns um, wenn du es nicht tust. Denk daran. Außerdem ist er verletzt. Du kannst es, da bin ich mir sicher.«

Dienstag, 23. Februar 2010, 1:31 Uhr

Jared ging beim ersten Klingeln ans Telefon.

Am anderen Ende meldete sich eine Frau. Sie stellte sich als Karen vor, die Frau, die dem FBI bereits am Telefon den Hinweis gegeben hatte, dass ihr Bruder unter Umständen der Mörder war.

»Spreche ich mit Jared Shayne?«

»Am Apparat.«

»Ich würde mich gerne an folgender Adresse mit Ihnen treffen: 5416 Wise Road in Auburn. Fahren Sie auf der Interstate 80 bis zur Ausfahrt Ophir und biegen Sie links auf die Wise Road ab.«

Jared unterdrückte mühsam seine Ungeduld. »Zwei Mädchen werden vermisst. Wir brauchen einen Namen, Karen.«

»Kommen Sie bitte schnell.«

Sie legte auf und Jared blieb nichts anderes übrig, als der Sache nachzugehen. Er hatte heute Nacht nicht schlafen können und war ziellos durch die Gegend gefahren. Sein Auto war einer der Orte, wo er oft nachdachte. Er hielt am Straßenrand und kramte im Handschuhfach nach seinem tragbaren Navi. Fotos rutschten aus einem Umschlag und landeten auf dem Beifahrersitz. Es waren Bilder, die ihm seine Schwester vor ein paar Monaten gegeben hatte. Er warf einen Blick auf einige davon. Sie waren bei einem Familientreffen vor einigen Jahren aufgenommen worden. Dann holte er das Navi hervor, gab die Adresse ein, die Karen ihm genannt hatte, und machte sich auf den Weg nach Auburn. Die Nacht war kalt und auf den Straßen war kaum jemand unterwegs. Er nahm das oberste Foto und sah es sich näher an, bevor er seinen Blick wieder auf die Fahrbahn richtete. Es zeigte Jared mit seiner Schwester und dahinter ihre Eltern. Jeder blickte glücklich und zufrieden drein, nur seine Mutter nicht.

Das Handy klingelte wieder. Dieses Mal war es Jessica, Lizzys Mitarbeiterin. Obwohl es zwei Uhr morgens war, wollte auf einmal jeder mit ihm reden. »Was gibt's?«

»Wissen Sie, wo Lizzy ist? Ich versuche schon die ganze Zeit, sie zu erreichen.«

»Sie ist bei ihrer Schwester. Es ist aber noch ein wenig zu früh, um dort anzurufen, oder schon zu spät … wie man's nimmt. Wo sind Sie?«

»Ich bin noch im Krankenhaus. Die Ärzte wollen mich noch nicht entlassen. Ich wollte mit Lizzy reden, aber sie geht nicht ans Telefon. Das ist komisch, finden Sie nicht?«

»Jessica.«

»Ja?«

»Gehen Sie schlafen. Ich treffe mich in ein paar Stunden mit Lizzy. Ich werde ihr sagen, sie soll Sie anrufen.«

Jessica antwortete nicht, aber er konnte immer noch ihren Atem hören. »Jessica, bitte bleiben Sie, wo Sie sind. Ich kann nicht noch mehr Vermisste gebrauchen, ist das klar?«

»Okay«, sagte sie schließlich. »Aber rufen Sie mich bitte sofort an, wenn Sie etwas hören.«

Fünfzehn Minuten später bog Jared in die Einfahrt des Hauses, dessen Adresse Karen ihm genannt hatte. Es war eine bessere Wohngegend. Die Häuser waren farblich aufeinander abgestimmt und hatten mit Steinplatten ausgelegte Gehwege und künstlich angelegte Teiche. Er trat hinaus in die kalte Nachtluft. Im Mondschein konnte man ungelesene Zeitungen sehen, die um die Mülltonnen herumlagen. Der Rasen war grün und gepflegt. Die Haustür stand offen und im Türrahmen sah Jared eine Frau, die sich ein Tuch vor die Nase hielt.

»Ich bin Karen«, sagte sie, ließ das Tuch sinken und gab ihm die Hand. »Danke, dass Sie gekommen sind.«

Er schüttelte ihr die Hand und folgte ihr ins Haus. Jetzt verstand er, warum sie sich das Tuch vors Gesicht gehalten hatte. Der Gestank verschlug einem den Atem.

»Ist das Ihr Haus?«

Sie schüttelte den Kopf. »Soviel ich weiß, hat mein Bruder hier gewohnt.«

»Sie sind sich also nicht sicher?«

»Das letzte Mal hab ich ihn gesehen, als ich von daheim auszog und aufs College ging. Das ist jetzt mehr als zwanzig Jahre her.«

»Eine lange Zeit.«

»Ja.«

»Wo ist Ihr Bruder jetzt?«

»Das weiß ich nicht. Ich lebe mit meinem Mann und den Kindern in Italien. Ich bin in die Staaten gekommen, um ihn zu finden.«

»Warum?«

Sie senkte den Blick. »Ich wollte mich bei ihm für etwas entschuldigen, das vor sehr langer Zeit passiert ist … als Sam zehn Jahre alt war.«

»Heißt Ihr Bruder so? Sam?«

Sie nickte. »Samuel Jones. Seine Frau heißt Cynthia.«

In der Ferne hörte Jared Polizeisirenen.

»Nachdem ich Sie angerufen hatte, habe ich die Polizei verständigt.«

»Haben Sie was dagegen, wenn ich mich ein wenig umsehe?«

»Kommen Sie«, sagte sie und machte eine leichte Bewegung aus dem Handgelenk heraus. »Ich war vor ein paar Tagen schon mal hier. Ich hab mich umgesehen, aber nichts gefunden. Zuerst hab ich gedacht, der Gestank stamme von einer toten Ratte – bis ich dann die Zeichnung von dem Mörder auf der Titelseite der Lokalzeitung gesehen habe.«

»Und was dann?«

»Ich habe den Mann auf dem Bild erkannt. In dem Moment wusste ich, dass mein Bruder der Mörder ist und dass der Gestank in dem Haus nichts mit einer toten Ratte zu tun hatte.«

»Woher kommt der Geruch dann, Karen?«

»Von Cynthia. Ich vermute, er hat seine Frau umgebracht. Aber ich weiß nicht, wo er die Leiche vergraben hat.«

Sie folgte ihm von einem Zimmer ins andere, während er unter den Betten und in den Schränken nachsah. Am Ende des Flurs roch es am schlimmsten. Jared blickte zur Decke empor und erkannte die Umrisse einer Falltür, die zum Dachboden führte. Jetzt wusste er, wo Cynthias Leiche versteckt worden war.

Dienstag, 23. Februar 2010, 2:14 Uhr

»Lizzy! Mach sofort auf!«

Das war's. Jetzt oder nie.

Lizzys Herz schlug wie wild in ihrer Brust. Die Zeit war abgelaufen. Wenn sie entkommen wollte, hieß es jetzt oder nie.

Von dem Rand der Badewanne aus machte sie einen Satz nach oben und hielt sich am Fenstersims fest. Der Sprung war nicht einfach gewesen. Sie war klein, dünn und schwach, aber sie hatte es geschafft. Die Muskeln in ihren Armen brannten vor Anstrengung und ihre Beine pochten, als sie sich bei dem Versuch, ihren Körper durch das winzige Fenster zu zwängen, mit den Füßen gegen die Kacheln stemmte und immer wieder abrutschte.

Jemand rüttelte an der Tür. Nein. Noch hatte sie es nicht geschafft. Er würde jeden Augenblick hereinkommen.

Das Herz hämmerte in ihrer Brust. Sie würde es niemals schaffen. Er schlug immer lauter und fester gegen die Tür. Sie hatte es fast geschafft, war schon zur Hälfte durch das Fenster gekrochen. Aber was klingelte da auf einmal?

Lizzy wurde ruckartig wach. Es dauerte einen Moment, bis sie ihr Handy unter der Bettdecke fand. Sie klappte es auf. Sie war in Brittanys Bett eingeschlafen. Als sie das Handy ans Ohr hielt, war ihr Gehirn von dem Traum noch ganz benebelt.

»Wir haben sein Haus gefunden, Lizzy. Das Haus von Samuel Jones.«

»Gott sei Dank.«

»Er war offenbar verheiratet. Er hat seine Frau mit einem Stich ins Herz getötet und ihre Leiche auf dem Dachboden verwesen lassen. Ich bin gerade dort.«

»Was ist mit Hayley und Brittany? Sind sie bei dir?«

»Tut mir leid, Lizzy, ich bin allein. Bis jetzt wissen wir noch nicht, wo Samuel Jones arbeitet oder sich sonst aufhält. Ich arbeite noch daran«, sagte Jared. »Ich muss jetzt Schluss machen. Ich melde mich wieder, wenn ich hier fertig bin.«

Lizzy beendete das Gespräch. Sie musste etwas unternehmen. Sie war in ihren Kleidern eingeschlafen. Als sie gerade ihre Jacke von dem Stuhl vor Brittanys Schreibtisch nahm, summte ihr Handy. Das bedeutete, dass eine SMS eingegangen war. »Ich erwarte dich in zehn Minuten Granite Ecke Third Street. Kein Auto. Niemand darf wissen, dass du das Haus verlassen hast. Komm allein oder deine Nichte stirbt.«

Der Spinnenmann hatte ihr eine SMS geschickt.

Wie weit lag die Third Street vom Haus ihrer Schwester entfernt? Lizzy trat ans Fenster. Draußen parkten zwei Zivilfahrzeuge des FBI. Sie nahm einen Zettel und einen Stift und schrieb schnell eine Nachricht. Die Zeit lief ihr davon. Leise ging sie die Treppen hinunter. Jemand war in der Küche. In weniger als zwei Minuten war sie durch den Hintereingang ins Freie verschwunden. Sie hatte noch acht Minuten.

Kapitel 36

Dienstag, 23. Februar 2010, 2:27 Uhr

Lizzy stand an der Ecke Granite Avenue und Third Street und stützte sich mit den Händen auf den Knien ab, um einen Augenblick zu verschnaufen. Im Nebel sah sie Scheinwerfer auf sich zukommen. Die Farbe oder den Typ des Wagens konnte sie nicht erkennen. Sie wusste, dass er es war. Er blieb vor ihr stehen. Ohne zu zögern, öffnete sie die Tür und stieg ein. Sie würde alles tun, um ihre Nichte zu retten, und er wusste das.

»Lange nicht mehr gesehen, Lizzy.«

»Nicht lange genug.« Sie drehte sich um und blickte auf den Rücksitz. Dort war niemand. »Wo ist Brittany?«

»Hab ein bisschen Geduld, meine Liebe. Wir fahren erst ein bisschen spazieren … damit ich sicher bin, dass uns niemand folgt.«

»Niemand hat gesehen, wie ich mich aus dem Haus geschlichen habe.«

»Lass das mal meine Sorge sein.« Er behielt mit seinem Geländewagen eine Geschwindigkeit von fünfundfünfzig Stundenkilometern bei.

Lizzy zog ihre Pistole, entsicherte sie und legte den Finger an den Abzug. Dann hielt sie ihm den Lauf an den Kopf.

Er lächelte. »Gib mir die Waffe, Lizzy, oder du wirst Brittany nie wiedersehen.«

»Sie bringen mich jetzt sofort zu ihr, und dann werde ich …«

Er riss das Lenkrad ruckartig nach rechts herum, worauf Lizzy an seine Seite geschleudert wurde. Dann trat er auf die Bremse und nahm ihr mit einer schnellen und geschmeidigen Bewegung die Pistole aus der Hand.

Wie zum Teufel konnte das geschehen? Er sah sie an wie ein Vater sein ungehorsames Kind und sagte: »Schnall dich an, Lizzy.«

»Wenn Sie ihr auch nur ein Haar gekrümmt haben, bring ich Sie um.«

Er lächelte. Abgesehen von jenem kurzen Augenblick vor vierzehn Jahren, sah Lizzy ihn heute Nacht das erste Mal ohne jegliche Verkleidung. Kein falscher Bart, keine Perücke, keine Maske. »Sam Jones«, sagte sie und hasste sich dafür, dass sie so unbeschreiblich dumm gewesen war. Sie hatte die Gelegenheit verspielt, die Lage unter Kontrolle zu bringen. Sie hätte ihn erschießen sollen, als er die Wagentür öffnete, aber was dann? Ihrem Ziel, Brittany zu finden, wäre sie damit kein bisschen näher gekommen. Das FBI wusste jetzt, wie er hieß, aber niemand hatte auch nur die leiseste Ahnung, wo er die Mädchen versteckt hielt.

Er lachte sie aus, als bedeutete ihm der Name Sam Jones nichts, ja, gerade so, als verachte er ihn.

»Die Eltern von Shannon Winters hatten recht. Sie haben ihre Tochter getötet, stimmt's?«

»Hab ich nicht. Die dumme Kuh ist an ihrem Lieblings-Schokoriegel erstickt. Dafür kann ich doch nichts.«

»Aber Sie haben zugesehen, wie sie gestorben ist. Wie konnten Sie einfach nur rumstehen und zusehen, wie das Mädchen, das Sie geliebt haben, sterben musste?«

»Ich habe sie nicht geliebt.«

»Natürlich haben Sie das.«

Er erstarrte.

»Sie waren abgöttisch in sie verliebt, aber aus irgendeinem Grund haben Sie dagestanden und ihr beim Sterben zugesehen, obwohl Sie ihr hätten helfen können. Was genau ist damals passiert?«

»Als Shannon starb«, sagte er, »als ihr Gesicht rotblau anlief, habe ich einzig und allein das Gesicht von Trish gesehen.« Er seufzte. »Nein, das stimmt nicht ganz. Ich hab auch Julia, Lisa und Karen gesehen.«

»Freundinnen?«

»Meine Schwester und ihre Freundinnen«, sagte er ohne jegliche Gefühlsregung.

»Warum haben Sie sie so sehr gehasst?«

»Sagen wir mal, sie haben es verdient, zu sterben. Es musste so kommen.«

»Haben Sie sie alle umgebracht?«

»Nicht alle. Und nicht meine Schwester. Sie war zu weit weg, also habe ich ihr Zeitungsausschnitte geschickt, damit sie erfuhr, dass ihre Freundinnen gestorben sind wie die Fliegen.«

»Niemand hat es verdient, zu sterben.«

»Glaub mir, Lizzy. Jedes dieser Mädchen hat seine gerechte Strafe bekommen.« Einen Augenblick war es still, dann schüttelte er den Kopf, als wolle er Erinnerungen abschütteln. »So etwas macht man nicht mit einem zehnjährigen Jungen.«

»Was haben sie mit Ihnen gemacht, Sam?«

»Darüber will ich nicht reden.«

»Was an den Augen der Mädchen war es, das Sie dazu gebracht hat, diese Dinge zu tun?«

»Sagen wir mal, dass mir die Art und Weise nicht gefiel, wie sie mich ansahen. Ich habe Respekt verdient. Ich verlange ausdrücklich Respekt.«

Wenige Minuten später verließ er den Freeway.

Sie erkannte die Gegend. Sie waren nicht weit vom Haus der Walkers entfernt, dem Haus, von dem sie glaubte, dass sich dort die schrecklichen Ereignisse abgespielt hatten. »Es hilft, wenn man über solche Dinge redet.«

Er lächelte und drückte auf die Fernbedienung, die neben ihm lag. Es war, als wüsste er, dass sie versuchte, ihn abzulenken, indem sie ihn in ein Gespräch verwickelte. Sie waren nicht weit gefahren, als er den Wagen in eine Garage lenkte. Lizzy streckte die Hand nach dem Türgriff aus und rüttelte daran, bis sie begriff, dass er das Schloss von innen verriegelt hatte. Hinter ihnen schloss sich die Garagentür. Er stellte den Motor ab. Bevor sie darüber nachdenken konnte, was sie als Nächstes tun würde, stieß er ihr auch schon eine Nadel in den Arm.

Dienstag, 23. Februar 2010, 4:16 Uhr

Gleich nachdem Cathy Warner Jared angerufen und ihn über Lizzys Verschwinden benachrichtigt hatte, verließ dieser den Tatort in Auburn. Samuel Jones war der Mann, den sie suchten, und dennoch hatte es den Anschein, als existiere er nicht. Die Angaben auf seinem Führerschein wurden mit sämtlichen Datenbanken abgeglichen, aber sein Name tauchte in keinem kriminellen Zusammenhang auf. Karen Crowley behauptete steif und fest, ihr Bruder sei Arzt, aber die staatliche Behörde, die für die Zulassung von Ärzten zuständig war, hatte keinerlei Informationen unter seinem Namen. Das konnte nur bedeuten, dass er eine andere Identität benutzte.

Karen Crowley hatte keine Ahnung, wo ihr Bruder sein könnte. Sie war in die Staaten gereist, weil sie Scham und Schuldgefühle empfand und Wiedergutmachung leisten wollte. Vor mehreren Jahrzehnten hatten ihre Eltern sie mit der Aufgabe betraut, sich um ihren jüngeren Bruder Sam zu kümmern. Während die Eltern verreist waren, war etwas Entsetzliches passiert, aber mehr wollte Karen dazu nicht sagen. Sie gab an, weitere Aussagen nur im Beisein eines Anwalts machen zu wollen.

Cynthia, die Ehefrau von Sam Jones, war außer Karen die Einzige, die Aufschluss darüber hätte geben können, was Sam während der vergangenen vierzehn Jahre gemacht hatte. Aber sie war ermordet und auf dem Dachboden versteckt worden, wo sie verweste. Die Nachbarn hatten sie unter dem Namen Cindi gekannt, aber niemand hatte mit Samuel Jones mehr als ein paar Worte gewechselt. Anscheinend hatten Cindi und Sam sehr zurückgezogen gelebt.

Als Jared aus der Einfahrt fuhr und den Kopfhörer aktivierte, klingelte sein Handy.

»Ich bin's nochmal … Jessica.«

Jared konzentrierte sich auf den Verkehr. Er wollte so schnell wie möglich zu Lizzys Wohnung, in der Hoffnung, sie dort vorzufinden. Wahrscheinlich hatte sie nicht schlafen können und war in ihr Büro oder ihre Wohnung gefahren, um auf eigene Faust Nachforschungen anzustellen.

»Entschuldigen Sie, dass ich Sie schon wieder belästige«, sagte Jessica, »aber je mehr ich über diese Sache nachdenke, umso wichtiger erscheint es mir, Ihnen zu sagen, warum ich Lizzy überhaupt gesucht habe.«

»Okay, schießen Sie los.«

»Bevor ich Sie vorhin anrief, hat die Mutter von Sophie Madison sich bei mir gemeldet. Ich wollte es Lizzy eigentlich erst heute Morgen sagen, aber ich kann nicht ruhig schlafen, bis ich jemandem erzählt habe, was Mrs. Madison mir gesagt hat.«

»Mrs. Madison hat so früh am Morgen bei Ihnen angerufen?«

»Sie schläft zurzeit nicht besonders viel.«

Verständlich, dachte er.

»Ich hab ihr gesagt, sie könne mich jederzeit anrufen, wenn sie reden will. Sie hält mich bereitwillig über den Fall auf dem Laufenden, also versuche ich ebenfalls, für sie da zu sein.«

»Sagen Sie mir endlich, worauf Sie hinauswollen, Jessica.«

»Erinnern Sie sich, wie ich Ihnen neulich gesagt habe, dass Sophie Madison keine Spange getragen hat, als man ihre Leiche fand?«

»Ja, ich erinnere mich.«

»Na ja, als ich mich mit Sophies Mutter unterhielt, habe ich beiläufig erwähnt, dass viele von diesen vermissten Mädchen Zahnspangen trugen. Und dann hat sie mir erzählt, dass Sophie ihre Spange erst zwei Wochen, bevor sie entführt wurde, bekommen hat. Ich habe Mrs. Madison nichts davon gesagt, dass Sophie keine Spange trug, weil ich nicht wollte, dass sie sich unnötig aufregt, aber ich dachte mir, Sie sollten es wissen.«

Er biss die Zähne zusammen. »Haben Sie sie gefragt, zu welchem Zahnarzt Sophie ging?«

»Das war nicht nötig. Sie hat es mir von sich aus erzählt.«

»Wer ist es, Jessica?«

»Ich dachte, ich hätte es Ihnen schon gesagt. Sophies Zahnarzt heißt Dr. McMullen. Es ist derselbe, zu dem auch Brittany Warner geht.«

Dienstag, 23. Februar 2010, 4:21 Uhr

Als die Tür knarrend aufging, gab Hayley Brittany mit einem Kopfschütteln zu verstehen, sie solle so tun, als schliefe sie.

Brittany presste die Augenlider zusammen und ließ den Kopf hängen, bis ihr Kinn auf ihrer Brust ruhte.

Der Spinnenmann steckte den Kopf zur Tür herein und richtete seinen Blick auf Brittany. Als er den Raum betrat, wurde Hayley bewusst, dass sie den Atem anhielt. Sie betete inständig, dass Brittany nicht zuckte oder sich sonst irgendwie verriet. Die eiserne Manschette um Brittanys linkes Handgelenk hing immer noch mit der Kette an der Wand, aber die Halterung löste sich. Sie brauchten nur ein bisschen mehr Zeit.

Sein Blick wanderte zu Hayley. »Du lebst noch«, sagte er.

»Darauf wäre ich jetzt ohne Sie nicht gekommen, Sherlock.«

»Du kommst dir wohl witzig vor, oder?«

»Sie kennen doch sicher den Spruch: Je mehr man lacht, umso länger lebt man.«

Er sah zu dem Messer hinüber, das auf dem Tisch neben dem Bett lag. Er hatte es absichtlich dort liegen lassen, um sie zu quälen, wohl wissend, dass sie an nichts anderes denken würde als daran, wie sie an das Messer herankommen und ihm die Kehle durchschneiden konnte.

»Sobald unsere neue kleine Freundin aufwacht«, sagte er zu Hayley, »werde ich ihr zeigen, was mit dummen Menschen passiert. Wenn sie erst mal sieht, wie ich dich mit dem Messer zerlege wie einen Truthahn zum Erntedankfest, wird aus ihr das bravste Mädchen der Welt.«

»Vergessen Sie die Preiselbeeren nicht.«

»Du bist ja eine ganz Freche, nicht wahr?«

»Und Sie sind ein Arschloch.«

Er zog die Mundwinkel herunter. Einen Augenblick später durchschritt er mit geballten Fäusten den Raum. Obwohl er hinkte und im Gesicht bleicher war als zuvor, strotzte er noch vor Energie. Mist. Sie war zu weit gegangen. Er nahm das Messer an sich, das er ihr am Vortag abgenommen hatte und drückte auf den Knopf, worauf die Klinge hervorsprang. Als sie die scharfe Schneide sah, wünschte sie sich, sie hätte ausnahmsweise mal den Mund gehalten. Sonst lachte er immer über ihre frechen Bemerkungen, aber heute Nacht wirkte er anders – nervös, wütend, unruhig.

Normalerweise waren seine Bewegungen bedacht und gezielt, aber nicht dieses Mal. Anstatt seine Wut an ihr auszulassen, wie sie erwartet hatte, stellte er sich vor Brittany.

»Was machen Sie da?«, fragte sie, in der Hoffnung, ihn durch Reden zu beruhigen.

Er drückte Brittany die scharfe Klinge an die Wange. Die Spitze bohrte sich in ihre Haut.

Hayley betete inständig, dass Brittany ruhig blieb, doch sie stieß einen Schrei aus. Was sollte sie auch sonst tun? Aus der Wunde tröpfelte Blut.

»Hast wohl gedacht, du könntest mich verarschen, oder?« Er deutete beim Sprechen auf Hayley. »Wenn du leben willst, dann hör nicht auf das Mädchen da.«

Hayley sah, wie Brittanys Lippen bebten. Sie wollte ihr sagen, sie solle ruhig bleiben, tief durchatmen und vielleicht bis zehn zählen, ließ es dann aber bleiben. Sie hatte Brittany ja bereits den Rat gegeben, keine Furcht zu zeigen. Furcht törnte ihn an.

Er packte Brittany an den Haaren und schnitt ein Büschel ab. Sie gab sich so große Mühe, tapfer zu sein, dass Hayley sich auf die Zunge beißen musste, um ihn nicht anzuflehen, damit aufzuhören. Wenn sie anfing zu betteln, würde sie alles nur noch schlimmer machen.

Er hielt Brittany das Messer an die Kehle. »Na, was sagst du jetzt, Hayley? Willst du ihr heute beim Sterben zusehen oder soll ich dir lieber noch einen Finger abschneiden?«

»Ich glaube, Sie sollten sich ins Knie ficken.«

Er fuhr mit der Klinge langsam Brittanys Hals entlang und dann zu ihrer Brust hinunter. Er fügte ihr keine Schnittwunden zu, sondern wollte lediglich beiden Mädchen Angst einjagen. Brittany liefen Tränen über das Gesicht.

»Schau dir nur ihre Porzellanhaut an, Hayley.« Er ließ die Klinge über Brittanys Nase und Kinn gleiten. Jedes Mal, wenn sie stöhnte und wimmerte, leuchteten seine Augen vor Erregung. »Sie hat bisher ein gutes Leben gehabt«, sagte er. »Sie weiß nicht, wie es ist, wenn man hungrig ins Bett geht. Ich wette, sie wurde noch nie vom Freund ihrer Mutter gefickt. Stört dich das nicht, Hayley?«

Hayley biss die Zähne zusammen und blieb still.

Er strich Brittany mit der Messerspitze über die Wange. »Deine Mutter war ganz scharf auf mich, stimmt's? Du hast doch selbst gesehen, wie sie mich angestarrt hat, als sie dich in meine Praxis gebracht hat.«

Brittany spuckte ihm ins Gesicht.

Er drehte sich zur Seite und wischte mit dem Ärmel darüber.

Hayley lachte, nicht, weil sie es lustig fand, sondern weil sie ihn ablenken wollte.

Er schrie sie mit wutverzerrtem Gesicht an: »Lach nicht so blöd!«

Aber Hayley hörte nicht auf, sondern lachte noch lauter, bis er schließlich von Brittany abließ und sich neben Hayley stellte. Er nahm ihre linke Hand und hielt das Messer an ihren Mittelfinger. »Ich glaube, ich sollte als Nächstes diesen Finger abschneiden. Was meinst du dazu?«

Brittany stieß einen Schrei aus.

Obwohl er in hohem Tempo durch die Stadt raste, kamen Jared die Minuten wie Stunden vor. Er hatte bereits Dr. Samuel McMullen zur Fahndung ausschreiben lassen. Leider gab es nur eine Adresse, die mit dem Mann in Verbindung gebracht werden konnte, und zwar das Haus in Auburn, wo er Cindi tot zurückgelassen hatte. Er war Zahnarzt. Lizzy hatte erwähnt, Bohrgeräusche gehört zu haben, und obwohl viele seiner Opfer Zahnspangen trugen, hatte man bei den Leichen keine gefunden. Hatte der Mörder einen Zahnarztbohrer benutzt, um Beweise zu vernichten, die die Ermittler auf Dr. McMullens Fährte führen könnten?

Jared parkte vor Lizzys Wohnung, stieg aus und rannte die Treppen hinauf. Niemand war da und es brannte kein Licht. Bei dem Gedanken, dass Lizzy sich womöglich in der Gewalt des Spinnenmanns befand, krampften sich alle seine Muskeln zusammen. Er lief im Wohnzimmer und in der Küche umher und suchte nach Hinweisen, einer Nachricht, was auch immer. Dann ging er ins Schlafzimmer und nahm das struppige, einäugige Stofftier von ihrem Bett. Er konnte den Gedanken nicht ertragen, Lizzy zu verlieren. Nicht schon wieder. Nie wieder.

Sein Handy klingelte, was ihn nicht verwunderte. Es war seine Mutter. Sie hatte wohl die Nachrichten gesehen. Oder vielleicht rief sie ihn endlich zurück, nachdem er es bereits x-mal bei ihr probiert hatte. So war seine Mutter. Er konnte sich nicht erinnern, dass sie jemals für ihn da war, wenn er sie brauchte. Kein einziges Mal. Aber das spielte im Augenblick keine Rolle. Das Einzige, was für ihn jetzt zählte, war, Lizzy zu finden.

Es war fast fünf Uhr morgens, als er am Haus von Cathy und Richard Warner ankam. Nachdem Lizzy vor ihrer Nase verschwunden war, herrschte dort eine hektische Betriebsamkeit. Richard saß auf der Couch und hielt eine Tasse Kaffee mit beiden Händen umklammert. Cathy hatte Jared die Tür geöffnet und ihn dann in das Zimmer ihrer Tochter gezerrt, wo Lizzy die Nacht verbracht hatte. Sie zeigte Jared einen Zettel, den Lizzy auf dem Bett hinterlassen hatte, halb unter dem Kopfkissen versteckt.

Er hat gesagt, er würde Brittany freilassen, wenn ich mit ihm komme. Ich lasse es nicht zu, dass er Brittany in seiner Gewalt hat.

Jared schloss daraus, dass der Spinnenmann Lizzy angerufen und ihr einen Tausch vorgeschlagen hatte: Lizzy gegen Brittany. Natürlich war Lizzy darauf eingegangen. Ihre Denkweise ließ ihr keine andere Wahl. Aber da weder Lizzy noch Brittany wieder nach Hause gekommen waren, hatte der Spinnenmann Lizzy offenbar hereingelegt. Hatte sie tatsächlich geglaubt, er würde sein Wort halten?

Jared hielt es nicht länger aus, untätig herumzustehen und in Cathys flehende Augen zu blicken. Er versprach ihr, alles zu tun, was in seiner Macht stand, um die beiden zu finden. Dann verließ er das Haus.

Bevor er überhaupt wusste, wohin er wollte, raste er bereits den Freeway entlang. Als der Tacho hundertdreißig Stundenkilometer anzeigte, überlegte er, ob er die LED-Frontwarnleuchte einschalten sollte, entschied sich dann aber dagegen, um nicht unnötig aufzufallen. Nach weniger als sechs Minuten verließ er den Freeway wieder und überquerte den Sacramento River. Er musste sich von seinen Instinkten leiten lassen – ihm blieb gar nichts anderes übrig. Die Schwester des Spinnenmanns hatte keine Ahnung, wo sich ihr Bruder aufhalten könnte. Was hatten sie und ihre Freundinnen ihm damals nur angetan, als er noch ein kleiner Junge war?

Er hielt mit seinem Wagen vor dem Haus der Walkers, wo vorige Woche die Ausgrabungsarbeiten stattgefunden hatten. Es war noch früh am Morgen und kalt. Selbst die Heuschrecken ließen sich heute Nacht nicht blicken.

Er verließ den Wagen, blieb vor dem Haus stehen und sah sich um. Er stand auf demselben Bordstein, wo er zusammen mit Lizzy gewartet hatte, bis Verstärkung eintraf. Lizzy hatte immer wieder betont, sie sei sich absolut sicher, dass der Spinnenmann sie an jenem Tag beobachtet hatte. Jared warf einen Blick auf die andere

Straßenseite, wo die ältere Dame aus dem Küchenfenster zu ihnen herübergeschaut hatte.

Die Gegend sah aus wie jedes andere stinknormale Wohnviertel: Ein Einfamilienhaus nach dem anderen, die meisten von ihnen in den Siebziger- oder Achtzigerjahren erbaut und unterschiedlich gut erhalten. In vielen wohnten Familien mit kleinen Kindern.

Er ließ den Blick von Haus zu Haus wandern. Lizzy hatte ihm erzählt, sie hätte nach ihrer Flucht nach rechts geschaut, um zu sehen, aus welchem Haus sie entkommen war. Aber dann hatte die aufgehende Sonne sie geblendet.

Jared stellte sich mitten auf die Straße, die rechte Körperhälfte nach Osten gewandt. Wenn Lizzy nach rechts geschaut hatte, um das Haus sehen zu können, aus dem sie gerade geflohen war, und dabei von der Sonne geblendet worden war, dann konnte es nicht das Haus der Walkers gewesen sein, denn das befand sich auf der falschen Straßenseite.

Draußen war es immer noch dunkel. Jared lief die Straßenmitte entlang. Irgendwo weiter weg bellte ein Hund. Der Mondschein warf Schatten auf seinen Weg. Auf der anderen Straßenseite standen über ein Dutzend Häuser, darunter sechs oder sieben, von denen aus man das Haus der Walkers gut sehen konnte. Wenn Lizzy recht hatte und sie an jenem Tag wirklich beobachtet worden war, dann war er nahe dran. In der jetzigen Situation war nahe dran allerdings nicht nah genug. Womöglich wusste der Spinnenmann aus den Nachrichten, dass man seine tote Frau gefunden hatte. Die Fahndungsausschreibung lautete auf die Namen Samuel Jones und Dr. McMullen. Ihm blieb nicht mehr viel Zeit. Ihnen allen nicht. Sein Handy summte und er klappte es auf, ohne auf die Rufnummer auf dem Display zu sehen.

»Jared, ich muss mit dir reden.«

Er ging weiter. »Mom, jetzt nicht.«

»Leg nicht auf, Jared.«

Er hielt die Waffe schussbereit.

Außer ihrem Schluchzen hörte er nichts. Er stand kurz davor, das Handy ins Gebüsch zu werfen, biss jedoch die Zähne zusammen. »Was soll ich dir sagen? Die Welt dreht sich nicht nur um dich und deine Probleme.« Jared wusste, dass ihn später womöglich ein schlechtes Gewissen heimsuchen würde, aber im Augenblick war es ihm egal. Er hatte von dem kindischen Benehmen seiner Eltern die Nase voll. Sollten sie doch endlich erwachsen werden und ihr Leben in Ordnung bringen. Er fixierte das Haus vor ihm mit seinem Blick und hoffte, dass es das richtige war. Er musste es riskieren. Ihm blieb nichts anderes übrig, als sich ein Haus nach dem anderen vorzunehmen. Gerade wollte er auflegen, als seine Mutter sagte: »Ich glaube, ich weiß, wo du Dr. McMullen finden kannst.«

»Wieso? Wie?« Was sie sagte, ergab keinen Sinn.

»Er ist der Mann, von dem ich deinem Vater erzählt habe. Er ist mein Liebhaber. Seit ein paar Tagen ruft er mich nicht mehr zurück. Also habe ich neulich vor seiner Praxis gewartet, bis er gegangen ist, und bin ihm dann nachgefahren.«

Kapitel 37

Lizzy öffnete die Augen.

Es war stockfinster und sie konnte die Hand nicht vor Augen sehen. Er hatte sich gut auf diesen Augenblick vorbereitet. Wenn es in diesem Raum Fenster gab, hatte er sie perfekt verdeckt. Sie spürte, wie Angst ihr die Kehle zuschnürte, und konnte kaum atmen. *Nur keine Panik, Lizzy.* Wenn sie Brittany und Hayley helfen wollte, musste sie Ruhe bewahren.

Tod.

Der Raum roch nach Tod. Er hatte ihr die Arme auf den Rücken gefesselt, genau wie damals. Dieser Dreckskerl. Sie zerrte wütend an den Stricken, doch dann dämmerte es ihr. Er glaubte, sie so gut zu kennen, und trotzdem wusste er immer noch nicht, dass sie ihre Schultergelenke genauso problemlos auskugeln konnte, wie andere Leute mit den Knöcheln knackten. Wüsste er das, so hätte er sie nicht auf diese Art und Weise gefesselt. Sie hatte nie dem FBI oder irgendjemand anderem von dieser Fähigkeit erzählt, weil sie sie bei ihrem ersten Fluchtversuch genutzt hatte – und für den interessierte sich später niemand. Wenn ihr dieses Kunststück jetzt wieder gelang, konnte sie ihn überraschen.

Sie lauschte einen Augenblick. Ihr Kopf tat weh – ein stechender Schmerz, der sich wie eine Schockwelle in ihrem Schädel ausbreitete. Was immer der Spinnenmann ihr in den Arm gespritzt haben mochte, es hatte sie innerhalb von Sekunden außer Gefecht gesetzt. Obwohl ihre Augen sich langsam an die Dunkelheit gewöhnten, sah sie alles nur verschwommen. Sie ließ ihren Blick durch das Zimmer wandern und erkannte weiße Wände, einen beigen Teppich und aufeinandergestapelte Kartons.

Hatte sich in all den Jahren nichts verändert?

Spinnen und Tausendfüßler kletterten übereinander und versuchten, aus ihrem Glaskäfig zu entkommen. Sie brauchte nur zu blinzeln und schon verschwanden sie.

Gedanken an Messer und Nadeln, Bohrgeräusche und endlose Folterungen drohten, sie zu verwirren. Was hatte er ihr nur gegeben?

Lizzy schluckte, schloss die Augen und konzentrierte sich darauf, sich von ihren Fesseln zu befreien. Die Schultergelenke auszukugeln, war eine Aufgabe, die äußerste Konzentration verlangte. Konnte sie es überhaupt noch? Bevor sich ihr die Gelegenheit bot, die Antwort auf diese Frage herauszufinden, ging die Tür auf.

Er stand im Türrahmen und sah sie an.

Es gab so viele Dinge, die sie ihm gerne an den Kopf schleudern wollte – dass er in die Hölle fahren würde, dass er abgrundtief böse war, dass es ihm niemals gelingen würde, ungestraft davonzukommen. Aber sie sagte nichts. Er betrat das Zimmer, packte sie wortlos und zog sie hoch. Da ihre Füße an den Knöcheln gefesselt waren, humpelte sie neben ihm her, als er sie durch das Haus zerrte. Vor dem Zimmer am Ende des Flurs blieb er stehen. Es war das Zimmer, wo sie damals Mary gefunden hatte.

Er öffnete die Tür.

Lizzy musste sich auf die Zunge beißen, um nicht laut zu schreien. Brittany war an die Wand gekettet, während Hayley an in den Fußboden eingelassene Metalllösen gefesselt war. Arme Hayley – sie war nackt und blutverschmiert und an einer Hand fehlte der kleine Finger. »Hayley«, sagte sie und fragte sich, ob das Mädchen überhaupt noch lebte.

Er zwang sie, sich auf einen Holzstuhl zu setzen, den er eigens für sie hingestellt hatte. Ein echter Gentleman. Sie kannte seine Masche. Brittany hatte Schrammen und Schnittwunden im Gesicht, aus denen noch das Blut lief, vor allem an der Lippe und der rechten Wange.

Der Mann würde mit seinem Leben dafür büßen. »Lassen Sie sie laufen«, sagte Lizzy mit tonloser Stimme, »und ich tue, was Sie von mir verlangen.«

Der Spinnenmann stand zwischen Hayley und Brittany und schüttelte lächelnd den Kopf. Er trug weder eine Maske noch klang seine Stimme wie die eines Roboters. »Aber, aber, Lizzy. Wie oft habe ich das schon gehört?«

»Lassen Sie sie einfach laufen.«

»Habt ihr wirklich auch nur einen Augenblick lang geglaubt, ich würde euch laufen lassen? Alle müssen für deine Lügen büßen, Lizzy. Du bist eine Lügnerin.« Er zog ein Schnappmesser aus der Tasche und fuchtelte damit Brittany vor der Nase herum.

Lizzy schrie, so laut sie konnte, hüpfte mit dem Stuhl auf und ab und machte einen Heidenlärm, um ihn abzulenken. Er schlug dem Mädchen mit dem Handrücken ins Gesicht.

Brittany schluchzte. Ihre Tränen vermischten sich mit dem Blut, das ihr aus einer Schnittwunde an der Wange lief.

»Warum tun Sie das?«, fragte Lizzy. »Warum lassen Sie uns nicht einfach in Ruhe?«

Er lachte schallend. »Das weißt du nicht?«

Hayley bewegte einen Arm. Sie lebte also noch.

Lizzy musste dafür sorgen, dass er weiterredete. Nur so konnte sie ihn von Brittany und Hayley fernhalten.

Er fuhr Lizzy mit dem Messer über die Stirn, wobei er alle paar Zentimeter innehielt und ihr die Spitze in die Haut bohrte. »Du hast mir versprochen, immer bei mir zu bleiben«, sagte er. »Ich habe dir geglaubt, Lizzy. Ich habe dich geliebt, als wärst du meine Tochter.«

»Tun Sie ihnen nichts und ich komme mit Ihnen. Wir können wieder von vorne beginnen. Ich hätte Sie nie verlassen sollen. Ich habe Sie vermisst …«

Sein Lachen hallte von den Wänden wider und schnitt ihr das Wort ab, bevor sie den Satz beenden konnte. Er starrte sie mit finsterem und leerem Blick an. Dann tippte er ihr mit der Klinge auf die Nasenspitze, als müsse er sich überlegen, was er zuerst abschneiden wollte. Blut lief ihr über die Stirn und tropfte in ihr rechtes Auge.

»Ich habe eine Überraschung für dich«, sagte er aufgeregt. Dann verließ er das Zimmer.

»Brittany«, sagte Lizzy schnell. »Du musst jetzt tapfer sein.« Eigentlich wollte sie noch viel mehr sagen, aber dafür fehlte ihr die Zeit.

»Hayley.«

Hayley schlug die Augen auf. »Ich bin ganz Ohr.«

Lizzy fiel ein Stein vom Herzen, als sie Hayleys Stimme hörte. »Ich möchte, dass ihr beide Lärm macht, während ich mir den Arm auskugele, damit ich meine Fesseln lösen kann. Wenn er wiederkommt, wird er nicht wissen, was ich tue. Er wird annehmen, dass wir versuchen, die Nachbarn auf uns aufmerksam zu machen. Jetzt!«

Sie musste es ihnen nicht zweimal sagen. Brittany schrie aus vollem Hals, während Hayley vulgäre Schimpfwörter ausstieß. Damit übertönten sie sämtliche Geräusche, die Lizzy machte, als sie sich auf den Boden fallen ließ, sich dabei das Schultergelenk auskugelte und vor Schmerz schrie. Es war viele Jahre her, seit sie diesen Trick zum letzten Mal vollführt hatte. Der Schmerz war anders, als sie ihn aus ihrer Erinnerung kannte. Er war viel schlimmer.

Gerade als Lizzy es mit Mühe und Not geschafft hatte, sich wieder auf den Stuhl zu setzen, kam der Spinnenmann ins Zimmer gerannt. Der Lärm, den die Mädchen verursachten, hatte ihn sichtlich verärgert und er zog hastig die Tür hinter sich zu. »Seid sofort still«, sagte er, »oder ich schneide euch die Zunge raus. Du weißt, dass ich das ernst meine, Lizzy.«

In der einen Hand, an der er einen Handschuh trug, hielt er eine von seinen geliebten Spinnen. »Jetzt, wo wir alle versammelt sind, möchte ich gerne Brittany eins meiner wertvollsten Sammlerstücke zeigen.«

»Lassen Sie sie in Ruhe.«

»Das ist nicht irgendeine gewöhnliche Spinne, Lizzy, sondern eine wertvolle australische Trichternetzspinne, die giftigste auf der ganzen Welt.« Er ließ die Spinne kurz über Hayleys Gesicht baumeln und ging dann auf Brittany zu.

Lizzy hatte die ganzen Jahre gedacht, dass sie das Schlimmste längst hinter sich hatte. Aber da hatte sie sich geirrt. Sie fühlte sich so hilflos wie noch nie zuvor in ihrem Leben. Auf dem Weg zu ihrem Treffen mit dem Spinnenmann hätte sie Jared anrufen sollen. Er hätte das Richtige getan, hätte nicht gleich seine Kollegen alarmiert und damit Brittanys Leben aufs Spiel gesetzt. Er war ein guter Mann. Aber sie hatte nicht genug Zeit gehabt, um alles gründlich zu planen.

Der Spinnenmann hielt die Spinne nur wenige Zentimeter von Brittanys Gesicht entfernt. Das Ding war schwarz, hatte keine Haare und glänzte. Lizzy biss sich auf die Lippe und schüttelte den Kopf, eine Geste, mit der sie Brittany signalisierte, ruhig zu bleiben und kein Wort zu sagen. Als sie den irren Blick in den Augen des Spinnenmanns sah, begriff sie jedoch, dass er genau wusste, was er wollte, und sich durch nichts von seinem Ziel abbringen lassen würde.

»Was Ihre Schwester und ihre Freundinnen mit Ihnen gemacht haben, war nicht richtig«, rief sie verzweifelt. »Trish und Julia, und wie hieß die Dritte? Ach ja, Lisa. Für das, was sie Ihnen angetan haben, sollten sie in der Hölle schmoren. Ich weiß, was sie mit Ihnen angestellt haben, Sam. Ich weiß auch über Ihre Eltern Bescheid und dass Ihr Vater sich nie um Sie gekümmert hat. Sie haben es nicht verdient, dass man Sie so behandelt hat.«

Ihre Rechnung ging auf. Er wandte sich ihr zu.

»Tun Sie die Spinne weg«, sagte Lizzy. »Lassen Sie die Mädchen laufen. Jeder weiß doch, warum Sie diese Dinge getan haben. Die Leute haben dafür Verständnis und werden Ihnen verzeihen, so wie ich Ihnen verziehen habe.«

Er verzog den Mund zu einem spöttischen Grinsen.

»Jetzt, Brittany!«, schrie Hayley. »Mach schon!«

Brittany holte mit dem Arm aus, riss die dicke Kette aus ihrer Halterung an der Wand und schlug dem Spinnenmann damit ins Gesicht. Er ließ die Spinne fallen, hielt sich beide Hände vors Gesicht und brüllte vor Schmerz.

Lizzy versuchte angestrengt, sich von ihren Fesseln zu befreien. Sie benötigte mehr Zeit. Sie sah, wie Brittany sich vergeblich abmühte, ihren anderen Arm aus der Handschelle zu befreien. Jetzt saßen sie alle drei in der Klemme.

Der Spinnenmann fiel auf die Knie. Er nahm die Hände von seinem blutverschmierten Gesicht und zeigte anklagend mit dem Finger auf Lizzy. »Fast hätte sie mich reingelegt, oder? Ratet mal, wer jetzt zuerst dran glauben muss?«

Mit ihrem freien Arm gelang es Lizzy, einen Knoten nach dem anderen zu lösen. Es kam ihr vor, als nähmen die Knoten kein Ende. Der Spinnenmann erwachte allmählich aus seiner Benommenheit. Jetzt erkannte Lizzy erst, dass seine Verletzungen sich nicht nur auf sein Gesicht beschränkten. Bereits im Auto hatte er bleich ausgesehen. Er hatte offenbar viel Blut verloren, was bedeutete, dass Hayley sich tapfer geschlagen und ihm arg zugesetzt haben musste.

Er rappelte sich auf, torkelte zum Nachttisch und kramte in der Schublade herum, bis ihm einfiel, dass das Messer, nach dem er suchte, auf dem Bett lag.

Wieder gelang es Lizzy, einen weiteren Knoten zu lösen.

Der Mann war nicht zu stoppen.

Lizzy aber auch nicht.

Endlich war sie frei.

Unter Aufbietung aller Kraftreserven, über die sie noch verfügte, stürzte Lizzy sich auf ihren Gegner, riss ihn zu Boden und kam auf ihm zu liegen. Beinahe hätten sie Hayley, die reglos dalag, unter ihrem gemeinsamen Körpergewicht begraben. Plötzlich erhob sich der Spinnenmann und warf Lizzy mit einer Leichtigkeit beiseite, als wäre er der unglaubliche Hulk.

Brittany trat schreiend um sich, als der Spinnenmann auf sie zukam. Sie war eindeutig mit ihren Nerven am Ende und konnte nicht mehr.

Lizzy hatte noch nicht genug Zeit gehabt, um ihre Schulter wieder einzurenken. Ihr Arm hing schlaff an ihrer Seite herab. Der Schmerz war schier unerträglich. Wenn sie mehr Zeit hätte, würde sie den Ellenbogen um neunzig Grad anwinkeln und die Schulter mit dem anderen Arm einrenken. Aber das hier war nicht wie im Film. Stattdessen machte sie eine Faust, umklammerte mit der anderen Hand den verletzten Arm und rammte die ausgekugelte Schulter gegen den Fußboden. Weiß glühender Schmerz schoss durch sämtliche Nervenstränge.

Lizzy drehte sich genau in dem Moment zu Brittany um, als der Spinnenmann sich mit gezücktem Messer auf sie stürzte. Sie stieß einen hilflosen Schrei aus.

Plötzlich krachte ganz in der Nähe ein Schuss.

Jared stand im Türrahmen, die Pistole im Anschlag und bereit, ein zweites Mal zu schießen.

Der Spinnenmann kippte nach vorn. Brittany stieß ihn mit beiden Beinen von sich, worauf er rückwärts taumelte und auf den Boden fiel.

»Brittany!«, schrie Lizzy.

Jared suchte den Spinnenmann nach Waffen ab, zerrte den bewusstlosen Körper durch das Zimmer und fesselte ihn mit Handschellen an einen Bettpfosten.

Während Jared nach Brittany sah, löste Lizzy die Fesseln von ihren Fußgelenken. Nachdem sie sich vollständig befreit hatte, nahm sie die Bettdecke und deckte Hayley damit zu. Sie kniete neben ihr und stellte erleichtert fest, dass das Mädchen noch atmete. »Hayley«, sagte sie. »Verlass uns jetzt bloß nicht.«

»Ich geh nirgendwo hin«, flüsterte Hayley schwach.

Mit einem Gefühl der Erleichterung machte Lizzy sich daran, Hayley loszubinden.

»Sag deinem Freund Bescheid, dass die Schlüssel zu den Handschellen in der Schublade liegen.«

Jared befreite Brittany und half dann Lizzy, Hayleys Fesseln zu durchtrennen.

Lizzy und Brittany fielen sich in die Arme, während Jared Hayley mitsamt der Decke vom Boden aufhob.

Lizzy strich Brittany die Haare aus dem Gesicht, um es sich genauer ansehen zu können. Ihre Nichte hatte zwar eine hässliche Schnittwunde an der Wange, war aber nicht lebensgefährlich verletzt.

Brittany bat Jared, stehen zu bleiben, bevor er durch die Tür trat. Sie blickte Hayley an und unterdrückte die Tränen, als sie sagte: »Du hast mir das Leben gerettet. Danke.«

»Du hast dir selbst das Leben gerettet«, entgegnete Hayley.

Aus der Ferne erklangen Polizeisirenen, ein Geräusch, das immer lauter wurde und näher kam. Jared bedeutete Lizzy mit einer Kopfbewegung, seine Pistole aus dem Halfter zu ziehen. »Behalt ihn im Auge. Ich kümmere mich inzwischen um Hayley. Sie hat viel Blut verloren.«

»Geh mit Jared«, sagte Lizzy zu Brittany. Sie wollte nicht, dass ihre Nichte mit dem Spinnenmann in einem Zimmer blieb. Er lebte noch.

Brittany ließ ihren Blick von Samuel Jones zu ihrer Tante wandern und zögerte einen Augenblick.

»Geh schon«, sagte Lizzy. »Und ruf deine Mutter an. Sie freut sich bestimmt, wenn sie deine Stimme hört.«

Brittany nickte und verschwand durch dieselbe Tür, durch die Jared soeben gegangen war.

Lizzy hielt die Pistole auf Samuel Jones gerichtet. Er hob den Kopf.

Ehe Lizzy wusste, was geschah, kam er auf die Füße und zog den Bettpfosten mühelos aus seiner Halterung.

»Bleiben Sie stehen«, befahl sie ihm und zielte mit zitternden Händen auf seine Brust.

Obwohl seine Hände auf dem Rücken gefesselt waren, konnte er sich jetzt frei bewegen. Er war bereits schwer verletzt gewesen, bevor Jared ihn angeschossen hatte, schaffte es aber, sich auf den Beinen zu halten.

»Du warst schon immer viel zu weich«, sagte er, weil sie es nicht fertigbrachte, abzudrücken.

»Stehen bleiben, oder ich schieße.«

»Warum hast du mich angelogen?«, fragte er.

»Weil ich leben wollte.« Sie trat einen Schritt zurück in Richtung Tür. »Warum haben Sie diese Mädchen umgebracht?«

»Das hab ich doch schon gesagt. Sie waren eine Gefahr für die Gesellschaft.«

»Sie waren noch Kinder. Als Teenager hat man es nicht leicht. Sie haben niemandem einen Gefallen getan und ein Held sind Sie auch nicht, Sam.«

Er kam noch einen Schritt näher. In diesem Augenblick sah Lizzy, wie seine geliebte Spinne über den steifen Kragen seines blutigen Hemdes krabbelte. Das Insekt musste auf ihn gekrochen sein, als er an das Bett gefesselt auf dem Boden hockte.

»Ich warne Sie. Noch einen Schritt weiter, und ich schieße.«

»Ich weiß über deine schlimmsten Ängste Bescheid. Ich weiß alles über dich. Ich hatte so viel mit dir vor. Du hast ja keine Ahnung.«

»Sie sind ein kranker, widerlicher Kerl. Und Sie kennen mich nicht im Geringsten.«

»Keiner kennt dich so gut wie ich, Lizzy. Und ich weiß, dass du nicht auf mich schießen wirst«, sagte er. »Ich komme vielleicht in den Knast, aber das ist nicht das Ende, das verspreche ich dir.«

Er trat noch einen Schritt näher. Die Spinne verschwand unter seinem Hemd. »Gib mir die Pistole, Lizzy.«

»Vielleicht muss ich Sie am Ende gar nicht erschießen«, sagte sie zu ihm. »Zumindest nicht, wenn mir Ihr australischer Freund zuvorkommt.«

Er verstand sofort, was sie meinte, und blickte sich nach allen Seiten um. Er war unsicher, ob sie die Wahrheit sagte oder ihn nur anlog. Aufgeregt drehte er sich um die eigene Achse und erstarrte plötzlich. Ihre Blicke trafen sich und in diesem Moment wusste Lizzy, dass die Spinne ihn gebissen hatte. Er zuckte zusammen und riss vor Entsetzen – und vielleicht auch Schmerz – die Augen weit auf.

In einer Sache hatte er jedoch recht gehabt, dachte Lizzy. Sie war sich nicht sicher, ob sie es fertiggebracht hätte, ihn zu erschießen. Sie hatte die Absicht gehabt und den kalten und tödlichen Abzug an ihrem Finger gespürt, aber dann hatte sie es doch nicht getan. Am Ende lag er womöglich richtig.

Lizzy sah zu, wie er krampfhaft versuchte, die Spinne zu finden – mit seinen rücklings gefesselten Händen keine leichte Aufgabe. Sie hoffte, Samuel Jones zum letzten Mal sehen zu müssen. Er sah weder wie ein Serienmörder noch wie ein Mörder schlechthin aus, sondern wirkte völlig normal, wie jemand, an dem man achtlos auf der Straße vorbeigeht. Ein Mann, den der Zufall zum Bösewicht gemacht hatte. Ein Mann, der in ihrer Stadt gelebt und gearbeitet und im Alleingang viel zu viele Mädchen umgebracht hatte … Mädchen, die die Chance verdient hatten, sich zu entwickeln und erwachsen zu werden … Mädchen, die irgendwann aus ihren Fehlern gelernt hätten und produktive Mitglieder der Gesellschaft geworden wären.

Samuel Jones zuckte inzwischen am ganzen Körper – nicht einmal die Zunge blieb verschont. Es war kein schöner Anblick. Speichel rann ihm über die Unterlippe und ein dicker Schweißfilm bedeckte seine Stirn. »Hilf mir«, sagte er und fiel auf die Knie.

Aber da hatte Lizzy bereits das Zimmer verlassen.

Kapitel 38

Sacramento, Kalifornien, Sonntag, 21. März 2010

»Mary war nicht nur meine Schwester, sondern auch meine beste Freundin«, sagte Jessica zu der versammelten Menge, die sich zum Teil aus Verwandten und Freunden, aber überwiegend aus Fremden zusammensetzte. Leute, die seit Jahrzehnten in dieser Stadt lebten und Mary das letzte Geleit geben wollten, um sich danach wieder in dem Bewusstsein ihrem Alltag zu widmen, dass ihre eigenen Kinder sicher waren, jetzt, wo Samuel Jones nicht mehr lebte.

»Sie war eine Freundin, wie sie jeder haben sollte. Mary und ich haben als Kinder auf dem Spielplatz im Park geschaukelt und dabei große Zukunftspläne geschmiedet. Wir wollten reisen, fremde Sprachen lernen und zusammen die Welt erkunden. Es gab nichts, was wir nicht tun konnten. Wir hatten unser ganzes Leben vor uns.« Sie hielt inne und wischte sich eine Träne aus dem Auge. »Leider wurde Mary viel zu früh aus unserer Mitte gerissen. Aber wir sollten jetzt nicht traurig sein, zumindest nicht heute. Das wäre nicht in ihrem Sinne. Mary war der glücklichste und fröhlichste Mensch, den ich kannte. Seht euch um«, sagte Jessica und breitete die Arme aus. »Heute ist ein schöner Frühlingstag und wir sind gekommen, um Marys Leben zu gedenken. Ich werde ihr Lächeln, ihr Lachen und ihre Träume nie vergessen. Ich werde an die Universität zurückkehren, eine Fremdsprache lernen und meinen Abschluss machen. Danach werde ich die Welt bereisen. Und überall, wo ich hinkomme, wird Mary bei mir sein, weil ich sie in meinem Herzen trage und nie vergessen werde. Niemals.«

Lizzy stand in der vordersten Reihe. Jessicas Blick kreuzte sich mit ihrem und Lizzy schenkte ihrer neuen Freundin ein Lächeln. Sie war froh, dass Jimmy und seine Kollegen Marys Leiche zusammen mit drei weiteren Mädchen gefunden hatten. Samuel Jones hatte sie in seinem Garten vergraben.

Vorige Woche hatte Jared mit dem stellvertretenden Dekan der California State University gesprochen und sich bei ihm für Jessica eingesetzt, mit dem Ergebnis, dass ihre vorläufige Suspendierung aufgehoben wurde und sie eine zweite Chance bekam. Sie hatte vor, zum Herbstsemester ihr Studium wieder aufzunehmen.

Die heutige Gedenkfeier fand im Freien statt, und zwar im Sierra Hills Memorial Park an der Greenback Lane in Sacramento. Es war warm für diese Jahreszeit und der strahlend blaue Himmel war nur hier und da von ein paar Kondensstreifen durchsetzt. Alte Eichen und bis zu zwanzig Meter hohe Platanen zierten die hügelige Landschaft.

Lizzy war beeindruckt von dem Zusammenhalt, den die Menschen in Sacramento anlässlich dieser Gedenkfeier zeigten. Wildfremde Leute gaben ihrem Mitgefühl Ausdruck, indem sie großzügig an den Mary-Crawford-Hilfsfonds spendeten, damit Jessica und ihre Familie Mary ein ordentliches Begräbnis ausrichten konnten.

Über Samuel Jones fiel an diesem Tag kein einziges Wort. Zwei Tage nach seinem Tod rückte Karen Crowley, seine ältere Schwester, endlich mit ihrer Geschichte heraus. Ein paar von Karens Freundinnen hatten Samuel Jones gequält, als er noch klein war. Zwei von ihnen kamen später unter mysteriösen Umständen ums Leben. Nachdem Karens Eltern in den Urlaub gefahren waren und den Jungen in der Obhut seiner Schwester zurückgelassen hatten, betranken sich Karen und ihre Freundinnen und rauchten dazu Marihuana und Crack-Kokain. Als Sam drohte, sie bei den Eltern zu verpetzen, zerrten die Mädchen ihn in den Keller, wo sie ihn an einen Stuhl fesselten, ihm Augen und Mund mit Isolierband zuklebten und ihn mit glühenden Zigaretten malträtierten. Karen fand erst drei Tage später heraus, was ihre Freundinnen mit ihm gemacht hatten. Sie rief bei einem Freund ihres Bruders an, weil sie dachte, er hätte sich dort versteckt. Aber dort war er nicht. Als sie Sam schließlich fand, war er ein Wrack. Er war immer noch an den inzwischen umgekippten Stuhl gefesselt und von einer Schwarzen Witwe gebissen worden. Karen wusste das, weil er die tote Spinne fest in seiner Faust hielt. Obwohl Karen Crowley den Vorfall sichtlich bedauerte, betonte sie, dass ihre Freundinnen es nicht böse gemeint hatten. Sie wurde nach ihrer Vernehmung entlassen und war bereits nach Europa zu ihrer Familie zurückgekehrt.

Lizzys Blick fiel auf Hayley, die etwas weiter weg stand. Hayley winkte ihr mit der verbundenen Hand zu und Lizzy ging zu ihr hinüber. Seit dem Augenblick, als Jared sie in letzter Minute gerettet hatte, waren vier Wochen vergangen. Hayley hatte Brandwunden an Armen und Beinen sowie am Hals und im Gesicht. Der Spinnenmann hatte ihr Haar genau wie das von Brittany unregelmäßig abgeschnitten. Lizzy hatte ihr deshalb einen Besuch beim Friseur spendiert, wo sie sich einen schrägen Pony hatte schneiden lassen. Überschwängliche Gefühlsbezeugungen waren zwar nicht Hayleys Art, aber das war Lizzy im Augenblick egal. Sie legte einen Arm um sie und drückte sie herzlich.

Cathy hatte sich bereit erklärt, Hayley bei sich aufzunehmen, aus Dankbarkeit für all das, was diese getan hatte, um Brittany zu helfen. Nach vielen Überredungsversuchen willigte Hayley schließlich ein. »Wie bist du hierhergekommen?«, fragte Lizzy.

»Ihre Schwester hat mir ihr Auto gegeben.«

»Wow. Sie muss dich wirklich mögen.«

Hayley lächelte, klang dann aber traurig, als sie sagte: »Ich hab wohl etwas übertrieben, oder? Mich von dem Irren erwischen und überwältigen lassen. Ich hab echt geglaubt, ich könnte mit ihm fertigwerden.«

»Du hättest dich nie in Gefahr bringen dürfen, Hayley, aber du hast deine Sache gut gemacht. Wirklich gut.«

»Ihre Nichte aber auch. Sie ist verdammt zäh – na ja, Sie wissen schon – für eine Cheerleaderin.«

Lizzy nickte und musste daran denken, wie stolz Cathy geklungen hatte, als sie ihr erzählte, wie gut Brittany in der Schule war und dass sie es in das Cheerleaderinnen-Team geschafft hatte. Sie musste neunzehnmal im Gesicht genäht werden, aber ihre Wunden heilten schnell. Die Ärzte meinten, dass man die Narben bis Ende des Jahres kaum noch sehen würde.

Cathy war außerdem mit Brittany zu Linda Gates gegangen, damit sie ihre Erlebnisse und die Trennung ihrer Eltern verarbeiten konnte. Lizzy glaubte fest daran, dass Brittany dank der Unterstützung, die sie von allen Seiten erhielt, bald wieder ein normales Leben führen würde.

Hayley deutete auf Jared, der gerade seinen Wagen parkte. Er hatte sich verspätet, weil er im Krankenhaus vorbeigeschaut und Jimmy besucht hatte, der eine Reihe von Tests über sich ergehen lassen musste. Die Ärzte hatten bei ihm Krebs festgestellt.

Jared sah in seinem dunklen Anzug samt Krawatte ausnehmend gut aus.

»Werden Sie diesen Mann heiraten?«, fragte Hayley.

»Nein, das glaub ich nicht.« Lizzy neigte den Kopf, um ihn besser sehen zu können. »Außerdem hat er mir noch keinen Heiratsantrag gemacht.«

Sie tauschten vielsagende Blicke aus, bis Lizzy schnell das Thema wechselte. »Ich habe mir überlegt, ob du vielleicht daran interessiert wärst, mit mir zusammen auf Vortragsreise zu gehen und im ganzen Land Schulen zu besuchen. Wir könnten den Kindern beibringen, wie sie sich gegen das Böse in der Welt schützen können.«

»Das klingt ja ganz nach einer Aufgabe für Superhelden«, sagte Hayley.

»Du sagst es.«

Hayley rieb sich die mit dicken Verbänden umwickelte Hand. »Ich weiß nicht so recht. Ich bin längst nicht so mutig, wie ich manchmal tue.«

Lizzy seufzte. »Ich auch nicht.«

»Ich hab echt Angst gehabt.«

»Die hab ich immer noch.«

»Ich werde es mir überlegen«, sagte Hayley schließlich. Dann hob sie die verbundene Hand. »Aber wie soll ich je wieder Klavier spielen?«

Lizzy blickte erstaunt drein. »Du spielst Klavier?«

Hayley zwinkerte ihr schelmisch zu. »Nein. Ich hab nur Blödsinn gemacht.«

Lizzy schüttelte über den schrägen Humor des Mädchens den Kopf.

»Mir wurde zum ersten Mal in meinem Leben so richtig klar«, sagte Hayley mit ernster Stimme, »dass ich leben will. Wie bekloppt ist das denn? Da foltert mich ein Wahnsinniger und ich will plötzlich leben?« Sie schnaubte. »Das ergibt überhaupt keinen Sinn.«

»Nein«, stimmte Lizzy ihr zu. »Aber vielleicht ist es ein Trost, dass all das Böse auf der Welt das Gute umso besser macht.«

»Ja, schon möglich«, sagte sie, als Jared auf sie zukam. Die drei machten kurz Small Talk, dann verabschiedete Hayley sich und ging in Richtung Parkplatz.

»Sie ist ein zähes Mädchen«, sagte Lizzy zu Jared, als sie ihr beide nachblickten.

»Ja, das ist sie. Entschuldige bitte, dass ich zu spät komme«, fügte er hinzu. »Sieht so aus, als hätte ich Jessicas Grabrede verpasst.«

»Sie hat bestimmt dafür Verständnis. Sie hat es übrigens gut gemacht. Wie geht's Jimmy?«

»Morgen früh beginnt seine Chemotherapie. Die Prognose ist noch unklar.«

»Das ist ein Jammer. Ich mag Jimmy. Und selbst wenn das nicht der Fall wäre, würde ich niemandem Krebs wünschen.«

»Ich hab ihm gesagt, dass wir heute Abend im Krankenhaus vorbeischauen.«

Lizzy nickte nur. Dann bahnten sie sich einen Weg durch die Menge, um Jessica zu finden. Sie wusste, dass Jared es im Moment nicht leicht hatte. Jimmy, sein Freund und Mentor, war schwer krank. Und dann waren da noch seine Eltern und ihre gescheiterte Ehe. Obwohl er nicht viele Worte über ihre Trennung verloren hatte, spürte sie, dass sie ihn belastete. Jared war zwar erwachsen, aber Lizzy wusste aus Erfahrung, wie es war, wenn die Eltern auseinandergingen, und wie das die Sicht auf das Leben beeinflussen und verändern konnte.

Sie hielten einen diskreten Abstand zu Marys Grab, wo Jessica und ihr Bruder gerade Blumen niederlegten, und gaben ihnen so die Gelegenheit, ungestört zu trauern.

»Kaum zu glauben, dass es endlich vorbei ist«, sagte Lizzy zu Jared.

Jared nahm sie bei der Hand. »Es fängt gerade erst an, Lizzy. Das ist erst der Anfang.«

Danksagungen

Ich möchte allen Autoren-Kollegen danken, die mich während der Arbeit an diesem Roman inspiriert und ermutigt haben – egal, ob online oder im wirklichen Leben. Vor ein paar Jahren erhielt ich in diversen Schreibgruppen wertvolle Kritik von Susan Crosby, Susan Grant und Brenda Novak – nicht unbedingt in dieser Reihenfolge. Von jeder dieser Autorinnen lernte ich etwas und ich bin ihnen für unsere Zusammenarbeit dankbar. Mein Dank gilt ebenso verschiedenen Organisationen und Schreibgruppen, darunter die »Romance Writers of America«, die »Wet Noodle Posse«, die »Sacramento Valley Rose« und die »Pixies Chicks«. Ich danke euch allen.

Zeitfracht Medien GmbH
Ferdinand-Jühlke-Straße 7
99095 Erfurt, Deutschland
produktsicherheit@kolibri360.de

Druck:
CPI Druckdienstleistungen GmbH
im Auftrag der
Zeitfracht Medien GmbH
Ein Unternehmen der Zeitfracht - Gruppe
Ferdinand-Jühlke-Str. 7
99095 Erfurt